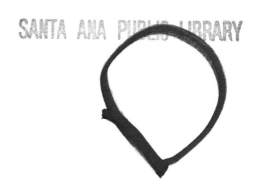

CHELSEA CAIN

CORAZÓN ENFERMO

CHELSEA CAIN

CORAZÓN ENFERMO

corazones
ensangrentados

SUMA
de letras

Título original: *Heartsick*
D.R. © Chelsea Cain, 2007
D.R. © Carlos Schroeder, 2007 (Traducción)

D.R. © De esta edición:

Santillana Ediciones Generales, SA de CV
Av. Universidad 767, col. de Valle
CP 03100, teléfono 54 20 75 30
www.sumadeletras.com.mx

Diseño de cubierta: Elsa Suárez
Corrección: Antonio Ramos Revillas
Cuidado de la edición: Jorge Solís Arenazas

Primera edición: enero 2008

ISBN: 978-970-58-0261-4

Impreso en México

Para Marc Mohan, que continuó queriéndome incluso después de leer este libro.

AGRADECIMIENTOS

Estoy enormemente agradecida a mi grupo de escritores: Chuck, Suzy, Mary, Diana y Bárbara. Sé que me repito, pero sus comentarios han sido esenciales. Quiero dar las gracias también a mi agente, Joy Harris, y a los que trabajan en la Agencia Joy Harris y a mi editora, Kelley Ragland, a George Witte, Andy Martin y a todos en St. Martin. Me considero verdaderamente afortunada por haber conocido a gente tan maravillosa del mundo editorial. La doctora Patricia Cain y el doctor Frank McCullan fueron mis asesores médicos y Mike Keefe y sus perros dieron largos paseos conmigo por el Willamette, mientras elegía los lugares adonde irían a parar los cadáveres.

Gracias a mi madre, a mi padre, a Susan, y a mi estupenda familia (especialmente a mis tías, las Cain Miller, y a mis extraordinarias y vitales abuelas). También a Roddy McDonnell, que me ayudó a convertirme en una estupenda conductora capaz de aparcar en paralelo —continúa siendo uno de los logros que más me enorgullecen—. Un agradecimiento especial para Laura Ohm y Fred Lifton, por las suculentas comidas y la buena compañía; y para mis amigos del *Oregonian*, gracias por dejarme escribir para ustedes, y por compartir su tiempo conmigo. Muchas gracias a Maryann Kelley. He pensado mucho en ti últimamente. Y también mi gratitud a Wendy Lane, de LANE PR, la única persona para quien escribo que responde con dos palabras: «es perfecto».

Y un reconocimiento especial para mi marido, Marc Mohan, por su capacidad crítica y su tolerancia hacia mi pasión por las cirugías televisadas, y para nuestra hija, Eliza, por todas las siestas extras que tuvo que dormir.

Eliza, no podrás leer este libro hasta que seas mayor de edad.

CAPÍTULO
1

Hasta ese instante, Archie no pudo cerciorarse de que era ella. Aquel escalofrío recorriendo su espalda, el contorno de las cosas desdibujándose… sólo entonces se percata de que Gretchen Lowell es la asesina. Se da cuenta de que está drogado y ya es demasiado tarde. Trata de buscar su arma, pero las manos no le responden, y sólo puede sacarla de su cinturón con dificultad y extenderla como si le estuviera ofreciendo un regalo. Ella la toma y sonríe, besándolo con suavidad en la frente. Entonces la mujer le registra su chaqueta buscando su celular, lo apaga y lo guarda en su bolso. Se encuentra, en esos momentos, casi completamente paralizado, tumbado en el sillón de cuero del perfecto despacho que ella instaló en su casa. Pero su mente continúa alerta de forma inquietante. Gretchen se arrodilla a su lado, como si se acercara a un niño, y aproxima tanto sus labios que casi parece querer besarlo. Siente la palpitación de la sangre en su garganta. No puede tragar. Un perfume a lilas la envuelve.

—Es hora de marcharse, querido —susurra.

Se pone en pie mientras Archie es obligado a levantarse bruscamente. Nota unos brazos que lo alzan desde atrás, aferrándolo por las axilas. Frente a él, un hombre fornido, de rostro enrojecido, lo agarra de las piernas transportándolo hacia el garaje, para depositarlo en la parte trasera de una Voyager verde —el vehículo que Archie y sus hombres han buscado durante meses— y ella se desliza a su lado. Se da cuenta de que hay otra persona en la camioneta, y que no es Gretchen la que está detrás de él, pero no tiene tiempo para procesar esa información porque ella se ha sentado a horcajadas sobre su pecho, apretándolo por la cintura con las rodillas. Ni siquiera puede mover los ojos, pero ella le habla suavemente para que sepa lo que hace.

—Te arremango la camisa. Busco una vena.

Levanta una jeringa hipodérmica y se la acerca a Archie para que la vea. «Tiene preparación médica», piensa él. El dieciocho por ciento de las asesinas en serie son enfermeras. Él mira al techo de la camioneta. Gris metalizado. «Permanece despierto», piensa. Recuérdalo todo. Cada detalle será importante. «Si es que vivo.»

—Te voy a dejar descansar un poco. —La mujer sonríe y acerca su rostro hasta él para que pueda verla, acariciando su mejilla con la rubia melena, aunque él no puede sentirlo—. Tenemos mucho tiempo por delante para divertirnos.

Él no puede responder, ya ni siquiera puede parpadear. Su respiración es lenta y pesada. No puede ver cómo le introduce la aguja en el brazo, pero presume que lo ha hecho, porque, a partir de ese momento, se sumerge en una profunda oscuridad.

Se despierta boca arriba. Está todavía mareado y tarda unos segundos en darse cuenta de que el hombre de rostro enrojecido está de pie sobre él. En ese momento, el primer instante en que Archie recupera la consciencia, la cabeza del hombre salta por los aires. Archie se agita cuando la sangre y los fragmentos del cerebro salen despedidos hacia delante, salpicando su cara y su pecho, como un cálido vómito de líquido espeso. Intenta moverse, pero está atado a la mesa de pies y manos. Nota un trozo de una sustancia viscosa asquerosamente caliente que se desliza por su cara y cae al suelo. Tira con fuerza de las cuerdas hasta que se lastima la piel, pero no es capaz de aflojarlas. Se ahoga, pero está amordazado, obligando a la bilis a regresar a su garganta, y vuelve a ahogarse. Le arden los ojos. Es entonces cuando la ve, de pie, detrás de donde ha caído el hombre, sosteniendo el arma que ha usado para ejecutarlo.

—Quiero que entiendas desde el principio lo comprometida que estoy contigo —le dice—. Que tú eres el único.

De pronto, da media vuelta y se marcha.

Él se queda estupefacto, contemplando lo sucedido. Traga saliva y, tratando de conservar la calma, mira a su alrededor. Se ha quedado solo. Su única compañía es el muerto tendido en el suelo, con la cara destrozada. Gretchen se ha ido. La persona de la camioneta también. Su sangre late con tanta fuerza que, durante unos minutos eternos, es la única sensación que percibe. Pasa el tiempo. Al principio piensa que se encuentra en una sala de operaciones. Es un lugar amplio, con las paredes cubiertas de azulejos blancos, como un subterráneo bien iluminado con tubos fluorescentes. Gira la cabeza de un lado a otro y ve varias bandejas con instrumental médico, un desagüe en el suelo de cemento. Vuelve a tensar las cuerdas que lo aprisionan y se percata de que está atado a una camilla. De su cuerpo salen varios tubos: un catéter, una sonda intravenosa. No hay ventanas, y percibe un ligero olor a tierra en el límite de su conciencia. Moho. Un sótano.

Empieza a pensar como un policía. Las otras víctimas fueron torturadas durante un par de días antes de que ella se deshiciera de los cadáveres. Eso significa que aún tiene tiempo. Dos días. Tal vez tres. Puede que lo encuentren. Le dijo a Henry a dónde iba, que tenía una consulta con la psiquiatra sobre el último cadáver. Él había pedido aquella cita para tratar de profundizar en aquel molesto sentimiento que tenía desde que se conocieron. Sería el último lugar en el que podían rastrearlo. Había llamado a su esposa cuando iba de camino. Ése sería el último punto de contacto. ¿Cuánto tiempo había pasado desde que lo había secuestrado?

Allí está ella de nuevo. Al otro lado de la mesa donde yace el cadáver, rodeado de una sangre espesa y oscura que se extiende por el suelo gris. Recordó la primera vez que había aparecido —la psiquiatra que había abandonado su trabajo para escribir un libro—. Ella había leído sobre el equipo especial de policía y lo había llamado para brindarles su ayuda. Había sido un infierno para todos ellos. Se ofreció a visitarlos. No como pacientes, le dijo. Simplemente para hablar. Ellos llevaban trabajando en aquel caso casi diez años. Veintitrés cadáveres dispersos en tres estados. Y habían pagado un alto precio. Aquella mujer invitó a quienes estuvieran interesados a una sesión de grupo. Sólo para hablar. Se había quedado sorprendida al ver cuántos detectives habían asistido. El hecho de que ella fuera hermosa, sin duda, había tenido algo que ver, pero tenía que reconocer que les había resultado de gran ayuda. Era una gran profesional.

Ve cómo aparta la sábana blanca que lo cubre, dejando su pecho al descubierto, y se da cuenta de que está desnudo. No le invade ningún sentimiento de vergüenza. Es un hecho. Simplemente. Ella pone la palma de su mano sobre su esternón. Él sabe lo que eso significa. Ha memorizado las fotos de los crímenes, las abrasiones y las quemaduras en el torso. Es parte del perfil, una de sus firmas.

—¿Sabes qué viene ahora? —le pregunta, sabiendo que él es consciente de ello.

Necesita hablar con ella. Ganar tiempo. Emite un sonido ahogado a través de la cinta adhesiva y hace un gesto, indicando que se la quite. Ella le pone un dedo sobre los labios y niega con la cabeza.

—Todavía no —le dice con suavidad, y vuelve a preguntarle, algo más secamente—: ¿Sabes lo que viene ahora?

Él asiente.

Ella sonríe, complacida.

—Por eso he preparado algo especial para ti, querido.

Detrás de ella hay una bandeja de instrumental. Se gira y agarra algo de ella. Un martillo y un clavo. «Interesante», piensa, sorprendido por su habilidad para distanciarse de sí mismo y permanecer como un observador clínico. Hasta ahora las víctimas parecían haber sido elegidas al azar, hombres, mujeres, jóvenes, ancianos, pero las heridas en el torso, aunque habían evolucionado, eran notablemente consistentes. Pero nunca había usado clavos hasta ese momento.

Ella parece satisfecha.

—Supuse que te agradaría algo de variedad.

Deja que la punta de sus dedos tamborilee sobre su pecho hasta encontrar la costilla que busca, y entonces coloca la punta del clavo sobre la piel y deja caer el martillo con fuerza. Él siente el chasquido de su costilla al romperse y vuelve a ahogarse. Su pecho arde de dolor. Lucha por respirar. Le lloran los ojos. Ella enjuga una lágrima de sus mejillas enrojecidas, acaricia su pelo y luego busca otra costilla para repetir el proceso. Una y otra vez. Cuando termina, le ha roto seis costillas. El clavo está empapado en sangre. Lo deja caer con un ruido inofensivo sobre la bandeja del instrumental. No puede mover su cuerpo ni siquiera un milímetro sin sentir un dolor lacerante que jamás había experimentado. Sus fosas nasales se han obstruido con mocos, no puede respirar por la boca, y tiene que soportar una auténtica agonía cada vez que quiere introducir aire en sus pulmones, y aun así, casi no puede respirar superficialmente, sin detener los aterrados jadeos que suenan como sollozos. «Tal vez he sido demasiado optimista creyendo que tenía dos días», piensa. Tal vez está destinado a morir en aquel mismo instante.

CAPÍTULO

2

La cicatriz que cruzaba su pecho era pálida y un poco rugosa, con un tejido fibroso no más ancho que
un hilo de lana. Comenzaba unos centímetros por debajo de
su pezón izquierdo, abriéndose paso, en forma de arco, a
lo largo del oscuro vello de su pecho y volviendo a arquear-
se de regreso a su punto de origen. Tenía la forma de un corazón.

Archie siempre notaba su piel ligeramente abultada contra la tela de la camisa. Tenía muchas cicatrices, pero aquélla
era la única que parecía dolerle. Sabía que se trataba de un
dolor fantasma. Una costilla rota que nunca había terminado
de curarse le molestaba bajo el pecho. Una cicatriz no le do-
lería, y mucho menos después de todo ese tiempo.

Sonó el teléfono. Se giró lentamente, sabiendo lo que
significaba: otra víctima.

Sólo recibía llamadas de dos personas: su ex esposa y
su ex compañero. Ya había hablado con Debbie ese día. Sólo faltaba Henry. Miró el identificador de llamadas de su
celular y confirmó sus sospechas. Era el prefijo del departamento de policía.

Levantó el teléfono.

—¿Sí?

Estaba sentado en la sala de su apartamento en la oscuridad. No lo había hecho a propósito. Simplemente se había sentado unas horas antes de que cayera el sol y no se había molestado en encender las luces. Además, su miserable apartamento, con sus escasos muebles y su alfombra manchada, parecía algo menos triste cuando la oscuridad lo envolvía.

La ronca voz de Henry llenó todo el espacio de la línea telefónica.

—Se ha llevado a otra chica —informó.

Había sucedido de nuevo.

El reloj digital colocado sobre los estantes vacíos parpadeaba en la habitación en penumbra. Iba una hora y media atrasado, pero Archie nunca se había molestado en arreglarlo. Echaba la cuenta para calcular la hora.

—Así que quieren volver a reunir al grupo especial —dijo Archie.

Ya le había dicho a Henry que volvería si aceptaban todas sus condiciones. Acarició los archivos depositados en su regazo que Henry le había dado semanas atrás. Las fotografías de las escenas de los crímenes de las chicas muertas estaban cuidadosamente colocadas dentro de las carpetas.

—Han pasado dos años. Les dije que te habías recuperado, y que estabas listo para volver a trabajar a pleno rendimiento.

Archie sonrió en la oscuridad.

—Entonces has mentido.

—El poder del pensamiento positivo. Arrestaste a Gretchen Lowell, y ella hizo que todos nos cagáramos de miedo. ¿El nuevo? Ya ha matado a dos chicas. Y se ha llevado a otra.

—Gretchen me secuestró. —Sobre la mesa de centro, un pastillero de metal reposaba junto a un vaso de agua. Archie no se preocupaba por los posavasos. La mesita estaba ya en el apartamento. Todo allí parecía tener tantas cicatrices como él.

—Y sobreviviste. —Hubo una pausa—. ¿Lo recuerdas?

Con un delicado golpe de pulgar, Archie abrió el pastillero, sacó tres pastillas ovales y se las puso en la boca.

—¿Mi antiguo trabajo? —Tomó un sorbo de agua, relajándose al sentir las pastillas deslizarse por su garganta. Incluso el vaso estaba ya allí cuando se había trasladado.

—Supervisor del grupo especial.

Había otra condición. La más importante.

—¿Y el periodista?

—Esto no me gusta —replicó Henry.

Archie esperó. Había demasiadas cosas en juego. Su compañero no podía echarse atrás ahora. Además, sabía que Henry haría cualquier cosa por él.

—Es perfecta —afirmó Henry—. He visto su fotografía. Te gustará. Tiene el cabello rosa.

Archie miró hacia los archivos que tenía en su regazo. Podía hacerlo. Lo único que tenía que conseguir era mantenerse entero el tiempo suficiente para que funcionara su plan. Abrió la primera carpeta. Sus ojos se habían acostumbrado a la oscuridad y pudo apreciar la difusa silueta de un cuerpo fantasmal sumergido en el barro. La primera víctima del asesino. La mente de Archie la coloreó: las marcas color fresa de las ligaduras en su cuello, la piel azulada y cubierta de ampollas.

—¿Cuántos años tiene la chica?

—Catorce. Desapareció cuando salía del instituto y se dirigía de vuelta a casa en bicicleta. —Henry hizo una pausa. Archie podía sentir frustración en el silencio—. No tenemos nada.

—¿Alerta ámbar? —preguntó Archie.

—Anunciada hace media hora —dijo Henry.

—Busquen por el vecindario con los perros. Envíen policías uniformados puerta por puerta. Que averigüen si alguien vio algo por el camino que ella debería haber tomado.

—Técnicamente no empiezas a trabajar hasta mañana.

—No importa, hazlo —ordenó Archie.

Henry dudó.

—Estás preparado para esto, ¿verdad?

—¿Cuánto hace que ha desaparecido? —preguntó Archie.

—Desde las seis de la tarde.

«Está muerta», pensó Archie.

—Recógeme dentro de media hora —dijo.

—Una hora —dijo Henry tras un instante de duda—. Toma un poco de café. Te enviaré un coche.

Después de colgar, Archie se quedó sentado en la oscuridad durante unos minutos más. Todo estaba inmóvil. La televisión del piso superior no se oía ni tampoco las pisadas habituales; sólo el tráfico continuo bajo la lluvia, el constante silbido del aire y el murmullo entrecortado del agonizante motor del refrigerador. Miró hacia el reloj e hizo el cálculo. Apenas pasaba de las nueve de la noche. La chica había desaparecido hacía tres horas. Sentía una cierta calidez y un ligero mareo a causa de las píldoras. Se puso de pie y lentamente se desabrochó los botones superiores de la camisa, deslizando la mano derecha bajo la tela, sobre las costillas, pasando los dedos sobre las gruesas cicatrices que atravesaban su piel, hasta encontrar el corazón que Gretchen Lowell había grabado.

Había pasado diez años trabajando en el grupo especial de la Belleza Asesina, siguiendo los pasos a la asesina en serie más estremecedora del noroeste. Una cuarta parte de su vida había transcurrido de pie, sobre los cadáveres, en los escenarios de los crímenes, leyendo informes de autopsias, buscando pistas; y a pesar de todo ese trabajo, Gretchen lo había engañado y le había tendido una trampa. Ahora ella se encontraba en prisión. Y Archie en libertad.

Era curioso, a veces se sentía como si fuera exactamente al revés.

3

Susan no quería estar allí. La casa de su infancia estaba abarrotada de cosas, y sus pequeñas habitaciones victorianas apestaban a tabaco y sándalo. Se sentó en la sala, en el sofá comprado en una tienda de segunda mano, y echaba furtivas ojeadas a su reloj, cruzando y descruzando las piernas, enroscando su cabello entre los dedos.

—¿Has terminado? —le preguntó a su madre.

Bliss, la madre de Susan, alzó la mirada del trabajo que tenía apoyado sobre un gran carrete para cables que hacía las veces de mesa de centro.

—Espera un momento —dijo Bliss.

Año tras año, en la misma fecha, Bliss quemaba una efigie del padre de Susan. Ella sabía que era una locura, pero con su madre siempre era más sencillo seguirle la corriente. Bliss construía con paja una figura de unos treinta centímetros de altura, atada con hilo de embalar. El montaje había sufrido una progresiva evolución. El primer año había utilizado hierba seca del jardín, pero estaba demasiado húmeda y no había ardido. Necesitó queroseno para encender el fuego, y las chispas habían alcanzado un montón de abono, por lo que los vecinos llamaron a los bomberos.

Ahora Bliss compraba paja, ya preparada, en una tienda veterinaria. La vendían en una bolsa de plástico con la imagen de un conejo.

Susan se había prometido a sí misma no participar ese año, pero allí estaba sentada, mirando cómo su madre ataba con el cordel de embalaje, cada vez más apretado, las piernas del pequeño hombre de paja.

Bliss cortó el hilo con los dientes, hizo un nudo en torno al tobillo del muñeco y dio una calada a su cigarro. Así era su madre: bebía zumo de algas verdes todos los días, realizaba tres docenas de saludos al sol todas las mañanas y fumaba cigarros mentolados. Era un cúmulo de contradicciones. No usaba maquillaje, excepto el lápiz de labios rojo sangre que jamás olvidaba ponerse. Rechazaba las pieles, con excepción de su antiguo abrigo de piel de leopardo. Era vegetariana estricta, pero comía chocolate. A su lado, Susan parecía siempre menos hermosa, menos fascinante, menos loca.

Sin embargo, tenía que admitir que ella y su madre tenían dos cosas en común: la fe en el potencial artístico del cabello y muy poco criterio para elegir hombres. Bliss era peluquera y sus trenzas rubio platino, de estilo rastafari, le llegaban hasta la cintura. Susan teñía su media melena con colores como verde envidia, ultravioleta o, desde hacía poco, rosa copo de algodón.

Bliss aprobó satisfecha su trabajo, asintiendo con la cabeza.

—Listo.

Descruzó las piernas y se levantó para dirigirse a la cocina, balanceando las caderas. Reapareció al momento con una fotografía.

—Pensé que querrías tener esto —le dijo.

Susan cogió la foto en color. Se trataba de una fotografía suya de cuando era niña, tomada en el jardín, junto a su padre. Él todavía aparecía con su espesa barba y se inclinaba para poder agarrarle la mano; ella lo miraba y estaba radiante, con las mejillas sonrosadas, mostrando sus pequeños dientes en una gran sonrisa. Su cabello castaño estaba recogido en dos coletas y su vestido rojo estaba sucio; él llevaba una camiseta y unos vaqueros viejos. Ambos estaban bronceados y descalzos y parecían ser completamente felices. Era la primera vez que veía aquella fotografía.

Sintió que una oleada de tristeza la invadía.

—¿Dónde la encontraste? —preguntó.

—En una caja con sus viejos papeles.

El padre de Susan había muerto cuando ella tenía catorce años. Cuando pensaba en él, siempre lo representaba en su mente como tierno y sabio, la imagen de la perfección paterna. Sabía que no era del todo cierto. Pero después de su muerte tanto ella como Bliss se habían destrozado mutuamente, por lo que él debía de haber ejercido alguna influencia beneficiosa sobre ellas para mantener un cierto equilibrio.

—Te quería mucho —dijo suavemente Bliss.

A Susan le apetecía un cigarro, pero después de haberse pasado la infancia informando a su madre sobre el cáncer de pulmón, no le gustaba fumar cuando estaba con ella. Era como admitir el fracaso.

Bliss parecía querer añadir algo maternal. Se acercó para colocar con dulzura un mechón de los cabellos rosados de Susan.

—El color está desapareciendo. Ven a la peluquería para que te lo retoque. El rosa te sienta bien. Eres tan hermosa…

—No soy hermosa —replicó Susan, dándose media vuelta—. Soy atractiva. Hay una diferencia.

Bliss retiró su mano.

El jardín estaba oscuro y húmedo. La luz del porche iluminaba un semicírculo de césped y barro y unos arbustos plantados demasiado cerca de la casa. Habían colocado al padre de paja en un recipiente de cobre. Bliss se inclinó sobre él, lo encendió con un mechero de plástico y luego se retiró. La paja crepitó y ardió y las llamas treparon por el torso del hombrecillo hasta que lo envolvieron por completo. Sus pequeños brazos estaban abiertos, como si tuviera pánico. En un instante, la silueta humana se consumió en un fuego naranja. Susan y Bliss quemaban a su padre todos los años para que partiera, para que ellas pudieran comenzar de cero. Al menos ésa era la idea. Si funcionaba, quizá dejarían de hacerlo.

A Susan se le llenaron los ojos de lágrimas. Se dio media vuelta. Siempre le ocurría lo mismo. Pensaba haber alcanzado una cierta estabilidad emocional y luego el padre muerto cumplía años y la madre loca quemaba un muñeco de paja en su memoria.

—Tengo que marcharme —dijo Susan—. Tengo que reunirme con una persona.

Una espesa nube de humo invadía todos los rincones del club. A Susan le escocían los ojos. Sacó otro cigarro del paquete que había apoyado en la barra, lo encendió y le dio una calada. La música hacía temblar el suelo, rebotaba contra las paredes y taburetes y se abría paso entre las piernas de Susan, haciendo vibrar la superficie de cobre de la barra. Susan miraba cómo saltaba el paquete amarillo de cigarros. No había mucha luz. En ese club se encontraba siempre en una cierta penumbra. Le gustaba estar allí y poder ocultarse entre la sombra de la persona que estuviera sentada a su lado. Ella aguantaba bien el alcohol, pero se daba cuenta de que había bebido de más. Quizá había sido el martini de moras. O tal vez la Pabst. Su cerebro estaba embotado. Apoyó la palma de su mano sobre la barra para mantener el equilibrio mientras la invadía una sensación de mareo.

—Voy a salir a tomar un poco de aire —le dijo al hombre sentado a su lado. Le gritó para hacerse oír por encima de la música, pero el retumbar de los tonos graves ahogaba cualquier otro sonido.

La puerta principal se encontraba en el otro extremo de la pista de baile. Se abrió paso entre una auténtica multitud.

Trataba de compensar su mareo caminando con mucho cuidado, con la cabeza erguida, derecha, los brazos ligeramente separados de sus costados, la mirada al frente, el cigarro encendido. Nadie bailaba en ese club. Sólo se quedaban de pie, hombro con hombro, sacudiendo sus cabezas al ritmo de la música. Susan tenía que ir tocando a todo el mundo en el hombro o en el brazo para que le abrieran paso, y ellos se apartaban unos centímetros para dejarla pasar. Podía sentir cómo sus ojos la seguían. No era exactamente preciosa. Podía decirse que tenía un aspecto muy años veinte; un rostro demasiado ancho, con una gran frente, terminado en una barbilla poco prominente; miembros delgados, una boca graciosa y pechos pequeños. Su melena corta y rizada le hacía parecer todavía más una trastornada de principios del siglo XX. Llamativa era, definitivamente, el término adecuado. Sin el cabello rosa, tal vez hubiera sido hermosa, pero éste disfrazaba la dulzura de sus facciones, haciéndola parecer más dura. En parte, ésa había sido la razón para teñirlo.

Llegó a la puerta, pasó ante el portero y sintió el límpido aire fresco que la rodeaba. El club estaba en la parte antigua de la ciudad, lo que hasta hacía poco se denominaba Skid Row. En la época en que la gente llamaba Stumptown a Portland, había existido en aquella parte de la ciudad un floreciente negocio de secuestros, y miles de los leñadores y marineros que recalaban en los bares y prostíbulos se despertaban con una gran resaca en el fondo de algún barco, enrolados a la fuerza. Ahora, las industrias más importantes de Portland eran el turismo y la tecnología punta, y muchos de los edificios de fin de siglo, agrietados por el paso del tiempo, estaban siendo reconvertidos en modernos lofts, y uno podía hacer una visita guiada a los túneles de los bajos fondos de la ciudad por doce dólares.

A la larga, todo cambia.

Susan dejó caer la colilla sobre el cemento mojado, la aplastó con el talón de su bota, se inclinó contra el muro de ladrillos del club y cerró los ojos.

—¿Quieres fumar un porro?

Abrió los ojos.

—Mierda, Ethan —exclamó—. Me has dado un susto de muerte. No pensé que me hubieras visto salir.

Ethan sonrió.

—Estaba detrás de ti.

—Estaba escuchando el sonido de la lluvia —dijo Susan, señalando con la barbilla hacia el asfalto negro y brillante. Sonrió a Ethan lentamente. Lo conocía desde hacía apenas dos horas, y estaba comenzando a sospechar que lo había encandilado. Él no era su tipo habitual. Rondaba los treinta años y tenía el típico aspecto de un punk. Probablemente vestía pantalones de pana y sudadera con capucha todos los días. Vivía con otros cinco tipos en una casa decrépita en una parte de la ciudad no muy recomendable. Había trabajado en una discoteca durante ocho años, tocado en tres bandas, escuchado a Iggy Pop y a The Velvet Underground. Fumaba marihuana y tomaba cerveza, pero no de la barata.

—¿Tienes pipa?

Él asintió sonriendo.

—Demos una vuelta a la manzana —le dijo, tomándolo de la mano, sacudiendo los brazos, arrastrándolo directamente hacia la persistente lluvia de Portland.

Cargó la pipa mientras caminaban y le pasó la primera calada. Ella aspiró, sintiendo la agradable bocanada ardiente en los pulmones antes de expulsar el humo. Colocó la pipa en la boca de él y lo condujo a la esquina del edificio que acababan de pasar. No había mucho tráfico en esa parte de la ciudad por las noches. Susan lo miró directamente a la cara, poniéndose delante de él. Era más alto, por lo que tuvo que alzar la vista.

—¿Quieres que te la chupe? —preguntó con seriedad.

En el rostro de él se dibujó esa sonrisa idiota que ponen los hombres cuando no pueden creer en su buena suerte.

—Eh, bueno.

Susan sonrió. Ella lo había hecho por primera vez a los catorce y había tenido un buen maestro.

—¿En serio? —Inclinó la cabeza poniendo un exagerado gesto de sorpresa—. Resulta gracioso, porque no respondiste a ninguna de mis llamadas.

—¿Qué?

Sus narices se rozaban.

—Te dejé once mensajes, Ethan. Sobre Molly Palmer.

Su sonrisa se esfumó, dando paso a una arruga en su entrecejo.

—¿Perdón?

—Ella fue tu novia en la universidad, ¿no? ¿Alguna vez te contó algo sobre sus relaciones con el senador?

Ethan trató de retroceder, pero se dio cuenta de que estaba contra la pared; así que se limitó a moverse incómodo antes de cruzarse de brazos.

—¿Quién eres?

—Durante años corrieron rumores de que el senador se acostaba con la nana de sus hijos —informó Susan. Ella se mantuvo de pie frente a él, sin dejarle espacio; estaba tan cerca que podía ver la saliva acumulándose ligeramente en su boca abierta—. ¿Es cierto, Ethan? ¿Alguna vez te comentó algo?

—Lo juro por dios —dijo Ethan, enfatizando cada sílaba, mirando a todas partes excepto a Susan—: no sé nada sobre ese asunto.

Sonó el teléfono. Susan no se movió.

—¿Es el tuyo o el mío? —preguntó.

—No tengo celular —tartamudeó Ethan.

Ella arqueó una ceja.

—Entonces debe de ser el mío —dijo, encogiéndose de hombros. Buscó en su bolso, sacó el teléfono y respondió—: ¿Hola?

—Tengo un trabajo para ti.

Ella se apartó de Ethan, alejándose un par de pasos.

—¿Ian? ¿Eres tú? Ya es más de medianoche.

—Es importante. —Hubo una pausa—. ¿Has oído algo sobre esas niñas desaparecidas?

—Sí...

—Ha desaparecido otra. El alcalde ha convocado una reunión urgente esta noche. Han vuelto a llamar al grupo especial de la Belleza Asesina. Clay y yo estamos con ellos ahora. Creo que esto es importante, Susan. Queremos que escribas un reportaje.

Susan miró a Ethan. Estaba preparando otra pipa, confundido.

—¿Policías y asesinos en serie? —susurró.

—El alcalde permitirá que haya una persona de los medios junto al equipo de la policía. No quieren que se vuelva a repetir lo de la Belleza Asesina. ¿Puedes venir mañana temprano? Digamos ¿a las seis? Para hablar del asunto.

Susan miró su reloj.

—¿A las seis de la mañana?

—Sí.

Volvió a mirar a Ethan.

—Estoy trabajando en otro asunto.

—Sea lo que sea, esto es infinitamente más importante. Hablaremos de ello por la mañana.

Tenía la cabeza embotada por el alcohol. Hablarían de ello por la mañana.

—OK.

Cerró el teléfono y se mordió los labios. Dio media vuelta y volvió a colocarse frente a Ethan. Le había llevado meses encontrarlo. Ni siquiera sabía si todavía seguía en contacto con Molly. Pero era lo único que tenía.

—Te explicaré de qué va la cosa —le dijo—. La prensa ignoró los rumores durante demasiado tiempo. Yo voy a averiguar qué sucedió. Y voy a escribir sobre este asunto. —Lo miró a los ojos y le sostuvo la mirada, queriendo que él le viera el rostro, más allá de sus cabellos rosados, para que supiera que estaba hablando en serio—. Díselo a Molly. Dile que me ocuparé de su seguridad. Y que estoy interesada en saber la verdad. Y, cuando esté lista para hablar sobre lo sucedido, estoy dispuesta a escucharla con mucho interés.

La llovizna suave de hacía unos instantes dejó paso a un fuerte aguacero. Le puso una tarjeta en la mano.

—Mi nombre es Susan Ward. Trabajo para el *Herald*.

CAPÍTULO
5

La puerta principal del *Oregon Herald* no abría hasta las siete y media, así que Susan tuvo que utilizar la entrada de servicio en el lado sur del edificio. Sólo había dormido cuatro horas. Se había pasado una hora delante del ordenador intentando ponerse al día sobre la chica desaparecida. No le había dado tiempo a ducharse, y su cabello, que se había recogido en una cola de caballo, olía todavía un poco a tabaco y cerveza. Llevaba unos sencillos pantalones negros y una camiseta también negra de manga larga. Completaba su atuendo con unas zapatillas amarillas de lona. Tampoco había que ser tan tremendamente aburrida.

Mostró su credencial al vigilante nocturno, un muchacho negro y regordete que por fin había terminado *Las dos torres* y estaba empezando *El retorno del rey*.

—¿Qué tal el libro? —le preguntó.

Como respuesta él se limitó a encogerse de hombros, dejándola entrar en el sótano, echándole una breve mirada. Había tres ascensores en el edificio del *Herald*, pero sólo uno de ellos funcionaba. Susan apretó el botón del quinto piso.

El *Herald* estaba situado en el corazón de Portland. El centro era muy hermoso, con grandes edificios de la época en que la ciudad era el puerto más importante del noroeste. Las calles arboladas tenían suficiente espacio para poder circular en bicicleta, y había muchos parques. Los oficinistas durante su descanso se sentaban junto a los sin techo que jugaban al ajedrez en la plaza Pioneer, los músicos callejeros amenizaban a los que iban de compras, mientras que en alguna esquina siempre había alguien manifestando alguna protesta. En medio de toda esa elegancia y bullicio se encontraba el *Herald*, un edificio de ladrillo y piedra de ocho pisos que los buenos ciudadanos de Portland habían considerado horroroso cuando fue construido en 1920, y seguían considerándolo, en la actualidad, igualmente horroroso. Cualquier encanto interior que hubiera poseído había sido eliminado durante una desafortunada remodelación en 1970, la peor de las décadas para efectuar reformas. Moquetas grises, paredes blancas, techos bajos cubiertos con paneles, luces fluorescentes. Si no fuera por los reportajes del *Herald* enmarcados que colgaban de las paredes de los pasillos y las mesas de los empleados, atestadas de papeles, podría haber pasado perfectamente por una compañía de seguros. Cuando Susan soñaba con trabajar en la redacción de un periódico, se había imaginado el caos bullicioso y animado de sus colegas. Pero el *Herald* era silencioso y formal. Si estornudabas, todos se daban la vuelta para mirar.

Se trataba de un periódico independiente, lo que significaba que era uno de los pocos del país que no pertenecían a una compañía. En los años sesenta, una familia de empresarios madereros se lo había comprado a otra familia de empresarios madereros. Los nuevos propietarios habían contratado a un editor para dirigir el periódico, un antiguo ejecutivo de relaciones públicas de Nueva York llamado Howard Jenkins, y, desde entonces, el periódico había ganado tres premios Pulitzer. Susan pensaba que eso estaba bien, porque, aparte del periódico, ya no se ganaba mucho dinero como empresario del sector maderero.

El quinto piso estaba tan silencioso que se podía oír el zumbido del motor de la máquina de bebidas. Examinó la redacción principal, en donde varias filas de paneles divisorios albergaban a casi toda la plantilla de noticias y suplementos. Algunos redactores estaban encorvados sobre sus mesas, parpadeando patéticamente frente a los monitores de los ordenadores. Susan vio a Nedda Carson, la secretaria del redactor jefe, dirigiéndose hacia el pasillo con su habitual taza de té en la mano.

—Están ahí —informó Nedda, señalando con la cabeza hacia una de las pequeñas salas de reuniones.

—Gracias —dijo Susan.

Se encaminó hacia la sala de reuniones. A través de la puerta acristalada pudo ver a Ian Harper. Él había sido uno de los primeros contratados por Jenkins. Venía del *New York Times*, y era uno de los redactores estrella del periódico. Dio un golpecito suave en el cristal. Él alzó la vista y le hizo señas para que entrara. La sala era pequeña y estaba pintada de blanco, con una mesa de reuniones, cuatro sillas y un cartel que animaba a los empleados del *Herald* a reciclar.

Ian estaba sentado sobre el respaldo de una de las sillas. Siempre se sentaba así. Susan pensaba que colocarse a aquella altura le hacía sentirse poderoso. Pero quizá fuera porque estaba más cómodo. El jefe de información, Clay Lo, se había colocado frente a Ian y apoyaba su gruesa cabeza en una mano, torciendo las gafas. Durante un minuto, Susan pensó que estaba dormido.

—¡Jesús! —exclamó Susan—. Díganme que no han pasado aquí toda la noche.

—Hemos tenido una reunión del consejo de redacción a las cinco —dijo Ian, señalándole una de las sillas—. Toma asiento.

Ian llevaba unos vaqueros negros, zapatillas converse negras y una chaqueta también negra sobre una vieja camiseta con el rostro de John Lennon frente a la estatua de la Libertad. La mayoría de las camisetas de Ian trataban de poner de manifiesto su origen neoyorquino.

Clay levantó la vista y asintió, con sus ojos nublados. Frente a él, una taza de café que había traído de la cocina del piso inferior. Era el fondo de la jarra de café. Susan pudo ver las manchas en torno al borde de la taza de plástico.

Se sentó, sacó del bolso su libreta de notas y un lápiz, y los colocó sobre la mesa.

—¿Qué está pasando? —preguntó.

Ian suspiró y se tocó las sienes. Se trataba de un gesto que Susan había visto muchas veces, como si quisiera demostrar que había estado sumergido en una profunda reflexión, pero ella sabía que lo hacía para confirmar que su cabello todavía estaba recogido en la coleta y no se había soltado.

—Kristy Mathers —contestó Ian, acariciándose las sienes con las manos—. Catorce años. Vive con su padre. Él es taxista. No supo que había desaparecido hasta que llegó a su casa ayer por la noche. La última vez que la vieron, regresaba del instituto a casa.

Susan ya conocía estos detalles por las noticias de la mañana.

—Del Instituto Jefferson —completó.

—Sí —afirmó Ian. Cogió una taza con el logo del *Herald*, la sostuvo en alto durante unos segundos y volvió a dejarla sobre la mesa sin tomar un sorbo—. Tres chicas. De secundaria. Como medida de seguridad han aumentado la dotación de policía para vigilar los institutos.

—¿Están seguros de que no fue a reunirse con su novio o a comprar alguna oferta al *Hot Topic* o algo así? —preguntó Susan.

Ian negó con la cabeza.

—Se suponía que tenía que hacer de nana para una vecina. No apareció, ni llamó. Se lo están tomando en serio. ¿Qué sabes del equipo especial de la Belleza Asesina?

Susan sintió que se le ponía la piel de gallina ante la mención de la famosa asesina en serie. Miró a Ian, luego a Clay, y nuevamente a Ian.

—¿Qué tiene que ver la Belleza Asesina con esto? —preguntó.

—¿Qué sabes del caso? —volvió a preguntar Ian.

—Gretchen Lowell mató a un montón de gente —dijo Susan—. El equipo especial de la Belleza Asesina pasó diez años intentando detenerla. Y, de repente, ella secuestra al detective al mando del equipo. Eso fue hace dos años. Todos pensaron que lo había matado. Recuerdo que yo volvía a casa de la universidad para pasar el día de acción de gracias cuando sucedió. Ella se entregó. Así sin más. Él estuvo a punto de morir. Yo volví a la universidad. —Se giró hacia Clay—. Siguen adjudicándole asesinatos, ¿no? Creo que consiguieron que confesara que había matado a veinticinco personas más durante el primer año que pasó en la cárcel. Cada uno o dos meses conficsa un nuevo crimen. Es una de las psicópatas más grandes. —Se rió nerviosa—. Grande en el sentido más espeluznante, brutal y astuto, no extraordinario.

Clay cruzó sus manos sobre la mesa y miró con intensidad a Susan.

—Les dimos a los policías bastante duro.

Susan asintió.

—Lo recuerdo. Recibieron muchísimas críticas negativas por parte de la prensa. Había mucha frustración y miedo. Algunos artículos fueron muy crueles. Pero al final se convirtieron en héroes. Y también salió aquel libro, ¿verdad? Y miles de historias de interés humano sobre Archie Sheridan, policía y héroe.

—Ha vuelto —dijo Ian.

Susan se inclinó hacia delante.

—No me digas. Pensé que estaba de baja.

—Estaba. Lo han convencido para que vuelva a dirigir un nuevo grupo especial. El alcalde piensa que él puede atrapar a ese tipo.

—¿Igual que capturó a Gretchen Lowell?

—Exceptuando la parte en la que casi deja la vida, sí.

—¿Y sin los artículos? —preguntó Susan.

—Ésa es la parte en donde entras tú —respondió Ian—. La última vez no tuvimos acceso. Creen que si nos dejan participar en todo el proceso estaremos menos predispuestos a ser críticos con ellos y a burlarnos. Por eso nos dejarán escribir sobre Sheridan.

—¿Por qué yo? —preguntó escéptica.

Ian se encogió de hombros.

—Pidieron expresamente que fueras tú. No formabas parte de la plantilla la última vez. Y eres escritora. El título universitario los pone menos nerviosos que la acreditación de periodista. —Volvió a tocarse las sienes, esta vez encontrando un corto cabello gris fuera de lugar y colocándoselo en su sitio—. No quieren a un periodista. Quieren historias de interés humano. Además, fuiste al Instituto Cleveland.

—Hace diez años —señaló Susan.

—De allí era la primera chica que desapareció —dijo Ian—. Una nota de color. Además, eres una excelente escritora de artículos de fondo. Serás muy buena realizando una serie de artículos. Tienes habilidad para eso. Jenkins está convencido de que éste es nuestro billete para otro premio Pulitzer.

—Escribo extraños artículos sobre víctimas de incendios y mascotas rescatadas.

—Hace tiempo que quieres escribir algo serio —replicó Ian.

¿Debía informarles? Susan golpeó la libreta de notas con el lápiz durante un minuto y luego lo dejó cuidadosamente sobre la mesa.

—He estado curioseando un poco sobre el asunto del senador Scheer.

Sus palabras causaron el mismo impacto que si hubiera comenzado a masturbarse sobre la mesa. Durante un momento, todos se quedaron inmóviles. Luego, Clay se irguió en su asiento. Miró a Ian, que continuaba sentado en el respaldo de su silla, con las manos sobre las rodillas y la espalda recta.

—Eso son sólo rumores —dijo Ian—. Nada más. Molly Palmer ha tenido un montón de problemas psicológicos. No hay nada. Se trata de una campaña de desprestigio. Créeme, no vale la pena que pierdas el tiempo. Y no es de tu incumbencia.

—Ella tenía catorce años —comentó Susan.

Ian tomó su taza pero no bebió.

—¿Has hablado con ella?

Susan se hundió un par de centímetros en la silla.

—No he podido encontrarla.

Ian soltó un gruñido, dejando la taza sobre la mesa.

—Será porque ella no quiere que la encuentren. Se ha pasado la vida entrando y saliendo de reformatorios y centros de rehabilitación. ¿Acaso crees que no investigué el tema en cuanto me enteré? Ella está perturbada. Estaba en el instituto, mintió a algunos amigos y la mentira creció como una bola de nieve. Y punto. —Frunció el ceño—. Entonces,

¿quieres hacerte cargo de la historia del asesino en serie o debo pasársela a Derek?

Susan hizo un mohín. Derek Rogers había sido contratado al mismo tiempo que ella, y estaba siendo preparado para comenzar a cubrir asuntos policiales. Se cruzó de brazos y consideró la tentadora posibilidad de no tener que escribir otro artículo sobre un perro policía. Pero tenía sus dudas. Aquello le parecía importante. Era vida o muerte. Y aunque ella nunca se lo admitiría a nadie en aquella sala, se tomaba el asunto con mucha seriedad. Deseaba hacerse cargo de la historia. Pero no quería echarlo a perder.

—Pensamos en cuatro artículos —anunció Ian—. Comenzaríamos cada uno en portada. Seguirás a Archie Sheridan. Escribirás sobre lo que veas. Será tu único trabajo. Si es que lo quieres.

La primera página.

—Es porque soy una chica, ¿no es cierto?

—Una flor delicada.

Ian había ganado un Pulitzer cuando trabajaba para el *Times*. Una vez había dejado que Susan lo sostuviera. Allí sentada, casi podía sentir el peso del medallón en su mano.

—Sí —asintió, sintiendo que se le aceleraba el pulso—. Lo quiero.

Ian sonrió. Resultaba atractivo cuando sonreía, y él lo sabía.

—Bien.

—¿Entonces? —preguntó Susan cerrando su libreta y preparándose para levantarse—. ¿En dónde se supone que me encontraré con él?

—Te llevaré a las tres —contestó Ian—. Hay una conferencia de prensa.

Susan se detuvo. Ahora que se había decidido, ardía en deseos de empezar.

—Pero necesito verlo en acción.

—Él quiere algo de tiempo para organizarse. —Su expresión no dejaba lugar a ninguna discusión.

Medio día. En el caso de una persona desaparecida era toda una vida.

—¿Qué se supone que debo hacer hasta entonces? —preguntó Susan.

—Termina el resto de tu trabajo —ordenó Ian—. Y averigua todo lo que puedas. —Agarró el teléfono marrón manchado de tinta que estaba sobre la mesa y marcó un número—. ¿Derek? ¿Puedes venir un momento?

A Derek Rogers le llevó un segundo aparecer por la puerta de la sala de reuniones. Era más o menos de la edad de Susan, lo que, en sus momentos más contemplativos, ella admitía que despertaba su instinto competitivo. Había ido a la universidad en Dakota del Sur con una beca deportiva y se había dedicado al periodismo deportivo cuando una lesión lo obligó a abandonar el fútbol. Ahora repartía su tiempo entre los temas policiales y la política local en el *Herald*. Seguía teniendo aspecto de deportista, con la mandíbula cuadrada y su manera de caminar un poco chulesca, como un vaquero. Susan sospechaba que se secaba el pelo con secador. Pero hoy no venía con su traje habitual, y sus ojos parecían cansados. Tal vez llevaba una vida más interesante de la que ella suponía. Él le sonrió, intentando atraer su mirada. Siempre lo hacía, pero Susan permaneció evasiva.

Derek traía un proyector, un ordenador portátil y una caja de *dónuts*. Dejó los *dónuts* en la mesa y abrió la caja. Un dulce aroma nauseabundo llenó la habitación.

—Son de krispy-kreme —dijo—. He ido hasta Beaverton.

Desaparecía una adolescente y Derek se iba a comprar *dónuts*. Fantástico. Susan miró a Clay, pero éste no se puso a sermonearle sobre la seriedad de la situación. Tomó dos y dio un mordisco a uno de ellos.

Ian eligió uno de manzana.

—¿No quieres uno? —le preguntó a Susan.

Susan sí quería. Pero no le apetecía que Derek quedara bien.

—No, gracias —respondió.

Derek jugueteó con el proyector.

—Lo prepararé. —Abrió el portátil y encendió el proyector. Un cuadrado de color apareció sobre la pared blanca. Susan miró mientras la borrosa mancha se convertía en la primera página de una presentación de Power Point. Sobre un fondo rojo sangre, con letra típica de halloween se leía: «El Asesino de Colegialas».

—¿El Asesino de Colegialas? —preguntó Clay, escéptico. Tenía migas blancas de dónut en las comisuras de los labios. Su voz se había espesado por el azúcar.

Derek bajó la vista, azorado.

—Estuve pensando en un nombre.

—Demasiado evidente —declaró Clay—. Necesitamos algo con más fuerza.

—¿Qué les parece el Estrangulador del Willamette? —avanzó Derek.

Ian se encogió de hombros.

—Poco original.

—Es una pena que no se las coma —intervino Clay secamente—. Entonces tal vez se nos ocurriría algo verdaderamente novedoso.

—¿Cuánto hace que desapareció la tercera chica? —preguntó Susan.

Derek carraspeó.

—Es cierto. Lo siento. —Se enfrentó con confianza al grupo, poniendo los puños sobre la mesa—. Empecemos por

Lee Robinson, del Instituto Cleveland. Desapareció en octubre. Tenía ensayo con el coro de jazz después de clase. Cuando terminó, se fue del gimnasio en donde ensayaban y les dijo a algunos amigos que volvería caminando a su casa. Vivía a diez manzanas.

Susan abrió su libreta de notas.

—¿Ya era de noche? —preguntó.

—No —contestó Derek—, pero faltaba poco. Lee nunca llegó a su casa. Al ver que se retrasaba, su madre comenzó a llamar a sus amigas. Después de las nueve, telefoneó a la policía. Todavía tenían esperanzas.

Derek apretó una tecla de su ordenador y el título se desvaneció con la imagen de una noticia escaneada del *Herald*.

—Ésta fue la primera nota que publicamos, en la primera página de la sección de noticias locales, el 30 de octubre, cuarenta y ocho horas después de la desaparición de Lee. —Susan sintió una punzada de tristeza al ver la foto escolar de la muchacha sonriente: cabello liso de color castaño, jersey del coro de jazz, acné, sombra de ojos azul y brillo de labios. Derek continuó—: La policía pidió a todo aquel que pudiera proporcionar información que llamara a un número de teléfono. Se recibieron más de mil llamadas. Ninguno dio una pista fiable.

—¿Estás segura de que no quieres un dónut de manzana? —le preguntó Ian a Susan.

—Sí —respondió Susan.

Derek volvió a apretar una tecla. La imagen de una primera plana apareció proyectada en la pared.

—El 1 de noviembre la historia fue portada. «Joven desaparecida.» —Allí estaba otra vez la foto escolar, junto a una foto de la madre, el padre y el hermano de Lee en una vigilia en el barrio—. Después de éste, hubo todavía dos artículos más, pero con muy poca información —continuó Derek mientras mostraba otra imagen, otro titular en primera página, fechado el 7 de noviembre—. «Joven desaparecida hallada muerta.» Un equipo de rescate de voluntarios la encontró en la isla Ross, sumergida en el barro. Había sido violada y estrangulada. El médico forense calculaba que llevaba allí al menos una semana.

Todos los días de la semana siguiente salió una nueva noticia: rumores, pistas, los vecinos que recordaban lo encantadora que era Lee, ceremonias de sus compañeros, servicios religiosos, y una recompensa creciente, solicitando información que llevara hasta el asesino.

—El 2 de febrero, Dana Stamp terminó su ensayo de danza en el Instituto Lincoln —siguió Derek—. Se duchó, se despidió de sus amigos y se dirigió a su coche, que estaba en el aparcamiento de alumnos. Nunca llegó a su casa. Su madre, una agente inmobiliaria, estaba con unos clientes en la zona este y llegó a su casa a las nueve. Llamó a la policía justo antes de medianoche.

Puso otra diapositiva. En los titulares de la edición del 3 de febrero del *Herald* aparecía: «Otra joven desaparecida».

Otra foto escolar. Susan se acercó un poco y examinó a la muchacha proyectada en la pared. El parecido era asombroso. Dana no tenía ni el aparato dental ni el acné, por lo que, a primera vista, parecía más guapa que Lee, pero si se examinaban cuidadosamente, se podía pensar que eran parientes. Dana era la chica en la que Lee se convertiría, una vez que se quitara el corrector dental y desapareciera el acné. Tenían el mismo rostro oval, los mismos ojos grandes, una nariz pequeña y cabello castaño. Ambas eran delgadas, con la incomodidad de los pechos incipientes. Dana sonreía en su foto. Lee no.

Susan había seguido toda la crónica. Uno no podía vivir en Portland y eludirla. Mientras los días pasaban sin pistas sobre el paradero de Dana, la historia se convirtió en una y la víctima en una sola muchacha: Dana-Lee. La historia principal parecía una sombría letanía repetida una y otra vez en los informativos locales, independientemente de lo que estuviera sucediendo en el ámbito nacional e internacional. La policía, en público, sólo decía que estaban considerando la posibilidad de que los dos casos estuvieran relacionados, pero en la mente de todos no había ninguna duda. Las fotos escolares siempre aparecían juntas. Se hablaba de ellas como «las chicas».

Derek miró dramáticamente a los presentes.

—Un piragüista encontró el cuerpo, parcialmente oculto por la vegetación, en la orilla de la explanada el 14 de febrero, el día de San Valentín. Bonito, ¿eh? Había sido violada y estrangulada.

La diapositiva se desvaneció para dar paso al periódico del 8 de marzo.

—Tercera joven desaparecida: la ciudad vuelve a convocar al equipo especial de la Belleza Asesina. —Derek resumió—: Kristy Mathers salió ayer del instituto, a las seis y cuarto, tras un ensayo teatral. Volvía a casa en bicicleta. Su padre es taxista y trabaja hasta tarde. Pasó por su casa alrededor de las ocho porque no había podido comunicarse con ella por teléfono. Llamó a la policía a las ocho y media. Todavía sigue desaparecida.

Susan miró la foto de la muchacha. Era algo más rolliza que Dana y Lee, pero tenía el mismo cabello castaño y los mismos ojos grandes. Miró al reloj redondo y blanco que estaba colgado en la pared, sobre la puerta. La aguja del minutero había dado un salto adelante. Eran casi las seis y media. Kristy Mathers llevaba desaparecida casi doce horas. Un escalofrío le recorrió la espalda al darse cuenta de que probablemente aquella historia no iba a tener un final feliz.

Ian se dirigió a Susan.

—El tema de tu artículo es Archie Sheridan, no las chicas. Ellas son —se pasó la mano por el cabello hasta la coleta— un telón de fondo. Si escribes esto como corresponde, darás un gran salto en tu carrera.

Derek pareció confundido.

—¿Qué quieres decir? Dijiste que ésta era mi historia. He estado levantado casi toda la noche preparando esta presentación.

—Cambio de planes —replicó Ian ofreciéndole a Derek una de sus elegantes sonrisas—. Buena presentación de Power Point. —Derek frunció el ceño—. Relájate —dijo Ian—. Tú puedes encargarte de actualizar la página web. Vamos a crear un blog.

Dos perfectos círculos rojos aparecieron en las mejillas de Derek, y Susan pudo ver cómo su mandíbula se ponía tensa. Miró a Ian y a Clay, aunque este último lo ignoró dirigiendo una golosa mirada a otro dónut. Luego miró a Susan de forma amenazadora. Ella se encogió de hombros y le ofreció una media sonrisa. Podía permitirse ese lujo.

—Muy bien —claudicó Derek con un resignado asentimiento de cabeza. Cerró su ordenador y comenzó a enroscar el cable en torno a su mano. Pero se detuvo de inmediato, apretando el cable—. El Estrangulador Extraescolar. —Todos lo miraron. Él sonrió, satisfecho consigo mismo—. Para el nombre. Se me acaba de ocurrir.

Ian miró a Clay, inclinando la cabeza con aire interrogante.

«No», pensó Susan. «No dejen que este idiota le ponga nombre. Que no lo haga Derek *el Fornido*.»

Clay asintió varias veces.

—El Estrangulador Extraescolar. —Se rió por lo bajo—. Es banal, pero me gusta. —Su risa se apagó y permaneció sentado, perfectamente inmóvil por un instante. Luego carraspeó—. Alguien tiene que escribir la necrológica —dijo suavemente—. Por si las moscas.

Clay tomó su taza de café frío y la miró con pesadumbre. Derek bajó la mirada hacia sus manos. Ian siguió ocupándose de su coleta, y Susan no apartó la vista del reloj. La manecilla dio otro salto hacia delante al transcurrir otro minuto. El eco del sonido rebotó en la habitación, repentinamente silenciosa.

Archie contó las píldoras de vicodina. Trece. Puso dos de las pastillas ovaladas sobre la tapa del inodoro y las once restantes las introdujo en un pastillero metálico, protegiéndolas cuidadosamente con algodón para que no hicieran ruido. Luego guardó la pequeña caja en el bolsillo de su chaqueta. Trece vicodinas extrafuertes. Tenían que ser suficientes. Suspiró y volvió a sacar el pastillero de su bolsillo, contó otras cinco pastillas del bote de plástico color ámbar, las añadió a las primeras y volvió a guardarlas. Dieciocho vicodinas. Diez miligramos de codeína y 750 miligramos de acetaminofeína en cada dosis. La dosis máxima de acetaminofeína que los riñones de un ser humano podían tolerar era cuatro mil miligramos en veinticuatro horas. Había hecho el cálculo. Equivalía a 5.33 pastillas diarias. No era suficiente. Así que jugaba a controlar su adicción. Se permitiría una pastilla extra cada tantos días. Hasta 25, después se abstendría paulatinamente, partiría por la mitad las pastillas, y volvería a las cuatro o cinco recomendadas. Luego incrementaría de nuevo la dosis. Era como un juego. Todas esperaban su turno. Vicodina para el dolor, Xanax para los ataques de pánico, Zantac para su estómago, Ambien para dormir. Todas fueron cayendo progresivamente en el pastillero.

Se pasó los dedos por el mentón. Nunca había sido muy hábil para afeitarse, pero últimamente se había vuelto casi peligroso. Se quitó un pedacito de papel higiénico que había pegado a un corte que se había hecho con la cuchilla. Al quitarlo, la herida comenzó a sangrar inmediatamente. Se echó un poco de agua fría en la cara, arrancó otro pedazo de papel del rollo, lo apretó contra la barbilla y se miró al espejo. Archie nunca había tenido capacidad para juzgar su propia apariencia. Sus mejores cualidades consistían en poder juzgar la apariencia de los demás, la empatía, y una obsesiva y perruna obstinación que lo obligaba a perseguir todas las posibilidades verosímiles hasta que, como una costra arrancada, la verdad quedara expuesta. Durante su extraña carrera como detective de homicidios, rara vez se le había ocurrido fijarse en su aspecto. Ahora dirigía aquella habilidad suya para captar los detalles de su propia imagen. Tenía los ojos tristes y oscuros.

Pero sus ojos ya eran así mucho antes de tropezarse con Gretchen Lowell, y de convertirse en policía. Su abuelo, un sacerdote que había decidido volver a la vida laica, había huido de Irlanda del Norte y a él pertenecían aquellos ojos, siempre invadidos por la nostalgia y la soledad, aunque estuviera rodeado de gente. Archie siempre había tenido los ojos tristes, pero parecía como si en los últimos años el resto de sus facciones se hubieran retraído, haciendo que destacaran mucho más. De su madre había heredado el mentón firme y decidido, una nariz que se había roto en un accidente de coche y las mejillas, que formaban unos graciosos hoyuelos cuando se permitía esbozar una sonrisa ladeada. No era guapo. Pero no resultaba desagradable, si a uno le gustaban los tipos normales deprimidos. Sonrió ante su imagen, aunque, inmediatamente, se estremeció. ¿A quién quería engañar? De todas formas, intentó hacer un esfuerzo. Trató de dominar el remolino de rizos castaños que caían sobre su frente y alisar sus cejas. Se había puesto una ridícula chaqueta de pana tostada que le daba aspecto de profesor y una corbata de seda marrón y plateada que le había comprado su ex esposa, famosa por su buen gusto, según mucha gente. La chaqueta, que alguna vez le había sentado a la perfección, ahora le colgaba de los hombros. Pero sus calcetines estaban limpios. Parecía, al menos para sí mismo, casi normal. No había podido descansar en aquellos dos años. Había alcanzado ya los cuarenta, pero aparentaba por lo menos cinco años más. Luchaba en una batalla perdida contra las pastillas. No podía tolerar el contacto con sus hijos. Pero parecía casi normal. Sí. Podía pasar por una persona normal. Era un policía, se recordó. «Puedo mentir encantadoramente.» Se quitó el papel higiénico del rostro y lo tiró en una pequeña papelera bajo el lavabo. Después, volvió a mirarse cuidadosamente en el espejo. El corte apenas era visible. Sonrió. Alzó sus cejas. «¡Hola! ¡Qué alegría volver a verte! ¡Sí! ¡Me siento estupendamente! ¡Mucho mejor!» Suspiró y dejó que su rostro recuperara su natural expresión fatigada, y luego, distraídamente, tomó las dos pastillas que había colocado sobre el inodoro y se las tragó sin agua. Eran las seis y media de la mañana. Habían pasado más de doce horas desde la última vez que alguien había visto a Kristy Mathers.

Las nuevas oficinas del equipo especial estaban ubicadas en el edificio de un antiguo banco que el ayuntamiento había alquilado hacía unos meses ante la necesidad de habilitar algunos locales adicionales por falta de espacio. El edificio de cemento rectangular, de una sola planta, contaba con pocas ventanas, y estaba rodeado por todos lados por un aparcamiento. El cajero automático para los tickets todavía estaba en funcionamiento.

Archie miró su reloj; eran casi las siete.

La búsqueda nocturna, casa por casa, no había dado resultados satisfactorios y sólo había servido para asustar a los vecinos. Henry había dejado a Archie a las tres de la mañana con la dirección de las nuevas oficinas del equipo y un «que duermas bien» de despedida, que les había hecho reír a los dos.

Archie se encontró allí solo, de pie, en la acera de enfrente, con las manos hundidas en los bolsillos, observando el espectáculo. Un taxi lo había llevado hasta allí —una concesión ante las pastillas. Era un adicto, pero responsable. Una sonrisa se dibujó en sus labios. «Un jodido banco.» En el aparcamiento que rodeaba el edificio ya había tres furgonetas de diferentes canales de televisión locales. «Todas las noticias que vale la pena conocer», decía el eslogan de una de ellas. Se dio cuenta de que, de momento, no había ningún medio de repercusión nacional. Pero estaba seguro de que era sólo una cuestión de tiempo. Miró a los reporteros, enfundados, de forma absurda, en gruesos y cálidos impermeables, conversando con los cámaras. Cada vez que oían llegar un coche, se lanzaban hacia delante con expectación, y una vez que descubrían la identidad del recién llegado volvían a sus cigarros y a sus termos de café. Lo estaban esperando a él. No a las chicas, ni al equipo especial. De eso estaba completamente seguro. Lo querían a él. La última víctima de la Belleza Asesina. Sintió un frío intenso en las manos. Se pasó una mano por el pelo y se dio cuenta de que estaba mojado. Había permanecido allí de pie, bajo la suave lluvia, durante diez minutos. «Te vas a morir», pensó. Las palabras resonaron en su mente no con su propia voz, sino con la de ella.

Cantarina y bromista. «Te vas a morir, querido.» Respiró profundamente, tratando de alejar aquel eco, y se dirigió hacia su nueva oficina.

Tan pronto como llegó al mojado cemento del aparcamiento, una nube de reporteros se concentró a su alrededor. Ignoró las preguntas y las cámaras, y caminó tan rápido como pudo, con los hombros encogidos contra la lluvia, en medio de aquel grupo amenazador. «¿Cómo se siente después de haber vuelto? ¿Ya está completamente restablecido? ¿Ha mantenido algún contacto con Gretchen Lowell?» «No te distraigas», se dijo. Jugueteó con el pastillero en su bolsillo, consolándose con su presencia. Simplemente sigue adelante.

Mostró su credencial al policía de la entrada y dejó atrás la multitud de periodistas que no tenían permitido el acceso. El edificio estaba lleno de gente —limpiando, retirando el viejo mostrador de atención al público, trasladando muebles de un lado a otro. El aire era denso a causa del polvo y del eléctrico murmullo de las herramientas. A Archie le escocieron los ojos mientras examinaba la sala. Henry estaba de pie junto a la puerta, esperándolo. Él había enseñado a Archie muchas cosas cuando fue nombrado detective y, desde entonces, se había convertido en una especie de protector. Era un hombre fornido, de cabeza afeitada y brillante y con un grueso bigote canoso que podía imponerse si así lo deseaba. Pero su arrugada sonrisa y sus amables ojos azules delataban una naturaleza amistosa. Henry sabía que poseía ambos perfiles y los usaba según le convenía. Aquel día llevaba un jersey negro de cuello alto, chaqueta de cuero negro y vaqueros del mismo color. En su pantalón destacaba un cinturón de cuero negro trenzado a mano con una hebilla de plata y turquesa. Era un uniforme que Henry vestía con mínimas variaciones.

Se estaba quitando con cuidado el polvo blanco de los pantalones cuando vio a Archie.

—¿Has logrado esquivar a los periodistas locales? —preguntó de buen humor.

Archie había sido, durante mucho tiempo, el objetivo preferido de la prensa y Henry lo sabía.

—No ha habido problema.

—Espero que así sea —asintió Henry—. ¿Estás preparado para enfrentarte a todo esto?

—Tan listo como pueda estarlo. —Archie miró a su alrededor—. Esto es un banco.

—Espero que no seas alérgico al amianto.

—¿No te parece raro? —preguntó Archie.

—Siempre me han gustado los bancos. Hacen que me acuerde del dinero.

—¿Están todos?

—Esperándote en la cámara acorazada.

—¿La cámara acorazada?

—Es un chiste —explicó Henry—. Hay una sala al fondo. Con un microondas y una nevera.

—Seguro. Si era un banco. ¿De qué humor están?

—Como si esperaran ver a un fantasma.

Archie agitó los dedos frente a su amigo.

—Buu.

Un fregadero, una nevera y unas alacenas ocupaban una de las paredes de la sala. Una serie de pequeñas mesas cuadradas habían sido agrupadas para formar una mesa de reuniones. Los nueve detectives estaban sentados o de pie a su alrededor, algunos con tazas de café. Las conversaciones se interrumpieron al entrar Archie.

—Buenos días —saludó Archie, mirando a su alrededor. Con seis de ellos, incluyendo a Henry, había trabajado en el equipo especial de la Belleza Asesina. Dos eran nuevos—. Soy

Archie Sheridan —dijo con voz fuerte. Todos sabían quién era, incluso aquellos a los que no conocía. Pero tenía que empezar de alguna forma.

Los nuevos fichajes eran Mike Flanagan y Jeff Heil. Ambos eran de complexión normal y de mediana estatura. Uno de ellos tenía el cabello oscuro, y el otro claro. Archie de inmediato los apodó mentalmente los Hardy Boys. Los restantes eran Henry, Claire Masland, Martin Ngyun, Grez Fremont, Anne Boyd y Josh Levy. Había trabajado con aquellos detectives durante años noche y día y con la excepción de Henry, no había vuelto a ver a ninguno de ellos desde que le habían dado el alta en el hospital. En realidad, no había querido ver a ninguno de ellos. Ahora lo observaban con una mezcla de afecto y ansiedad. Archie los compadecía. Siempre se sentía conmovido por la gente que estaba al tanto de lo que él había pasado. Sabía que en su presencia se sentían un poco violentos, como si no supieran cómo tratarlo, y que su responsabilidad era amortiguar esa incomodidad para que pudieran trabajar con eficacia para él, sin distracciones ni compasión. Y la mejor estrategia era actuar como si nada hubiera sucedido, como si el tiempo no hubiera transcurrido. Una vuelta al trabajo sin más, sin declaraciones emotivas. Y sobre todo demostrarles que estaba listo para tomar el mando.

—Claire —dijo dándose la vuelta y dirigiéndose a la menuda detective—, ¿qué puedes contarme sobre la seguridad en los institutos?

El resto del grupo había llegado esa mañana, pero Claire y Henry habían trabajado en el caso desde el principio.

Claire se enderezó un poco en su asiento, sorprendida, pero satisfecha de ser el centro de atención, como él había previsto.

—Las actividades extraescolares han sido suspendidas hasta nuevo aviso. Tenemos cuatro policías apostados en cada instituto y seis unidades patrullando la zona en la que se encuentran entre las cinco y las siete, la hora en la que parece que fueron secuestradas. Hoy se celebrarán asambleas para hablar de la seguridad. Se han enviado cartas a los padres sugiriendo que no dejen que sus hijas vayan ni vuelvan solas de clase a pie ni en bicicleta.

—Bien —dijo—. ¿Búsqueda y rescate?

Martin Ngyun dio un paso al frente. Llevaba puesta una gorra de béisbol de los Portland Trail Blazers. Archie no estaba seguro de haberlo visto ninguna vez sin ella.

—Acabo de recibir un informe. Nada desde anoche. Tenemos casi cincuenta personas y diez perros recorriendo manzana por manzana en un radio de un kilómetro y medio en torno a su casa. Y otros cien voluntarios. Nada por ahora.

—Quiero un control policial cerca del Instituto Jefferson hoy, entre las cinco y las siete. Detengan a cualquiera que pase y pregúntenle si ha visto algo. Si hoy pasa en coche por allí es posible que también lo haya hecho ayer. Lee Robinson tenía un celular, ¿no? Quiero ver la lista de llamadas y todos los correos electrónicos de las chicas sobre mi mesa. —Se volvió a Anne Boyd. Ella había sido la tercera agente especial que el FBI había enviado a trabajar en el caso de la Belleza Asesina y la única que no había resultado ser una estúpida insoportable. Siempre le había gustado, pero no había respondido a las esporádicas cartas que ella le había enviado a lo largo de los últimos dos años—. ¿Cuándo tendremos un perfil psicológico?

Anne bebió un sorbo de una lata de coca-cola light y la dejó sobre la mesa con un leve ruido metálico. La última vez que la había visto llevaba un peinado afro. Ahora, su negra cabellera estaba repartida en miles de pequeñas trenzas que se agitaron cuando inclinó la cabeza.

—Dentro de veinticuatro horas, a lo sumo.

—¿Algún retrato robot?

—Hombre, entre 30 y 50 años. Y después lo obvio.

—Que es…

—Hace un esfuerzo por devolver a las víctimas. —Encogió sus rollizos hombros—. Se siente mal.

—Entonces andamos buscando a un hombre de entre 30 y 50 años que siente remordimientos —resumió Archie. «¿Te resulta familiar?»— Si se siente mal —aventuró en voz alta para Anne—, entonces es vulnerable, ¿no?

—Sabe que lo que ha hecho está mal. Puede que seas capaz de intimidarlo.

Archie se inclinó sobre la mesa, descansando sobre sus brazos, y se enfrentó al grupo. Lo miraron con expectación. Era consciente de que muchos de ellos habían pasado la noche en vela, trabajando en el caso. Cada minuto que pasaba les minaba la moral. Dormirían menos, comerían menos y se preocuparían más. Su equipo. Su responsabilidad. Archie no era un buen director. Lo sabía. Ponía a la gente que trabajaba para él por cncima de la gente para quien él trabajaba. Eso lo convertía en un buen líder. Y mientras obtuviera resultados, sus superiores estaban dispuestos a ignorar la parte directiva. Había trabajado en el equipo especial de la Belleza Asesina durante diez años, y lo había dirigido durante cuatro, antes de arrestar a Gretchen Lowell. Había sentido el filo de la espada de sus jefes pendiendo sobre su cabeza durante todo ese tiempo. Se había probado a sí mismo y casi había muerto en el intento. Y por ello contaba con la confianza de quienes estaban ahora en aquella habitación. Por eso le resultaba más despreciable todavía lo que tenía que anunciarles sin más dilación.

—Antes de continuar, debo decirles que una periodista del *Herald*, Susan Ward, va a estar siguiéndome todo el tiempo. —Notó la tensión en sus hombres—. Ya sé

—suspiró Archie— que no es lo habitual. Pero tengo que hacerlo, y tienen que creerme cuando les digo que tengo un buen motivo. Pueden cooperar hasta donde lo consideren necesario. —Echó un vistazo a su alrededor, preguntándose qué estarían pensando. ¿Persigue la fama, busca un ascenso o ha vendido una exclusiva a cambio de la desaparición de alguna información perjudicial? «Nada más lejos de la realidad», pensó Archie—. ¿Alguna pregunta, comentarios?

Seis de ellos alzaron las manos.

Háblame de Archie Sheridan —dijo Susan.

Era media tarde. Había examinado el contenido de la carpeta de materiales que Derek había extraído de la base de datos del *Herald* y que le había entregado junto con un dónut de manzana envuelto en papel de aluminio. ¿Estaba intentando hacerse el gracioso? En aquel momento estaba sentada en el borde del escritorio de Jefferson Parker, con una libreta de notas en la mano.

Parker era el periodista encargado de los asuntos policiales de la ciudad. Se estaba quedando calvo, era gordo y valoraba poco los títulos universitarios de Periodismo, y mucho menos los de Literatura. Era de la vieja escuela, siempre con un airc beligerante y condescendiente. Probablemente tenía un problema de alcoholismo, pero poseía una sutil inteligencia, y a Susan le gustaba.

Parker se reclinó en su silla, aferrando los brazos con sus rollizas manos y sonrió.

—¿Por qué has tardado tanto?

—¿Ya veo que te has enterado de que estoy metida en una historia candidata al premio Pulitzer?

Parker gruñó.

—¿Y ya sabes que te han dado el reportaje por tu vagina?

Ella sonrió con dulzura.

—Mi vagina es mi defensora infatigable.

Parker se rió, mirándola con aprecio.

—¿Estás segura de que no eres mi hija?

—¿Tu hija llevaría el pelo rosa?

Sacudió la cabeza agitando sus cachetes.

—Sobre mi cadáver. —Deslizó la vista a su alrededor, en donde todo el mundo se concentraba en la pantalla de su computadora o en hablar por teléfono—. Mira este sitio —dijo, frunciendo el ceño con tristeza ante aquel ambiente serio y silencioso—. Todo alfombras y cubículos. Es como trabajar en una puta oficina. Vamos —suspiró, esforzándose por ponerse de pie y despegarse de su silla—. Te invito a un asqueroso sándwich en la cafetería, donde podemos jugar a ser periodistas.

La cafetería estaba en el sótano del edificio. Bajo los mostradores transparentes, los recipientes estaban a rebosar de guisos inclasificables, ensaladas y patatas asadas arrugadas, con aspecto poco suculento. Apoyadas en la pared, unas antiguas máquinas de metal y cristal que probablemente llevaban treinta años en el edificio contenían manzanas del tamaño de mandarinas, sándwiches triangulares, porciones de tarta y plátanos ligeramente amoratados. Parker compró dos sándwiches de jamón y queso en una de las máquinas y le entregó uno a Susan.

Como la comida era mala, pocos empleados del periódico usaban la cafetería, y menos aún se sentaban a disfrutar del ambiente, así que Parker y Susan encontraron sin problemas una mesa libre de formica beige.

El olor a tabaco se pegaba a Parker como una aureola. Siempre olía como si acabara de fumar, aunque Susan nunca lo había visto abandonar su mesa. Dio un gran mordisco al sándwich y se limpió un poco de mayonesa de la barbilla con el dorso de la mano.

—Venga, dispara —dijo.

Susan abrió su libreta y sonrió con encanto.

—Susan Ward —ronroneó—. Del *Oregon Herald*. ¿Le importa que le haga un par de preguntas, señor?

—En absoluto. Un buen periódico, muy bueno.

—Detective Archie Sheridan. Estuvo en el equipo especial de la Belleza Asesina desde el principio, ¿verdad? ¿Él y su compañero investigaron la primera víctima?

Parker asintió, multiplicando su papada al hacerlo.

—En efecto. Había sido nombrado detective de homicidios hacía un par de semanas. Su compañero era Henry Sobol. Era el primer caso de Sheridan. ¿Te imaginas? El primer caso y le toca una asesina en serie. Claro que en ese momento no lo sabían. Se trataba sólo de una prostituta muerta. Un corredor la encontró en Forest Park. Desnuda. Torturada. Una mierda de asunto. Suave, comparado con lo que vendría después, pero lo suficientemente retorcido como para llamar un poco la atención. Tratándose de una prostituta... Eso fue allá por 1992. Mayo.

Susan comprobó sus notas.

—Después encontraron los otros cuerpos; ese mismo verano, ¿no? ¿En Idaho y en Washington?

—Exacto. Primero el chico de Boise. Un muchacho de diez años. Desapareció, después lo encontraron muerto en una zanja. A un viejo de Olympia lo encontraron muerto en su jardín. Y después una camarera en Salem. Alguien tiró su cuerpo desde un coche en movimiento, en la autopista. Provocó una colisión en cadena y causó retrasos en el tráfico durante horas. Los ciudadanos estaban molestos.

—Y Sheridan fue quien vio la firma, ¿no? ¿Marcas en el torso?

—Efectivamente. Así las llamamos en el periódico. Marcas en el torso. —Se inclinó hacia delante, golpeando su vientre prominente contra la mesa—. ¿Sabes lo que es un cúter? Como un lápiz con una hoja de afeitar en un extremo. —Susan asintió—. Todos habían sido cortados con uno de ésos. Cada una de las víctimas tenía heridas peculiares que habían sido hechas mientras esos desgraciados estaban vivos.

—¿Qué quieres decir con peculiares?

—Ella firmaba sus trabajos. Trazaba un corazón en cada uno de ellos. Como había más heridas en el pecho, los corazones eran difíciles de apreciar. Los árboles les impedían ver el bosque, más o menos. En algún momento alguien se habría dado cuenta. Pero Sheridan se dio cuenta antes que nadie. Era su primer caso. La prostituta muerta no era una prioridad para la policía, te lo puedo asegurar. Quiero decir que ni siquiera pudieron encontrar familiares que reclamaran el cuerpo. Ella se había escapado de un hogar de acogida. Pero él no iba a abandonar el caso. Y cuando sus superiores se dieron cuenta de que tenían a un asesino en serie entre manos que se dedicaba a torturar y asesinar a los contribuyentes al azar, decidieron organizar un equipo especial más rápido de lo que tardarías en decir: «Informativo de la noche». —Dio otro mordisco a su sándwich, masticó un par de veces y continuó hablando—: Tienes que entender que ella confundió por completo a los investigadores. Los asesinos en serie actúan según unas pautas, pero Gretchen Lowell no seguía ese patrón. El perfil de sus víctimas no existía. Era recurrente en lo que respecta a las heridas en el pecho; los cortaba, los apuñalaba, los grababa o los quemaba. Algunas veces, les hacía beber líquido corrosivo, otras diseccionaba sus cuerpos, les extirpaba el bazo, les sacaba el apéndice, la lengua. Algunos fueron, básicamente, fileteados. Además tenía cómplices. Y era una mujer. —Tragó otro pedazo y dejó el sándwich sobre la mesa—. No estás comiendo.

Susan dejó de escribir y miró con escepticismo su sándwich envuelto en celofán. Sentía náuseas y lo dejó a un lado, como si fuera algo que hubiera muerto hacía tiempo. Miró a Parker. Éste alzó las cejas, expectante. Ella desenvolvió el sándwich y le dio un pequeño bocado en una esquina. Era de jamón, pero sabía a pescado. Él pareció satisfecho. Continuó con las preguntas:

—Háblame de sus cómplices. Eran todos hombres, ¿verdad?

—Pobres imbéciles. Suponen que reclutó a la mayoría a través de anuncios personales en los periódicos o después, a través de internet. Utilizaba documentación falsa para registrarse en los sitios y luego salía en busca de sus objetivos. Aparentemente, tenía la habilidad de elegir hombres a los que podía manipular. Los aislaba de sus amigos, encontraba sus puntos débiles y los presionaba hasta que se rompían emocionalmente. —Sonrió con amargura, y una pequeña porción de mayonesa asomó por la comisura de su boca—. En eso se parece mucho a mi esposa.

—Fui novia de uno que había conocido a su ex mujer a través de un anuncio en el periódico. Un buen día, ella le vació la cuenta bancaria y se largó a Canadá, cuando él estaba en el trabajo.

—Ajá —asintió Parker sonriendo y limpiándose la boca con una servilleta de papel—. No suele funcionar, ¿verdad?

—¿Qué piensas del grupo especial?, ¿de su funcionamiento? Escribiste muchos de aquellos artículos.

Parker hizo un gesto de rechazo con su mano.

—Aquello fue un montón de basura política. Había mucha presión por parte de los familiares, los medios y los políticos. No había visto tantas puñaladas a traición desde que mis hijas entraron en la adolescencia. El FBI envió a tres agentes especiales diferentes y tuvieron tres directores del equipo hasta que finalmente se lo entregaron a Sheridan. Los detectives terminaban quemados al poco tiempo; quiero decir, seguían pistas un día tras otro, sin obtener resultado alguno. Tenían una base de datos con unas diez mil pistas individuales. El perfil del asesino que hicieron los del FBI resultó ser completamente erróneo. En ciertos periodos, asignaban cuarenta y ocho policías para trabajar en el caso, y después transcurría un año entre un cadáver y el siguiente y la gente se enfurecía porque no obtenían resultados y se desperdiciaba el dinero de los contribuyentes, por lo que al año siguiente el equipo quedaba reducido a tres detectives. Después aparecía otro cadáver y todo volvía a empezar. Sheridan fue el único policía que estuvo en el grupo durante los diez años. Fue el único que no solicitó el traslado.

Susan dejó de escribir en su libreta.

—¿Lo conoces?

—Claro.

—¿Es del tipo «déjame que te haga unas cuantas preguntas mientras huyes de mí por el pasillo» o «hablemos del asunto mientras tomamos unas copas»?

—De primero, tenía mujer y dos hijos, y estaba totalmente entregado a su familia. Su esposa había sido su novia desde el instituto. Me la presentaron una vez. Una buena chica. Por lo que sé, él tenía a la Belleza Asesina y a su familia y nada más.

—¿Qué te pareció? —preguntó Susan.

—Un buen policía. Un tipo inteligente. Debe haberse tragado mucha mierda con todo esto. Tiene un máster en criminología o alguna porquería por el estilo. Un universitario de pies a cabeza. Pero les caía bien a sus colegas. Y estaba un poco desconectado —añadió Parker sacudiendo su mano en el aire.

—¿Qué significa «desconectado»? —preguntó Susan, dejando el bolígrafo junto al sándwich.

Él se encogió de hombros.

—Digamos que era un tipo muy concentrado. Pero bueno, trabajó en el mismo caso durante diez años.

—¿Sabes dónde ha estado en los últimos dos años?

—Que yo sepa, aquí —respondió Parker—. De baja. Ella lo dejó hecho un asco. Se pasó un mes en el hospital. Y después la rehabilitación. Pero he oído que trabajó con la fiscalía en el acuerdo al que llegaron con ella, así que no desapareció del todo de la faz de la tierra.

—Gretchen Lowell se declaró culpable de cinco asesinatos en Oregón y seis en Washington e Idaho, y de secuestro e intento de homicidio, y después confesó otros veinte más, ¿verdad?

—A cambio de la perpetua, sí. Mucha gente pensó que tendrían que haberla ejecutado.

—¿Y tú qué opinas? —preguntó Susan.

—Hubiera preferido un juicio. Me encantan los buenos dramas judiciales, y hubiera pagado por ver testificar a Archie Sheridan.

Susan se mordió el labio.

—¿Por qué ella lo siguió? No tiene sentido.

—Él era el jefe del equipo especial. En esa época, su foto estaba en los periódicos permanentemente. Sintió la necesidad de presentarse ante él. Fue directamente hasta su oficina, ofreciéndole su supuesta experiencia seudopsiquiátrica para ayudar en el caso. Tal vez le pareciera un desafío. Y además está el detalle de que estaba chiflada. —Se metió el último pedazo de sándwich en la boca, como si hiciera un gesto de exclamación.

—¿Por qué la llamaron la Belleza Asesina? —interrogó Susan.

—Ese seudónimo se lo puse yo —exclamó con orgullo—. Le pedí al forense que examinó a la prostituta muerta que me definiera el estado del cadáver. Tenía heridas por todas partes. Lanzó un silbido y me dijo: «Una belleza», y añadió que era la autopsia más interesante que había hecho en todo el año. Su último trabajo había sido en Newport. Ahogados y suicidas. Estaba decididamente excitado. Además, coincidió que Gretchen Lowell era un bombón.

Había algo que carecía de sentido para Susan. Tenía una mujer con un fuerte instinto de supervivencia que había estado matando a gente durante diez años, por lo menos. Secuestrar al policía que la persigue no le reportaba ningún beneficio, precisamente.

—¿Qué opinas de la teoría de que ella quería que la detuvieran?

—Una mierda —descartó Parker—. Gretchen Lowell es una psicópata. No es como nosotros. No hace cosas por un motivo concreto. Simplemente disfruta matando. Y así lo dijo cuando ingresó en prisión. Secuestró a Archie Sheridan, lo drogó, lo torturó durante diez días y lo hubiera asesinado si él no la hubiera convencido de no hacerlo.

—Le habló hasta convencerla. Así por las buenas.

—Fue ella quien llamó a urgencias. Si no hubiera tenido experiencia médica, él estaría muerto. Uno de los médicos me contó que ella lo mantuvo con vida durante casi treinta minutos haciéndole un masaje cardíaco antes de que ellos llegaran.

—Ella le salvó la vida.

—Exacto.

—Por dios, eso tiene que dejarte tocado.

Los labios de Parker brillaron con la mayonesa.

—Supongo que sí.

8

Aquella tarde, el alcalde de Portland, Bob *Buddy* Anderson, estaba dando a conocer el nuevo equipo especial en una rueda de prensa, en las nuevas oficinas, e Ian quería aprovechar la oportunidad para presentarle a Susan. Ella detestaba las ruedas de prensa. Eran artificiales y monotemáticas, y casi nunca daban a conocer nada que fuera mínimamente cierto como para poder escribir algo decente. La información presentada era correcta, pero nunca verdadera.

Ian insistió en llevar su coche. A Susan le pareció estupendo, ya que su maltrecho saab siempre se desbordaba con los deshechos de su vida: revistas, botellas de agua vacías, chaquetas, libretas y sobre todo bolígrafos, docenas de bolígrafos. Se daba cuenta de que sus pasajeros, a veces, no comprendían su absoluta falta de interés por recoger las patatas fritas del suelo del coche, y mucho menos por limpiar el salpicadero. Parker, que cubría la rueda de prensa, y a quien no le gustaba Ian por el mero hecho de que se había licenciado en periodismo en la universidad en 1982, fue en otro automóvil.

Todavía seguía lloviendo. El cielo estaba encapotado y las colinas que rodeaban la ciudad parecían dentadas sombras lechosas. Mientras se abrían camino por el puente, Susan apoyó su mano sobre la ventanilla y observó cómo las gotas de agua trazaban sus retorcidos senderos, deslizándose cristal abajo. Mucha gente se iba a vivir a Portland por la calidad de vida y por sus políticos progresistas. Se compraban una bicicleta y una vieja casa de madera, una cafetera para hacer café expreso y después del primer invierno triste volvían a trasladarse a Los Ángeles. Pero a Susan le gustaba la suavidad de la lluvia, la forma en que distorsionaba la visión a través de cada ventanilla, de cada ventana, cómo volvía borrosas las luces de freno y brillaba sobre el asfalto el monótono sonido de los limpiaparabrisas.

Tenía que preguntar.

—Este trabajo —dijo, mientras continuaba mirando por la ventanilla, tamborileando con sus dedos sobre el frío y duro cristal— no tiene nada que ver con tu verga, ¿no es cierto, Ian?

Ian pareció sinceramente sorprendido.

—¡Por dios! No. No, Susan. Howard pidió que fueras tú. Yo sólo tuve que asentir. No habría podido… —Dejó que la frase quedara inconclusa.

—Mejor —exclamó Susan—. Porque si llegara a pensar que está interfiriendo en nuestra relación profesional, dejaríamos de coger. —Ella se volvió hacia él y lo miró con sus duros ojos verdes—. Me entiendes, ¿verdad?

Él carraspeó, mientras su rostro y su cuello enrojecían.

—Sí.

Ella dejó que su mirada vagara nuevamente sobre el Willamette.

—¿No te encanta la lluvia?

Anne Boyd y Claire Masland estaban sentadas frente a frente en la cafetería del antiguo banco. Claire era la mujer blanca más menuda que Anne había conocido jamás. No era tanto por su estatura —medía probablemente un metro sesenta—, sino porque era tan delgada y angulosa que parecía más pequeña de lo que en realidad era. Pero a Anne le gustaba. Parecía un muchacho adolescente, pero era una de las policías más tenaces con las que había trabajado nunca. Como uno de esos preciosos perritos falderos que te clavan los dientes en el brazo y encajan su mandíbula de tal forma que nadie es capaz de quitárselos de encima sin darles un tranquilizante. Se habían hecho amigas durante el caso de la Belleza Asesina. Los otros policías pensaban que se debía a su condición femenina. Y, en cierto sentido, así era. Se habían hecho algunas confidencias, y a pesar de la diferencia racial, o de ser físicamente opuestas, reconocían aquello que, como mujeres, las hacía lo suficientemente diferentes como para entrar en un mundo violento aún dominado por los hombres y comprendían qué significaba sentirse atraída, de algún modo, por la muerte.

—¿Quieres que volvamos a repasarlo? —preguntó Claire.

Claire le había contado a Anne dos veces lo que sabía del caso, y ahora permanecía sentada, inquieta, con la mirada fija en el microondas en el que se calentaba su almuerzo. Había estado en el Jefferson, entrevistando a los chicos que conocían a Kristy, y Anne sabía que ella quería volver allí. Los casos de personas desaparecidas ya eran de por sí difíciles. Los chicos desaparecidos hacían que todos trabajaran el doble de duro y se sintieran doblemente mal.

—Creo que tengo todo lo que necesito —contestó Anne.

Colocó en un montón las copias de las notas que Claire había traído, junto a las que Henry y Martin le habían entregado anteriormente. Las notas que los policías tomaban en el escenario del crimen eran con frecuencia más abundantes que la versión que terminaba en sus informes, y Anne había aprendido hacía mucho tiempo que el detalle más insignificante podía establecer la diferencia entre un perfil sólido y una fantasía.

—¿Qué te pareció Archie esta mañana? —preguntó Anne en tono intrascendente.

Claire se encogió de hombros, sin dejar de mirar al microondas. La gente delgada, observó Anne, parecía que nunca dejaba de comer.

—Bien —respondió Claire. Se llevó una mano a la boca y se arrancó una cutícula sangrante.

—¿Bien?

Los ojos grises de Claire se endurecieron y su mano descendió hasta el regazo.

—Sí, Anne. Bien. ¿Te pidieron que lo tuvieras en observación?

—Sólo estoy preocupada por un amigo —replicó Anne, observando a Claire con detenimiento, sus oscuras ojeras, las cutículas mordidas. El estrés ya empezaba a hacer mella.

—El trabajo es lo mejor para él. —El microondas se detuvo y Claire se apresuró a apartar su silla y a ponerse de pie—. Además, Henry dice que está bien.

—Henry quiere a Archie.

—Exactamente. Así que lo protegería, ¿no? Además, no le habrían pedido que volviera si no se encontrara bien.

—Sabes que eso no es cierto.

—¿Viniste en el vuelo nocturno? —preguntó Claire. Anne se inclinó hacia delante.

—¿Cómo lo ves tú?

Claire pensó unos segundos, frunciendo el ceño.

—Su voz suena distinta.

—Es por el líquido corrosivo que ella le obligó a beber. Debe de haberle dañado las cuerdas vocales.

Claire cerró los ojos y volvió la cabeza.

—Dios mío.

Anne dudó. Pero sentía que tenía que decirlo.

—Este nuevo asesino... Las cosas van a empeorar, Claire, se está acelerando. No tenemos mucho tiempo.

Claire se dio media vuelta y se dirigió al microondas.

—He pasado esta última noche con la familia de Kristy —dijo—. Su padre. Su abuela. Sus tías. —Abrió el microondas y sacó un arrugado burrito sobre un plato de papel—. Y ya no pensaba en ella. Estaba concentrada en la próxima chica. La muchacha que duerme plácidamente y que va a desaparecer. Que va a ser violada, asesinada. —Empujó el burrito con un tenedor de plástico blanco. Uno de los dientes se rompió y quedó clavado en la masa. Claire sacudió la cabeza, disgustada—. Este microondas es una mierda.

A causa de la lluvia pertinaz tuvieron que colocar el estrado y el montón de micrófonos bajo la entrada porticada del cajero automático. Cuando Susan e Ian llegaron, la prensa ya había ocupado su lugar, sentada educadamente en las frías y metálicas sillas plegables. Allí se concentraba la prensa de Portland, Oregón, es decir, el *Herald*, tres semanarios, media docena de periódicos vecinales, una filial de la radio estatal, una emisora municipal, el enviado de Associated Press y cuatro canales de televisiones locales. Debido al alcance y las características del caso, también habían acudido varias cadenas de televisión y algunos periodistas de Seattle. Sus furgonetas eran un poco mejores que las de los medios de Portland.

El alcalde, con aspecto serio y presidencial, prometía a viva voz una pronta resolución del caso, empleando para ello una serie de gestos repetidos con las manos para enfatizar su honestidad.

—Estamos decididos a utilizar todos los recursos disponibles para apresar al monstruo que ha estado atacando a las jóvenes de nuestra ciudad. Ruego a nuestros ciudadanos que extremen las precauciones, pero que no tengan miedo. Después de volver a reunir al equipo especial de la Belleza Asesina, tengo fe en que pronto solucionaremos esta locura.

Susan abrió su libreta de notas y escribió una palabra: «campaña». La cerró y alzó la vista. Fue entonces cuando vio a Archie Sheridan. Estaba de pie detrás del alcalde, reclinado contra la pared de cemento del banco, con las manos en los bolsillos de la chaqueta. No miraba al alcalde, sino a los periodistas. Los examinaba uno por uno, calibrándolos sin expresión alguna. Simplemente se limitaba a mirarlos. Estaba más delgado que en las fotos. Y su cabello oscuro estaba un poco más largo. Pero no tenía aspecto de loco ni desquiciado. Parecía una persona esperando que sucediera algo. Un pasajero en el andén del metro a la espera de que apareciera la luz en el túnel. Sintió un cosquilleo eléctrico y se dio cuenta de que él la estaba mirando. Durante un momento se cruzaron sus miradas, y ella notó algo entre ambos. Archie le ofreció una breve sonrisa ladeada. Ella le respondió con otra. Luego, el detective continuó examinando al público, con su cuerpo perfectamente inmóvil.

—Y dicho eso, quiero presentarles a mi buen amigo el detective Archie Sheridan —anunció el alcalde. Archie alzó la vista, un poco sorprendido, pero se recuperó y se acercó al podio. Sacó las manos de los bolsillos y las apoyó con suavidad sobre la superficie del estrado. Ajustó un micrófono y se pasó una mano por el cabello.

—¿Tienen alguna pregunta? —dijo.

Kristy Mathers llevaba desaparecida dieciocho horas. Archie había pasado el día entrevistando a la gente que la había visto por última vez en el Jefferson, sus amigos, sus profesores, sus padres. Había recorrido el camino que ella tenía que haber tomado para regresar a su casa. Se encontró con el equipo investigando en el escenario. Ya habían rastreado la zona la noche anterior sin encontrar nada. Había aprobado los carteles para distribuir en los colegios y en los barrios circundantes. Se había reunido con el jefe de policía y el alcalde. Había hablado con las patrullas de las autopistas de Washington, Idaho y California, mantenido una conferencia telefónica con los puestos fronterizos de las patrullas estadounidenses y canadienses, consultado con la empresa de seguridad contratada para proteger los institutos y había escuchado personalmente los más de cuatrocientos mensajes que ya habían dejado en su contestador. Y aún podía hacer mucho más, al menos algo más productivo que aparecer en una rueda de prensa.

Pero estaba decidido a sacarle el máximo partido.

Archie había dado cientos de ruedas de prensa cuando era el detective encargado de dirigir el equipo especial de la Belleza Asesina, pero ésta era la primera desde que había cerrado el caso. Examinó los ansiosos rostros de la audiencia. Muchos habían cambiado en esos dos años, pero otros le resultaron familiares. Buscó entre la multitud a la persona que le haría la pregunta que él quería, la que necesitaba para el informativo de esa noche. Las manos se esforzaban por elevarse más alto y en los rostros se veía reflejada una fuerte determinación. Obligó a su estómago a relajarse y señaló a una mujer joven de facciones asiáticas sentada en primera fila, con su libreta preparada.

—Detective, ¿cree estar mental y físicamente preparado para dirigir el equipo especial del Estrangulador Extraescolar? —le preguntó.

—¿El Estrangulador Extraescolar?

—Así es como el *Herald* ha bautizado al asesino en su página de internet.

Archie hizo un gesto de desagrado.

—Bien. —No habían tardado nada—. Me siento estupendamente —mintió.

—¿Le queda alguna secuela física de su cautiverio?

—Algunos problemas estomacales. Probablemente similares a la úlcera del alcalde. —Algunos entre la audiencia sonrieron.

Señaló otra mano levantada.

—¿Piensa que la fiscalía tendría que haber pedido la pena de muerte para Gretchen Lowell?

Archie suspiró y continuó automáticamente:

—El acuerdo alcanzado estipulaba que ella asumía la autoría de todos los asesinatos, no sólo de los once de los que teníamos pruebas suficientes para llevarla a juicio. Los familiares de las víctimas necesitaban poner punto final. —Intentó parecer relajado, bajo control—. ¿Qué les parece si hablamos del caso que nos ocupa hoy? Un asesino en serie cada vez, señoras y señores.

Señaló a Jefferson Parker.

—¿Cree que Kristy Mathers está todavía viva?

—Tenemos esperanzas de que así sea.

Otra mano.

—¿Con cuántos detectives contará usted en el equipo?

—¿A plena dedicación? Nueve investigadores, más personal suplementario. Siete de ellos ya han formado parte del equipo de la Belleza Asesina. Además trabajaremos en colaboración con otras agencias y solicitaremos más personal en caso necesario.

El alcalde dio un paso casi imperceptible hacia el podio. Archie se puso tenso. Todavía no le habían hecho la pregunta.

Miró a la audiencia. «Vamos. Que uno de ustedes pregunte. Es algo evidente. Todos están pensándolo. Necesito que uno de ustedes haga esa maldita pregunta.» Su mirada se detuvo en Susan Ward. Ella no había perdido el tiempo en comenzar a investigar la historia. Ambición. Ésa era una buena señal. Archie la eligió a ella de inmediato entre todo el grupo. Había algo indefinido en su forma de mirarlo. Y su cabello rosa. Henry había mencionado algo al respecto, pero creía que se trataba de una broma. Susan echó un vistazo a los demás periodistas. Después lo miró a él. El detective enarcó una ceja. Ella dudó, y luego levantó una mano.

Archie la señaló.

—¿Cómo procederá a capturar al asesino? —le preguntó.

Él carraspeó y miró directamente a las cámaras de televisión.

—Revisaremos minuciosamente el vecindario en busca de cualquier pista. Interrogaremos a todos los testigos, aunque parezcan insignificantes. Investigaremos cualquier posible relación que estas muchachas hayan podido tener con el asesino. Usaremos todos los métodos científicos disponibles para averiguar cualquier detalle sobre su identidad. —Se inclinó hacia delante con un aire de confianza y autoridad, o al menos eso esperaba transmitir—. Te atraparemos. —Se apartó un poco del estrado y esperó un instante—. Gracias.

La rueda de prensa había terminado. Ian llevó a Susan a las oficinas del equipo especial. Los periodistas se habían marchado a toda prisa para escribir sus artículos y montar los vídeos para los informativos. Susan se dio cuenta de inmediato de la razón que los había empujado a celebrar la rueda de prensa en el exterior. La oficina era un caos. Por todas partes había cajas a medio desembalar. El mostrador del banco había sido apartado y lo que quedaba era un gran espacio abierto, con algunos despachos al fondo y lo que Susan imaginaba que era la cámara acorazada. Los muebles eran los típicos que podías encontrar en un banco. Sofás de color pastel con brazos de roble, escritorios barnizados para que parecieran de cerezo, con herrajes de bronce, felpudos de plástico y sillas forradas con tela barata. Las luces fluorescentes zumbaban sobre sus cabezas. La moqueta era gris, con la parte que se dirigía al desaparecido mostrador desgastada por el uso. Las paredes estaban pintadas de un fúnebre rosa pálido. Los detectives y el resto del personal desembalaban cajas, colgaban pizarras en las paredes y conectaban computadoras, intentando transformar el lugar en una comisaría de policía. Susan se preguntó cuánto tiempo perderían en colocar aquellas cosas, un tiempo precioso que podría ser utilizado en encontrar a Kristy Mathers antes de que la asesinaran. Sus rostros estaban serios, nadie hablaba.

El alcalde terminó el soliloquio que estaba representando ante un grupo de asistentes, momento que Ian aprovechó para adelantarse y presentarle a Susan.

—Alcalde, ésta es Susan Ward, la escritora que se encargará del reportaje sobre el grupo especial —informó Ian. Susan notó que había dicho escritora y no reportera.

Los ojos del alcalde se abrieron, sorprendidos por la apariencia de Susan, pero sonrió y estrechó su mano con firmeza, mientras con la otra la agarraba por el codo. Era alto, con el cabello gris peinado cuidadosamente y las manos siempre cálidas. Sus uñas estaban pulidas hasta brillar y vestía un traje gris igualmente luminoso. Susan pensó que parecía Robert Young en *Papá lo sabe todo*, un show televisivo que ella detestaba porque, en comparación, su vida siempre le había parecido vergonzosa. Apostó mentalmente que, en menos de cinco años, se convertiría en senador. Suponiendo que fuera lo suficientemente rico.

—Es un placer —dijo con un brillo paternal y amable en los ojos—. He oído grandes cosas sobre usted. Estoy impaciente por leer los artículos.

Susan sintió que la recorría un extraño pudor. No le gustó.

—Gracias, señor —respondió.

—Quiero presentarle a Archie Sheridan —declaró el alcalde—. Usted ya sabe que yo estuve con él en el equipo especial de la Belleza Asesina. Hace años. Antes de ser comisario. De hecho, fui el primer detective que dirigió el grupo. Archie todavía no tenía suficiente experiencia. Era su primer caso y yo era una especie de estrella del departamento, así que me pusieron al mando. Duré tres años. Fue terrible. No hay otra persona más capacitada que Archie Sheridan. Tiene todo mi apoyo y no confiaría a nadie más la vida de mi hija. —Hizo una pausa y al ver que Susan no abría su libreta de notas, añadió—: Puede escribir eso.

—Usted no tiene ninguna hija —objetó Susan.

El alcalde se aclaró la garganta.

—Es una expresión. ¿Ha tenido oportunidad de echar un vistazo? —La condujo hacia las entrañas del banco, apoyando su mano con firmeza sobre la espalda de la chica—. Como puede ver, todavía estamos ordenando el equipo. Cuando terminemos dispondremos de un lugar de trabajo como es debido: sala de interrogatorios, sala de reuniones, sistema informático actualizado, etcétera. —Se dirigieron a una oficina con un gran panel acristalado desde la que se veía todo el salón principal. Las persianas estaban cerradas—. Éste es el antiguo despacho del director del banco —explicó el alcalde—. Pero parece que nuestro actual director no está. —Se volvió hacia una mujer menuda que pasaba, con una insignia prendida en la cintura de sus vaqueros. Estaba comiendo medio burrito envuelto en una servilleta de papel y sus labios estaban manchados de salsa picante—. Detective Masland, ¿dónde está Sheridan?

Ella se detuvo, pero tuvieron que esperar hasta que terminara de masticar y tragar.

—En el instituto. Acaba de marcharse. Fue a realizar una serie de entrevistas y a montar el puesto de control. Ahora mismo me dirigía hacia allí.

Una señal de consternación cruzó el rostro del alcalde.

—Lo siento —se disculpó con Susan—. Le había dicho que quería que la conociera.

—Ya sé que está ocupado —dijo Susan—. Pero alguna vez tendré que conocerlo. No puedo escribir sobre él sin haberlo visto antes.

—Venga mañana a las nueve de la mañana. Me aseguraré de que esté aquí.

«Apuesto que sí», pensó Susan.

Ian y Susan regresaron en silencio al periódico. Cuando llegaron al garaje, Ian tragó saliva.

—¿Puedo ir esta noche?

Susan se colocó un mechón de pelo rosa pálido.

—¿Dónde está tu mujer? —preguntó.

Él se miró las manos aún aferradas al volante.

—En Seattle.

Ella se encogió de hombros.

—Bueno —asintió—. Que sea tarde. —Sintió una punzada de culpa, se mordió el labio y abrió la puerta—. Descubrirás que digerir todo este asunto del adulterio es mucho más sencillo si no pasamos juntos demasiado tiempo.

CAPÍTULO
9

Había otro motivo por el cual Susan quería que Ian llegara tarde. Tan pronto como llegaron al quinto piso, se disculpó y se dirigió hacia el baño, bajó por las escaleras, se subió a su coche y condujo hasta el otro lado del río, hasta el Instituto Jefferson. De ninguna manera iba a dejar que pasara una noche sin encontrarse con Archie Sheridan.

Portland estaba dividida en cuadrantes: noroeste, sureste, suroeste y noreste. El cuadrante al que se pertenecía era indicativo de la persona. Si vivía en el suroeste, se encontraba en la zona de las colinas y tenía dinero. Si era del sureste era liberal y probablemente vegetariano. En el noroeste se concentraba la población joven que gastaba mucho en ropa. Los del noreste tenían un cierto estatus económico, un perro y conducían un subaru. Y después estaba el denominado quinto cuadrante: Portland norte, enquistado entre el noreste y el río Willamette. Sólo un dos por ciento de la población de Oregón era negra. Pero eso sería difícil de creer si te encontrabas en las calles de Portland norte.

El Instituto Jefferson estaba ubicado en el quinto cuadrante, o, como había sido rebautizado recientemente, NoPo. La zona todavía se estaba recuperando de la intensa actividad de las bandas en los años noventa. De vez en cuando, los adolescentes aparecían muertos en la calle, pero los solares cubiertos de hierba que jalonaban muchas manzanas estaban siendo vallados y transformados en edificios de uso múltiple. La culpa del aburguesamiento la tenían también muchos jóvenes blancos, entusiastas del jazz, que compraban o alquilaban los viejos edificios porque eran baratos y estaban cerca del centro. Las casas estaban medio derruidas y sus estructuras carcomidas, pero uno no tenía que preocuparse de que los vecinos llamaran a la policía si su banda tocaba demasiado fuerte en el sótano de la casa. Los beneficios de este renacimiento —una serie de restaurantes de moda, boutiques y cuatro manzanas renovadas en el Portland antiguo— no habían tenido demasiado impacto en el sistema educativo de la zona, cuya media académica se encontraba entre las más bajas de todo el estado. Muchos de los alumnos que asistían al Instituto Jefferson eran pobres, la mayoría negros, y bastantes de ellos estaban acostumbrados a la violencia.

Susan vio los coches patrulla aparcados frente al gran edificio de ladrillo del instituto. Encontró sin problemas un sitio para dejar su coche en una calle lateral y atravesó una manzana entera dirigiéndose hacia el instituto, con su libreta en la mano. Había cierta actividad de la prensa local. Charlene Wood, del canal Ocho, estaba de pie en una esquina entrevistando a un grupo de chicas adolescentes de vaqueros ajustados y chaquetas acolchadas. Detrás de ella, un poco alejado, un hombre con una cazadora de color naranja brillante instalaba otro micrófono. Varios adolescentes, seguramente recién salidos de las actividades extraescolares, se agrupaban delante del instituto. Su ensayada indiferencia no podía ocultar cierto nerviosismo. Un oficial de policía uniformado y dos agentes esperaban con ellos a que vinieran a recogerlos sus padres, el autobús o algún otro medio de transporte seguro. Al otro lado del río, el cielo sobre las colinas occidentales había adquirido tintes rosa y naranja y parecía arder, pero hacia el este su tono era ceniciento.

Susan vio una fila de automóviles dirigiéndose hasta un control instalado en el primer cruce de calles. Podía ver a un oficial de uniforme hablando con el conductor del primer coche. Al cabo de unos segundos, le hizo una seña para que prosiguiera su marcha, mientras el vehículo siguiente se acercaba. Cerca del control, habían montado un gran panel sobre un atril de metal. Susan pudo distinguir desde lejos una fotografía de Kristy Mathers y las palabras «¿ha visto a esta muchacha?»

—Gracias por la pregunta.

Susan se dio media vuelta. Archie Sheridan se encontraba unos pasos detrás de ella. Llevaba la placa colgada del bolsillo del pecho de su chaqueta de pana, un cuaderno rojo y una taza dc plástico con café. Se dirigía hacia el control.

—Su discurso me pareció muy convincente —dijo ella—. Puede resultar usted muy intimidatorio.

Archie se detuvo y tomó un trago de café.

—Un poco de actuación no viene mal.

—¿Cree que él lo verá?

Archie se encogió de hombros.

—Probablemente. Es algo que caracteriza a todos los asesinos en serie. En general, disfrutan si se presta atención a su profesión.

Un trío de adolescentes altos se acercaron a ellos y Archie y Susan se hicieron a un lado para dejarlos pasar. Los jóvenes apestaban a marihuana.

Susan miró al detective esperando una reacción. Nada.

—No recuerdo que la marihuana de mi instituto fuera tan buena —dijo.

—Probablemente no lo era.

—¿Los va a arrestar?

—¿Por oler a una sustancia controlada de tipo C? No.

Susan lo observó juguetonamente.

—¿Cuál es su película favorita?

No tuvo que pensar para responderle.

—*Banda aparte*, de Godard.

—¿En serio? Es francesa. ¿Su película favorita es francesa?

—¿Suena demasiado pretencioso?

—Un poquito, sí —afirmó Susan.

—Mañana se me ocurrirá algo mejor.

—Está muerta, ¿verdad?

Si con aquella pregunta pretendía hacerlo reaccionar, Susan tuvo que admitir que no funcionó. Pero captó una mínima grieta en su coraza invisible. Archie lanzó una ojeada a sus zapatos, tan fugaz que no se hubiera percatado si no lo hubiera estado mirando fijamente a los ojos. Él se recuperó y le dirigió una sonrisa triste.

—Tenemos esperanzas de que todavía esté viva —respondió sin demasiada convicción.

Susan inclinó la cabeza, señalando hacia el atasco en el cruce.

—¿A qué viene el control?

—Son las seis y cuarto. Los amigos de Kristy dicen que se fue del ensayo a las seis. Estamos interrogando a todos los que pasan por aquí entre las seis y las siete. Es posible que también hayan pasado ayer más o menos a la misma hora. Y tal vez hayan visto algo. A propósito, recibí una llamada de Buddy. Lamento haberme perdido la presentación formal.

—¿Buddy? ¿El alcalde y usted son… amigos?

—Hemos trabajado juntos —dijo—. Pero eso usted ya lo sabía.

—¿Por eso aceptó que le hicieran esta serie de reportajes? Quiero decir, puedo intuir la motivación del alcalde. Seguramente querrá llegar algún día a la vicepresidencia. Pero usted debe de haber tenido a todos los reporteros del país llamándolo, queriendo escribir su historia. «Héroe policía rescatado de las garras de la muerte.»

Archie tomó otro trago de café.

—¿Ya ha estado pensando el titular? Me gusta.

—¿Por qué ha aceptado que le hagan este reportaje ahora, detective?

—Usted va a ayudarme en mi trabajo.

—¿De verdad lo cree?

—Sí. Pero podemos hablar de esto en la reunión de mañana a las nueve, a la que me han dicho que no puedo faltar. —Levantó el cuaderno rojo—. Tengo que volver al trabajo —anunció, dando unos pasos—. Susan, ¿verdad?

Ella asintió.

—Puedes llamarme Archie, excepto cuando te parezca que detective es más apropiado. ¿Te levantas temprano?

—No.

—Estupendo. —Dio media vuelta y se encaminó hacia el control, tirando la taza de café vacía en una papelera—. Nos veremos mañana.

10

Eran casi las siete de la tarde y ya había oscurecido. A Archie le dolían las costillas por haberse pasado todo el tiempo de pie, o quizá por la humedad. Kristy Mathers había desaparecido hacía más de veinticuatro horas. Tras un día de entrevistas y búsquedas infructuosas, había terminado por pensar que su única salida para avanzar en la investigación era permanecer allí mismo, esperando a que algo sucediera. La abrumadora sensación de impotencia era difícil de soportar.

Abrió el pastillero, todavía en su bolsillo, y sacó una vicodina. Las diferenciaba de las otras pastillas por el tacto. Podía reconocer el tamaño, la forma, la muesca en el medio. Se la puso en la boca. Si alguien lo veía, parecería que estaba tomando un caramelo, una aspirina o una pelusa del bolsillo. Le daba igual. El gusto amargo del café se le pegaba al fondo de la lengua. Estaba pensando en ir a tomar otro cuando Check Whatley, un policía novato de rostro pecoso y una enmarañada mata de cabellos de un naranja irreal, le hizo señas con su linterna. Había caído la tarde y el aire llegaba frío, a pesar del manto de nubes. Archie se dirigió hacia él rápidamente. Notaba su ropa mojada, aunque sólo había estado lloviznando. Así eran las cosas en el noroeste, llovía lo suficiente para que uno se mojara, pero nunca lo bastante como para molestarte en ponerte un impermeable o llevar un paraguas. Whatley estaba de pie al lado de un Honda marrón. Tenía óxido en el borde de las ruedas y su parte inferior estaba manchada. El joven policía que estaba inclinado con un pulgar enganchado en el cinturón y conversaba con el conductor, miró con excitación a Archie a medida que se acercaba.

Bajo las luces de la calle, el Honda marrón brillaba por efecto de la lluvia como si estuviera cubierto de lentejuelas. Los ojos del oficial Whatley chispeaban.

—Cree haber visto algo, señor —dijo.

Archie mantuvo la voz tranquila:

—Pídele que aparque a un lado, para que el resto de la gente pueda continuar avanzando —le dijo al oficial. Whatley asintió y se inclinó hacia el conductor. El honda salió de la fila y aparcó junto a un coche patrulla. La puerta del lado del conductor se abrió y una joven mujer negra salió del vehículo. Llevaba suelto el uniforme de un hospital y su cabello peinado con multitud de pequeñas trenzas estaba recogido en una coleta.

—¿De qué va todo esto? —le preguntó lentamente a Archie.

—Ayer por la noche desapareció una chica —respondió—. ¿No ha visto las noticias?

La piel del rostro de la mujer parecía demasiado tirante y dejaba adivinar los huesos. Se retorció los dedos hasta hacerlos crujir.

—Soy enfermera auxiliar en el Emanuel. Trabajo de noche y duermo de día. No estoy al tanto de las noticias. ¿Está relacionado con las otras chicas?

—Ella vio a Kristy Mathers ayer por la noche —interrumpió Whatley, incapaz de contenerse.

—Gracias, oficial —dijo Archie, con severidad—. ¿Va hacia su trabajo? —le preguntó Archie a la mujer mientras abría su cuaderno.

—Sí —respondió, mirándolo con desconfianza.

—¿Hizo el mismo turno ayer?

Ella se movió, incómoda. Sus zuecos blancos hicieron ruido contra el pavimento mojado.

—Sí.

Algunos oficiales uniformados se habían acercado, curiosos ante la posibilidad de encontrar un testigo. Se habían congregado muy cerca y se encontraban parados, esperando. Archie podía sentir cómo la mujer empezaba a sentirse intimidada al ser objeto de tanta expectación. Puso una mano sobre su hombro con suavidad y la condujo unos pasos lejos del grupo. Inclinó su rostro hacia el de ella y le habló con amabilidad:

—¿Entonces pasó por aquí más o menos a la misma hora? ¿O salió tarde o quizá más temprano?

—No. Nunca llego tarde ni temprano. Soy puntual.

—No le vamos a hacer perder mucho tiempo —le aseguró Archie—. ¿Y usted cree haber visto a Kristy Mathers?

—¿La chica de la foto? Sí. La vi. Entre Killingsworth y Albina. Esperé a que cruzara. Arrastraba su bicicleta.

Archie no se permitió tener reacción alguna. No quería asustar a la mujer. Ni presionarla. Había hablado con cientos de testigos. Y sabía que si alguien se sentía presionado, entonces se esforzaría demasiado y su imaginación completaría lo que la memoria no podía recuperar. Su mano permaneció sobre el hombro de la mujer, firme, inmóvil, como un buen policía.

—¿Ella iba andando? ¿No iba montada en la bicicleta?

—No. Por eso me fijé en ella. Mi madre nos obligaba a hacer lo mismo a mis hermanas y a mí. Teníamos que bajarnos de la bicicleta en los cruces peligrosos. Es más seguro, especialmente en este barrio. La gente conduce como loca.

—Entonces la bicicleta no estaba rota. ¿No llevaría una rueda pinchada o algo así?

Ella volvió a hacer crujir sus nudillos.

—No lo sé. No me fijé. ¿Alguien se la ha llevado? ¿Alguien ha secuestrado a esa muchacha?

Archie ignoró la pregunta.

—¿Puede recordar alguna otra cosa? ¿Alguien que la estuviera siguiendo? ¿Alguien sospechoso en la calle? ¿Algún otro vehículo?

Ella negó con la cabeza tristemente y dejó caer los brazos a los costados.

—Iba camino de mi trabajo.

Archie anotó sus datos, la matrícula del coche y la dejó marchar.

Un instante después, los detectives Henry Sobol y Claire Masland se acercaron por detrás de él. Claire sujetaba dos cafés en vasos de plástico blanco con tapa negra. Tanto Henry como Claire llevaban impermeables.

—¿Qué ha pasado? —preguntó Henry.

—Una testigo vio a Kristy caminando con su bicicleta a tres manzanas de aquí —miró su reloj— sobre las seis y cuarenta y cinco. Sus amigas dicen que salió del ensayo a las seis y cuarto. Eso nos obliga a preguntarnos dónde estuvo durante esos treinta minutos.

—No tardas tanto tiempo en recorrer con una bicicleta tres manzanas —observó Henry—. Aunque vayas muy despacio.

Claire le entregó a Archie uno de los vasos de café.

—Volveremos a hablar con sus compañeras —dijo.

Archie bajó la vista hacia el vaso que Claire había colocado en su mano.

—¿Qué es esto? —preguntó.

—El café que me pediste que te trajera.

El detective miraba el vaso sin decidirse. En realidad, ya no quería más café. Y se sentía bastante bien.

—No —replicó Claire—. He tenido que andar once manzanas para traerte ese café. Y te lo vas a tomar.

—Estoy seguro de que lo pedí con leche desnatada —bromeó Archie.

—Vete a la mierda —respondió Claire.

Las amigas eran María Viello y Jennifer Washington. María, Jen y Kristy habían sido inseparables desde primaria y en el instituto todavía conservaban aquella amistad. La casa de María estaba a unas pocas manzanas del Jefferson, así que los detectives se dirigieron primero allí. Su familia tenía alquilado un bungaló de madera, de 1920, rodeado por una valla metálica. La casa necesitaba una mano de pintura, pero el jardín estaba bien cuidado y la acera frente a la casa estaba limpia de los restos de basura habituales en gran parte del barrio. Su padre, Armando Viello, abrió la puerta cuando llamaron. Era más bajo que Archie, de pecho ancho y manos callosas a causa del trabajo. Su rostro estaba profundamente marcado por cicatrices del acné. Hablaba inglés con fluidez, aunque con un fuerte acento. Su esposa, por el contrario, no se desenvolvía en inglés. Probablemente carecían de papeles, un hecho del que se habían dado cuenta los policías que habían ido a su casa durante las últimas veinticuatro horas, pero ese dato no apareció en ninguno de los informes.

Armando Viello miró con seriedad a Archie y a los demás a través de la estropeada puerta de red metálica. La luz del porche parpadeó y se apagó.

—Ya han estado aquí esta mañana —dijo Viello.

—Tenemos algunas preguntas más —explicó Archie.

Armando abrió la puerta y los detectives entraron. Archie pensó que no dejaba de ser una actitud valerosa, sabiendo que podía ser deportado, permitir que entrara un policía tras otro en la casa, con la remota posibilidad de poder ayudar a encontrar a la hija perdida de otra persona.

—María está en su habitación —dijo Armando, dirigiéndose a un corto pasillo. En la cocina se preparaba la cena; algo picante—. ¿Quieren hablar también con Jennifer?

—¿Jennifer está aquí? —preguntó Claire.

—Están estudiando. Hoy no han ido a clase.

Armando dio un par de golpecitos en la puerta de la habitación de María y dijo algo en español. Al minuto, la puerta se abrió. Su largo cabello liso y negro estaba recogido en una cola de caballo y vestía los mismos pantalones de chándal de color violeta y la camiseta amarilla que llevaba cuando Archie la había entrevistado esa mañana, después de la poco inspirada reunión con su equipo.

—¿La han encontrado? —preguntó inmediatamente.

—Todavía no —respondió con dulzura Archie. Con frecuencia, la policía ignoraba a los niños durante las investigaciones porque no los consideraban buenos testigos, pero Archie había descubierto que observaban detalles que los adultos pasaban por alto. Mientras fueran entrevistados correctamente y se les convenciera de que no tenían por qué conocer todas las respuestas, para que no inventaran lo que los investigadores querían escuchar, los niños ya desde los seis años podían ofrecer valiosos testimonios. Pero María tenía quince. Las adolescentes eran impredecibles. Archie nunca se había comunicado bien con ellas. Había pasado la mayor parte de su adolescencia intentando acercarse a las chicas y fracasando miserablemente. Y no había mejorado mucho desde entonces.

—¿Podríamos comentar algunas cosas más? —le preguntó a María.

Ella lo miró y sus ojos se llenaron de lágrimas. «Bueno, todavía tienes el toque mágico», pensó Archie.

Luego María se sonó la nariz, asintió y entró en su habitación. Archie miró a Claire y a Henry y los tres siguieron a la muchacha.

Era una habitación cuadrada pintada de amarillo, con una sola ventana que daba a la ventana del bungaló vecino. A modo de cortina, habían colgado una sábana floreada.

Jen Washington estaba sentada en la cama, bajo la ventana, abrazada a un viejo cocodrilo de peluche, una reliquia de su infancia. Tenía el pelo corto y llevaba puesta una camisola india y vaqueros con lentejuelas en los bolsillos. Era una muchacha hermosa, pero la falta de entusiasmo apagaba su belleza.

Las tres habían estado juntas en el salón de actos del instituto. Jen estaba pintando la escenografía para la obra y María se encargaba del atrezo. Todas se habían presentado a la audición, pero Kristy había sido la única seleccionada. Así que también fue la única que acabó antes, y posiblemente la única que ahora estaba muerta. Pero Archie no quería pensar en eso. No quería que se reflejara en su rostro.

María se dirigió a su cama y se dejó caer sobre una colcha mexicana junto a Jen, que apoyó su delgado brazo en un gesto protector sobre la pierna de María. Archie se acercó hasta la mesa de madera cerca de la cama, arrastró la silla y se sentó en ella. Henry se reclinó contra la puerta con los brazos cruzados sobre el pecho. Claire se acomodó en una esquina de la cama sobre la manta mexicana.

Archie abrió su cuaderno rojo.

—¿Kristy tenía novio? —preguntó en voz baja.

—Eso ya nos lo han preguntado —dijo Jen, retorciendo el cocodrilo. Miró a Archie con desprecio. Él no la culpó. A los quince años era demasiado joven como para entender aquel mundo de mierda.

—Cuéntamelo otra vez.

Jen ardía de rabia. El cocodrilo tenía aspecto aburrido. María se acomodó, sentándose con las piernas cruzadas, tirando de su cola de caballo por encima del hombro y enroscándola distraídamente entre sus dedos.

—No —contestó por fin—. No tenía ninguno. —A diferencia de su padre, ella no tenía acento mexicano.

Claire sonrió, cómplice, a las muchachas.

—¿Ninguno? ¿Ni siquiera uno que a sus padres no les gustara? Alguien secreto.

Jen levantó la vista.

—Ninguno quiere decir ninguno.

—¿Y están seguras de que Kristy se fue del ensayo a las seis y cuarto? —preguntó Archie.

María dejó de juguetear con su cabello y miró al detective, como si quisiera transformar su convicción en flechas disparadas por sus ojos.

—Sí —respondió—. ¿Por qué?

—Alguien vio a Kristy a unas pocas manzanas treinta minutos después —explicó Archie—. ¿Tienes idea de lo que pudo haber estado haciendo?

Jen levantó su brazo de la pierna de María, se sentó erguida y negó con la cabeza.

—Eso no tiene sentido.

—Pero ustedes no la vieron irse con su bicicleta, ¿verdad? —dijo Claire—. Sólo la vieron salir del salón de actos.

—Eso es —replicó María—. Había terminado el ensayo. La profesora Sanders la dejó marcharse.

—¿Y nadie se fue con ella? —preguntó Archie.

María negó con la cabeza.

—Como les dijimos, todos los actores se pueden ir una vez que completan sus escenas. Kristy se fue primero. El resto de nosotros tuvimos que quedarnos hasta las siete y media. Pero ustedes ya han hablado con todos, ¿no?

—Nadie la vio —dijo Archie.

—Entonces, ¿qué hizo durante todo ese tiempo? —preguntó Jen, mirando fijamente a la pared amarilla—. No tiene sentido.

—¿Fuma? —preguntó Claire.

—No —replicó María—. Lo detesta.

Jen examinó los ojos de plástico del cocodrilo de peluche, raspando una imperfección invisible sobre la dura y negra superficie de la pupila.

—Tal vez tuvo problemas con su bicicleta —dijo encogiéndose de hombros, sin levantar la vista.

Archie se inclinó hacia delante.

—¿Por qué dices eso, Jen?

Jen alisó el revuelto pelaje del cocodrilo.

—Siempre tenía problemas con la cadena. Era una bici de mierda. Tuvo que empujarla hasta su casa un par de veces. —Una lágrima solitaria rodó por su mejilla cobriza. Se la secó con la manga y sacudió la cabeza—. No sé. Probablemente sea una respuesta estúpida.

Archie se acercó con amabilidad y colocó su mano sobre la de Jen. Ella llevantó los ojos. Y él vio, en sus ojos duros, una fisura, y detrás de ella, una pequeña esperanza.

—Creo que es una suposición muy inteligente. —Y apretó dulcemente su mano—. Gracias.

—Entonces, su bicicleta pudo haberse estropeado —dijo Claire cuando regresaron al coche. Ya era completamente de noche y las ventanillas estaban salpicadas de lluvia—. Durante un rato, ella intenta arreglarla, luego se da por vencida y decide irse caminando a su casa. Nuestro sospechoso se detiene, se ofrece a llevarla o a ayudarla a arreglar la bicicleta, y la secuestra.

—Pero eso sería un crimen casual —opinó Henry, sentado en el asiento del conductor del Crown Vic, sin identificación alguna. Henry detestaba aquellos coches y de alguna manera siempre terminaba en uno—. Ella coincide con el perfil. ¿Crees que el asesino se pasa el día dando vueltas con su coche en busca de colegialas que le parezcan apropiadas para secuestrar? ¿Que tuvo suerte?

—Él rompió la bicicleta —dijo Archie lentamente desde el asiento trasero. Sacó el pastillero del bolsillo y distraídamente lo hizo girar entre el índice y el pulgar.

—Él rompió la bicicleta —repitió con énfasis Henry, asintiendo—. Lo que significa que la había elegido. Sabía que tenía una bicicleta, cuál era y tal vez incluso que no funcionaba bien. Que tendría que llevarla empujando hasta su casa, como había hecho más veces. La estuvo espiando.

—De todas formas, no podemos explicar qué hizo en un corto periodo de tiempo —dijo Claire—. El siguiente alumno dejó el ensayo a las seis y media, y ya no la vio. Las bicicletas las dejan junto a la puerta de entrada.

A Archie le dolía la cabeza.

—Volveremos a poner un control de tráfico mañana. Tal vez alguna otra persona llegó a verla. —Sacó tres pastillas del pastillero y se las puso en la boca, una tras otra.

—¿Te sientes bien, jefe? —preguntó Henry, mirando a Archie por el espejo retrovisor.

—Zantac —mintió Archie—. Para el estómago. —Apoyó su cabeza en el respaldo del asiento y cerró los ojos. Si el asesino había estado siguiendo a Kristy, era posible que pronto se pusiera a buscar otra chica—. ¿Estás segura de que los otros institutos están protegidos? —preguntó Archie, con los ojos todavía cerrados.

—Como Fort Knox —confirmó Claire.

—Preparen la vigilancia para las cuatro, mañana —ordenó Archie—. Que anoten las matrículas de todos los coches que pasen por el instituto entre las cinco y las siete. —Abrió los ojos, se restregó el rostro con la palma de la mano y se inclinó entre el espacio de los dos asientos delanteros—. Quiero revisar otra vez los informes de las autopsias. Y volver a ir por los barrios, puerta por puerta. Tal vez alguien se acuerde de algo.

Henry le echó una mirada.

—Todos deberíamos dormir un poco. Tenemos a mucha gente trabajando esta noche. Gente inteligente y despierta. Si aparece algo, les diré que te avisen.

Archie estaba demasiado cansado para discutir. Podía llevarse algo de trabajo a su apartamento.

—Me iré a casa —anunció—. Si pasas por la oficina puedo recoger los informes.

—Ella está todavía viva, ¿no es así? —preguntó Claire—. Todo esto no es inútil. Hay una posibilidad, ¿verdad?

Se hizo un largo silencio y luego Henry dijo:

—Cierto.

El teléfono estaba sonando cuando Archie entró en el apartamento. Iba cargado con informes policiales y documentación que había planeado leer esa noche; los dejó en precario equilibrio sobre la mesa del vestíbulo, cogió el teléfono inalámbrico y dejó las llaves sobre el cargador.

—Hola.

—Soy yo.

—Hola, Debbie. —Archie agradeció mentalmente a su ex mujer aquella momentánea distracción. Se dirigió a la cocina, sacó una cerveza de la nevera y la abrió.

—¿Qué tal tu primer día?

—Inútil —exclamó Archie, sacando su arma del cinturón, dejándola sobre la mesa de centro y sentándose en el sofá.

—Te he visto en la tele. Tenías un aspecto desafiante.

—Me puse la corbata que me regalaste.

—Ya me he dado cuenta. —Hizo una pausa—. ¿Vas a venir por lo de Ben el domingo?

Tragó saliva.

—Sabes que no puedo.

Pudo oír el suspiro en su voz.

—Porque estarás con ella.

Ya habían pasado por eso antes. No había nada que decir. Dejó deslizar el teléfono por su rostro, su cuello, hasta que la base del auricular reposó sobre su esternón. Apretó con fuerza hasta que sintió dolor. Todavía podía oírla, apagada y distante, como alguien que hablara bajo el agua.

—Sabes que eso es enfermizo, ¿verdad? —La vibración de su voz en lo más profundo de su pecho le hizo sentirse mejor, como si tuviera a alguien vivo en su interior—. ¿De qué hablas?

Ya se lo había preguntado antes. Nunca se lo había dicho y nunca se lo diría. Volvió a levantar el auricular hasta la oreja. Oía su respiración, mientras ella le decía:

—No sé cómo vas a sentirte mejor si no eliminas a esa puta de tu vida.

«No voy a mejorar», pensó.

—Todavía no puedo.

—Te amo, Archie. Ben y Sara te quieren.

Trató de decir algo.

—Lo sé.

Quería añadir algo más, pero no pudo, así que guardó silencio.

—¿Vas a venir a vernos?

—Tan pronto como pueda. —Ambos sabían lo que eso significaba. Sintió las punzadas de un incipiente dolor de cabeza—. Hay una periodista —continuó—. Susan Ward. Está haciendo una serie de reportajes sobre mí para el *Herald*. Probablemente te llame.

—¿Qué debo decirle?

—Primero niégate a hablar con ella. Y después, más adelante, cuando vuelva a intentarlo, responde a cualquier cosa que te pregunte.

—¿Quieres que le diga la verdad?

Pasó sus dedos por la rugosa tela del triste sofá y se imaginó a Debbie sentada allí, en su casa, en su antigua vida.

—Sí.

—¿Quieres que lo publiquen en el *Herald*?

—Sí.

—¿Qué te propones, Archie?

Tomó un trago de cerveza.

—Cerrar, de una vez por todas, una etapa de mi vida —respondió con una risa hueca.

CAPÍTULO
12

La primera noche, Gretchen no lo deja dormir, así que ha comenzado a perder la noción del tiempo. Le inyecta alguna anfetamina y después lo abandona durante horas. El corazón de Archie late con fuerza y no puede hacer nada salvo mirar al techo blanco y sentir el pulso latiéndole en el cuello. Trata de mover las manos. La sangre de su pecho se ha coagulado y ahora siente un escozor tremendo. Cada vez que toma aire, le duele atrozmente, pero el picor lo está volviendo loco. Durante algunos instantes, intenta mantener el control del tiempo, contando, pero su mente se distrae y se olvida de los números. A juzgar por el hedor del cadáver en el suelo, a su lado, lleva allí por lo menos unas veinticuatro horas. Pero más allá de eso, no está seguro de nada. Así que continúa mirando fijamente al techo, parpadea, respira… y espera.

No la oye entrar, pero, de pronto, allí está Gretchen, sonriendo a su lado. Le acaricia el cabello, empapado en sudor.

—Ha llegado la hora de tu medicina, querido —ronronea en su oído. Con un rápido movimiento le arranca la cinta adhesiva de la boca. Introduce suavemente el embudo en su garganta, pero aun así se atraganta. Se resiste sacudiendo la cabeza de un lado a otro, tratando de levantarse apoyándose en los hombros, pero ella lo aferra por los cabellos y sujeta su cabeza—. Vaya, vaya —lo reta.

Toma un puñado de pastillas y las deja caer en su garganta una por una. Él se ahoga y trata de escupirlas, pero ella saca el embudo, le obliga a cerrar la boca y le frota la garganta con la mano, obligándolo a tragar, como si fuera un perro.

—¿Qué son? —pregunta.

—Todavía no puedes hablar —replica, mientras coloca otro trozo de cinta adhesiva sobre su boca. Él casi lo agradece. ¿Qué podría decir?

—¿Qué quieres hacer hoy? —le pregunta ella. Archie mira hacia al techo, con los ojos ardiendo por falta de sueño—. Mírame —ordena ella con los dientes apretados.

La obedece.

—¿Qué quieres hacer hoy? —repite.

Él levanta las cejas con una expresión ambivalente.

—¿Seguimos con los clavos?

No puede evitar un estremecimiento.

Gretchen está exultante, se da cuenta de que su dolor la alegra.

—Te están buscando —dice con voz cantarina—. Pero no te van a encontrar.

Estén donde estén, ella puede leer el periódico y ver las noticias, piensa.

Ella acerca su rostro al de Archie, y él puede observar su suave piel de marfil, sus enormes pupilas.

—Quiero que pienses qué vamos a enviarles —dice con voz neutra. Pasa delicadamente la yema de sus dedos por su brazo, por su muñeca—. Una mano, un pie, algo por el estilo. Algo agradable para hacerles saber que estamos pensando en ellos. Voy a dejarte que elijas.

Archie cierra los ojos. No es él quien está allí. Aquello no está sucediendo. Trata desesperadamente de evocar el rostro de Debbie en la oscura piel de sus párpados. La recuerda como la vio la última mañana. Ya ha catalogado mentalmente cada prenda de vestir que llevaba puesta. El grueso jersey de lana verde. La falda gris. El largo abrigo que le daba aspecto de soldado ruso. Reconstruye cada peca de su rostro, sus pequeños pendientes de diamante, el lunar en el cuello, justo por encima de la clavícula.

—Mírame —ordena Gretchen.

Él aprieta más los ojos. Su alianza, las rodillas redondeadas, las pecas de sus pálidos muslos.

—Mírame —vuelve a decirle, casi sin aliento.

«Vete a la mierda», piensa.

Siente un pinchazo justo por debajo de la costilla izquierda. Aúlla y se retuerce de dolor, abriendo los ojos instintivamente.

Lo agarra por el pelo con firmeza y se inclina sobre él de modo que sus senos quedan a sólo unos centímetros de su pecho y retuerce el bisturí, clavándoselo en la carne. Él alcanza a percibir su perfume —una mezcla de lilas, sudor dulce y talco—, un alivio tras el olor nauseabundo del cadáver.

—No me gusta que me ignoren —exclama casi en un susurro—. ¿Entendido?

Él asiente, tensándose contra su mano para intentar aliviar la presión.

—Mejor. —Retira el escalpelo y lo deja caer sobre la bandeja de instrumental médico.

CAPÍTULO

13

Susan dejó el coche en uno de los recién pintados aparcamientos para visitantes ante las oficinas del equipo especial. Había llegado con media hora de antelación. Ella nunca llegaba temprano y ni siquiera le gustaba la gente que lo hacía. Pero se había despertado al amanecer con ese ardor de estómago que tenía cuando estaba a punto de escribir una buena historia. Ian ya se había ido. Si había intentado despertarla para despedirse, no lo recordaba.

La niebla se había extendido por la ciudad durante la noche, y el aire estaba pesado y húmedo. La fría humedad se metía en todas partes, de forma que hasta el interior del coche de Susan parecía a punto de echar moho, mientras ella se encontraba allí sentada.

Para matar el tiempo, abrió su teléfono, marcó un número y dejó un mensaje después de escuchar la voz que ya conocía de memoria.

—Hola, Ethan. Soy Susan Ward, la del callejón. —«¿La del callejón? Dios mío.»— Quiero decir, del *Herald*. Me estaba preguntando si habías tenido oportunidad de hablar con Molly sobre mí. Creo de verdad que su historia merece ser oída. Con lo que sea, llámame, ¿OK?

Ian le había dicho que abandonara aquel reportaje. Era una pérdida de tiempo. Pero ella tenía tiempo de sobra, así que ¿por qué no investigar un poco? Investigar no era continuar, al menos en sentido estricto.

Esperó en su coche unos minutos más, fumando un cigarro y mirando cómo la gente entraba y salía del edificio. Normalmente, Susan era una fumadora social. Fumaba cuando salía, cuando bebía y, a veces, cuando estaba nerviosa. Odiaba ponerse nerviosa. Tiró el cigarrillo por la ventanilla y se quedó mirando hacia la pequeña explosión de chispas cuando se estrelló contra el asfalto. Después echó un vistazo a su aspecto en el espejo retrovisor. Iba vestida completamente de negro, con el pelo rosa recogido en una cola de caballo. «Por dios —pensó—, parezco una ninja punk.» No había nada que hacer. Tomó aliento y entró en el edificio.

Habían trabajado toda la noche para transformar el banco en un recinto policial. Las cajas que el día anterior estaban a medio vaciar habían sido amontonadas contra una puerta, esperando a que las retiraran. Las mesas estaban colocadas de dos en dos, y habían sido equipadas con una computadora de pantalla plana, negra. No era extraño que el presupuesto para educación fuera tan bajo. Sobre un panel que ocupaba una de las paredes se habían colgado fotos ampliadas de cada una de las chicas, al igual que docenas de instantáneas. Varios mapas de la ciudad, salpicados con chinchetas de colores habían sido extendidos entre ellas. Una fotocopiadora escupía papeles ruidosamente. Sobre las mesas se acumulaban tazas de café y botellas de agua. Susan pudo oler el café recién hecho. Contó siete detectives, todos hablando por teléfono. Una oficial en uniforme, sentada ante la mesa más próxima a la puerta, levantó la vista y la miró.

—He venido a ver a Archie Sheridan —explicó Susan—. Susan Ward. Tengo una cita con él. —Sacó la acreditación de prensa de su bolso y la dejó colgando de su cadena a escasa altura sobre la mesa.

La oficial echó un vistazo a la credencial, cogió el teléfono, marcó una extensión y anunció la llegada de la reportera.

—Vaya hasta el fondo —indicó, mientras se volvía hacia el monitor de su computadora.

Susan se abrió camino hasta la oficina de Archie. Las blancas persianas estaban abiertas y pudo verlo sentado en su mesa, leyendo unos papeles. La puerta estaba entreabierta. Golpeó suavemente, sintiendo los nervios en la boca de su estómago.

—Buenos días —saludó el detective, poniéndose en pie.

Ella se acercó y estrechó la mano que le ofrecía.

—Buenos días. Perdón por llegar tan pronto.

Él arqueó las cejas.

—¿En serio?

—Unos treinta minutos.

Archie se encogió de hombros ligeramente y permaneció de pie. Susan contó cuatro tazas de café vacías sobre su escritorio.

Le indicó que tomara asiento y él hizo lo mismo. El despacho era pequeño. Apenas había espacio suficiente para una mesa grande contrachapada de cerezo, unos estantes y dos sillas, además de la de Archie. Una pequeña ventana daba a la calle, por donde los coches pasaban con regularidad. Él llevaba la misma chaqueta de pana del día anterior, pero su camisa era azul. A Susan le gustaba su estilo.

—Bueno, ¿por dónde empezamos? —Archie apoyó sus manos en la mesa—. Tú dirás. —Su expresión era amistosa, dándole la bienvenida.

—Bueno —comenzó Susan con lentitud—, necesito acceso a tu persona.

Él asintió.

—No hay problema mientras no interfiera en mi trabajo.

—¿No tendrás problema en que te siga a todas partes mientras intentas trabajar?

—No.

—Necesitaré también hablar con gente de tu entorno. —Examinó su rostro. Permanecía relajado, despreocupado—. Tu ex mujer, por ejemplo.

El detective ni siquiera parpadeó.

—Me parece bien, aunque no sé si querrá hablar contigo, pero puedes intentarlo.

—Y Gretchen Lowell.

Su rostro apenas se alteró. Abrió la boca. La cerró. Volvió a abrirla.

—Gretchen no habla con los periodistas.

—Puedo ser muy persuasiva.

Él trazó un círculo sobre el escritorio con la palma de su mano.

—Está en la prisión estatal de máxima seguridad. Sólo puede ver a sus abogados, a la policía y a sus familiares. No tiene familiares y tú no eres policía.

—Podríamos intercambiar correspondencia, como en los viejos tiempos.

Se recostó lentamente contra su silla y la examinó con cuidado.

—No.

—¿No?

—Puedes seguirme. Puedes hablar con Debbie y con las personas con quienes trabajo. Hablaré contigo sobre el caso del denominado Estrangulador Extraescolar. Hablaré contigo sobre el caso de la Belleza Asesina. Puedes entrevistar a mi médico si así lo deseas. Pero no a Gretchen Lowell. Ella sigue siendo objeto de una investigación policial y hacerle preguntas supondría una distracción. No es negociable.

—Perdón, detective, pero ¿qué te hace pensar que si yo le escribo a la cárcel vas a enterarte?

Sonrió con paciencia.

—Ten la seguridad de que me enteraré.

Ella lo miró fijamente. El hecho de que no quisiera que hablara con Gretchen Lowell no era lo que le molestaba. Él había pasado una temporada en el infierno. Por supuesto que no quería que su torturadora fuera entrevistada para un estúpido reportaje periodístico. Lo que la tenía inquieta era la creciente certeza de que ese reportaje era una mala idea para Archie Sheridan. Que tenía cosas que ocultar y que ella iba a encontrarlas. El detective no tenía por qué haber accedido a todo aquello. Y si ella se percataba de eso, estaba casi segura de que el inteligente Archie Sheridan también se daba cuenta. Entonces, ¿por qué la dejaba hacerlo?

—¿Alguna otra cláusula no negociable? —preguntó.

—Una.

«Ahí vamos.»

—Dispara.

—Los domingos libres.

—¿Es el día que pasas con tus hijos?

Archie apartó la mirada hacia la ventana.

—No.

—¿En la iglesia?

Nada.

—¿Golf? —intentó adivinar Susan—. ¿Club de taxidermistas?

—Un día de intimidad —replicó con firmeza, volviendo a mirarla, mientras descansaba sus manos en el regazo—. Tienes acceso a los otros seis.

Ella asintió un par de veces. Podía escribir aquella serie de artículos y podía hacerlo bien. ¿A quién quería engañar? Podía hacerlo fantásticamente bien. La historia le pertenecía. Las interrogantes podría averiguarlas más tarde.

—Bien —aceptó—. ¿Por dónde empezamos?

—Por el principio —respondió—. El Instituto Cleveland. Lee Robinson. —Descolgó el teléfono y marcó una extensión—. ¿Listo? —preguntó a alguien al otro lado de la línea. Colgó y miró a Susan—. El detective Sobol vendrá con nosotros.

Susan trató de ocultar su decepción. Había esperado tener a Archie Sheridan para ella sola para recorrer mejor los laberintos de su mente.

—¿Fue tu compañero de trabajo desde el primer asesinato de la Belleza Asesina?

Antes de que Archie pudiera responder apareció Henry, poniéndose su chaqueta de cuero. Ofreció una enorme mano a Susan.

—Henry Sobol —dijo.

Parecía un gran oso de peluche.

Ella estrechó su mano, intentando abarcarla.

—Susan Ward. *Oregon Herald*. Estoy escribiendo un reportaje sobre...

—Ha llegado temprano —la interrumpió Henry.

Fred Doud fumaba una pipa en la playa. Estaba en cuclillas al lado de un tronco que había dejado la marea en la orilla el invierno anterior. No necesitaba ser discreto. Nunca había visto a nadie en aquella zona de la playa que acababa de recorrer. Habitualmente iba allí por la tarde, pero ese día tenía que ir al juzgado. Dio una profunda calada a la pequeña pipa y luego volvió a colocarla en su bolsa de cuero. Ató con fuerza la bolsa, sintiendo sus largos y huesudos dedos entumecidos por el frío, y se la colgó al cuello. Se examinó la piel de los brazos, los muslos, el vientre, las rodillas. Se habían vuelto de un rosa brillante, pero ya no sentía frío. Le gustaba el invierno en la playa. El resto del año había demasiada gente, pero durante el invierno era con frecuencia el único visitante. Vivía con unos compañeros de la universidad a pocos kilómetros de la isla, así que era un viaje corto. Siguiendo las normas de la playa, debía llevar un albornoz desde la zona del aparcamiento y mientras cruzaba el sendero que discurría entre los arbustos de zarzamoras. Después, una vez allí, dejaba que la prenda se deslizara por sus huesudos hombros y avanzaba desnudo. Nunca se sentía más libre que en esos momentos.

Solía dar la vuelta al llegar a aquel tronco, aunque algunas veces se decidía a seguir adelante, hasta donde la playa trazaba una curva y podía ver el faro a lo lejos. Aquel día, cuando se puso de pie, disfrutando de su cuerpo desnudo y ligeramente colocado, Fred supo que era uno de esos días.

Habitualmente caminaba playa arriba, donde la arena era más fina y más agradable al contacto con los pies descalzos, pero cuando hacía el recorrido más largo, con frecuencia se acercaba más al agua en cuyo lecho arenoso una vez había encontrado una punta de flecha y esperaba encontrar otra. La visibilidad no era mala. La niebla había sido densa al principio, pero, a medida que avanzaba la mañana, lo único que quedaba era una gruesa franja blanca flotando sobre el río. La fría arena estaba resbaladiza y la playa olía mal, como sucedía a veces a causa de los peces muertos que terminaban en la orilla pudriéndose, o de las algas, convertidas en una maraña calcinada por el sol, cubiertas de nubes de insectos. Los pájaros destripaban cangrejos y dejaban los caparazones descomponiéndose.

Fred iba caminando sobre la arena, completamente absorto, con los ojos enrojecidos, mirando al suelo, tratando de ignorar el espantoso olor que parecía aumentar por momentos, cuando se encontró con Kristy Mathers. Primero vio la planta de un pie, medio sumergido en el arenal, luego la pierna y el torso. Hubiera creído que soñaba si no hubiera fantaseado tantas veces con tropezarse en la playa con un cadáver. Siempre le había parecido, de algún modo, un hecho que entraba dentro de lo posible. En aquel momento, mirando a aquella figura pálida, casi irreconocible, tendida a sus pies, una horrible sensación lo embargó: la sobriedad. Fred Doud nunca se había sentido tan desnudo.

Con el corazón latiendo desbocado y repentinamente helado, dio media vuelta y miró hacia donde había venido por la playa, y luego en dirección al faro. La soledad de la que disfrutaba minutos antes ahora lo llenaba de terror. Tenía que buscar ayuda. Tenía que volver hasta su camioneta. Echó a correr como un poseso.

15

Henry, Archie y Susan se dirigieron hacia el Instituto Cleveland en un coche de policía sin identificación. Henry iba al volante, Archie a su lado y Susan tomando notas frenéticamente en el asiento trasero. Aparcaron frente al edificio escolar de ladrillo rojo, de tres pisos, y bajaron del coche. Henry saludó a un par de policías sentados en un coche patrulla. Uno de ellos respondió al saludo.

El día había cambiado. La pegajosa niebla matinal había dejado paso a un cielo azul en el que había aparecido un tímido sol. La temperatura rondaba los doce grados. Bajo la brillante luz matinal, el Instituto Cleveland parecía enorme y perfecto para una foto. A diferencia del aspecto funcional del Jefferson, el Cleveland poseía una cierta elegancia arquitectónica, con pilares y arcos y un pequeño jardín en la parte delantera. Pero a Susan le pareció una prisión.

—Vamos por este lado.

Susan levantó la vista. Archie y Henry iban unos cuantos pasos por delante y Archie miraba en dirección a ella, por encima de su hombro. Ella seguía de pie, observando el edificio, perdida en sus recuerdos.

—Lo siento —se disculpó—. Yo vine a este instituto.
Archie arqueó las cejas.

—¿Estudiaste en el Cleveland?

—Hace diez años. Sí. —Le alcanzó y se puso a su lado—. Aún me estoy recuperando.

—¿No fue la reina de la graduación? —preguntó Henry.

—Ni de broma —respondió Susan. Había sido una adolescente problemática, histérica durante buena parte del tiempo. No entendía cómo la habían soportado sus padres—. ¿Tiene hijos? —le preguntó a Henry.

—Uno —respondió—. Creció junto a su madre. En Alaska.

—¿Es usted de allí?

—No —contestó—, terminé allí. —Archie sonrió—. Eran los setenta. Una época en la que tenía una furgoneta. Y pelo.

Susan se rió y garabateó una frase en su libreta. La cara sonriente de Henry se puso seria.

—No —dijo mirando a Susan y a Archie—. Mi vida no le interesa al público. Sin discusión.

Susan cerró el cuaderno.

—Henry no quiere que lo entrevisten —explicó Archie.

—Entiendo —respondió Susan.

Siguieron caminando, dando la vuelta a la esquina del instituto. Susan pudo ver los grandes ventanales, los cristales reemplazados desde que ella había sido estudiante, desde donde podían ver el exterior. Por Dios, odiaba su época del instituto.

—A Lee Robinson no le gustaba estudiar aquí, ¿no es cierto?

—¿Por qué dices eso? —preguntó Archie, mirando al edificio.

—Vi su foto escolar. Recuerdo lo que era ser una adolescente.

—Ésa es la puerta —anunció Henry, señalando hacia la salida de emergencia situada en un lateral del edificio—. El ensayo de la banda era en el primer piso. Ella salió por ahí.

Archie se detuvo, con las manos en la cintura, mirando la puerta. Susan pudo ver el bulto de su arma en su cinturón. Él dirigió la vista hacia la escuela y se dio media vuelta, lentamente, tratando de absorber cada detalle. Luego asintió.

—Muy bien.

Henry los condujo por la acera.

—Tomó esta dirección.

Susan siguió a Archie, quien, a su vez iba detrás de Henry. Caminaron en silencio. La periodista esquivó un charco que brillaba bajo el sol. Habían transcurrido semanas desde la última vez que había salido el sol.

Bajo el habitual manto de nubes, el mundo parecía apelmazado, monocromático. Con la luz, todos los colores brillaban, las coníferas eran de un rico verde oscuro, los brotes nuevos en las hojas de los ciruelos presentaban un verde brillante, anunciando la primavera, rosas y festivales a la orilla del río. Incluso la acera grisácea, levantada en algunas partes por las retorcidas raíces de árboles plantados hacía cien años, parecía algo más viva.

Susan esquivó otro charco y miró hacia el cielo. Un día soleado en marzo, en Portland, Oregón, era casi inaudito. Lo más normal era que el cielo estuviera nublado y cubierto. Y también que lloviera.

Henry se detuvo cuando llegaron a un cruce en la quinta manzana.

—Es aquí —informó—. Aquí es donde los perros perdieron el rastro.

—¿Entonces se subió a un coche? —preguntó Susan.

—Probablemente —respondió Henry—. O a una bicicleta, a una moto, o bien paró un autobús. O la lluvia borró su rastro. O tal vez ese día los perros no rastreaban bien.

De nuevo, Archie se giró, lentamente. Tras unos minutos se dirigió a Henry.

—¿Qué te parece?

—Creo que él iba a pie. —Henry señaló hacia un frondoso seto de laurel que rodeaba la fachada de una casa, justo antes del lugar en donde los perros habían perdido el rastro de Lee Robinson—. Creo que él la estaba esperando ahí detrás.

—Sería arriesgado —dijo Archie, dudando. Caminó hasta quedar oculto por el seto. ¿El follaje era así de espeso?

—Es de hoja perenne.

Archie pensó un momento.

—Entonces, la esperó detrás del seto —dijo, pasando su mano por las gruesas hojas del arbusto—. Y cuando apareció la muchacha ¿qué? ¿La convenció para que se subiera a un vehículo cercano?

—¿Un tipo aparece inesperadamente detrás de un arbusto y ella se sube a su coche? No en mi época de adolescente —señaló Susan.

—No —dijo Henry—. No aparece.

Archie asintió, pensando.

—Él la ve. Sale por el otro lado del seto. Por aquí. —Se dirigió a lo largo del seto hasta el otro extremo, llegando casi a la esquina—. Entonces da la impresión de que estaba dando la vuelta a la esquina —dijo, escenificando la situación—. Cae sobre ella.

—Él la conocía —dijo Henry.

—Él la conocía —repitió Archie. Guardaron silencio un momento—. O tal vez —continuó Archie, encogiéndose de hombros— salió y le puso un cuchillo en la garganta y la obligó a subirse a una camioneta.

—Puede ser —dijo Henry.

—¿Han buscado fibras entre las hojas?

—Después de cuatro días de lluvia es demasiado tarde. Archie se dio la vuelta y se dirigió a Susan:

—¿Volvías a casa a pie desde el instituto?

—Sólo los primeros dos años. Hasta que tuve coche.

—Sí —musitó Archie, con los ojos fijos en el seto—. Entonces fue cuando ibas a pie, ¿no? Los primeros dos años. —Inclinó la cabeza—. ¿Te gustaba el Cleveland?

—Ya te he dicho que odiaba el Cleveland —respondió Susan.

—No. Dijiste que odiabas el instituto. ¿Habrías odiado el instituto en cualquier lado o simplemente sentías aversión hacia el Cleveland en particular?

Susan dejó escapar un gruñido.

—No lo sé. Había algunas cosas que me gustaban. Estaba en el grupo de teatro. Y, por si te interesa, formaba parte del grupo de alumnos estudiosos, pero solamente durante el primer año. Antes de dejar de ser una obsesiva del estudio.

—El profesor encargado del grupo de teatro lleva aquí bastante tiempo —dijo Henry—. Reston.

—Sí —afirmó Susan—. Fue mi profesor.

—¿Alguna vez pasaste a saludar a alguno de los profesores?

—¿Venir a ver a mis antiguos profesores del instituto? —preguntó incrédula Susan—. Tengo vida propia, gracias. —Luego la invadió una idea atroz—. Él no será sospechoso, ¿verdad?

Henry negó con la cabeza.

—No, a menos que haya conseguido que nueve adolescentes mientan para protegerlo. Estuvo ensayando las noches que secuestraron a las tres chicas. Así que no tiene que devolverle ningún regalito. ¿Y qué opina del profesor de física, Dan McCallum. ¿También le dio clase?

Susan abrió la boca para responder, pero la interrumpió el sonido del celular de Archie. Lo sacó del bolsillo de su chaqueta, lo abrió y dando media vuelta se alejó unos pasos.

—¿Sí? —Estuvo un minuto al teléfono bajo la atenta mirada de Henry y Susan. Susan notó un cambio casi imperceptible. No estaba segura de si era el lenguaje corporal de Archie o algo en el aire, o una proyección de su propio cerebro, pero tenía la certeza de que algo había cambiado. Archie asintió varias veces—. Bien. Vamos para allá. —Cerró el teléfono, lo dejó caer cuidadosamente en su bolsillo y lentamente se giró hacia ellos.

—¿La han encontrado? —preguntó Henry, con su rostro impasible.

Archie asintió.

—¿Dónde?

—En la isla Sauvie.

Henry señaló con la cabeza a Susan.

—¿Quiere que la dejemos en el banco?

Susan miró a Archie pidiéndole mentalmente que le dejara acompañarlos. «Ella puede venir. Ella puede venir. Ella puede venir.» Deseó que las palabras salieran de sus labios. Su primer escenario de un crimen. Un relato en primera persona. Sería una excelente apertura para el primer artículo. ¿Qué se sentiría al ver a la víctima de un asesinato? El olor del cadáver. Una legión de investigadores examinando la escena. La cinta policial amarilla. Sonrió, notando el familiar hormigueo en el vientre. Luego se contuvo y rápidamente se obligó a disimular la satisfacción que había asomado a su rostro. Pero Archie ya se había dado cuenta.

Ella lo miró, suplicante, pero la expresión de Archie resultaba insondable.

Sheridan se encaminó hacia el coche. Mierda. Lo había arruinado. Su primer puto día con él y seguro que pensaba que ella era una imbécil, ávida de sangre.

—Ella puede venir —dijo, mientras caminaba. Se volvió y miró a Susan intencionadamente antes de añadir—: pero no esperes que se parezca a la de la foto.

CAPÍTULO
16

Saben que actualmente hay toneladas de cadáveres en la isla Sauvie —dijo Susan desde el asiento trasero—. Muchos de los gays que solían ir a la playa nudista murieron de sida y esparcieron allí sus cenizas. Cuando baja la marea la playa está cubierta de huesos y cenizas. —Frunció el ceño con un gesto de desagrado—. Los bañistas se ponen bronceador, se recuestan y acaban con trocitos de muerto pegados a sus cuerpos. —Esperó—. Escribí un artículo al respecto. A lo mejor lo han leído.

Ninguno respondió. Henry la ignoraba desde hacía unos quince kilómetros y Archie hablaba por teléfono.

Se cruzó de brazos e intentó cerrar la boca. Era la maldición del reportero de noticias generales. Datos inútiles. Y ella había escrito muchísimos artículos sobre la isla Sauvie: granjas orgánicas, el laberinto de maíz, la playa nudista, los clubes de ciclistas, los nidos de águilas, los campos de zarzamoras en los que uno levanta su propia cosecha. A los lectores del *Herald* les encantaban esas estupideces. Por lo tanto, Susan sabía más de la isla que la mayoría de la gente que vivía en ella. Tenía unas diez mil hectáreas de superficie. Estaba considerada un «oasis agrícola» rodeado por el

Columbia y por el contaminado canal Multnomah, y a unos veinte minutos en coche del centro de Portland. Para preservar la vegetación natural de la isla, el estado había designado cinco mil hectáreas al Área de Vida Silvestre de la isla Sauvie. Era allí, lejos de las granjas que hacían que la isla pareciera un pedazo de Iowa, donde habían encontrado a la muchacha muerta. A Susan nunca le había gustado ese lugar. Demasiado espacio abierto.

Torcieron hacia un camino de grava.

—Sí. —Archie hablaba por teléfono—. ¿Cuándo?... ¿Dónde?... Sí. —No valía la pena tomar notas—. No... Todavía no lo sabemos... Ya lo averiguaré.

La grava hacía que fuesen horriblemente despacio y de vez en cuando alguna piedra rebotaba en el parabrisas. Archie todavía seguía al teléfono.

—¿Ya estás ahí?... En unos cinco minutos.

Cada vez que terminaba una conversación, el teléfono volvía a sonar. Susan dejó que su mirada vagara por los bordes del camino, ocupados por una gruesa pared de arbustos de zarzamora protegidos por cedros. Finalmente, un poco más adelante, divisó un grupo de coches de policía, una vieja camioneta y una ambulancia ya aparcados a un lado del camino. El coche del sheriff bloqueaba el paso y un joven policía detenía el tráfico. Susan inclinó su cabeza para ver mejor, con la libreta abierta sobre su regazo. Henry detuvo el coche y mostró su placa al policía. Éste asintió y les indicó que siguieran.

Dejaron el coche junto a un coche patrulla y, al unísono, Henry y Archie se bajaron, dejando atrás a Susan que deseó haberse puesto unos zapatos más cómodos. Buscó en el bolso y sacó un lápiz de labios. Nada llamativo. Sólo un poco de color natural. Se pintó los labios mientras caminaba e inmediatamente se sintió como una mierda por haberlo hecho. Más allá del coche patrulla, un joven barbudo con un albornoz color marrón se encontraba de pie junto al policía. Estaba descalzo. Susan sonrió. Él le hizo el signo de la paz.

El sendero hacia la playa había sido apisonado a lo largo del tiempo, abriéndose paso entre los espinosos arbustos y avanzando en diagonal entre la alta hierba seca hasta la arena. Ésta no era compacta, por lo que Archie tenía que ir buscando el equilibrio a cada paso. «Está cubierta de huesos y cenizas». Un poco más adelante pasaba el río Columbia, inmóvil y marrón, y en la otra orilla estaba el estado de Washington. Podía ver a un grupo de policías estatales de pie, unos quinientos metros más adelante, en la playa, sobre la orilla arenosa.

Claire Masland les esperaba en la playa. Llevaba vaqueros y una camiseta roja, y se había quitado el impermeable y se lo había atado a la cintura. Archie nunca se lo había preguntado, pero se imaginaba que ella hacía senderismo y acampadas. Tal vez incluso esquiara. Mierda, seguramente, hacía senderismo por la nieve. Su insignia estaba prendida de la cintura. Bajo sus axilas se habían formado unas manchas de sudor. Los condujo hasta el cuerpo.

—Un nudista la encontró a eso de las diez —informó—. Tuvo que volver a su vehículo y luego a su casa para telefonearnos, así que no hemos recibido la llamada hasta las diez y veintiocho.

—¿Está igual que las otras?

—Idéntica.

El cerebro de Archie funcionaba a toda máquina. No tenía sentido. Aquel asesino estaba empezando a apresurarse demasiado. A él le gustaba retenerlas. ¿Por qué no había retenido más tiempo a ésta? ¿Acaso creía que tenía que deshacerse de ella?

—Tiene miedo —concluyó Archie—. Lo hemos asustado.

—Entonces mira el informativo de la noche —dijo Henry.

Lo habían atemorizado. Y a causa de ese miedo se había deshecho del cuerpo. ¿Y ahora qué? Secuestraría a otra. Tenía que hacerlo. Un ardor ácido subió hasta la garganta de Archie. Tuvo que buscar en su bolsillo, sacar un antiácido y masticarlo con rapidez. Le habían metido prisa. Y ahora tenía que matar a otra muchacha.

—¿Quién ha venido? —preguntó Archie.

—Grez, Josh, Martin. Anne llegará en unos diez minutos.

—Bien —dijo Archie—. Quiero hablar con ella.

Se paró y el grupo se detuvo con él. Estaban a unos quince metros del escenario del crimen. Escuchó.

—¿Qué pasa? —preguntó Claire.

—Son los helicópteros de la prensa —dijo Archie, mirando hacia arriba con el rostro compungido, mientras dos helicópteros cruzaban la línea de árboles—. Es mejor que levantemos una tienda.

Claire asintió y regresó apresuradamente hacia el camino. Archie se volvió hacia Susan. Ella estaba tomando notas en su libreta, pasando apresuradamente las hojas después de llenarlas con observaciones anotadas con grandes letras. Archie podía percibir su excitación y recordó ese sentimiento, porque Henry y él mismo habían reaccionado igual con el primer caso de la Belleza Asesina. Pero ya no era así.

—Susan —dijo. Ella escribía frenéticamente intentando anotar una idea e hizo un gesto con el dedo indicándole que estaría con él en un segundo—. Mírame —ordenó Archie—.

Ella levantó la vista, mirándolo con sus grandes ojos verdes. De repente, lo invadió una especie de instinto protector hacia aquella extraña muchacha de cabello rosa, que pretendía ser mucho más dura de lo que aparentaba, pero, a la vez, se sintió ridículo por presumir semejante cosa. Mantuvo la mirada un momento hasta que ella se concentró en él. —No sé lo que piensas que vas a ver —continuó, haciendo un gesto hacia donde Kristy Mathers yacía desnuda en el barro—. Pero va a scr bastante peor.

Susan asintió.

—Lo sé.

—¿Has visto alguna vez un cadáver? —preguntó Archie.

Ella volvió a asentir.

—Mi padre. Murió cuando era una niña. De cáncer.

—Esto va a ser muy distinto —le advirtió Archie con amabilidad.

—Puedo soportarlo. —Alzó la cabeza y olfateó el aire—. ¿Hueles eso? ¿Cloro?

Archie y Henry intercambiaron una mirada. Henry sacó dos pares de guantes de látex del bolsillo de su cazadora y lc entregó un par a Archie. El detective miró una vez más hacia el tranquilo río que brillaba bajo el sol del mediodía, tomó aire por la boca y exhaló.

—No respires por la nariz —le dijo a Susan—. Y no te cruces en mi camino.

Luego se puso los guantes y recorrió los últimos quince metros hasta el cuerpo, con Henry y Susan unos pasos detrás de él.

Se acuclilló al lado del cuerpo de Kristy, Archie se sintió completamente lúcido, con la cabeza despejada, el estómago tranquilo y su mente concentrada. Se dio cuenta de que llevaba varios minutos sin pensar en Gretchen Lowell. Echaba de menos esa sensación.

La había estrangulado y luego sumergido en lejía, como a las otras. Estaba a metro y medio del borde del agua, boca arriba, con la cabeza ladeada, uno de sus rollizos brazos bajo su pecho y la piel y el cabello cubiertos de arena, como si la hubieran hecho rodar unos metros. El otro brazo estaba doblado delicadamente a la altura del codo, con su mano semicerrada descansando justo debajo de su barbilla y las uñas mordidas todavía con restos del esmalte de uñas. Ese brazo la hacía parecer casi humana. Archie continuó examinando cada detalle, comenzando por la cabeza en dirección a los pies. Tenía una pierna ligeramente doblada, mientras que la otra, extendida, se había enredado en las algas. Observó la sangre en la nariz y la boca y la lengua grotescamente hinchada. El cuello tenía en su base la misma marca horizontal, indicando el uso de una ligadura que pensaban sería un cinturón. En la parte inferior de la garganta y en el hombro mostraba una mancha púrpura a causa del rígor mortis, donde la sangre se había acumulado después de su muerte. Un color verde rojizo había comenzado a esparcirse por su abdomen; su boca, nariz, vagina y oídos estaban negros. La lejía retrasa la descomposición, porque elimina algunas de las bacterias que causan la hinchazón y la ruptura de los tejidos blandos, así que todavía se podía apreciar algo de Kristy en el cadáver. Se reconocía en su mejilla y el perfil. Ya era algo. Pero la lejía no detenía a los insectos, y multitud de ellos se agolpaban en su boca y ojos y revoloteaban sobre sus genitales. Los cangrejos se enredaban en sus cabellos. Una sustancia viscosa era lo que quedaba de uno de los ojos. En la piel de la frente y en una de sus mejillas desgarradas se podían apreciar las huellas de un pájaro, que había clavado sus garras en la carne para mantener el equilibrio. Archie alzó la vista y vio a una gaviota a escasos metros del cuerpo que lo observaba con curiosidad. Durante unos instantes miró fijamente al detective, luego dio unos pasos vacilantes antes de alzar el vuelo y alejarse a una distancia prudente.

Henry se aclaró la garganta.

—La tiró en la playa —especuló en voz alta—. No en el agua.

Archie asintió.

—¿Cómo lo sabe? —preguntó Susan.

Miró hacia la joven. Su rostro estaba pálido, sólo resaltaban sus pecas y el brillo de labios, pero se mantenía más firme de lo que él había estado la primera vez.

—Todavía estaría allí —respondió—. Los cadáveres se hunden. Al cabo de tres días o una semana salen a flote a causa de los gases que genera el cuerpo. Sólo han transcurrido dos días desde su desaparición. —El detective miró hacia ambos lados de la playa. Los helicópteros sobrevolaban por encima. Creyó ver el reflejo del flash de una cámara con teleobjetivo—. No. Debe de haberla dejado aquí ayer por la noche, mientras estaba lloviendo. Lo suficientemente temprano para que la lluvia y la marea borraran cualquier rastro que hubiera podido dejar al traerla.

—Él quería que la encontráramos —dijo Henry.

—¿Por qué está así? —preguntó Susan con una voz, por primera vez, temblorosa.

Archie examinó el cuerpo, su cabello castaño, ahora de un color naranja pálido, la piel quemada. Idéntica a las fotos forenses de Lee Robinson y Dana Stamp.

—Las sumerge en lejía —explicó lentamente—. Las mata, abusa de ellas sexualmente y las mete en una bañera con lejía hasta que decide deshacerse de ellas.

Pudo sentir el sabor en su boca; el ardor en los ojos a causa de la lejía, mezclado con la putrefacción de la carne y los músculos.

Vio que Susan titubeaba, apenas un pequeño cambio en su postura, como si se acomodase mejor.

—No informaron de eso.

Archie le dedicó una sonrisa cansada.

—Acabo de hacerlo.

—Entonces él las mata de inmediato —dijo Susan casi para sí misma—. Cuando alguien se entera de que han desaparecido, ya están muertas.

—Efectivamente.

Sus ojos se entrecerraron.

—Dejaste que todos mantuvieran la esperanza. Aunque sabías que ella estaba muerta. —Se mordió el labio y escribió algo en su libreta—. Qué enfermo hijo de puta —murmuró por lo bajo.

Archie no estaba seguro de si se estaba refiriendo al asesino o a él. Y, a decir verdad, no le importaba

—Creo que es un juicio correcto —afirmó.

—Si la tiró aquí —le dijo Henry a Archie—, tiene que haber aparcado en donde lo hicimos nosotros y haber utilizado el mismo sendero. No puede haberla traído desde ningún otro lugar. A menos que haya llegado en barco.

—Ve de puerta en puerta. Averigua si alguien pasó conduciendo o vio pasar algún vehículo, incluyendo un barco. También pide a los Hardy Boys que revisen el área en busca de condones. Tal vez no haya sido capaz de resistirse.

—¿Quieres que busque condones en una playa nudista? —preguntó dudoso Henry—. Y ya que están, podrían buscar en las residencias estudiantiles a ver si encuentran marihuana.

Archie sonrió.

—Envía cualquier cosa que encuentres al laboratorio para que hagan pruebas de ADN. Tal vez tengamos suerte —ordenó mientras se tomaba otra vicodina.

—¿Otro zantac? —preguntó Henry.

Archie apartó la vista.

—Aspirina.

Durante lo que Archie piensa que es el tercer día, cuando Gretchen introduce el embudo en la garganta y deja caer las píldoras, él traga sin oponer resistencia. Ella deja el embudo a un lado y rápidamente le tapa la boca con un pedazo de cinta adhesiva que tenía preparado. Hoy no ha dicho nada. Usa una toalla blanca para secarle la saliva que ha resbalado por el rostro y después se va. Él espera a que las pastillas hagan efecto. Cada terminación nerviosa atenta al cambio. Es otro modo de medir el tiempo. No sabe qué clase de pastillas son, pero sospecha que se trata de anfetaminas, un analgésico y algún alucinógeno. El cosquilleo comienza en su nariz y se va extendiendo hasta la coronilla. Se obliga a rendirse a su influjo.

Su mente comienza a desvariar. Cree ver a un hombre de cabello oscuro en el sótano, junto a ellos. Es una sombra. Aparece por detrás de Gretchen y luego desaparece. Archie se pregunta si el cadáver ha vuelto a la vida, ve al hombre andando, con su cuerpo putrefacto, la carne hinchada y los huesos al descubierto. Pero trata de convencerse de que sólo es una alucinación. Nada es real.

Se imagina el escenario del crimen. A Henry y Claire. Habrían rastreado su pista hasta la gran casa amarilla que Gretchen había alquilado en Vista. Cintas policiales, equipos forenses, los indicadores de evidencias. Se mueve por el escenario, dirigiendo al equipo especial como si él fuera una víctima más de la Belleza Asesina. «Ya ha durado demasiado», le dice a Claire. «Estoy muerto.» Todos parecen estar muy apesadumbrados y desesperados. «¡Ánimo! ¡Todo saldrá bien! ¡Al menos sabemos quién demonios es la asesina! ¿No es cierto? ¿No es cierto?» Ellos lo miran sin expresión alguna. Claire llora. «Tienen que darse cuenta de que esto está relacionado con el caso», les dice Archie, su voz tensa de ansiedad. «No es una coincidencia.»

Buscan cualquier pista por toda la propiedad. «Reúnan los datos», ruega Archie. Tienen el nombre de Gretchen, la foto de su pase. Él vuelve a pasar revista a los detalles de su visita, tratando de recordar si ha tocado alguna cosa, si ha dejado fibras, cualquier rastro de su paso por allí. El café. Había dejado caer el café en la alfombra. Archie señala hacia la mancha oscura. «¿Lo ven?», le ruega a Henry. Su compañero se detiene, se agacha y hace señas a un técnico. El laboratorio encontrará algún rastro que ella haya podido dejar. Eso confirmaría sus sospechas. ¿Alguien lo vio entrar? ¿Qué ha pasado con su coche? Archie se agacha junto a Henry. «Cuando lleguen los resultados, tienes que hacer todo lo posible para relacionarla con los otros asesinatos. Distribuye su foto por todas partes. Cuando esté muerto, ella abandonará la casa. Y cuando lo haga, podrás atraparla.»

—Estás alucinando —le dice Gretchen.

Se ve arrancado de su sueño para volver al sótano. Allí está ella de nuevo, apretando un paño frío contra su frente. No tiene calor, pero se da cuenta de que está sudando.

—Estás murmurando —dice Gretchen.

Archie agradece que su boca esté sellada con la cinta adhesiva. Así ella no puede oír sus delirios incoherentes.

—No sé cómo soportas el hedor aquí abajo —dice Gretchen, deslizando su mirada hacia donde yace el cadáver en el suelo.

Ella comienza a decir algo, pero él está cansado de oírla y entonces se refugia en su mente.

Y va hacia Debbie.

Ella está sentada en el sofá, envuelta en una manta de lana y los ojos hinchados de tanto llorar.

—¿Lo han encontrado? —pregunta rápidamente cuando ve entrar a Archie.

—No —responde. Archie toma una cerveza de la nevera y se sienta a su lado. El rostro de Debbie es terso y vacío y sus manos tiemblan cuando ella sostiene la manta apretada bajo su barbilla.

—Todavía está vivo —exclama Debbie, desafiante. El acerado optimismo de su voz le rompe el corazón—. Yo lo sé.

Archie reflexiona sobre el asunto. Quiere ser amable con ella. Pero no puede mentirle.

—Lo más probable es que yo esté muerto —admite—. Tienes que prepararte.

Debbie lo mira horrorizada, pero su expresión se endurece.

Perplejo, trata una vez más de consolarla.

—Es lo mejor —declara—. Cuanto antes me mate, mejor. Créeme.

Los ojos de Debbie se llenan de lágrimas mientras aprieta los labios.

—Creo que es mejor que te vayas— le dice.

—Mírame.

Es Gretchen. Está, una vez más, en el sótano. La realidad toma forma. Él no quiere entregarse a ella, pero ha aprendido la lección así que vuelve la cabeza y presta atención.

No hay ninguna emoción en su rostro. Ni furia, ni placer, ni pena. Nada.

—¿Tienes miedo? —pregunta Gretchen mientras le va secando con el paño la frente, las mejillas, la nuca, la clavícula. Entonces él cree ver un destello en sus ojos. ¿Simpatía? Pero pronto desaparece—. No sé qué piensas que va a suceder —le susurra—, pero te aseguro que va a ser mucho peor.

CAPÍTULO
18

Lo primero que hizo Susan al volver a su casa desde la isla Sauvie fue quitarse las altas botas de cuero, tirarlas y dejarlas caer al lado de un montón de zapatos que había dejado abandonados en el suelo. Manchadas y apestando a lejía, las botas estaban hechas una pena.

Susan vivía en lo que ella gustaba denominar un loft, pero en realidad era un gran estudio en el distrito Pearl, en la parte más septentrional de la zona oeste de Portland. El edificio, una antigua destilería de principios de siglo, había sido renovado hacía algunos años. La fachada de ladrillo seguía en pie, compacta, lo mismo que la antigua chimenea, pero el resto de la estructura había sido totalmente remodelada para proporcionar a los inquilinos algunas instalaciones más modernas. El loft de Susan estaba en el tercer piso. En realidad, pertenecía a un antiguo profesor suyo que había solicitado un largo periodo sabático y se encontraba en Europa con su esposa mientras escribía otro libro. Vivía en Eugene, donde ocupaba el cargo de director del departamento de literatura de la Universidad de Oregón, pero mantenía aquel apartamento en Portland, supuestamente como refugio para poder escribir, aunque raramente lo usaba por razones literarias.

Susan había querido que fuera suyo desde el primer fin de semana que había pasado allí. La cocina estaba equipada con los más modernos electrodomésticos, una nevera de acero inoxidable y un impresionante y brillante horno. Era todo lo contrario a la casa en la que había crecido. Aunque era cierto que la encimera era de granito y no de mármol, y el horno una copia Frigidaire de un Viking, el sitio tenía un aspecto moderno y urbano. Le encantaba el escritorio azul del Gran Escritor. Adoraba la estantería empotrada que ocupaba toda una pared y estaba repleta de libros del propietario. Le gustaban las fotografías enmarcadas del Gran Escritor junto a otros Grandes Escritores. La cama estaba aislada por un biombo japonés, dejando el resto del espacio como salón en el que había un sofá de terciopelo azul, un sillón de cuero rojo, una mesa de centro y un pequeño televisor. De todo lo que había en aquel apartamento, sus pertenencias cabrían en dos maletas.

Se quitó la camisa, los pantalones negros, los calcetines, la ropa interior. Todavía podía oler la lejía. Se había adherido a toda su ropa, a su cuerpo, impregnándolo todo. Pensó en cuánto le gustaban sus botas estropeadas. Era una lástima. Estuvo unos instantes allí de pie, desnuda, temblando, con la ropa amontonada a sus pies y luego se envolvió en el quimono que colgaba del perchero de metal de la puerta del baño, agarró la ropa, las bonitas y caras botas, y se encaminó descalza por el pasillo hacia la pequeña puerta rectangular con el letrero de «basura» al lado del ascensor; la abrió y dejó caer todo por el hueco. No esperó, como solía hacerlo, a escuchar el impacto de la caída; regresó de inmediato a su apartamento, se dirigió al cuarto de baño, abrió el grifo y dejó caer el quimono en un rincón junto a la puerta. Sólo había llenado la bañera con un par de centímetros de agua caliente, pero Susan se metió dentro, agachándose en el agua humeante y viendo cómo sus pies enrojecían. Se sentó lentamente, con un pequeño gesto de dolor al hacerlo, y luego se fue relajando, estirando sus delgadas piernas. La visión de su cuerpo desnudo le recordó al de las muchachas muertas. «¿Las sumergió en lejía en una bañera como ésta?» El nivel del agua alcanzó sus caderas. Se recostó contra la fría porcelana, obligándose a mantenerse apoyada en el fondo de la bañera, hasta que éste se calentó al contacto de su cuerpo. Tenía la piel de gallina en los brazos y no era capaz de detener aquellos malditos escalofríos que la recorrían. Giró la llave del grifo con los pies para detener el flujo de agua, luego cerró los ojos, tratando de no pensar en el cuerpo pálido y magullado que una vez había pertenecido a Kristy Mathers.

Archie estaba en su nueva mesa, escuchando la entrevista grabada con Fred Doud. Kristy Mathers estaba muerta. Y el reloj comenzaba a correr otra vez. El asesino secuestraría a otra muchacha. Era sólo cuestión de tiempo. Siempre era una cuestión de tiempo.

Las luces de la oficina estaban encendidas, pero Archie había apagado los tubos fluorescentes de su despacho y ahora estaba sentado, casi en la penumbra, con la escasa iluminación que entraba por la puerta abierta. Finalmente, había ordenado a Henry que acompañara a Susan Ward hasta su coche y junto a Claire Masland había seguido al vehículo de los médicos forenses hasta el depósito de cadáveres, en donde el padre de Kristy había identificado el cuerpo. Archie se había convertido en un experto en familias destrozadas. A veces se limitaba a guardar silencio y simplemente con mirarlo a la cara los familiares ya sabían lo que había pasado. Otras veces tenía que repetírselo una y otra vez, pero ellos seguían parpadeando, confundidos, sacudiendo incrédulos las cabezas, con los ojos brillantes a causa del estupor. Y después, como una ola, la verdad caía sobre ellos y los ahogaba. En muchas ocasiones tenía que recordarse, con gran esfuerzo, que él no era la causa de toda aquella angustia.

Pero a Archie no le importaba estar cerca del dolor. Incluso los más insoportables cretinos parecían alcanzar un estado de gracia cuando se enfrentaban a la pérdida brutal de un ser querido. Se movían por el mundo de un modo distinto al resto de la gente. Cuando te miraban, tenías la sensación de que realmente te estaban viendo. Todo el universo se condensaba en esa tragedia, en esa pérdida. Durante algunas semanas, parecían aceptar las cosas desde una cierta perspectiva. Después, la mierda intrascendente de sus vidas comenzaba a filtrarse.

Alzó la vista. Anne Boyd estaba reclinada contra el marco de la puerta, mirándolo con la expresión de un padre que espera una confesión por parte de su hijo.

Se frotó los ojos, sonrió cansado e hizo un gesto invitándola a entrar. Anne era una mujer inteligente. Se preguntó si su entrenamiento psicológico le permitiría ver más allá de su alarde de cordura.

—Lo siento. Soñaba despierto. —Apagó la grabadora—. Puedes encender la luz.

Ella obedeció y el despacho se vio inundado por una luz blanca y temblorosa, haciendo que el dolor que se había adueñado de la mente de Archie diera una vuelta de tuerca más. Se puso rígido, y estiró el cuello hasta escuchar un satisfactorio crujido de sus cervicales.

Anne se dejó caer en una de las sillas frente a él, cruzó las piernas y abrió una carpeta de unas cincuenta páginas sobre la mesa. Ella era una de las pocas agentes especiales del FBI, y la única mujer negra. Archie la conocía desde hacía seis años, desde que el Departamento de Estado la había enviado para trazar el perfil de la Belleza Asesina. Habían pasado cientos de horas bajo la lluvia, examinando juntos los escenarios, mirando fotografías de cada herida a las cuatro de la mañana, intentando meterse en la cabeza de Gretchen Lowell. Archie sabía que Anne tenía hijos. La había oído hablar con ellos por teléfono. Pero en todo el tiempo que habían trabajado juntos, jamás habían comentado nada sobre sus respectivas familias. Sus vidas profesionales eran demasiado horribles. Hablar de los hijos parecía trivial.

—¿Qué es eso? —preguntó, haciendo un gesto con su cabeza hacia el documento.

—El fruto de mis esfuerzos —respondió Anne.

A Archie le dolían las costillas de estar sentado tanto tiempo y la acidez quemaba su estómago.

A veces, se despertaba en medio de la noche, se encontraba en la posición correcta y se daba cuenta de que no le dolía. Trataba de permanecer inmóvil, de disfrutar de aquel bendito descanso, pero, a la larga, tenía que darse la vuelta, flexionar una rodilla o estirar un brazo, y entonces volvía a sentir la familiar tensión, el ardor o el dolor. Las pastillas ayudaban y a veces se decía que estaba casi acostumbrado. Pero su cuerpo seguía volviéndolo loco. Si tenía que concentrarse en el perfil diseñado por Anne, necesitaba un poco de aire.

—Salgamos a caminar. Me puedes hacer un resumen.

—Por supuesto.

Atravesaron la oficina vacía, en donde un empleado de la limpieza estaba desenrollando el cable de una aspiradora. Archie sostuvo abierta la puerta de cristal del banco para que Anne saliera y después la siguió hasta la acera. Comenzaron a caminar en dirección norte. Hacía frío y Archie metió sus manos desnudas en los bolsillos de su chaqueta; allí estaban las pastillas. Él iba, como de costumbre, poco abrigado para aquella temperatura. Las farolas de la calle se veían borrosas en la oscuridad y la ciudad parecía sucia a la opaca luz amarillenta que reflejaban sobre el asfalto. Un coche pasó a unos veinte kilómetros más del límite de velocidad permitido.

—Creo que nos enfrentamos con un psicópata en ciernes —comenzó Anne. Llevaba un largo abrigo de cuero color chocolate y botas de imitación de piel de leopardo. Anne siempre sabía cómo vestirse—. ¿Te gustan? —le preguntó cuando notó que él se fijaba en sus pies. Se detuvo y levantó el borde de su abrigo unos centímetros para mostrar las botas altas—. Las conseguí en la sección de grandes y poderosas. Tienen un ancho especial para mis enormes pantorrillas.

Archie carraspeó.

—¿Has dicho que era un psicópata en ciernes?

—¿No quieres que hablemos de mis pantorrillas? —preguntó Anne.

Archie sonrió.

—Es que estoy tratando de evitar que me denuncies por acoso sexual.

Anne dejó caer el abrigo y le dirigió a Archie una enorme sonrisa.

—Creo que es la primera vez que te veo sonreír en dos días. —Comenzaron a caminar otra vez y Anne continuó con el perfil—: Mató y violó a estas chicas pero siente remordimientos —dijo, otra vez seria—. Las lava y las devuelve.

—Pero vuelve a matar.

—La necesidad es más fuerte que él. Pero todo gira en torno a la violación. No al asesinato. Es un violador que mata, no un asesino que viola. No forma parte de su fetiche. No es necrofilia. Mata para evitarles la experiencia de la violación.

—Qué considerado —exclamó Archie.

Pasaron por delante de una tienda de pinturas a oscuras, un puesto de café y un bar de moda. La ventana del bar estaba repleta de luces de neón que anunciaban marcas de cerveza: PBR, Rainier, Sierra Nevada. Un deteriorado cartel anunciaba la actuación de una banda musical llamada Informe sobre Desaparecidos. Fantástico. Archie miró hacia el interior cuando pasaron por delante y, boquiabierto, alcanzó a ver a un grupo de gente riendo en medio del estruendoso sonido de la alegría alcohólica.

—No creo que el asesinato le proporcione placer en sí mismo —continuó Anne—. No se detiene en él. No usa sus manos. Hay que averiguar si tiene antecedentes. Seguramente no es la primera vez que comete una violación. Creo que ya lo ha hecho con anterioridad. Y si es así, con toda probabilidad, sus víctimas serán similares a las de ahora.

Archie negó con la cabeza.

—Hemos investigado todas las violaciones sin resolver dc los últimos veinte años. Ninguna de ellas sigue estos patrones.

Llegaron a un cruce. Si Archie hubiera estado solo, habría cruzado en rojo, pero como iba Anne pulsó el botón para que el semáforo diera acceso a los peatones y esperó.

—Busca en otro estado. Si no encuentras nada, puede significar que las violaciones no fueron denunciadas, lo que, en cierto modo, es de alguna utilidad.

Archie consideró esa opción.

—Tiene poder sobre las mujeres.

—O solía tenerlo —comentó Anne.

—Pierde el poder y lo compensa con violencia.

Anne asintió varias veces, mientras movía las mandíbulas.

—Estoy pensando en una evolución de sus agresiones sexuales, seguida de algún tipo de estrés en el trabajo o en casa. Probablemente ha tenido fantasías sexuales violentas desde que era niño, pero ha sido capaz de reprimirlas con pornografía y las violaciones iniciales.

—Pero ahora ya no lo consigue —suspiró Archie. Finalmente, el semáforo cambió, cruzaron la calle y comenzaron a caminar hacia el sur. No habían recorrido un trayecto muy largo, pero el paseo le estaba sentando bien.

—Sí. Y se sale con la suya. Quizá las restricciones sociales con las que siempre estuvo incómodo han comenzado a deteriorarse seriamente. Creo que, al principio, una parte de él esperaba, sin duda, que lo atraparan. Tal vez incluso deseara que lo hicieran, para ser castigado por sus fantasías perversas. Pero no fue así. Así que ahora cree que está por encima de la ley. Se siente especial.

—¿Y la lejía? ¿Es un ritual de purificación o está destruyendo pruebas forenses de forma concienzuda?

Pudo ver que Anne se mordía el labio.

—No lo sé. No encaja en el perfil. Si se preocupa por ellas lo suficiente como para matarlas, entonces ¿por qué las baña con sustancias químicas corrosivas? Es excesivo como agente limpiador. Y creo que nuestro sospechoso es un tipo lo suficientemente meticuloso como para evitar excesos. Sabría exactamente qué cantidad utilizar y no derrocharía más de la necesaria.

—Se deshizo de un cadáver el día anterior a San Valentín —dijo Archie.

—No es una coincidencia.

—Los asesinatos, para él, son gestos íntimos —reflexionó Archie suavemente—. Él las elige.

—Este tipo es inteligente —dijo Anne— y educado. Tiene un trabajo. Transporta los cuerpos, así que tiene acceso a un vehículo. Y probablemente a un barco. Si tenemos en cuenta que estudia los movimientos de sus víctimas, yo diría que tiene un horario laboral similar al de los bancos. Es un varón blanco, de aspecto normal, sencillo. Presentable. Si ha evolucionado, pasa de los treinta, tal vez de los cuarenta. Se concentra en los detalles y es manipulador. Asume un gran riesgo al secuestrar a estas jovencitas en la vía pública. Tiene mucha seguridad en sí mismo, e incluso es arrogante. Y ha diseñado alguna estratagema para conseguir que esas chicas vayan con él.

—¿Cómo el de Bundy?

—O Bianchi haciéndose pasar por policía, aparentando tener problemas con el coche, diciendo que anda buscando modelos o que sus padres han sufrido un accidente y se ofrece a llevar a la joven al hospital. —Ella negó con la cabeza—. Pero es más hábil que todo eso. Es brillante, porque invente lo que invente consiguió que Kristy fuera con él después de que dos jovencitas fueran asesinadas.

Archie pensó en Kristy Mathers empujando su bicicleta rota por la acera, a pocas manzanas de su casa. ¿Dónde estaba la bicicleta? Si él la había secuestrado, ¿por qué llevarse la bicicleta? Y si lo había hecho, entonces su coche sería lo suficientemente grande para poder meterla dentro con rapidez.

—Si ella le acompañó de forma voluntaria, tenía que conocerlo.

—Si partimos de esa premisa, efectivamente, tenía que conocerlo. —Habían llegado al aparcamiento del banco—. He llegado a ese punto —dijo Anne, apoyando una mano sobre el techo de un coche alquilado, un mustang color burdeos.

—Mañana entrevistaré otra vez a los profesores y al personal —anunció Archie—. Sólo a los hombres que encajen con el perfil. —Su dolor de cabeza estaba empeorando. Era como tener una resaca permanente.

—¿Vas a tu casa esta noche o pretendes quedarte a dormir en la silla?

Archie miró su reloj y se sorprendió de ver que ya eran las once de la noche.

—Necesito un par de horas más para terminar —respondió.

Ella abrió la puerta de su coche, tiró su bolso sobre el asiento del acompañante y luego se dio la vuelta, mirando a Archie de frente.

—Si alguna vez quieres hablar —dijo, encogiéndose de hombros—, ya sabes que soy psiquiatra.

—Especializada en criminales dementes. —Sonrió fugazmente—. Trataré de no sacar conclusiones al respecto.

Notó entonces, bajo las frías luces de seguridad del aparcamiento, cuánto había envejecido ella en aquellos últimos años. Alrededor de sus ojos se veían pequeñas arrugas y en su cabello habían aparecido las primeras canas. Pero, a pesar de todo, tenía mejor aspecto que él.

—¿Y ella encajaba en el perfil? —preguntó.

Archie sabía a quién se refería.

—Ella manipuló el perfil, Anne. Tú lo sabes.

Anne sonrió oscuramente.

—Estaba convencida de que el asesino era un hombre. Que trabajaba solo. Ni siquiera consideré la posibilidad de que fuera una mujer. Pero tú lo sospechaste, a pesar del perfil erróneo. El modo en el que ella se infiltró en la investigación es un caso de manual de psicopatología. No puedo creer que se me pasara por alto.

—Ella me suministró suficiente información para que la descubriera, pero no la bastante como para que yo tuviera cuidado. Era una trampa. Caí porque supo manipularme, no por mi talento como investigador.

—Ella sabía que querías resolver ese caso más que cualquier otra cosa. Los psicópatas son excelentes para ver dentro de las personas.

«No te lo puedes ni imaginar», pensó Archie.

—De todas formas —suspiró Anne—, estoy en el Heathman. Si cambias de opinión. Para conversar.

—¿Anne?

Ella volvió a darse la vuelta.

—¿Sí?

—Gracias por el ofrecimiento.

Ella se quedó parada un momento, con sus botas de imitación de leopardo, como si quisiera decir alguna otra cosa. Algo como: «lamento que tu vida se haya ido a la mierda» o «sé lo que estás pensando hacer», o «hazme saber si quieres que te recomiende una institución tranquila». O tal vez estaba pensando, simplemente, en regresar al hotel para poder llamar a sus hijos. En realidad no importaba. Archie esperó a que se alejara y luego volvió a entrar en la oficina, a encender la grabadora, cerrar los ojos y escuchar a Fred Doud hablar sobre el horrible cadáver de Kristy Mathers.

CAPÍTULO
19

Archie se despertó aturdido después de una noche desagradable y se encontró con Henry a su lado. Las luces estaban encendidas y Archie estaba sentado en la silla de su despacho.

—Has pasado aquí la noche —dijo Henry.

Archie parpadeó, desorientado.

—¿Qué hora es?

—Las cinco.

Henry dejó un vaso de plástico con café sobre la mesa. A Archie le dolían las costillas, sus sienes palpitaban e incluso sentía dolor en las encías. Movió el cuello de un lado a otro hasta que lo oyó crujir. Henry llevaba pantalones negros y una camiseta negra recién planchada y olía a loción de afeitar. Archie cogió el café y bebió un sorbo. Estaba fuerte y no pudo evitar un gesto de dolor al tragar.

—Has llegado muy temprano —dijo Archie.

—Recibí una llamada de Martin —informó Henry, sentándose en una silla frente a Archie—. Estuvo entrevistando a los vigilantes. Trabajan para una empresa llamada Amcorp que tiene un contrato con el distrito. La escuela despidió a todos los conserjes el año pasado, durante la crisis presupuestaria. Y contrataron los servicios de Amcorp porque era más barato. Se supone que han revisado los antecedentes de todos.

—¿Pero?

—En algunos casos lo hicieron, en otros inspeccionaron sus carnets de conducir —explicó Henry—. Todo muy desordenado. Un caos. Martin ha estado revisando los nombres. Y uno de ellos ha saltado. Exhibiciones obscenas.

—¿En qué instituto trabaja? —preguntó Archie.

Henry arqueó una ceja.

—En el Jefferson por la mañana, en el Cleveland por la tarde. Y también trabajó en el Lincoln.

Tenía acceso a muchos sitios. Pero había mucha gente con acceso a muchos sitios.

—¿Alguien habló con él? —preguntó Archie.

—Claire. Cuando apareció muerta la primera chica. Dijo que estaba trabajando. Algunos de los alumnos dijeron haberlo visto en los alrededores después del horario escolar. El que lo contrató afirmó que estaba limpio.

Archie había leído los informes. El equipo había entrevistado a 973 personas desde la desaparición de la primera muchacha. Claire había interrogado, ella sola, a 314. Tal vez había descartado al encargado demasiado rápido.

—¿Pero estaba en el Cleveland cuando Lee desapareció?

—Así es —asintió Henry.

Archie apoyó las manos sobre la mesa y se puso de pie.

—¿Qué demonios estamos haciendo aquí todavía?

—El coche está fuera. —Henry miró la camisa arrugada de Archie—. ¿No necesitas ir a tu casa y cambiarte?

Archie negó con la cabeza.

—No hay tiempo. —Cogió su café y su chaqueta y dejó que Henry saliera primero del despacho para poder meterse tres pastillas en la boca sin que le viera. No le gustaba tomar vicodina con el estómago vacío, pero, de momento, tendría que conformarse, puesto que no creía que tuviera tiempo para desayunar.

Martin, Josh y Claire ocupaban ya sus mesas en la gran sala central. Había pistas que investigar, patrullas que coordinar, coartadas que verificar una y otra vez. El instituto volvería a abrir sus puertas en unas horas y el asesino todavía andaba suelto. Un antiguo reloj, perteneciente al mobiliario del banco, colgaba de la pared con un eslogan pintado que decía: «es hora de ir al banco con los amigos». A su lado, alguien había pegado un cartel escrito sobre un folio: «recuerden: el tiempo es nuestro enemigo».

—¿Cómo sabías que estaría aquí? —le preguntó Archie a Henry mientras salían del banco y se encaminaban hacia el aparcamiento. Comenzaba a amanecer y el aire estaba frío y gris.

—Pasé por tu casa —respondió Henry—. ¿En qué otro sitio ibas a estar? —Se introdujo en el lado del conductor, mientras Archie rodeaba el coche para subirse en el asiento del acompañante. Henry no encendió el motor—. ¿Cuántas estás tomando? —preguntó, con las manos apoyadas sobre el volante y la mirada fija en el parabrisas.

—No tantas como quisiera.

—Pensaba que ibas a reducir la dosis —dijo suavemente Henry.

Archie se rió recordando sus peores días, una niebla de codeína tan espesa que pensó que se ahogaría en ella.

—Lo he hecho.

Henry apretó los puños sobre el volante hasta que los nudillos se pusieron blancos. Archie notó cómo el rubor subía por su cuello. Su compañero apretó durante un instante la mandíbula, con un reflejo de dureza en sus ojos azules.

—No creas que nuestra amistad me impedirá volver a darte la baja médica si considero que estás demasiado drogado para trabajar. —Se volvió y miró, por primera vez, a Archie—. Ya he hecho por ti más de lo permitido.

Archic asintió.

—Lo sé.

Henry alzó las cejas.

—Lo sé —repitió Archie.

—Ese asunto con Gretchen… —dijo Henry entre dientes—, esos encuentros semanales son una pendejada, amigo. Me importan una mierda los cadáveres que desentierre. —Hizo una pausa—. En algún momento —continuó, mirando a Archie directamente a los ojos—, tendrás que dejarla ir.

El rostro de Archie se endureció, temeroso de mostrar cualquier reacción y de que Henry supiera cuánto le importaba. Su compañero ya estaba demasiado preocupado por él, y no podía permitir que se diera cuenta de lo imprescindibles que se habían vuelto esos encuentros semanales. Archie necesitaba a Gretchen. Al menos hasta que supiera qué es lo que ella quería de él.

—Necesito más tiempo —declaró con cautela—. Está todo bajo control.

Henry sacó sus gafas del bolsillo de la chaqueta de cuero, se las puso y encendió el motor. Suspiró y sacudió la cabeza.

—Más te vale que así sea.

El vigilante se llamaba Evan Kent. Archie y Henry lo encontraron tapando unas pintadas en el Instituto Jefferson, en la pared norte del edificio principal. La pintura no era idéntica y el rectángulo rojo brillante se destacaba sobre los deslucidos ladrillos. La pared había sido pintada muchas veces a lo largo de los años y estaba cubierta de parches desiguales de diversos tonos que le daban un aspecto de pintura abstracta. Kent aparentaba unos treinta años, tenía buena forma física, el cabello oscuro y una barba bien cuidada. Su uniforme azul estaba impecable.

Todavía faltaba una hora para que comenzaran las clases y el instituto estaba tranquilo. Ante las verjas del edificio habían improvisado un pequeño altar conmemorativo y habían colgado ramos de flores, cintas ya desvaídas, peluches. Había fotos de Kristy pegadas sobre cartones decorados con purpurina y pintura, con las leyendas: «Te queremos» o «Que dios te bendiga». El cielo, hacia el este, era de un color rosa chicle y los primeros pájaros de la primavera reposaban, oscuros y quietos sobre los cables telefónicos. Había un coche patrulla a cada lado del edificio, y guardias de seguridad privados en todas las entradas. Las luces de los vehículos policiales estaban encendidas para hacer más evidente su presencia, por lo que el instituto parecía el escenario de un crimen. Un día más en la enseñanza pública.

—Estaba meando —dijo Kent cuando Archie y Henry se acercaron.

—¿Perdón? —preguntó Henry.

Kent continuó pintando. La brocha cargada de pintura hizo un ruido seco contra los ladrillos. Archie vio un tatuaje de la Virgen María en el antebrazo del vigilante. Era reciente, a juzgar por el brillo de la tinta.

—El asunto de la exhibición obscena —explicó Kent—. Estaba meando, después de salir de un espectáculo en el centro. Tal vez no fuera mi momento más brillante. Pero no pude aguantarme las ganas de mear. Y pagué la multa.

—No lo mencionaste en el formulario de solicitud de empleo —dijo Archie.

—Necesitaba el trabajo —replicó Kent. Dio un paso atrás y examinó la tarea que había realizado. No quedaba ni rastro de lo que habían escrito, sólo el olor a pintura fresca y un nuevo rectángulo rojo sangre brillante—. Soy licenciado en Filosofía, así que las oportunidades laborales no son precisamente abundantes. Y soy diabético. Sin seguro médico, gasto unos ochenta dólares semanales en insulina y agujas.

—¡Qué pena me das! —exclamó Henry.

Kent tensó sus músculos, a la defensiva, y miró a Henry.

—El seguro médico, en este país, es todo un problema.

Archie se adelantó un poco.

—¿Dónde estabas entre las cinco y las siete el 2 de febrero y el 7 de marzo? —le preguntó a Kent.

El vigilante se volvió hacia Archie, relajando un poco sus hombros.

—Trabajando. Trabajo por la tarde en el Cleveland. Estoy ahí hasta las seis.

—¿Y después? —preguntó Archie.

Kent se encogió de hombros.

—Me voy a casa. O a ensayar con mi grupo. O al bar.

—¿Bebes? —preguntó Henry—. Me pareció haberte oído decir que eras diabético.

—Lo soy. Y bebo —dijo Kent—. Por eso necesito la insulina. Mire, el día que desapareció la chica del Jefferson fue cuando se descompuso mi dart. Llamé a un amigo y vino para ayudarme con el coche. Pregúntenle. —Les dio el nombre y el número de celular de su amigo, que Archie se apresuró a anotar—. ¿Y por qué no hacen algo con respecto a todos esos putos periodistas que se meten en el instituto? Nos están volviendo locos. Y no dicen lo que sucede de verdad.

Archie y Henry intercambiaron una mirada. ¿Cómo sabía Kent lo que sucedía de verdad?

Kent enrojeció y dio una patada a la hierba. Después preguntó:

—¿Van a informar a Amcorp sobre mis antecedentes?

—Realmente, eso es lo que debe hacer la policía —respondió Henry.

Kent frunció los labios.

—¿Y dónde estaba la policía cuando desaparecieron las chicas, secuestradas en plena calle por un psicópata?

Henry se dirigió a Archie y dijo en voz lo suficientemente alta como para que Kent lo oyera:

—¿Qué te parece?

Archie examinó detenidamente a Kent, mientras éste permanecía incómodo, bajo la atenta mirada del detective.

—Es atractivo —admitió Archie—. Puedo entender que las chicas quieran acompañarle. Y su edad encaja en el perfil.

El rostro de Kent enrojeció.

Henry abrió sus ojos, incrédulo.

—¿Te parece atractivo?

—No tanto como tú —le aseguró Archie.

—Tengo trabajo que hacer —dijo Kent mientras cogía el bote de pintura y la brocha.

—Una cosa más —dijo Archie.

—¿Sí? —preguntó Kent.

—La pintada, ¿qué decía?

Kent los miró a ambos durante un minuto.

—Moriremos todos —respondió finalmente. Miró al suelo, sacudiendo la cabeza. Después se rió y levantó la vista. Sus ojos oscuros brillaban—. Con una maldita sonrisa pintada al lado.

CAPÍTULO
20

Susan se sentó en la mesa del Gran Escritor, cerca de la ventana, mirando cómo los transeúntes, a la hora del almuerzo, entraban y salían del supermercado Whole que estaba en la esquina de su edificio. Ya había escrito y enviado el primer artículo. Odiaba esa parte. No le gustaba nada esperar la confirmación de Ian, pero la deseaba. Miró la bandeja de entrada de su correo electrónico. Nada. De repente, la invadió la incómoda certeza de que a él no le gustaría el artículo y que sus esfuerzos en literatura periodística le parecerían patéticos. Había desperdiciado su única oportunidad de escribir un reportaje importante. Probablemente la despedirían. Todavía no se había atrevido a releerlo, segura de que encontraría algún error ortográfico o alguna frase incorrecta y torpe. Volvió a comprobar su correo electrónico. Nada. Al ver la hora en el monitor se arrastró hasta el sofá de terciopelo del Gran Escritor, se acurrucó allí y se enfrascó en las noticias del mediodía. El rostro de Archie Sheridan inundaba la pantalla y un titular anunciaba un reportaje en directo. El detective parecía agotado. ¿O la palabra correcta era «exhausto»? Pero se había afeitado y peinado el cabello oscuro y su anguloso rostro reflejaba una cierta autoridad.

Deseó tener tanto dominio sobre sí misma como el que él aparentaba.

Vio a Archie confirmar, amargamente, la muerte de Kristy Mathers y luego su imagen dio paso a un par de presentadores de los informativos locales que se dedicaron a intercambiar comentarios sobre el monstruo que andaba suelto, para pasar, sin más dilación, a un informe especial sobre la sorprendente falta de lluvia en el valle del Willamette. La rueda de prensa había sido a las diez, lo que significaba que habían pasado casi dos horas. Se preguntó qué estaría haciendo en aquel momento Archie Sheridan.

Sonó el teléfono. Susan casi se cae al intentar contestar antes de que sonara por tercera vez, para evitar que saltara el contestador automático. Vio el identificador de llamadas y supo de inmediato quién era.

—Me ha encantado —declaró Ian, sin preámbulo alguno.

Susan sintió que la tensión de la mañana se diluía.

—¿En serio?

—Es fantástico. Esa yuxtaposición que has hecho de seguir los pasos de la chica muerta en el Cleveland con el descubrimiento del cuerpo de Kristy Mathers es exactamente lo que queríamos, preciosa. No hay mucho sobre Sheridan, pero nos has enganchado, y ahora queremos que disecciones a ese detective para poder ver cómo late su corazón.

—Eso será para la semana próxima —respondió feliz Susan mientras se servía una taza de café frío y la metía en el microondas—. Dejen que los imbéciles nos pidan más, ¿verdad?

—¿Los imbéciles?

Susan se rió.

—Los lectores.

—¡Oh! —dijo Ian—. Es verdad.

Ese día, Susan se puso unas botas camperas, unos vaqueros, una camiseta de los Pixies y una chaqueta de terciopelo rojo. Colocó un cuaderno de notas en uno de los bolsillos laterales de su chaqueta y dos bolígrafos azules en el superior. Incluso se cepilló su melena rosa y se puso maquillaje.

Cuando estuvo lista para salir, abrió su libreta para echar una ojeada a la garabateada lista de nombres y números telefónicos que Archie Sheridan le había dado. Se detuvo un momento para preguntarse qué pensaría el detective de su primer artículo cuando fuera publicado y luego trató de alejar su ansiedad. Él era el tema. Ella la escritora. El primero de los artículos estaba terminado, pero aún le quedaban otros tres por escribir. Marcó un número de teléfono.

—Hola —saludó Susan con tono alegre—. ¿Hablo con Debbie Sheridan?

Hubo un instante de duda al otro lado de la línea.

—¿Sí?

—Soy Susan Ward. Del *Herald*. ¿Le ha comentado su marido que era posible que la llamara?

—Algo me ha dicho.

No hizo ninguna corrección con respecto a la cuestión del marido, pensó Susan. No había dicho: «Querrá decir mi ex marido. Estamos divorciados. Habría anulado el matrimonio si hubiera podido, es un hijo de puta.» Escribió la palabra «marido» en su libreta, seguida de un signo de interrogación.

Susan se obligó a sonreír, con la esperanza de que Debbie pudiera percibirlo en su voz. Era un viejo truco para las entrevistas telefónicas que le había enseñado Parker.

—Estoy escribiendo un reportaje sobre él, y quería hacerle a usted algunas preguntas. Necesito algunos datos más sobre su marido. Para darle un poco de personalidad al artículo.

—¿Podría llamarme más tarde? —preguntó Debbie.

—Lamento haberla molestado. Está trabajando, ¿verdad? ¿Qué hora es buena para llamarla?

Hubo una pausa.

—No, no estoy en el trabajo. Sólo necesito pensar un poco sobre el tema.

—¿Quiere hablar con Archie? Porque yo le he preguntado y él me ha dicho que no tenía inconveniente en que hablara con usted.

—No. No. Es que no me gusta volver sobre determinados recuerdos. Déjeme que lo piense un poco. —La voz de Debbie sonaba cálida—. Llámeme más tarde, ¿le parece?

—Por supuesto —accedió a regañadientes Susan.

Colgó e inmediatamente marcó el siguiente número de la lista antes de que perdiera el coraje para hacerlo. El médico de Archie estaba ocupado, así que Susan dejó su nombre y el número de su celular a la recepcionista.

Dejó escapar un profundo suspiro, se acomodó frente al escritorio del Gran Escritor y buscó en google «Gretchen Lowell». Más de ochenta mil páginas de internet. Pasó una media hora hojeando las que le parecían más interesantes. Resultaba increíble la cantidad de sitios que había en internet dedicados a las actividades de los asesinos en serie.

Susan estaba leyendo el titular de un estudio sobre el caso de la Belleza Asesina cuando algo le llamó la atención. «Gretchen Lowell llamó al 911 para entregarse y pedir una ambulancia.»

Susan cogió el teléfono y llamó al celular de Ian.

—Estoy en una reunión de noticias —respondió.

—¿Cómo podría conseguir una grabación del 911?

—¿Cuál?

—Gretchen Lowell. ¿La has oído alguna vez?

—No se la proporcionaron a la prensa. Recibimos una transcripción.

—Quiero la grabación de la llamada. ¿Puedo conseguirla?

Ian chasqueó la lengua.

—Déjame intentarlo.

Susan colgó y buscó en google la penitenciaría del estado de Oregón. Tomó nota de la dirección de la prisión en un trozo de papel que tenía junto a la computadora, y después abrió un documento de word. «Querida señora Lowell —escribió—. Estoy encargada de hacer un reportaje sobre el detective Archie Sheridan, y me gustaría hacerle a usted un par de preguntas.» Trabajó en el texto de la carta durante casi veinte minutos. Cuando terminó, la puso en un sobre, pegó un sello y escribió la dirección.

Efectuó el pago de algunas facturas y luego se dirigió a una oficina de correos para enviarlas junto a la carta dirigida a la Belleza Asesina. Después se encaminó al Instituto Cleveland. Quería comenzar el siguiente artículo con alguna anécdota personal, un recuerdo de sus días de estudiante allí. Y pensó que regresar a su antiguo instituto le traería a la memoria detalles que podría usar para ser más sugerente. Pero la verdad es que había estado evitándolo.

Hacía unos momentos que había sonado el timbre indicando el fin de las clases y el pasillo principal rebosaba de alumnos sacando cosas de sus casilleros y guardándolas en sus mochilas, reunidos en pequeños grupos, bebiendo refrescos, hablando en voz alta y saliendo apresurados del edificio, hacia la luz. Se movían con esa elasticidad de los adolescentes en su ambiente natural, algo que Susan no recordaba haber experimentado nunca. La diferencia entre los alumnos del primero y el último año era abrumadora. Los primeros parecían niños, algo que le resultó extraño, porque cuando ella tenía catorce años se consideraba a sí misma una adulta.

Algunos de los alumnos miraron de reojo a Susan cuando ésta pasó delante de ellos, pero la mayoría ni siquiera pestañeó. En su mundo, el cabello color rosa era bastante habitual. Tomó algunas notas para su artículo, detalles e impresiones de la escuela, la atmósfera.

Cuando llegó a las oscuras puertas dobles que daban acceso al salón de actos, se detuvo un instante, con una mano en el picaporte, sobrecogida por una oleada de recuerdos adolescentes. El instituto. Tendría que ser ilegal. Se pasó una mano por el cabello, puso su mejor cara de mujer adulta y cruzó las puertas.

Todavía conservaba el mismo olor de antaño: a pintura, serrín y limpiador de alfombras con perfume a naranja.

El salón de actos tenía capacidad para doscientas cincuenta personas. Sus asientos de plástico rojo se dirigían hacia un pequeño escenario negro. Las luces del escenario estaban encendidas, y unos decorados de madera y tela, a medio construir, intentaban dar la sensación de un salón de principios de siglo. Reconoció el mismo sofá estilo reina Ana que habían usado para *Arsénico por compasión* y *Más baratos por docena,* las lámparas de *Asesinato en la vicaría.* Y la misma escalera. Siempre la misma escalera. Sólo la cambiaban de lugar.

Había odiado su época de instituto, pero aquel lugar le encantaba. La asombró pensar en la cantidad de horas que había pasado allí cuando finalizaban las clases, ensayando una obra tras otra. Se había convertido en su único mundo, especialmente después de la muerte de su padre.

Aquel día no había nadie en el salón de actos. La soledad del lugar le hizo sentir una punzada de tristeza. Se dirigió hasta la última fila de asientos y se arrodilló para examinar la segunda silla contando desde el pasillo central. Allí, marcadas sobre el metal, estaban sus iniciales: «SW». Después de todos esos años, su nombre seguía grabado allí. Se sintió repentinamente observada y se puso de pie. No quería que nadie entrara y la encontrara. No deseaba tropezarse con nadie. El protagonista de su reportaje era Archie, no ella. Miró una vez más a su alrededor y se dio media vuelta, saliendo a toda prisa hacia el vestíbulo.

A su espalda alguien la llamó:

—Señorita Ward.

Reconoció aquella voz inmediatamente. Era la persona que la había enviado al despacho del director mil veces.

—Señor McCallum.

No había cambiado nada. Era un hombre bajo, grueso, con un gran bigote y un enorme llavero que hacía que uno de los bolsillos de sus pantalones estuviera más bajo que el otro, lo que requería constantes ajustes.

—Venga con nosotros. Voy a acompañar al señor Schmidt a la dirección —dijo.

Susan se fijó entonces en el adolescente que iba al lado de McCallum. Éste le sonrió tímidamente; un doloroso reguero de acné subía por su cuello.

Susan se apresuró a seguirlos. Los alumnos en los pasillos se apartaban para dejar pasar a McCallum que no reducía la velocidad.

—Leo sus artículos —le dijo a Susan.

—¡Ah! —exclamó lacónicamente Susan, sintiéndose incómoda.

—¿Está aquí por lo de Lee Robinson?

Susan se sintió mejor y abrió su libreta.

—¿La conocía?

—Nunca la vi —afirmó McCallum.

Susan se volvió hacia el alumno.

—¿Y tú?

El chico se encogió de hombros.

—La verdad es que no. Quiero decir, sabía quién era.

McCallum se dio media vuelta.

—¿Qué le he dicho, señor Schmidt?

El muchacho enrojeció.

—Ni una palabra.

—No quiero que abra la boca ni diga una sola palabra hasta mañana —ordenó McCallum. Después se volvió a Susan—. El señor Schmidt tiene un problema de incontinencia verbal.

Susan estaba a punto de recordar lo mal que lo había pasado ella por la misma causa, cuando una vitrina con trofeos atrajo su atención.

—Mire —dijo Susan, apoyando un dedo contra el vidrio—. Todos los trofeos de los Concursos del Saber.

McCallum asintió orgulloso; su mentón y su cuello confundiéndose en una masa única.

—Ganamos el concurso estatal el año pasado. Así que se vieron obligados a cambiar de lugar algunos trofeos de futbol para hacerle sitio.

La vitrina estaba llena de trofeos, el más grande de todos era una ensaladera de plata con el nombre de la escuela y el año grabados con una caligrafía elegante.

—La verdad es que me gustaban mucho los Concursos del Saber —recordó en voz baja.

—Pero abandonó el equipo —observó McCallum.

A Susan se le hizo un nudo en la garganta, pero se obligó a tragarse aquella angustia.

—Me estaban sucediendo muchas cosas.

—Es difícil perder a un padre a esa edad.

Susan apoyó la palma de una mano contra el cristal. Los trofeos estaban brillantemente pulidos y su reflejo distorsionado le devolvía la mirada en una docena de imágenes. Cuando retiró la mano, una leve huella quedó impresa en la superficie.

—Sí.

—Es un golpe duro —apostilló el alumno.

McCallum lo miró y se puso un dedo sobre los labios.

—Ni una palabra —ordenó.

El profesor de Física se dio media vuelta hacia Susan y señaló con el pulgar la puerta marrón que había al otro lado del pasillo.

—Nosotros nos quedamos ahí —anunció. Extendió una mano gruesa y peluda. Susan la estrechó—. Señorita Ward, le deseo lo mejor para el futuro.

—Gracias, señor McCallum —agradeció Susan.

McCallum condujo al alumno hasta la puerta y la abrió. El muchacho le dirigió un tímido saludo mientras lo conducían hacia el despacho del director.

—Lamento haber abandonado los Concursos del Saber —les dijo, pero la puerta ya se había cerrado.

—No puedo creerlo.

Susan examinaba su viejo Saab con aire incrédulo. Le habían puesto un cepo. El artilugio metálico estaba firmemente aferrado a la rueda delantera izquierda. Cerró los ojos con fuerza y lanzó un grave gruñido. Había aparcado en el lugar reservado a los profesores, pero estaban fuera del horario escolar. Y apenas habían transcurrido quince minutos. Se movió durante un rato, intentando calmarse.

—Te han agarrado, ¿eh?

Sorprendida, Susan giró la cabeza y vio a un muchacho reclinado contra el capó de un BMW naranja, aparcado un par de sitios detrás de ella. El muchacho tenía un rostro agradable, la piel clara y el cabello un poco largo. Su coche era realmente bonito, uno de esos viejos modelos 2002 de los años setenta, de color mandarina, brillante, sin un solo rasguño. Los detalles de cromo brillaban elegantemente. En la matrícula se leía: JEY2.

—Es bonito, ¿verdad? —afirmó—. Un regalo de mi padre para compensarme el haber abandonado a mi madre por su agente inmobiliaria.

—¿Y realmente fue de gran ayuda?

—Le ayudó a él. —Hizo un gesto hacia su coche—. Tienes que ir a la secretaría y pagar una multa. Después llamarán a uno de los vigilantes para que retire el cepo. Será mejor que te apresures. Hay un partido de baloncesto, así que la oficina cerrará temprano. —Se puso de pie al lado de su coche y se acercó unos pasos hacia ella, mirando al suelo. Luego volvió a levantar la vista y entrecerró los ojos—. Dime, ¿quieres comprar algo de hierba?

Susan dio un paso atrás y miró a su alrededor para ver si había alguien cerca. Había policías por todas partes. Dos coches patrulla estaban aparcados a ambos lados del edificio. Además Susan había visto a un hombre sentado en un sedán frente a la escuela, a menos de treinta metros de donde estaban ellos. ¿Sería un policía o un padre esperando para recoger a su hijo? Así era exactamente como arrestaban a periodistas inocentes.

—Soy mayor de edad —le dijo en un susurro.

Sus ojos se dirigieron a su cabello rosa, pasando por su camiseta de los Pixies, las botas camperas y el deteriorado coche a su espalda.

—¿Estás segura? Es de buena calidad.

—Sí —admitió Susan más decidida. Miró al cepo. ¿Por qué siempre le pasaban estas cosas a ella?—. ¿Dónde está la secretaría?

El chico le indicó con un gesto.

—Gracias. —Se dio media vuelta y se encaminó hacia el edificio, pasando delante del hombre del sedán, que, de repente, se había puesto a hojear un ejemplar del *Herald*. Definitivamente era policía, decidió Susan. Subió por las anchas escaleras de la entrada principal, abrió una de las puertas y fue por el pasillo hasta encontrar la secretaría. Pero la puerta estaba cerrada.

—No me lo puedo creer —exclamó en voz alta—. ¿Cómo es posible?

Golpeó la puerta con la palma de su mano. El impacto provocó un ruido seco y fuerte. Susan dio un grito y se llevó al pecho la mano que le ardía.

—¿Puedo ayudarte?

Se dio media vuelta y se encontró ante un vigilante que arrastraba un enorme contenedor verde por el pasillo.

—Puede sacar el puto cepo de mi coche —casi le gritó.

El vigilante tenía el cabello oscuro y lacio, una barba cuidadosamente recortada y un perfil que, seguramente, haría estragos entre las chicas. Los vigilantes del Cleveland no tenían ese aspecto cuando ella formaba parte del alumnado. De hecho, era tan atractivo que estuvo a punto de hacerle olvidar su frustración.

Abrió con sorpresa sus ojos grises.

—¿El Saab en el lugar reservado a los profesores es tuyo?

—Sí.

—Lo siento —exclamó, haciendo un gesto de disculpa—. Supuse que pertenecía a un alumno.

—Porque es un trasto viejo.

Sonrió.

—Por eso y por la pegatina de los Blink 182.

Susan miró al suelo.

—Ya estaba cuando lo compré.

—De todas formas, tenemos una política de tolerancia cero en lo que respecta a los espacios reservados a los profesores. De lo contrario, los alumnos aparcarían allí. —Todavía le estaba sonriendo—. Pero supongo que puedo quitarlo. —Sacó el manojo de llaves más grande que Susan había visto en su vida—. Vamos —le dijo, y comenzó a caminar por el pasillo hacia la puerta principal, dejando el contenedor de basura apoyado en la pared. Se detuvo ante la vitrina de los trofeos, sacó un trapo blanco de su bolsillo y limpió el cristal. Ella alcanzó a ver un tatuaje de la Virgen María en su brazo. Él le sonrió y sacudió la cabeza—. Marcas de manos. A veces es como limpiar una jaula de monos.

Susan se pasó la mano nerviosamente por el cabello, por si a él se le ocurría relacionar la palma de su mano con la huella aceitosa, y luego apresuró el paso para ponerse a su lado.

—¿Te gusta ser vigilante? —preguntó, arrepintiéndose incluso antes de haber acabado de formular la pregunta.

—Me encanta —respondió con seriedad—. Aunque es algo que hago sólo mientras termino mi doctorado en Literatura Francesa.

—¿En serio? —preguntó Susan entusiasmada.

Abrió la puerta principal y la dejó pasar.

—No.

Se estaba levantando un viento frío. Susan se esforzó por meter las manos en los pequeños bolsillos de su chaqueta de terciopelo.

—¿Conocías a Lee Robinson?

Él pareció ponerse rígido.

—¿Por eso has venido?

—Estoy escribiendo un reportaje para el *Herald*. ¿La conocías?

—Una vez limpié su vómito en la enfermería.

—¿En serio?

—Sí. Y una vez me trajo una tarjeta en el día nacional de reconocimiento a los vigilantes.

—¿De verdad?

Habían llegado al aparcamiento. El muchacho del BMW naranja había desaparecido. El tipo del sedán también se había marchado.

El apuesto vigilante se arrodilló junto a su coche.

—No.

—Eres divertido.

—Gracias. —Se inclinó sobre el cepo, lo abrió y, con un rápido y casi violento movimiento, lo separó de la rueda delantera. Luego se puso de pie, sosteniendo el pesado artefacto bajo un brazo, y esperó.

Susan revolvió nerviosa en su bolso.

—¿Cuánto te debo?

—Haremos una cosa —contestó, mientras sus ojos se volvían fríos—. Te dejaré marchar sin multa si aceptas no aprovecharte de una chica muerta para escribir un artículo en el periódico.

Susan sintió como si la hubieran abofeteado. Se quedó muda. Él permaneció inmóvil, con su uniforme impecable.

—No es aprovecharme —tartamudeó. Quería defenderse, explicar la importancia de lo que estaba haciendo. El derecho del público a saber. La belleza de la humanidad compartida. Su papel como testigo. Pero, de repente, tuvo que reconocer que toda aquella palabrería le sonaba a hueco.

Él sacó un ticket de uno de sus innumerables bolsillos y se lo entregó. Ella lo cogió y le dio la vuelta. ¡Cincuenta dólares! Y seguramente irían a parar al puto equipo de futbol o algo parecido.

Le hubiera gustado decir algo inteligente, algo que le hiciera sentirse algo mejor que una carroñera, pero antes de poder articular ninguna palabra oyó, amortiguada, la música de Kiss. Se detuvo un momento. Se trataba de la canción *Llamando al Doctor Amor.* Vio cómo una sombra de vergüenza atravesaba el rostro del vigilante mientras buscaba en el bolsillo de su pantalón. Era su teléfono móvil.

Y él había pensado que ella era la adolescente.

Sacó el teléfono de su bolsillo y observó el identificador de llamadas.

—Será mejor que conteste —dijo—. Es mi jefe, llamándome para despedirme.

Después se alejó.

Susan se quedó mirando hacia él, confundida, y luego se subió a su coche. La canción de Kiss seguía sonando en su cabeza. «Aunque estoy lleno de pecado, al final me dejarás entrar.»

Mientras salía del aparcamiento, una idea furtiva cruzó su mente: los vigilantes, seguramente, tenían acceso a grandes cantidades de lejía.

—¿Qué es lo que tienen en común? —le preguntó Archie a Henry.

Estaban caminando a lo largo de la playa de la isla Sauvie, en donde Kristy Mathers había sido hallada. Era el recurso de Archie. ¿No hay pruebas? ¿No hay pistas claras que investigar? Entonces se vuelve al escenario del crimen. Los años que había pasado siguiendo los pasos de Gretchen Lowell le habían enseñado que siempre había alguna posibilidad de encontrar una pista. Necesitaba una pista.

El río lamía la playa, donde un reguero de espuma y barro marcaba la línea de la marea. Un carguero con un cartel en chino pasó a lo lejos. Sobre los caracteres asiáticos, la traducción: «El triunfo del amanecer». No había nadie en la playa. El día llegaba a su fin y la luz del atardecer empezaba a ser escasa, aunque hacia el noroeste, fuese la hora que fuese, el cielo invernal siempre aparecía iluminado, como si el sol acabara de ponerse. De todas formas, pronto oscurecería del todo. Archie llevaba una linterna para poder encontrar el camino de vuelta al coche.

—Son parecidas —respondió Henry.

—¿Es tan sencillo? ¿Las espía en el instituto? ¿Se lleva chicas de un tipo particular? —Después de la visita que Archie y Henry habían hecho al Jefferson, habían pasado la mañana entrevistando a todos los profesores y miembros del personal del Instituto Cleveland que podían encajar con el perfil. En total eran diez. No habían conseguido nada. Claire había llamado al amigo de Evan Kent, que había confirmado la historia sobre el coche averiado. Pero mencionó que había sido más temprano, alrededor de las cinco y media, lo que le dejaba tiempo suficiente para desplazarse hacia el norte, al Jefferson.

—Son todas de segundo curso.

—¿Qué tienen en común las chicas de segundo curso? —preguntó Archie. Seis empleados del Cleveland tenían coartadas, cuatro no. Había investigado sus coartadas nuevamente y todas eran correctas. Eso dejaba, además de Kent, a tres sospechosos en el Cleveland: un conductor de un autobús escolar, un profesor de física, y otro de matemáticas y entrenador de voleibol. Y unos diez mil pervertidos sueltos por la ciudad. Vigilarían a Kent, pero los diez mil pervertidos seguirían sueltos.

—¿Que todas estuvieron el año anterior en primero? —sugirió Henry.

Archie se detuvo. ¿Podía ser tan sencillo? Chasqueó los dedos.

—Tienes razón —afirmó.

Henry se rascó la calva. A esa hora del día se le comenzaba a notar una leve pelusa gris.

—Estaba bromeando.

—Dime que hemos investigado si todas procedían del mismo primer curso.

—Las tres asistieron a sus respectivos institutos el año anterior —dijo Henry.

—¿Hubo algún examen que hicieran las tres en primero? —preguntó Archie.

—¿Quieres que averigüe si algún conserje degenerado las está matando?

Archie buscó un antiácido en el bolsillo y se lo puso en la boca. Le supo a tiza con un toque de limón.

—No lo sé —dijo. Se obligó a masticar la tableta y a tragarla. Encendió la linterna y la sostuvo en un ángulo oblicuo en relación a la arena. Varios cangrejos pequeños huyeron ante la luz—. Sólo quiero atrapar a ese hijo de perra. —A Archie le gustaba utilizar la linterna para revisar el escenario de un crimen, incluso a pleno día. Concentraba su mirada, lo obligaba a examinar las cosas centímetro a centímetro—. Pongan más vigilancia en los institutos. Y no me importa que tengamos que acompañar a todos los alumnos a su casa.

Henry enganchó sus pulgares detrás de la hebilla turquesa de su cinturón, se echó hacia atrás y observó el cielo oscuro.

—¿No deberíamos volver? —preguntó esperanzado.

—¿Hay alguien esperándote en tu casa? —se mofó Archie.

—¡Eh! —exclamó Henry—. Mi deprimente apartamento es más agradable que el tuyo.

—*Touché* —respondió Archie—. ¿Cuántas veces has estado casado?

Henry sonrió.

—Tres. Cuatro si contamos el que fue anulado, y cinco si incluyes el que sólo fue legal con algunas reservas.

—Sí, me parece que es mejor mantenerte ocupado —bromeó Archie. Hizo girar la linterna a su alrededor, observando cómo se escabullían los cangrejos—. Todavía no hemos examinado el escenario del crimen.

—Los CSI ya lo han hecho.

—Entonces veremos si se les ha pasado algo por alto.

—Ya casi no se ve.

Archie se puso la linterna encendida debajo de la barbilla. Parecía el monstruo de un espectáculo de terror.

—Para eso tenemos las linternas.

CAPÍTULO
21

Susan se despertó acurrucada en su viejo quimono, tomó el ascensor hasta la planta baja y buscó entre los periódicos amontonados en el suelo de granito del vestíbulo, hasta que encontró el que llevaba su nombre. Esperó a volver a su apartamento antes de sacar el periódico de su envoltorio de plástico. Siempre sentía un aleteo en la boca del estómago cuando leía uno de sus artículos, como una mezcla de expectación y miedo, orgullo y vergüenza. La mayoría de las veces ni siquiera le gustaba leer su trabajo una vez que aparecía impreso. Pero el apuesto vigilante con su desprecio había avivado las llamas de sus dudas. Lo cierto es que, en ocasiones, sentía que sus artículos eran un fraude, y otras le parecía que abusaba de sus entrevistados. Había enfurecido a un concejal del ayuntamiento al que había descrito como un gnomo calvo —y lo era—. Pero esto era diferente y las apuestas eran más fuertes.

Era la primera vez que un artículo suyo era titular de primera página. Se sentó sobre la cama y, respirando pesada y nerviosamente, abrió el *Herald* esperando, en su fuero interno, que no hubieran publicado el artículo; pero allí estaba en primera plana con una indicación de que continuaba en la sección de noticias locales. En portada. Casi no podía creerlo. Una fotografía aérea del escenario del crimen en la isla Sauvie acompañaba a su artículo. Con una risa sorprendida, se reconoció en la pequeña figura de la foto y a su lado, entre otros detectives, estaba Archie Sheridan. Al diablo el vigilante. Se sentía feliz.

Se encontró deseando tener a alguien con quien compartir su pequeño triunfo periodístico. Bliss había cancelado su suscripción al *Herald* años atrás, después de que los propietarios del periódico hubieran talado, en una controvertida maniobra, unos antiguos bosques. Ella habría comprado un ejemplar si lo hubiera sabido. Pero Susan no le había comentado nada sobre los reportajes. Y no lo haría. Recorrió con sus dedos la imagen de Archie Sheridan sobre el periódico y se sorprendió preguntándose si él ya habría visto el artículo y qué opinión le merecería. Aquella idea le produjo un ligero malestar, así que se apresuró a deshacerse de ella.

Se levantó y se preparó una taza de café, luego se volvió a sentar y hojeó el periódico hasta encontrar la sección local en donde se desarrollaba el resto del artículo. Un sobre cayó sobre la alfombra. Al principio pensó que se trataba de alguna estúpida promoción a la que el periódico había accedido a cambio del pago publicitario. Después vio que su nombre venía mecanografiado, no en una etiqueta, sino en el propio sobre: «Susan Ward». ¿Quién escribía a máquina hoy en día?

Se trataba de un sobre blanco común. Le dio la vuelta varias veces y luego lo abrió. Una hoja de papel blanco estaba cuidadosamente doblada en su interior. Había una línea escrita en el centro de la página: «Justin Johnson: 031038299».

¿Quién demonios era Justin Johnson?

No conocía a nadie llamado así. ¿Y por qué alguien le mandaba una nota secreta con su nombre y unos números?

Susan notó que su corazón había comenzado a latir agitadamente. Anotó los números en el borde del periódico con la esperanza de que el simple hecho de escribirlos le ayudara a comprender. Eran nueve cifras. No era un número de teléfono, ni de la seguridad social. Lo estuvo observando unos momentos y luego descolgó el teléfono y llamó a la línea directa de Jefferson Parker en el *Herald*.

—Parker —gruñó su colega al otro lado de la línea.

—Soy Susan. Te voy a leer unos números y quiero que me digas a qué crees que pueden referirse. —Leyó los números.

—El número del expediente de un caso judicial —respondió Parker inmediatamente—. Los primeros dos números son el año: 2003.

Susan le contó a Parker la historia del sobre misterioso.

—Parece que alguien ha conseguido una fuente anónima —bromeó Parker—. Déjame llamar a mi contacto en los tribunales y veré qué puedo averiguar de tu expediente.

Su laptop se encontraba sobre la mesa de centro. Lo abrió y buscó «Justin Johnson» en google. Aparecieron más de 150 mil direcciones. Después tecleó «Justin Johnson Portland». Esta vez, sólo mil cien. Comenzó a revisarlas.

Sonó el teléfono. Susan contestó.

—Es un expediente juvenil —informó Parker—. Y clasificado. Lo siento.

—Un expediente juvenil —repitió Susan—. ¿Qué tipo de delito?

—Es secreto. No puede ser abierto.

—Comprendo. —Colgó y volvió a mirar el nombre y el número. Tomó un poco más de café. Observó el nombre de nuevo. ¿A quién le interesaría que ella conociera el expediente juvenil de Justin Johnson? ¿Tendría algo que ver con el Estrangulador Extraescolar? ¿Debía llamar a Archie? ¿Para qué? ¿Por un extraño sobre que había aparecido en su periódico? Podría tratarse de cualquier cosa, incluso de una broma. Ni siquiera conocía a nadie que se llamara Justin. De repente se acordó del estudiante que vendía marihuana en el aparcamiento del Cleveland. Su matrícula era JEY2. ¿La letra J al cuadrado?[1] Valía la pena corroborarlo. Marcó el número de teléfono de la secretaría del Cleveland.

—Hola —saludó Susan—. Soy la señora Johnson. Me he enterado de que últimamente mi hijo se ha ausentado de clase sin permiso y quería saber si podía informarme de si ha ido hoy al instituto. Se llama Justin.

La secretaria le dijo a Susan que esperara un minuto y luego regresó.

—¿Señora Johnson? —dijo—. Sí, no se preocupe. Justin está hoy en clase.

Bueno, quién lo diría. Justin Johnson asistía a clase en el Instituto Cleveland. Y tenía un expediente judicial.

Marcó el número de teléfono de Archie, que respondió después de que sonara dos veces.

—Puede que esto te resulte extraño —comenzó, y le contó la historia del aparcamiento y del sobre.

—Tiene coartada —dijo Archie.

—¿Sabes del asunto sin mirar en ningún sitio?

—Le hemos investigado —dijo Archie—. Estuvo detenido. Los tres días. Está cubierto.

—¿No quieres su número de expediente?

—Ya lo conozco —afirmó Archie.

—¿Ya lo conoces?

—Susan, soy policía.

No pudo resistirse.

---

[1] La letra J en inglés se pronuncia «yei» (*N. del e.*)

—¿Has leído mi artículo?

—Me ha gustado mucho.

Colgó, retorciéndose de placer. A él le había gustado su artículo. Dejó el sobre encima de un montón de correspondencia sobre la mesa de centro. Aún no eran las diez de la mañana. Justin Johnson saldría del instituto dentro de cinco horas y media. Y ella estaría esperándolo. Mientras tanto, estaba mucho más interesada en Archie Sheridan. Se sirvió un poco más de café y llamó a Debbie Sheridan por teléfono. Era viernes, pero Archie le había dicho que su ex mujer trabajaba en su casa los viernes. Y así era; Debbie contestó al teléfono.

—Hola —saludó Susan—. Soy Susan Ward, otra vez. Me pidió que volviera a llamar.

—Ah, hola —dijo Debbie.

—¿Es éste un buen momento? Me gustaría que nos reuniéramos para conversar.

Hubo una breve pausa. Después, Debbie suspiró.

—¿Podría venir ahora? Los chicos están en la escuela.

Susan se sintió exultante.

—Eso es estupendo. ¿Dónde vive?

Recibió las indicaciones, se puso unos vaqueros ajustados, una camiseta de rayas rojas y azules y unos botines de color rojo, cogió su abrigo negro y bajó por el bonito ascensor de acero y cristal. Susan observó cómo los números disminuían hasta el sótano donde estaba el garaje pero, en el último instante, antes de llegar al final, tuvo una idea y apretó el botón del bajo. Las puertas se abrieron, salió al vestíbulo y se encaminó hacia la oficina de administración del edificio. Fantástico, Mónica estaba trabajando.

Susan puso su mejor cara de chica universitaria —le salía bien, incluso con el pelo rosa— y se acercó a la mesa de bambú tras la cual Mónica estaba sentada, con el ceño fruncido, leyendo una revista de moda.

—Hola —dijo Susan, arrastrando las sílabas.

Mónica alzó la vista. Ella estaba decidida a ser una rubia platino, sin mostrar jamás las raíces. Tenía ese tipo de sonrisa automática que, por definición, no significa nada. Susan no estaba segura de a qué se dedicaba con exactitud, excepto a leer revistas. Parecía funcionar como cebo en el equipo de ventas del edificio. Supuso que tendría poco más de veinte años, pero con la cantidad de maquillaje que se aplicaba era difícil adivinarlo. También sabía que Mónica no podía encasillarla del todo. El pelo rosa debía de confundirla completamente, y a la muchacha posiblemente le parecería que Susan estaba sometiéndose a una especie de automutilación. Pero, por eso mismo, se esforzaba aún más en mostrarse agradable.

—Oye —dijo Susan—, tengo un admirador secreto.

Mónica se entusiasmó.

—¡No te creo!

—Totalmente. Y me ha dejado una nota de amor en el periódico esta mañana.

—¡Dios mío!

—¡Sí, lo sé! Por eso me preguntaba si podrías pasar el vídeo de seguridad de hoy para poder ver quién es.

Mónica aplaudió excitada y desplazó su silla tapizada con una imitación a piel de cebra hasta un brillante monitor blanco. Aquél era el tipo de ocupaciones que daban sentido a su trabajo. Empuñó el mando a distancia y la imagen en blanco y negro de la pantalla comenzó a retroceder a saltos. Miraron durante unos minutos mientras la gente caminaba hacia atrás dirigiéndose a los ascensores, hasta que el vestíbulo quedó desierto. Bajo los buzones se podían ver los periódicos en un montón.

—Ahí —señaló Susan.

Rebobinaron la cinta un minuto más y vieron a una mujer con un café en la mano que salía del ascensor y se encaminaba a la puerta principal. Cuando salió, un hombre de traje oscuro entró en el edificio, se dirigió hasta los periódicos, buscó en el montón y depositó, con toda claridad, algo en uno de ellos. Seguramente había estado esperando en el exterior a que saliera alguien para poder entrar.

—¡Es apuesto! —gritó Mónica.

—¿Cómo lo sabes? —preguntó Susan, decepcionada—. No se le ve la cara.

—Lleva puesto un buen traje. Apuesto que es abogado, y rico.

—¿Podrías imprimirme una copia de la imagen?

—Por supuesto —dijo Mónica. Apretó una tecla e hizo rodar su silla hasta la blanca impresora para esperar a que saliera la imagen que entregó a Susan de inmediato. La periodista la examinó. Era totalmente inidentificable. Aun así, se la enseñaría a Justin Johnson para ver si averiguaba algo. La dobló por la mitad y se la guardó en el bolso.

—Gracias —dijo Susan, dándose media vuelta para marcharse.

—¿Sabes? —comentó Mónica con una expresión preocupada—. Deberías teñirte de rubia. Estarías mucho más guapa.

Susan la miró detenidamente durante un minuto. La chica le devolvió la mirada, inocente.

—Ya lo he pensado —replicó Susan—. Pero un día oí en las noticias que el tinte rubio platino provoca cáncer a los gatos de laboratorio.

—¿A los gatitos? —preguntó Mónica con ojos desorbitados.

Susan se encogió de hombros.

—Tengo que irme.

Debbie Sheridan vivía en un chalet con paredes de estuco en Hillsboro, a unos minutos de la autopista. Susan había vivido en Portland la mayor parte de su vida y podía contar con los dedos de una mano las veces que había estado en Hillsboro. Era un barrio que atravesaba cuando iba a la costa; pero nunca pensaba en él como destino. El mero hecho de estar en un barrio residencial la ponía nerviosa. La casa de Debbie Sheridan era la típica de aquella zona. El césped estaba bien cortado y los setos perfectamente alineados, lo que denotaba que recibía cuidados de un profesional. Había un parterre con flores, un arce japonés, algunos abetos azules y varias plantas ornamentales. Un garaje para dos coches estaba adosado a la casa. Era la imagen de la perfecta armonía familiar, y una casa en la que Susan no podía ni siquiera pensar en vivir.

Cerró el coche, se encaminó hasta la puerta de apariencia medieval y tocó el timbre.

Debbie Sheridan abrió la puerta y tendió una mano para saludarla. Susan la estrechó. Debbie no era como Susan se había imaginado. Pasados los treinta, tenía el pelo oscuro y muy corto y un cuerpo atlético. Llevaba unas mallas negras, una camiseta y zapatillas deportivas. Era atractiva y elegante, y parecía no encajar en aquel barrio. Susan la siguió por la casa. Estaba repleta de obras de arte. Grandes óleos abstractos colgaban de las blancas paredes. Los suelos estaban cubiertos por alfombras orientales. Había libros amontonados en todas las estanterías. Todo tenía un aspecto muy cosmopolita, muy mundano, con un estilo que Susan no se esperaba.

—Me gustan sus cuadros —comentó Susan. Siempre se sentía algo incómoda junto a mujeres más sofisticadas que ella.

—Gracias —dijo Debbie amistosamente—. Soy diseñadora de Nike. Y, cuando quiero volver a sentirme artista, me dedico a esto.

Sólo entonces fue cuando Susan se fijó en la firma «D. Sheridan» en la esquina de una de las telas.

—Son fantásticos.

—Me mantienen ocupada, aunque a veces creo que mis hijos tienen más talento que yo.

Debbie condujo a Susan por un pasillo en cuyas paredes colgaban fotografías en blanco y negro de dos hermosos niños de cabellos oscuros. En algunas de las fotos aparecían los niños solos, en otras Archie y Debbie con ellos. Todos parecían radiantes de felicidad y encantados de estar juntos.

Llegaron a una luminosa y moderna cocina con puertas acristaladas que daban a un jardín con un gran cobertizo estilo inglés.

—¿Quiere un café? —preguntó Debbie.

—Por favor —contestó Susan.

Aceptó una taza que Debbie sirvió de una cafetera francesa y tomó asiento en una de las sillas altas frente a la encimera de la cocina. Observó que había un crucigrama resuelto del *New York Times* encima de la mesa.

Debbie seguía de pie.

Cerca de la cocina, pudo ver que había otra habitación, también con puertas acristaladas que se abrían al jardín. A juzgar por el tablero de dibujo y una pared cubierta de bocetos, Debbie utilizaba ese cuarto como estudio, aunque el suelo estaba cubierto de juguetes. Debbie vio que Susan miraba los bocetos y sonrió tímidamente.

—Estoy diseñando una zapatilla para practicar yoga —explicó.

—¿No se supone que el yoga hay que practicarlo descalzo?

Debbie sonrió.

—Digamos que es un mercado inexplorado.

—¿Eso es lo que diseña? ¿Zapatos?

—No la parte estructural. Parto de lo que los del laboratorio me pasan e intento que tenga un diseño bonito. Leí tu artículo en el periódico de hoy. Interesante. Y bien escrito.

—Gracias —dijo Susan, avergonzada—. Me he limitado, simplemente, a señalar el territorio. Quiero profundizar un poco más en el próximo. ¿Quiere que nos sentemos?

Debbie puso una mano sobre una silla, pero luego dudó y la retiró. Miró hacia el estudio y a los juguetes diseminados sobre la alfombra.

—Tendría que recogerlos —dijo. Dio la vuelta por detrás de Susan dirigiéndose hacia allí y se inclinó para levantar un gorila de peluche—. ¿Qué quiere saber?

Susan sacó una pequeña grabadora digital de su bolso.

—¿Le importa que grabe la conversación? Es más fácil que tomar notas.

—Adelante —la alentó Debbie, mientras continuaba con su tarea, recogiendo un gato, un conejo, un oso panda.

—Bueno —comenzó Susan. «Ve al grano, a toda velocidad», pensó—. Debe de haber sido duro.

Debbie se enderezó con los brazos repletos de animales de peluche y suspiró.

—¿Cuando estuvo secuestrado? Sí. —Se acercó hasta una pequeña mesa baja, roja, con dos sillas infantiles también de color rojo y comenzó a colocar los animales sobre ella, uno por uno—. Me llamó justo antes de ir a verla. Y luego ya no volvió a casa. —Hizo una pausa y miró al gorila que llevaba todavía en sus manos. Era del tamaño de un bebé. Habló con cuidado, como si buscara las palabras—: Al principio pensé que era a causa del tráfico. Estamos cerca de Nike, pero el viaje por la 26 puede ser terrorífico. Llamé a su celular unas cien veces, pero no respondía. —Alzó la vista y se obligó a sonreírle a Susan—. Aunque su retraso todavía entraba dentro de lo habitual. Pensé que quizá habrían encontrado otro cadáver. Pero entonces... —Guardó silencio un momento para tomar aliento—. Finalmente llamé a Henry, y él fue a la casa de esa mujer. Encontraron el coche de Archie frente a su edificio, pero él no estaba allí. Entonces todo empezó a desmoronarse. —Miró al gorila por un instante y lo colocó con cuidado sobre la mesa, acomodándolo entre el panda y el gato—. Obviamente no sabían qué había sucedido, ni que estaba relacionado con Gretchen Lowell. Pero fueron capaces de encajar todas las piezas del rompecabezas. —Su voz se puso tensa—: sin embargo no pudieron encontrarlo.

—Diez días es mucho tiempo.

Debbie se sentó cruzando las piernas sobre la alfombra y cogió un gran puzle de madera.

—Pensaron que estaba muerto —dijo con voz neutra.

—¿Y usted?

Respiró un par de veces, con cuidado. Después hizo un gesto y dijo:

—Yo también.

Susan empujó discretamente la grabadora un par de centímetros hacia Debbie.

—¿Dónde estaba cuando se enteró de que lo habían encontrado?

Debbie comenzó a reunir las piezas del puzle esparcidas a su alrededor.

—Estaba aquí —dijo mirando al estudio—. Justo aquí. —Sonrió con tristeza—. En este estudio. —Cada una de las piezas tenía la forma de un vehículo diferente; agarró un coche de bomberos y lo colocó en su sitio—. Había un sofá. Café. Muchos policías. Claire Masland. —Se quedó inmóvil, con una pieza del rompecabezas en la mano—. Y flores. La gente había comenzado a enviar flores. Nuestra casa apareció en el informativo. Y la gente acudió de todos lados a dejar ramos de flores en nuestro jardín. —Miró a Susan, que la observaba con una mezcla de desamparo, angustia e ironía—. Animales de peluche. Cintas. Notas de condolencia. —Miró la pieza del rompecabezas que tenía en la mano: un coche de policía—. Y flores. Todo el frente de la casa estaba cubierto de flores marchitándose. —Apretó la pieza mientras su frente se ponía tensa—. Todas esas putas notas de condolencia garabateadas en papeles y tarjetas. «Lamentamos su pérdida. Nuestro más sincero pésame.» Recuerdo mirar por la ventana y ver el jardín cubierto de coronas fúnebres. Las podía oler desde dentro, el hedor de flores podridas. —Colocó el coche de policía en su sitio, apartó la mano y lo contempló—. Y yo sabía que él estaba muerto. —Volvió la vista hacia Susan—. Dicen que uno se entera, ¿sabes? Cuando muere alguien a quien uno ama profundamente. Yo lo sentí. Su ausencia. Sabía que había acabado. Mis entrañas me decían que Archie estaba muerto. Luego llamó Henry. Lo habían encontrado. Y estaba vivo. Todos se sintieron entusiasmados. Claire me llevó al hospital Emanuel. Y yo no salí de allí durante cinco días.

—¿Cómo se encontraba él?

Debbie tomó aliento y pareció considerar la pregunta.

—¿Cuando se despertó? Nos llevó mucho tiempo convencerlo de que ya no estaba en el sótano. A veces me pregunto si realmente lo convencimos.

—¿Le contó lo que había pasado? —preguntó Susan.

—No —contestó Debbie.

—Pero supongo que debe de haberse formado una idea de lo sucedido.

La mirada de Debbie se oscureció y se heló.

—Ella lo mató. Ella mató a mi esposo. Yo creo que una persona lo sabe. Yo sé lo que sentí. —Miró a Susan como si quisiera que la comprendiera—. Y sé cómo regresó.

Susan echó una mirada a su grabadora digital. ¿Estaba grabando? La lucecita roja sobre el micrófono brillaba tranquilizadora.

—¿Por qué cree eso?

Debbie se mantuvo perfectamente inmóvil durante un momento.

—No lo sé. Pero fuese lo que fuese lo que ella buscaba, lo consiguió. Si no, no le hubiera dejado marchar. No es de ese tipo de personas.

—¿Cuánto tiempo transcurrió desde entonces hasta que se separaron? —preguntó Susan.

—Ella lo secuestró por el día de Acción de gracias. Nos separamos en las vacaciones de semana santa. —Apartó la mirada de Susan, la dirigió hacia el jardín, hacia un árbol, una hamaca, un seto—. Sé que suena horrible. Su vida se convirtió en una auténtica tortura. No podía dormir. Tenía ataques de pánico. Perdone, ¿quiere más café?

—¿Qué? —Susan miró su taza, que no había tocado—. No, estoy bien.

—¿Está segura? Puedo hacer más.

—No, gracias.

Debbie asintió varias veces y luego se puso de pie y llevó el puzle a unos estantes junto a la mesita y las sillas rojas. En las estanterías se amontonaban libros infantiles, juegos de mesa y puzles de madera. Dejó caer las manos a los costados.

—No quería irse de casa, pero no estaba cómodo junto a los niños. Tomaba toda clase de medicamentos. Se quedaba sentado durante horas sin hacer nada. Yo temía que intentara hacerse daño.

Dejó aquella idea flotando en el aire unos segundos y luego su rostro se desencajó. Se cubrió la boca con una mano y con el otro brazo se apretó el estómago. Susan se levantó, pero Debbie negó con la cabeza.

—Estoy bien —afirmó.

Se tomó un minuto más y después se secó las lágrimas con el pulgar, sonrió como pidiendo disculpas a Susan y se dirigió a la cocina. Cogió la cafetera, la desenchufó, tiró el resto del café por el fregadero y abrió el grifo.

—Tres meses después de que Archie fuera liberado, Henry vino a vernos —continuó Debbie—. Le comunicó a Archie que Gretchen Lowell había accedido a revelar el paradero de otros diez cadáveres, gente que seguía desaparecida, como parte de un acuerdo con la fiscalía. Pero dijo que sólo hablaría con Archie. Ésa era la única condición no negociable. O Archie, o nadie. —Enjuagó la jarra, abrió el lavavajillas y la colocó en la bandeja superior. Después puso el filtro bajo el chorro de agua e inclinó la cabeza para ver cómo el agua arrastraba los posos del café—. Ella es una manipuladora obsesiva, y creo que le gustaba la idea de controlarlo, incluso desde la cárcel. Pero él no tenía por qué hacerlo. Henry se lo dijo. Todos lo hubieran entendido. Sin embargo, Archie estaba decidido. —El filtro estaba limpio, pero Debbie siguió lavándolo, haciéndolo girar bajo el agua—. Había trabajado tanto tiempo en el caso que se sentía en la obligación de ayudar a las familias a cerrar la historia. Gretchen lo sabía, supongo. Sabía que él estaría de acuerdo. Pero había más que eso. Henry lo condujo a Salem, para verla, una semana después. Ella cumplió su promesa. Le dijo el lugar exacto en donde encontrar a una chica de diecisiete años que había matado en Seattle, y que confesaría más asesinatos si él iba a verla todas las semanas, los domingos. Henry lo trajo de regreso el mismo día. Y Archie durmió durante casi diez horas. Sin pesadillas. —La mirada que le dirigió a Susan fue fulminante—. Durmió como un maldito bebé. Cuando se despertó, había alcanzado una tranquilidad desconocida hasta entonces. Parecía como si el hecho de verla le hubiera hecho sentirse mejor. Cuanto más la veía, más se alejaba de nosotros. Yo no quería que continuara acudiendo a aquellas visitas. No era sano. Así que lo obligué a elegir: o ella o yo. —Su risa ahogada carecía de todo humor—. Y la eligió a ella.

A Susan no se le ocurrió nada que decir.

—Lo siento.

Abandonó el filtro de café en el fregadero y dejó que su mirada vagara por la ventana, con los ojos brillantes de lágrimas.

—Ella me envió flores. Lo hizo por internet, supongo que antes de que la arrestaran. Una docena de girasoles. —Retorció los labios—. «Mis condolencias en estos tristes momentos. Con cálido afecto, Gretchen Lowell», ponía en la nota. Llegaron a casa cuando él estaba en el hospital. Nunca se lo dije. Girasoles. Mi flor favorita. A mí me encantaba la jardinería. Ahora contrato a una empresa que me arregle el jardín. Ya no me gustan las flores. —Sonrió para sí misma—. Ya no puedo soportar su olor.

—¿Todavía habla con él?

—Todos los días, por teléfono. Pregúnteme cada cuánto nos vemos.

—¿Cada cuánto? —preguntó Susan.

—Cada dos semanas. Nunca con más frecuencia. A veces, cuando está con Ben, con Sara y conmigo, creo que quiere arrancarse los ojos. —Miró a los animales de peluche, al fregadero, a la encimera—. Por regla general, no soy tan ordenada.

Susan respiró profundamente. Tenía que formular esa pregunta:

—¿Por qué me cuenta todo esto, Debbie?

Debbie frunció el ceño, pensativa.

—Porque Archie me pidió que lo hiciera.

Cuando Susan regresó a su coche, lo primero que hizo fue rebobinar el minicasete de su grabadora unos segundos y apretar el botón de play para asegurarse de que la entrevista había quedado grabada. La voz de Debbie surgió de inmediato. «A veces, cuando está con Ben, con Sara y conmigo, creo que quiere arrancarse los ojos.» «Gracias a dios», pensó Susan. Se quedó sentada varios minutos sintiendo cómo le latía el corazón. Un padre y su hijita caminaban de la mano por la acera, cerca de su coche. La niña se detuvo, su padre la cogió en brazos y la llevó hasta la casa que estaba junto a la de Debbie. Susan bajó la ventanilla y encendió un cigarrillo. «Esta historia era por el bien de todos, ¿no?»

—Cierto —se respondió en voz alta. El papel del testigo, se recordó. La compartida humanidad. Cierto.

Usó el celular para ver los mensajes del trabajo. Había uno de Ian comentándole las reacciones positivas a su artículo sobre el equipo especial, que estaba intentando conseguir la grabación de la llamada al 911 y que tendría novedades la semana siguiente. Susan miró la pequeña grabadora digital que tenía en la mano. El segundo artículo se estaba escribiendo solo. Pero no había mensaje alguno de la consulta del médico de Archie. Probablemente estaría muy ocupado salvando vidas, cobrando cifras astronómicas a sus pacientes, o algo similar. Abrió su libreta de notas, buscó el número telefónico y marcó.

—Sí —dijo—. Quisiera hablar con el doctor Fergus. Soy Susan Ward. Lo llamo en relación con un paciente suyo, Archie Sheridan.

Al fin y al cabo, llevaba una buena racha.

CAPÍTULO
23

V es algo? —preguntó Anne.

Trató de mirar mientras Claire Masland se encontraba en la pasarela de cemento de la explanada de la orilla este que daba hacia el Willamette, donde habían encontrado a Dana Stamp. Claire llevaba una gorra de pescador griego sobre sus cortos cabellos y miraba al otro lado del río, hacia la parte oeste de la ciudad, donde el parque Waterfront formaba un cinturón verde en torno a la mezcla de edificios nuevos y antiguos que constituían el centro urbano.

—No —respondió Claire—. Estoy oliendo el río. Las cloacas tienen un aroma especial, ¿no te parece?

Anne le había pedido a Claire que la llevara a los lugares en donde habían encontrado los cadáveres. Era algo que había aprendido de Archie, cuando trabajaban en el caso de la Belleza Asesina: recorrer los escenarios del crimen. Habían ido a la isla Ross y a la isla Sauvie. En eso habían ocupado casi toda la mañana. Anne tenía las botas empapadas y los pies helados y amenazaba lluvia. Suspiró y se ajustó la chaqueta de cuero en torno al pecho. Un hombre pasó haciendo *footing* a su lado, sin prestarles atención. Debajo, dos enormes y sucias gaviotas daban vueltas en círculo sobre las embarradas y oscuras aguas.

—¿Qué tienen en común estos lugares? —se preguntó Anne en voz alta.

Claire suspiró.

—Todos están en el Willamette, Anne. Tiene un barco. De eso no hay duda.

—Pero resulta incómodo. La isla Ross, la Explanada, la isla Sauvie. Está trabajando en dirección norte. Pero ¿por qué? Los asesinos se deshacen de los cadáveres en lugares que consideran seguros. Las islas Ross y Sauvie puede que sean zonas solitarias durante la noche, pero no este lugar. —Entrecerró los ojos en dirección a la autopista que atravesaba la Explanada y miró hacia las antiguas farolas que iluminaban la zona por la noche. El sonido del tráfico era ensordecedor.

—Desde aquí no puedes ver la orilla —dijo Claire—. Si tiene un barco pequeño, podría haberse mantenido oculto a las miradas de todo el que pasara andando. Así que nadie pudo verlo deshacerse del cuerpo desde este lado. Y estaría demasiado lejos para que alguien, desde la otra parte, viera lo que estaba haciendo.

—Pero ¿por qué arriesgarse? —preguntó Anne—. Si tienes una embarcación, ¿por qué no tirar el cuerpo en algún lugar seguro, como los otros dos sitios?

Claire se encogió de hombros.

—A lo mejor quería que la encontraran antes que a Lee Robinson.

—Tal vez. Pero no tiene sentido. Ese tipo es un asesino meticuloso. Quizá el primer sitio lo haya elegido un poco al azar, pero después tiene que haber cierto método. Deshacerse de un cuerpo en un lugar tan a la vista como éste es arriesgado. No lo haces a menos que conozcas la zona lo suficiente como para pensar que puedes salirte con la tuya. Tiene que haber alguna razón.

De repente, una de las gaviotas soltó un graznido y salió volando hacia el puente Steel. La otra miró a Claire con sus ojos negros como el azabache.

—¿Cuánto tiempo crees que tenemos? —preguntó Claire.

—¿Antes de que mate a otra chica? Una semana. Dos si tenemos suerte. —Anne se abrochó el abrigo, porque de pronto sintió mucho frío—. Podría ser antes.

Archie había leído el artículo de Susan nada más levantarse. No estaba mal. Proporcionaba la perspectiva de alguien que no participaba en la investigación. La foto era buena. Pero, a pesar de lo que le había dicho por teléfono, no era lo que necesitaba. ¿Justin Johnson? Eso era interesante. Lo habían detenido, a los trece años, por vender marihuana a un policía. Medio kilo de marihuana. Y se había librado de su sentencia, quedando en libertad provisional, lo que resultaba muy interesante. Así que lo habían investigado. Pero su coartada era sólida, por tanto la nota que había recibido Susan le preocupaba a Archie menos que la persona que la había dejado. Alguien estaba intentando manipular el reportaje de la periodista o la investigación. Alguien con acceso al expediente del muchacho. Archie hizo una llamada y pidió a un policía que pasara con más frecuencia por el domicilio de Susan las próximas noches. Probablemente estuviera exagerando, pero así se quedaba más tranquilo. Ahora estaba sentado en su mesa en las oficinas del grupo, rodeado de fotografías de las jóvenes asesinadas, totalmente ajeno a la actividad que se desarrollaba a su alrededor. Su equipo estaba agotado y cada vez más desmoralizado. No había pistas nuevas. Kent había sido despedido por haber mentido sobre sus antecedentes cuando había solicitado el empleo y, según los policías que lo vigilaban, se había pasado las últimas veinticuatro horas tocando la guitarra. El control en el Jefferson no había proporcionado ninguna pista más. Habían sido incapaces de encontrar casos de violación fuera del estado que siguieran el mismo modus operandi y hasta ahora ninguno de los preservativos recogidos en la isla Sauvie coincidía con nadie en la base de datos. El teléfono de su mesa sonó. Miró al identificador de llamadas y vio que era Debbie.

—Hola —saludó.

—Tu biógrafa acaba de irse. Pensé que te interesaría saberlo.

—¿Le has contado lo jodido que estoy?

—Sí.

—Bien.

—Hablaremos por la noche.

—OK.

Archie colgó el auricular. Se había tomado seis vicodinas y tenía una inestable sensación en los brazos y en la nuca, como si flotara. El primer impacto de la codeína era el mejor. Relajaba todos sus músculos. Cuando era policía y recorría las calles en el coche patrulla se había encontrado con muchos drogadictos. Siempre estaban forzando coches para robar cualquier cosa que sus dueños hubieran dejado en el asiento trasero: libros, ropa vieja, botellas que pudieran devolver para cobrar el envase. Rompían una ventanilla y se arriesgaban a que los arrestaran por treinta y cinco centavos. Una de las primeras cosas que los policías aprendían era que los drogadictos tenían su propio sistema de razonamiento. No les importaba lo que pudiera sucederles si existía una mínima posibilidad de conseguir una dosis. Eso los volvía impredecibles. Archie nunca había entendido esa actitud. Pero pensaba que se estaba acercando.

Los Hardy Boys aparecieron en la puerta de su despacho, obligando a Archie a despejarse y a ponerse la máscara de detective. Los Boys estaban nerviosos y excitados. Heil dio unos pasos vacilantes hacia la mesa. Archie suponía que era el más hablador. Y tenía razón.

—Hemos investigado la lista del personal escolar que nos dio ayer y uno de ellos nos ha llamado la atención —anunció Heil.

—¿Kent? —preguntó automáticamente Archie. Había algo en aquel vigilante que le hacía sentirse incómodo.

—McCallum, el profesor de Física del Cleveland. Resulta que su barco no está donde debería.

—¿En dónde está?

—Ardió ayer en el muelle, cerca de la isla Sauvie.

Archie arqueó las cejas.

—Sí —dijo Heil—. Pensamos que puede ser una pista.

El hospital Emanuel era uno de los dos centros sanitarios de la región. Allí habían llevado a Archie cuando lo encontraron en el sótano de Gretchen Lowell. Era el hospital preferido por el personal de las ambulancias y se rumoreaba que mucha gente tenía camisetas impresas con la frase «Llévenme al Emanuel», para el caso de sufrir un accidente. La estructura principal había sido construida en 1915, pero luego le habían ido añadiendo una multitud de edificios anexos que habían ocultado casi completamente el núcleo de piedra original, rodeándolo de metal y cristal. También era el hospital en donde había muerto el padre de Susan de un linfoma el día antes de que a ella le quitaran el aparato dental. Dejó el coche en el estacionamiento para visitantes y se dirigió al edificio de las consultas, en donde el doctor de Archie había accedido a recibirla. Cuando tomó el ascensor hasta el cuarto piso, tuvo cuidado de apretar el botón con el codo y no con el dedo para evitar contagios de los enfermos. Las precauciones nunca eran suficientes.

El doctor Fergus la hizo esperar treinta y cinco minutos. No era una sala de espera desagradable. Se veían las colinas occidentales, el monte Hood y el serpenteante Willamette. Pero olía como cualquier sala de espera que Susan recordaba de las visitas al médico de su padre. A claveles y yodo. Era el jabón que usaban para cubrir el olor de los moribundos.

Un montón de revistas *In-Style* estaban colocadas en un sugerente abanico en una mesita, pero Susan resistió el impulso de perder el tiempo y, en cambio, pasó veinte minutos redactando en su cuaderno una introducción para el siguiente artículo. Luego miró sus mensajes. Nada. Llamó a Ethan Poole. Saltó el contestador.

—Ethan —dijo—. Soy yo. Sólo te llamo para saber si has tenido oportunidad de hablar con Molly Palmer. Estoy empezando a considerarlo una cuestión personal. —Se dio cuenta de que la recepcionista la estaba mirando con mala cara al tiempo que señalaba un cartel con el dibujo de un celular atravesado en diagonal por una línea roja—. Llámame. —Cerró el teléfono y lo dejó caer en su bolso.

Había un ejemplar del *Herald* sobre la mesita encima del *U.S. News* y el *World Report*. Susan estaba sacando del interior la sección en donde aparecía su artículo para ponerla encima y que quedara a la vista de todo aquel que estuviera interesado, cuando Fergus apareció y, encogiéndose de hombros a modo de disculpa, le estrechó la mano y le indicó que la siguiera a su despacho, al otro lado de las consultas. Tenía más de cincuenta años y llevaba los grises cabellos cortados con aire casi militar, como si fuera una especie de entrenador de futbol de un instituto de Texas. Empezó a caminar con rapidez por el pasillo, con su estetoscopio colgando, los hombros encogidos y los puños en los bolsillos de su bata blanca. Susan tuvo que apresurarse para seguirle el paso.

Su despacho estaba decorado con esmero, con un estilo clásico típico de su generación y las ventanas daban hacia las siempre verdes colinas occidentales y los edificios industriales de la costa este, con el ancho río marrón curvándose en medio. En Portland, en un día claro, uno podía ver tres montañas: el monte Hood, el Santa Helena y el Adams. Pero cuando la gente hablaba de «la montaña», se refería al Hood. Era éste el que se podía ver desde la ventana de Fergus, un privilegio que no debía subestimarse. Su cima estaba todavía cubierta de nieve. A Susan le recordó un diente de tiburón mordiendo el cielo azul. Después de todo, nunca había sentido demasiado interés por la nieve.

Una cara alfombra oriental tejida a mano cubría todo el suelo. A lo largo de la pared, en una enorme estantería se amontonaban tratados médicos, pero también novelas contemporáneas y libros sobre religiones orientales, y una gran fotografía en blanco y negro de Fergus reclinado sobre una Harley Davidson en otra pared, mucho más grande que los habituales diplomas médicos que colgaban a su alrededor. Al menos tenía claras sus prioridades. Susan observó que había una radio en uno de los estantes, y apostó a que estaba sintonizada en una emisora de rock clásico.

—Entonces… Archie Sheridan —comenzó el doctor Fergus, abriendo una carpeta azul que tenía sobre su mesa.

Susan sonrió.

—Me imagino que ya ha hablado con él.

—Sí, me envió un fax con una autorización para hablar con usted sobre su historial clínico —dijo Fergus, señalando un papel que había sobre su escritorio—. Hoy en día, tenemos que tomar todas las precauciones posibles en cuestiones de privacidad. Las compañías de seguros se pueden enterar de cualquier cosa sobre un paciente, pero la información sobre un familiar o un amigo es imposible sin los formularios correspondientes.

Susan dejó su grabadora digital sobre la mesa, enarcando de una forma interrogadora sus cejas. Fergus asintió. Ella apretó el botón de grabar.

—Entonces, ¿puedo preguntarle cualquier cosa?

—Estoy dispuesto a hablar, brevemente, de las heridas que el detective Sheridan sufrió en cumplimiento de su deber en noviembre de 2004.

—Adelante. —Susan abrió su cuaderno y sonrió, alentándolo.

Fergus relató la información sacada del historial de Sheridan. Su tono era brusco y profesional.

—Llegó al servicio de urgencias en ambulancia a las nueve y cuarenta y tres de la noche, el 30 de noviembre de 2004. Se encontraba en estado crítico: seis costillas fracturadas, laceraciones en el torso, una herida punzante en el abdomen y niveles tóxicos en sangre muy altos. Tuvimos que operar de urgencia para reparar el daño en el esófago y en las paredes estomacales. Cuando llegamos al esófago, éste estaba tan dañado que terminamos reconstruyéndolo con una sección del intestino. Y además, ella le había extirpado el bazo.

Susan estaba tomando notas. Dejó de hacerlo y alzó la vista.

—¿El bazo?

—En efecto. En su momento, esa información no se dio a conocer. Ella había realizado un buen trabajo deteniendo la hemorragia y suturándolo, pero hubo algunos desgarros menores que tuvimos que corregir.

La punta del bolígrafo de Susan permaneció inmóvil, apoyada en el cuaderno.

—¿Puede hacerse? ¿Se puede quitar el bazo a una persona?

—Si uno ya lo ha hecho antes… —respondió Fergus—. No es un órgano esencial.

—¿Qué hizo…? —Susan dio unos nerviosos golpecitos con el bolígrafo—. ¿Qué hizo con el bazo?

Fergus respiró hondo.

—Creo que se lo envió a la policía. Junto con su cartera.

Susan abrió los ojos con incredulidad y escribió algo en su libreta.

—Eso es lo más retorcido que he oído jamás —exclamó, sacudiendo la cabeza.

—Sí —dijo Fergus, derecho en su silla, su curiosidad profesional alerta—. También nos sorprendió a nosotros. Si ella no lo hubiera tratado en su sótano, habría muerto.

—Leí que le practicó un masaje cardíaco —comentó Susan.

Fergus la observó por un instante.

—Eso dijeron los médicos de la ambulancia, y también que usó Digitalis para detener su corazón y luego lo resucitó con Lidocaína.

Susan hizo un gesto de horror y de interés al mismo tiempo.

—¿Por qué?

—No tengo ni idea. Sucedió varios días antes de que lo rescataran. Eso tuvo lugar cuando ella empezó a curar sus heridas. Lo cuidaba con diligencia. —Hizo una pausa, tomó aliento y se pasó una mano por la frente—. A partir de ese momento, vendas limpias y suturó sus heridas. Tuvo que darle medicación intravenosa, hacerle una transfusión sanguínea.

Pero no podía hacer nada contra la infección. No tenía los antibióticos adecuados, ni el equipamiento para mantener sus órganos en funcionamiento hasta que los antibióticos funcionaran.

—¿De dónde sacaría la sangre?

Fergus se encogió de hombros, sacudiendo la cabeza.

—No tenemos ni idea. Era cero negativo, donante universal, y era fresca, pero no era suya. Y el hombre que asesinó delante de Sheridan era del tipo AB.

Susan escribió la palabra «sangre» en su libreta, seguida de un signo de interrogación.

—Ha mencionado que sus niveles de tóxicos en sangre eran altos. ¿Qué le dio exactamente?

—Todo un cóctel. —Fergus miró una página del historial—. Morfina, anfetaminas, sucinilcolina, bufotenina, benzilpiperacina. Y eso era lo que quedaba en su organismo.

Susan estaba tratando de deletrear «sucinilcolina» fonéticamente.

—¿Cuál sería el resultado de la combinación de todas esas drogas?

—Sin saber el orden en el que fueron suministradas, no hay forma de averiguarlo. Diversos niveles de insomnio, parálisis, alucinaciones y, probablemente, un cierto grado de placer.

Susan intentó imaginarse cómo se sentiría. Solo, dolorido, tan drogado que el cerebro estaría paralizado. Completamente a merced de la persona que te está asesinando. Miró a Fergus. No se trataba exactamente de una persona parlanchina. Pero le gustaba que intentara proteger a Archie. Por Dios, alguien tenía que cuidarlo. Inclinó la cabeza y le mostró su mejor sonrisa de confianza.

—¿Le cae bien el detective Sheridan?

Fergus frunció los labios.

—No estoy muy seguro de que Archie tenga amigos. Pero si los tuviera, creo que sería uno de ellos.

—¿Qué opina de los artículos que estoy escribiendo sobre todo lo sucedido?

Fergus se recostó en su silla y cruzó las piernas. La montaña brillaba bajo el sol, a su espalda. Con el paso del tiempo, seguramente uno se acostumbraría a su silueta y casi pasaría desapercibida.

—Intenté convencerlo de que no lo hiciera.

—¿Cómo reaccionó? —preguntó ella.

—No fui capaz de disuadirlo —respondió Fergus.

—Pero no está siendo completamente franco conmigo.

—En ningún momento he dicho que le fuera a contar todo. Él es mi paciente. Y yo soy capaz de elegir su bienestar por encima de un artículo periodístico. Independientemente de lo que él piense. Hubo multitud de reporteros invadiendo el hospital durante las semanas que siguieron a la liberación de Archie. Mi personal los enviaba a todos a la oficina de relaciones públicas del hospital. ¿Sabe por qué?

«Espere», pensó Susan. «¡Conozco la respuesta a esta pregunta!»

—Porque los periodistas son buitres que publican cualquier cosa sin pensar en las consecuencias, significado o veracidad.

—En efecto. —Fergus echó una ojeada a su reloj de quinientos dólares—. Si quiere saber alguna cosa más, puede preguntarle a Sheridan. Tengo que irme. Soy médico y me esperan mis pacientes. El hospital se molesta si no hago por lo menos un esfuerzo.

—Seguro —replicó rápidamente Susan—. Sólo un par de preguntas más. ¿El detective Sheridan continúa tomando medicación?

Fergus la miró a los ojos.

—Nada de lo que toma puede interferir en su capacidad para desarrollar su trabajo.

—Estupendo. Y una cosa más, sólo para estar segura de si he comprendido bien. Usted afirma que Gretchen Lowell torturó a Sheridan, lo mató, luego lo resucitó y lo cuidó durante unos días antes de llamar a urgencias.

—Exactamente —dijo Fergus.

—¿Y Sheridan confirma estos hechos? —preguntó Susan.

Fergus se recostó aún más en su silla y entrelazó los dedos sobre su pecho.

—Él procura no hablar sobre lo que pasó. Dice que no recuerda demasiado.

—¿Usted no le cree?

Fergus la miró con determinación.

—Me parece que miente. Y ya se lo he dicho a la cara.

—¿Cuál es su película favorita? —preguntó Susan.

—¿Cómo dice?

Susan sonrió amablemente, como si no fuera una pregunta extraña.

—Su película favorita.

El pobre doctor parecía confundido.

—No tengo tiempo para ver películas —respondió por fin—. Me gusta esquiar.

—Por lo menos no ha dicho la primera que se le ha ocurrido —replicó Susan, asintiendo satisfecha. La gente mentía todo el tiempo con respecto a las películas. Ella siempre decía a todo el que le preguntaba que su película favorita era *Annie Hall,* y ni siquiera la había visto—. Gracias por su tiempo, doctor.

—Ha sido un placer —dijo Fergus, dejando escapar un suspiro.

E ran las tres y media y Susan volvía a encontrarse ante el Instituto Cleveland. Quería sorprender a Justin en su coche, pero en el aparcamiento no veía el BMW naranja por ninguna parte. Estupendo. En persona, ella no podía hacerse pasar por su madre, y además tampoco quería entrar. No quería cruzarse con ningún otro de sus antiguos profesores. Y no tenía muchas ganas de que la volviera a sermonear el vigilante.

Había muchas cosas que deseaba preguntarle a Justin. Qué era lo que había hecho exactamente para tener un expediente judicial, y por qué tenía que importarle a ella. Y todavía más, por qué alguien pensaba que a ella podía interesarle y quién podía ser ese alguien.

Y ahora no podía encontrarlo.

Los chicos iban vestidos como si fuera verano: camisetas, pantalones cortos, faldas sin medias, sandalias. Brillaba el sol e incluso los charcos más grandes se habían secado, pero la temperatura apenas alcanzaba los doce grados. La mayoría de los árboles estaban sin hojas. Los alumnos pasaban alrededor de Susan en dirección a sus coches, con enormes mochilas y carteras con libros. Ella continuó allí de pie, en medio del estacionamiento, rascándose, literalmente, la cabeza.

En ese momento vio a un chico parecido a Justin. El mismo corte de pelo, ropas similares, la misma edad. Se dirigía a un ford bronco mientras enviaba un mensaje de texto en su teléfono. Recordando la mentalidad tribal del instituto, dedujo que los chicos que se parecen suelen ser amigos.

—¿Sabes dónde puedo encontrar a Justin Johnson? —preguntó, intentando no parecer ni loca ni peligrosa.

—J. J. se ha ido —contestó el muchacho con el ceño fruncido.

—¿Se ha ido?

—Vinieron a buscarlo al final de la mañana. Se ha muerto su abuelo o algo así. Se iba directamente al aeropuerto para tomar un avión a Palm Springs.

—¿Cuándo vuelve?

El chico se encogió de hombros.

—Se supone que tengo que guardarle los deberes durante una semana. McCallum se enfadó. Dijo que estaba mintiendo. Que su abuelo ya había muerto el año pasado. Amenazó con enviarlo a la dirección. —Examinó a Susan y pareció llegar a una conclusión positiva—. ¿Andas buscando algo de hierba?

—Sí —respondió Susan—. Y he perdido el teléfono de J. J. ¿Me lo podrías pasar?

Archie estaba sentado a la mesa, frente a Dan McCallum. Tenía el informe de los expertos en incendios ante él. McCallum era un hombre pequeño de abundante cabello castaño y un bigote de morsa que había pasado de moda hacía siglos. Sus brazos y piernas parecían demasiado cortos para su grueso torso y sus manos eran pequeñas y cuadradas. Llevaba una camisa metida por dentro de un pantalón con un grueso cinturón de cuero. La hebilla del cinturón era una cabeza de puma, de bronce. Estaban sentados en la cámara acorazada del banco, convertida en sala de interrogatorios, en las oficinas del equipo especial. Claire Masland estaba reclinada contra la puerta de sesenta centímetros de espesor, con los brazos cruzados. McCallum estaba corrigiendo exámenes. En sus dedos podían verse algunos callos de sostener el lápiz. Archie pensó que ya casi no se veía a nadie con esos callos.

—¿Puedo interrumpirlo un minuto? —preguntó el detective.

McCallum no alzó la vista. Sus cejas parecían otros bigotes.

—Tengo que corregir ciento tres exámenes de física para mañana. He sido docente durante quince años. Me pagan cuarenta y dos mil dólares al año, sin incluir descuentos. Eso son cinco mil menos que el año pasado. ¿Quiere saber por qué?

—¿Por qué, Dan?

—Porque el estado ha recortado el presupuesto para educación en un quince por ciento y no pudo encontrar suficiente personal de secretaría y de vigilancia al que despedir. —McCallum dejó cuidadosamente su bolígrafo rojo sobre el montón de exámenes y miró a Archie, arqueando las cejas—. ¿Tiene hijos, detective?

Archie hizo un mohín.

—Dos.

—Envíelos a una escuela privada.

—¿Qué le ha pasado a su barco, Dan?

McCallum volvió a coger su bolígrafo y escribió «suspenso» en uno de los exámenes, trazando un círculo en torno a la nota.

—Un incendio en el muelle lo destruyó. Aunque presumo que ya está enterado.

—En realidad, parece que el incendio se inició en su embarcación. —Ese comentario hizo que McCallum prestara atención—. Los restos del incendio indican que el fuego comenzó con un acelerador. Gasolina, para ser exactos.

—¿Alguien incendió mi barco?

—Efectivamente, Dan.

Una de las enormes cejas comenzó a temblarle. McCallum apretó su velluda mano en torno al bolígrafo rojo.

—Mire —dijo, alzando la voz con un tono estridente—. Les dije a los detectives dónde estaba cuando desaparecieron las chicas. No he tenido nada que ver con eso. Les daré una muestra de ADN, si quieren. No enseño Biología porque no me gusta diseccionar ranas. Yo no soy el que están buscando. Ni sé por qué alguien ha incendiado mi barco. Pero no creo que tenga nada que ver con esas chicas.

Archie se puso de pie y se inclinó sobre la mesa, apoyándose en los nudillos para colocarse por encima del profesor.

—El asunto es —comenzó Archie— que el fuego comenzó en la cabina, Dan. Eso nos hace pensar que alguien tenía una llave. ¿Por qué entrar en un barco para incendiarlo? ¿Por qué no echar un poco de gasolina sobre la cubierta y comenzar allí el fuego?

El rostro de McCallum se oscureció y miró con desesperación a Archie y a Claire.

—No lo sé. Si el fuego comenzó en la cabina, entonces alguien entró en el barco. Pero no sé por qué.

—¿Cuándo fue la última vez que estuvo en él? —preguntó Archie.

—El lunes hizo una semana. Era la primera vez que lo sacaba esta temporada. Navegué unas pocas millas por el Willamette.

—¿Vio alguna cosa fuera de lugar?

—No. Todo estaba como lo había dejado. Al menos, eso me pareció.

—¿Quién sabe que tiene un barco? —interrogó Archie.

—Bueno, lo tengo desde hace nueve años. Multiplique por cien alumnos al año. Eso le da una cifra de novecientos sólo en el Cleveland. Mire, no soy el profesor más popular. Soy exigente. —Levantó unos cuantos exámenes de sus alumnos como para demostrar lo que decía—. El semestre pasado ninguno de mis alumnos de física avanzada recibió un sobresaliente. Tal vez alguno de los chicos perdió la cabeza y quisiera castigarme. A mí me gustaba mucho ese barco. Todos lo sabían. Si alguien quería hacerme daño, el barco era un buen objetivo.

Archie observó detenidamente a McCallum, que había comenzado a sudar profusamente a medida que transcurrían los minutos. A Archie no le gustaba. Pero había aprendido hacía mucho tiempo que, aunque un sospechoso no le cayera bien, eso no significaba que estuviera mintiendo.

—Muy bien, Dan. Puede irse. Tomaremos una muestra de su ADN. Claire le indicará adónde ir.

McCallum se levantó, recogió los exámenes y los guardó en una ajada cartera de cuero. Claire abrió la puerta.

—Espéreme en el vestíbulo un minuto, Dan —le pidió. Éste asintió y salió.

Claire miró a Archie.

—No tenemos ningún ADN con el que comparar el suyo —dijo.

—Ya, pero él no lo sabe —replicó Archie—. Toma una muestra y que lo sigan a todas horas.

—Fue un incendio en un barco, Archie.

—Es lo único que tenemos.

Susan, sentada en su coche en el estacionamiento, llamó al teléfono de Justin Johnson.

—Hola —contestó el muchacho.

Ella se lanzó de cabeza a la explicación que había ensayado:

—Hola, J. J. Mi nombre es Susan Ward. Nos conocimos en el aparcamiento del Cleveland. A mi coche le habían puesto un cepo, ¿te acuerdas?

Hubo una larga pausa.

—Se supone que no debo hablar con usted —le dijo. Y colgó.

Susan se quedó mirando su teléfono.

¿Qué demonios estaba sucediendo?

25

Susan se cambió de ropa tres veces antes de dirigirse al apartamento de Archie Sheridan. Y ahora que se encontraba ante su puerta, deseó haberse presentado con un atuendo completamente distinto. Pero él ya la había visto y era demasiado tarde para regresar a su coche.

—Hola —dijo—. Gracias por dejarme venir.

Eran más de las ocho. Archie todavía llevaba puesto lo que Susan suponía que era su ropa de trabajo: unos zapatos de cuero marrones, gruesos pantalones de pana de color verde y una camisa celeste, desabrochada en el cuello, sobre una camiseta. Susan no quiso pensar en su propio aspecto, con los vaqueros negros, una vieja camiseta de Aerosmith sobre una larga camisa y botas de motorista. Había recogido su cabello rosa en dos coletas. El conjunto había resultado muy apropiado para la entrevista que había hecho a los de Metallica después de un concierto, pero, para este encuentro, ahora no le parecía correcto. Debería haberse puesto algo más intelectual. Un jersey, tal vez.

Archie abrió la puerta y se apartó para dejarla entrar en el apartamento. Era verdad lo que ella le había dicho por teléfono: necesitaba entrevistarle. Debía entregar su artículo al día siguiente y tenía muchas preguntas que hacerle al detective. Pero también quería ver dónde vivía. No había libros. Y las paredes estaban desnudas, ni fotos familiares ni souvenirs comprados durante las vacaciones. Tampoco había CD ni revistas viejas esperando a ser recicladas. A juzgar por el triste aspecto del sofá marrón y el sillón tapizado en pana, parecía haber alquilado el apartamento ya amueblado. Sin personalidad alguna. ¿Qué clase de padre divorciado no tiene las fotos de sus hijos a la vista?

—¿Cuánto hace que vives aquí? —le preguntó, esperanzada.

—Casi dos años —respondió—. Lo siento. No hay suficiente mobiliario, ya lo sé.

—Dime que al menos tienes un televisor.

Él se rió.

—Está en el dormitorio.

«Apuesto a que no tiene televisión por cable», pensó Susan. Hizo un gesto de echar un vistazo a la habitación.

—¿En dónde guardas tus cosas? Tienes que tener objetos inútiles. Todos los tenemos.

—La mayoría de mis trastos están en casa de Debbie. —Hizo un gesto amable, señalando el sofá—. Siéntate. ¿Puedes beber durante las entrevistas?

—Ah, claro que sí —aseguró Susan. La mesa de centro estaba cubierta de informes policiales, ordenados cuidadosamente en dos montones. Se preguntó si Archie era una de esas personas ordenadas por naturaleza. Se sentó en el sofá, buscó en su bolso, sacó un ejemplar manoseado de *La última víctima* y lo colocó sobre la mesita, junto a los informes.

—Sólo tengo cerveza —anunció Archie desde la cocina.

Ella no había comprado *La última víctima* cuando lo publicaron, pero lo había hojeado. El relato truculento del secuestro de Archie Sheridan había sido expuesto en todos los anaqueles de los supermercados. Gretchen Lowell aparecía en la portada. Si normalmente la belleza por sí misma hacía aumentar las ventas de libros, los que trataban sobre hermosas asesinas en serie se convertían en best-sellers.

El detective le alcanzó una botella de cerveza de una conocida marca local y se sentó en el sillón. Ella vio cómo sus ojos se concentraban en el libro, pero al momento apartó la mirada.

—¡Vaya! —bromeó Susan, mirando la cerveza—. Buena elección. Cuidado. Tal vez me estás dando a conocer accidentalmente algo de tu personalidad.

—También me gustan el vino y el licor, pero sólo tengo cerveza. Y no, no tengo una marca favorita. Compro la que está de oferta y no es una porquería.

—¿Sabes que Portland tiene más marcas de cerveza locales y cervecerías que cualquier otra ciudad del país?

—No lo sabía.

Susan se puso una mano sobre la boca.

—Lo siento —se disculpó—. Parezco una fuente de información. No hago más que dar datos. Deformación profesional de redactora de artículos de interés general. —Inclinó la botella haciendo un brindis. Archie no bebía—. Por Portland. Incorporada en 1851. Con una población de 545 mil 140 habitantes. —Le guiñó un ojo—. Dos millones si cuentas las afueras.

Archie sonrió débilmente.

—Impresionante.

Susan sacó la grabadora digital de su bolso y la colocó junto al libro, sobre la mesita que los separaba.

—¿Te importa si grabo la conversación?

—Graba lo que quieras.

Ella esperaba que él hiciera algún comentario sobre el libro, y él que ella le hiciera la primera pregunta. Desde la portada, Gretchen Lowell miraba desafiante debajo del título. Susan pensó en disculparse, y así poder salir corriendo hasta su apartamento, para cambiarse de ropa.

A la mierda con todo. Apretó el botón de grabar y abrió su libreta. Había creído que el libro descolocaría un poco a Archie; que lo impulsaría a decir algo, cualquier cosa. Tenía que echar mano del plan B.

—He hablado hoy con tu esposa.

—Ex esposa.

Bueno, pensó Susan, no ha mordido el anzuelo. Tenía que intentar algo más directo. Alzó la vista.

—Todavía te ama.

En el rostro de Archie no hubo ningún cambio de expresión.

—Y yo a ella —replicó, sin perder un instante.

—¡Eh, tengo una idea! —exclamó Susan, ingeniosa—. ¿Por qué no vuelven a casarse?

Archie suspiró.

—Nuestra relación es muy complicada por el hecho de que estoy emocionalmente trastornado.

—¿Te ha hablado de nuestra entrevista?

—Ajá.

—¿Qué te ha contado?

—Me dijo que estaba preocupada por haber sido demasiado sincera sobre… —buscó la palabra exacta—… mi relación con Gretchen.

—Relación —repitió lentamente Susan—. Una definición extraña.

Él negó con la cabeza.

—No lo es. Criminal/policía, secuestrador/secuestrado, asesino/víctima… Se trata de relaciones. —Hizo un gesto irónico con la boca—. No he querido decir que estuviéramos saliendo juntos.

Archie estaba sentado, con las piernas sin cruzar, las rodillas separadas, los codos apoyados en los brazos del sillón. Susan pensó que, aunque estaba intentando mostrarse despreocupado, lo cierto es que no estaba relajado. Lo miró discretamente. El ángulo de su cabeza, el corte de su camisa, la profundidad de su mirada, su espeso y rizado cabello castaño.

La verdad es que Archie Sheridan le hacía sentirse nerviosa. Era algo a lo que Susan no estaba acostumbrada. El poder, en las entrevistas, estaba habitualmente de su lado, pero cuanto más tiempo pasaba junto a Archie Sheridan, más la invadía una extraña sensación, una cierta ansiedad, como si le entraran unas ganas tremendas de fumarse un cigarro, o algo similar.

Él la miraba esperando a que dijera algo. Sucedía siempre lo mismo en las entrevistas, era como una primera cita de larga duración. «Entonces, ¿de dónde eres? ¿Qué estudiaste? ¿Hay algún Huntington en tu familia?»

—¿Por qué crees que Gretchen Lowell te secuestró?

—Ella es una asesina en serie. Quería matarme. —La voz de Archie era tranquila, podían haber estado hablando del tiempo.

—Pero no lo hizo —observó Susan.

Él se encogió de hombros.

—Cambió de idea.

—¿Por qué?

Archie sonrió ligeramente.

—¿No es una particularidad femenina?

—En serio.

Su expresión volvió a ser neutra. Se quitó una pelusa microscópica del pantalón.

—No sé responder a esa pregunta.

—¿Nunca se lo has preguntado? —Susan abrió los ojos con una expresión de incredulidad—. ¿En ninguna de las entrevistas de los domingos?

—Nunca ha salido el tema.

—¿De qué hablan?

Sus ojos se enfrentaron a los de ella.

—De asesinatos.

—No me estás dando demasiados detalles.

—Es que no estás haciendo las preguntas correctas.

Susan pudo oír a un niño corriendo en el piso de arriba, sobre sus cabezas. Archie ni siquiera se inmutó.

—Bueno —dijo ella lentamente—, me pregunto por qué ella cambió su estilo en tu caso. Me refiero a que incluso la forma de torturarte fue diferente, ¿verdad? Ella mataba a sus víctimas pocos días después de secuestrarlos, ¿no? A ti te mantuvo con vida. Por tanto, te consideró diferente desde el principio.

—Yo era el investigador principal en su caso. El resto fueron simplemente víctimas aleatorias. Por lo que sabemos, con excepción de sus cómplices, a los que asesinó, no conocía a ninguna de sus víctimas. Sin embargo, ella y yo nos conocíamos. Teníamos una relación.

Susan subrayó la palabra «relación» en su libreta.

—Pero ella se infiltró en el caso para llegar hasta ti. Supongo que por eso vino a Portland y llamó a la puerta del equipo especial. Te estaba buscando.

Archie levantó los brazos y cruzó y descruzó las manos sobre su regazo. Estaba mirando el ejemplar de *La última víctima*, la foto de Gretchen Lowell con una expresión insondable en sus ojos, sin parpadear. Susan se dio cuenta. Parecía como si una vez que había posado su mirada en el libro ya no pudiera apartar la vista.

—No es extraño que los psicópatas quieran saber cómo van las investigaciones —explicó, con los ojos puestos todavía en el grueso libro—. Disfrutan viendo cómo se desarrolla el drama. Les hace sentirse superiores.

Susan se inclinó hacia delante, descansando los brazos sobre las piernas cruzadas, y se acercó un poco a Archie. Siempre tenía que dar el primer paso en las primeras citas.

—Pero ella se arriesgó mucho —dijo suavemente—. Para acercarse a ti, y después te dejó vivir. —Él seguía mirando a Gretchen. Susan sintió el repentino impulso de tomar el libro y tirarlo al suelo, aunque sólo fuese para ver su reacción—. Eso me resulta muy sorprendente. No parece ser muy propio de ella.

—Perdón —se excusó Archie, y se levantó con rapidez para dirigirse a la cocina. Susan se revolvió incómoda en su asiento para poder verlo. No llegaba a apreciar la expresión de su rostro, porque él se encontraba de espaldas a ella, con las manos a la cintura, mirando una triste hilera de alacenas de formica blanca. De repente, suspiró y dijo—: ¿Me harías el favor de apartar el libro?

El libro. ¿Era la fotografía de Gretchen Lowell con aspecto de chica Breck o era su contenido?

—Lo siento —dijo Susan, y guardó el libro en su cartera. Se encogió levemente de hombros, sintiéndose tremendamente mal—. Era sólo un complemento para la entrevista.

Él guardó silencio, pasándose la mano por la nuca. Deseó que él se diera la vuelta para poder ver su rostro y saber qué estaba pensando. No quería quedarse mirando el cabello rizado de su nuca, sino escribir algo en su libreta. «¿Qué es lo que me está ocultando sobre Gretchen Lowell?» Trazó varios círculos en torno a la pregunta hasta que el bolígrafo dejó una huella sobre el papel. Aquellas palabras quedaron sobre la página, rodeadas de un espacio en blanco.

Oyó que él decía algo y alzó la vista, mortificada. Archie se había movido hasta la nevera y se encontraba allí, mirándola, con una cerveza en la mano. Definitivamente, le había dicho algo.

—¿Perdón? —dijo, dando la vuelta a la hoja en la que había estado escribiendo con tanta rapidez que arrancó un pedazo de papel.

—Te he preguntado si crees que ella tuvo piedad de mí.

Susan volvió a retorcerse para poder verlo. Descruzó las piernas, dejando una marca en el sofá con sus recias botas.

—Al final —respondió Susan—, ella mató a todos los que había secuestrado. También te mató a ti, pero te devolvió a la vida. Incluso te salvó la vida.

Archie, de pie en la cocina, tomó un trago de cerveza. Ella no estaba segura de que la hubiera oído. Fue entonces cuando él regresó al salón y se sentó, colocando la cerveza cuidadosamente sobre la mesita delante de él. Todo lo hacía con delicadeza, como si temiera romper las cosas que había a su alrededor. Se miró las manos, gruesas, surcadas de venas, todavía cruzadas sobre su regazo. Y después miró a Susan.

—Si Gretchen se hubiera sentido compasiva, me habría dejado morir —afirmó sin énfasis—. Yo quería morirme, y estaba preparado para ese paso. Si ella hubiera puesto un bisturí en mi mano, me habría cortado el cuello y me habría desangrado feliz, hasta morirme, allí, en su sótano. No creas que ella me hizo un gran favor dejándome con vida. Gretchen disfruta con el dolor ajeno. Y descubrió un modo de prolongar mi agonía y su placer. Créeme, fue lo más cruel que pudo hacerme. Si a ella se le hubiera ocurrido algo todavía más cruel, lo habría puesto en práctica. Gretchen no se apiada de nadie.

Se encendió la calefacción. Hubo un ligero temblor y luego una corriente de aire caliente se extendió por el salón desde algún lugar que Susan no pudo ver. Sintió que se le secaba la boca. El niño del piso de arriba seguía correteando. Si ella viviera allí ya habría matado a aquel niño.

—Pero ella terminó en la cárcel. Supongo que eso no formaría parte de sus planes.

—Todos necesitamos retirarnos en algún momento.

—Pero ella podría haber sido condenada a muerte —reflexionó Susan.

—Tenía demasiadas cosas que ofrecernos.

—¿Te refieres a cadáveres? —preguntó Susan.

Él tomó otro sorbo de cerveza.

—Sí.

—¿Por qué crees que accedió a hablar sólo contigo?

—Porque sabía que aceptaría —respondió Archie, con sencillez.

—¿Y por qué lo hiciste? Si tu esposa te pidió que eligieras, ¿por qué elegiste a Gretchen?

—Se trata de mi ex esposa. Y lo hice por las familias. Porque necesitan que todo concluya de una vez. Y porque es mi trabajo.

—¿Y? —preguntó Susan.

Archie sostuvo la botella de cerveza fría junto a su rostro y apretó los párpados.

—Es complicado.

Susan miró a su bolso abierto, en donde todavía era visible el lomo del libro, junto a unos tampones sueltos, su cartera Paul Frank, una caja de plástico con las pastillas anticonceptivas y unos treinta bolígrafos.

—¿Has leído *La última víctima*?

—Por dios, no —exclamó Archie con un gruñido.

Susan se sonrojó.

—No es malo, para ser una historia de crímenes verídica. No tiene mucho que ver con el periodismo de verdad. He contactado con la autora. Me dijo que te negaste a hablar con ella y tampoco quisieron hacerlo tu ex mujer ni tu médico. Basó su relato en los artículos periodísticos, los archivos públicos y su propia imaginación desbordante. Hay una escena final en donde convences a Gretchen Lowell para que se entregue. La convences de que puede ser mejor persona y ella acepta, claudicando ante tu gracia y bondad. —Archie se rió con ganas—. ¿No fue así como sucedió?

—No.

—¿Qué es lo que recuerdas? —preguntó Susan. Archie hizo un gesto como de dolor—. ¿Estás bien?

—Me duele la cabeza —explicó. Buscó en el bolsillo y sacó un pastillero de metal, extrajo tres pastillas blancas, ovales y las tragó con un poco de cerveza.

—¿Qué son? —quiso saber Susan.

—Pastillas para el dolor de cabeza.

Susan le lanzó una mirada dubitativa.

—¿De verdad no recuerdas nada de esos diez días?

Archie parpadeó lentamente, mirando a Susan fijamente durante toda una eternidad. Después su mirada se posó en un reloj digital apoyado sobre un estante. La hora estaba mal, pero Archie no pareció sorprenderse.

—Recuerdo esos diez días con más detalles que cuando nacieron mis hijos.

La calefacción se apagó y el salón quedó en silencio.

—Dime lo que recuerdas —pidió Susan. Su voz se quebró como la de una adolescente. Podía sentir cómo Archie la estaba juzgando y le ofreció su mejor sonrisa, que había aprendido a utilizar hacía ya tiempo y que buscaba inspirar confianza a los hombres, sin importar cuáles fueran sus problemas. Pero Archie no estaba convencido.

—Todavía no —replicó el detective al cabo de un instante—. Todavía te quedan tres artículos más, ¿verdad? No querrás desvelarlo todo en el primero y arruinar el *suspense*.

Susan no quiso darse por vencida.

—¿Qué hay de la teoría de un segundo hombre? Algunos de los informes decían que había otra persona, alguien que nunca fue atrapado. ¿Lo recuerdas?

Archie cerró los ojos.

—Gretchen siempre lo negó y yo nunca lo vi. Fue más una impresión que tuve. Pero, después de todo, no estaba en un estado mental demasiado lúcido. —Se frotó la nuca con la mano y miró a Susan—. Estoy cansado. Continuaremos con esto en otro momento. —Susan dejó caer su cabeza con un gesto de fingida frustración—. Tendremos más oportunidades —la animó Archie—. Te lo prometo.

Ella apagó la grabadora.

—¿Puedo usar el baño?

—Está al final del pasillo.

Se levantó y se dirigió hacia donde le había indicado. El baño era tan impersonal como el resto del apartamento. Una bañera y una ducha de fibra de vidrio con una mampara corredera de cristal ahumado. Un lavabo barato con grifos de plástico sobre un armarito de madera. Dos toallas grises de escasa calidad colgaban de unas barras de madera. Otras dos, limpias y dobladas, sobre la cisterna. El baño estaba limpio, pero no de una forma obsesiva. Se colocó frente al lavabo, mirándose fijamente al espejo. Mierda, mierda, mierda. Estaba a punto de realizar el reportaje más grande de su carrera. ¿Por qué se sentía, entonces, tan desanimada? ¿Y en qué estaba pensando cuándo se le ocurrió peinarse de aquella manera? Se desató las coletas, se peinó el pelo con las manos y se lo ató a la nuca. La luz del baño hacía que su piel pareciera la de un pollo crudo. Se preguntó cómo hacía Archie Sheridan para mirarse al espejo cada mañana, pálido, con cada una de sus arrugas resaltada. Con razón era un caso clínico. Buscó en su bolsillo, sacó el lápiz de labios y se lo aplicó generosamente. ¿Quería que lo obligaran a pedir una baja médica? ¿De eso se trataba?

Apretó el botón de la cisterna y aprovechó el ruido momentáneo para abrir la puerta del armario. Crema de afeitar, maquinilla, pasta y cepillo de dientes, desodorante y dos estantes con botes de plástico color ámbar, con medicamentos. Los giró para poder leer los nombres: Vicodina, Colace, Percocet, Zantac, Ambien, Xanax, Prozac. Frascos grandes y pequeños. «Nada de lo que toma puede interferir en su capacidad para desarrollar su trabajo. Seguro.» Allí había suficientes pastillas para medicar a un elefante. Todas a nombre de Archie Sheridan. Mierda. Si necesitaba todo eso para poder funcionar, estaba mucho peor de lo que ella pensaba. Y era un actor estupendo.

Memorizó los nombres, volvió a acomodar con cuidado los frascos en su ubicación original, cerró el armarito y volvió al salón.

Archie ni siquiera levantó la vista.

—Si hubiera querido que no vieras las pastillas, las hubiera escondido.

Susan intentó decir algo. «¿Qué pastillas?» Pero por alguna razón no se sintió con ánimos de mentir.

—Estás tomando muchos medicamentos.

Sus ojos la siguieron por la habitación, pero permaneció inmóvil como un cadáver.

—No estoy bien.

Susan tuvo la repentina e incómoda sensación de que todo lo que había averiguado hasta ese momento sobre Archie Sheridan era exactamente lo que él quería que encontrara. Cada entrevista. Cada pista. ¿Con qué propósito? Tal vez estaba cansado de mentir y quería que todos conocieran sus secretos, y así no tener que molestarse tanto en ocultarlos. Los subterfugios pueden resultar agotadores.

Guardó la grabadora y la libreta en su bolso y sacó un paquete de cigarrillos.

—Me estoy acostando con mi jefe, que está casado —le dijo a Archie.

Archie se quedó sorprendido, con la boca ligeramente entreabierta.

—No estoy seguro de que necesite saber eso.

Susan encendió un cigarrillo y le dio una calada.

—Lo sé, pero ya que estamos haciéndonos confidencias…

—OK.

CAPÍTULO
26

Anne Boyd se comió todo lo que había en el minibar del hotel. Comenzó con los M&M, después el Toblerone y siguió con las chocolatinas rellenas. Cuando terminó, alisó los envoltorios y los colocó junto a las fotografías de las chicas muertas, esparcidas sobre la cama. El dulce la ayudaba a pensar. Ya tendría tiempo de hacer dieta cuando la gente dejara de matarse entre sí.

Había memorizado los rostros de las chicas, antes y después de morir, pero también resultaba útil verlas a todas juntas. Las fotos del instituto, de los escenarios de los crímenes. Fotos familiares. Había trazado el perfil de cada víctima en el informe que le había entregado a Archie. El asesino elegía a un tipo: chicas blancas de cabello oscuro, al final de la pubertad. Cada una de un instituto distinto. «¿Cuál es tu fantasía?» Mataba a la misma chica una y otra vez, después de violarla del modo más controlado posible. ¿A quién estaba, entonces, matando? ¿A una novia de la adolescencia? ¿A su madre? ¿A una chica que le rompió el corazón sin saberlo? En cualquier caso, se trataba de alguien a quien no había sido capaz de controlar. Anne se sentía cada vez más segura de que este hecho era clave para identificar a la persona que estaban persiguiendo.

Se levantó de la cama, abrió el minibar y encontró una coca-cola light. Era la última. Sus hijos ya le habían preguntado cuándo volvería a casa, aunque, en realidad, lo que querían eran los regalos que había prometido llevarles de las tiendas Nike. No sabía cuándo tendría tiempo para ir de compras.

Lo cierto es que ya no viajaba tanto por razones de trabajo. Pero había pedido que la asignaran a este caso. Había barajado la posibilidad de dimitir después del caso de la Belleza Asesina. Su perfil había sido completamente erróneo y casi le había costado la vida a Archie Sheridan. Siempre estuvo convencida de que el asesino era un hombre que actuaba solo. Las pistas habían sido de manual. Porque Gretchen Lowell había leído los manuales. Anne había sido engañada de una forma espectacular, y sólo podía culparse a sí misma. Era una buena psicóloga policial, una de las mejores del FBI, que contaba con los mejores psicólogos forenses del mundo. Pero su confianza se había visto duramente afectada gracias a Gretchen Lowell. La confianza era clave para trazar un perfil. Uno tenía que creer en su propia capacidad para poder realizar saltos mentales.

Y tenía que encontrar ese salto. El asesino estaba actuando a partir de una fantasía concreta que había comenzado hacía muchos años. ¿Qué había desencadenado la acción? Había toda clase de detonantes: problemas económicos, la pareja, asuntos con los padres; problemas en el trabajo, una muerte, un nacimiento, un supuesto rechazo. Él iniciaba el contacto con las víctimas, las elegía. Los crímenes estaban cuidadosamente organizados. Se tomaba el trabajo de destruir toda evidencia, pero aun así devolvía los cuerpos. ¿Por qué lo hacía? Esta vez, ella no iba a estropearlo todo. No podía deshacer lo que le había sucedido a Archie Sheridan. Pero podía ayudarlo. Y él necesitaba esa ayuda. De eso estaba segura.

Había pasado suficiente tiempo en aquel trabajo como para saber que el único modo de sobrevivir era hacer oídos sordos a la violencia. Pero uno tenía que tener alguna cosa que lo distrajera, alguna otra pasión. Si no era así, y uno estaba solo, era más difícil desconectarse de todo aquel horror. Se daba cuenta de que Archie se estaba aislando de la gente que podía ayudarlo y ella no sabía qué podía hacer.

Se levantó de la cama, se dirigió a la ventana, abrió la cortina y miró hacia la calle Broadway. El tráfico del viernes por la noche era denso y una oleada de peatones vestidos a la última moda ocupaba las aceras tras salir del espectáculo de un teatro próximo. Si había alguna persona de color entre ellos, Anne no pudo distinguirla.

Dejó caer la cortina y volvió a sentarse en la cama para echar una última ojeada a las fotos de las chicas muertas. Luego les dio la vuelta, una por una. El cadáver de Lee Robinson, el cuerpo amarillo y negro de Dana Stamp sobre el barro, el rostro cubierto de algas de Kristy Mathers sobre la arena, con su cuerpo retorcido de un modo imposible. Las fotos de la escuela y de las fiestas de cumpleaños. Cuando todas las imágenes estuvieron boca abajo, sacó su cartera y extrajo otra fotografía, en la que un apuesto hombre negro apoyaba las manos en los hombros de dos guapos muchachos negros. No pudo evitar una amplia sonrisa ante aquellos rostros felices. Cogió el teléfono y llamó a su casa.

—Mamá —respondió su hijo mayor, Anthony—, no necesitas llamar todos los días.

—Ya lo sé, querido —dijo Anne. El trabajo siempre era más difícil por la noche, cuando estaba sola—. Ya lo sé.

—¿Ya has comprado las Nike?

Anne se rió.

—Está en mi lista de tareas que todavía tengo que hacer.

—¿En qué puesto de la lista? —preguntó su hijo.

Anne miró las fotos que se extendían sobre su cama y luego dirigió la mirada a su alrededor hasta la ventana desde la que acababa de ver la bulliciosa actividad nocturna en el centro de la ciudad. El asesino estaba allí fuera.

—En el segundo.

Cuando Susan se hubo marchado, Archie terminó su cerveza y volvió al trabajo. Primero extendió el contenido de las carpetas sobre la mesita. Las había colocado apresuradamente en dos montones antes de la llegada de la periodista. No lo hizo por una cuestión de orden, sino porque pensó que no era necesario que ella viera las fotos de las autopsias de tres muchachas adolescentes. Se tomó otras tres vicodinas y se sentó sobre la alfombra beige, junto a la mesa. Examinar cuidadosamente fotografías similares le había ayudado a descubrir el sello característico de Gretchen Lowell. No estaba seguro de qué buscaba en este caso, pero si estaba allí, todavía no lo había encontrado. El niño del piso superior estaba cantando. Archie no entendía lo que decía, pero creyó reconocer la melodía de una canción que entonaban sus propios hijos cuando eran pequeños.

Miró el reloj digital e hizo el cálculo. Pasaban algunos minutos de las nueve de la noche. Gretchen ya estaría en su celda. Las luces se apagaban a las diez. Ésa era la hora en la que Gretchen leía. Sabía que había pedido libros a la biblioteca de la prisión porque le enviaban la lista a Archie todos los meses. Leía estudios psicoanalíticos, desde Freud a libros de texto, pasando por obras de divulgación de psicología. También le gustaba la novela contemporánea. El tipo de libros que recibían premios y que la mayoría de la gente leía únicamente para hablar de ellos en las fiestas. También se encontraban entre sus preferencias los relatos de crímenes reales. «¿Por qué no?», pensó Archie. Al fin y al cabo, eran las publicaciones de su profesión. Y el mes anterior, había pedido *La última víctima*. No se lo había comentado a Henry. El hecho de que Gretchen estuviera leyendo el sórdido relato del cautiverio de Archie, con su prosa barata y las terribles fotografías de los cadáveres, de él mismo, de todos ellos, era algo que Henry no podría soportar. Habría ordenado que le quitaran el libro, y que lo retiraran de la biblioteca de la prisión. Y tal vez amenazaría de nuevo a Archie e insistiría en que dejara de verla. Y estaba seguro de que lo conseguiría con facilidad. No necesitaba más que una charla franca con Buddy. Archie no resultaba muy convincente a la hora de asegurarle que podía trabajar con normalidad. Había sido su insistencia, mezclada con la culpa que sentía su antiguo compañero por el infierno que había atravesado, lo que lo mantenía en posición de negociar. Pero sabía que no se asentaba sobre terreno firme.

Miró los pálidos cuerpos de las chicas, abiertos sobre las mesas de disección del depósito, con las marcas de las ligaduras convertidas en una mancha púrpura sobre sus cuellos. Decidió que, al menos, tenían una ventaja: las mataba inmediatamente. Y había peores modos de morir que el estrangulamiento.

El niño del piso de arriba se puso a dar saltos. Pudo oír cómo un adulto se acercaba y lo levantaba, entre gritos y risas.

CAPÍTULO
27

Cuando Gretchen llega con las pastillas, Archie consigue hablar después de que le quite la mordaza:

—Yo las trago.

Ella deja el embudo sobre la bandeja y Archie abre la boca y saca la lengua, como un buen paciente. Le coloca una pastilla en la lengua y acerca un pequeño vaso de cristal con agua a sus labios resecos para que pueda beber. Es la primera vez que toma agua desde que llegó y le refresca la boca y la garganta. Ella revisa su lengua para asegurarse de que ha tragado el medicamento. Repiten el ejercicio cuatro veces.

Cuando terminan, Archie le pregunta:

—¿Cuánto tiempo llevo aquí?

—No importa —le responde Gretchen.

Oye un zumbido. Al principio piensa que está en su cabeza, pero después reconoce el sonido: moscas. El cadáver continúa descomponiéndose en el suelo. Recuerda al hombre y, durante un instante, recupera su instinto de policía.

—El otro hombre que me levantó en la camioneta —pregunta—, ¿dónde está? ¿También lo has matado?

Gretchen, sorprendida, alza una ceja.

—Querido, hablas como un demente.

—Estaba aquí —afirmó Archie, su mente obnubilada—. Antes.

—Sólo estamos nosotros —replicó ella impaciente.

Pero él quería seguir hablando para obtener tanta información como fuera posible. Miró a su alrededor, a la habitación sin ventanas, cubierta de azulejos como una estación de metro, al instrumental médico.

—¿Dónde estamos?

Ella da por terminadas las preguntas.

—¿Has pensado en lo que te pregunté? —dice.

Archie no sabe a qué se refiere.

—¿Qué?

—¿Qué quieres enviar a tus compañeros? —En su voz hay un tono de irritación apenas disimulado—. Están preocupados por ti, querido. —Le pasa la mano suavemente por el brazo hasta las ligaduras de cuero que atan sus muñecas a la camilla—. Eres diestro, ¿verdad?

Archie tiene que pensar rápidamente mientras todavía conserve una cierta lucidez, antes de que las pastillas hagan efecto.

—¿Por qué, Gretchen? De las otras víctimas nunca enviaste nada. —Entonces se da cuenta. Sus víctimas siempre eran asesinadas a los tres días de ser secuestradas—. Han pasado cuatro días. —Piensa en voz alta—. Estarán empezando a creer que estoy muerto. Quieres demostrarles que todavía estoy vivo.

—Te dejaré elegir. Pero tenemos que hacerlo ahora.

El terror se apodera de su cuerpo, pero sabe que no puede acceder a lo que le pide. Tan pronto como lo haga, se convertirá en su cómplice.

—No.

—He extirpado docenas de bazos —murmura—. Pero sólo post mórtem. ¿Crees que podrás quedarte quieto?

Él comienza a retorcerse.

—Gretchen, no lo hagas.

—Es una pregunta retórica, por supuesto. —Ella está tomando una jeringa de la bandeja—. Esto es sucinilcolina. Es un agente paralizante utilizado en cirugía. No podrás moverte. Pero permanecerás consciente. Te enterarás de todo. —Ella lo mira, esperando que comprenda—. Creo que eso es esencial, ¿no te parece? Si vas a perder una parte de tu cuerpo, debes experimentarlo cuando sucede. Si te despiertas y ya no está, ¿cómo sabes si te sientes diferente?

Él no puede detenerla. Sabe que es imposible razonar con ella. Sólo puede proteger a la gente que ha dejado tras él.

—¿A quién se lo vas a enviar? —le pregunta.

—Estaba pensando en Debbie.

La mente de Archie sufre un sobresalto, imaginando el rostro de Debbie al abrir el paquete.

—Envíaselo a Henry —suplica—. Por favor, Gretchen, envíaselo a Henry Sobol.

Gretchen hace una pausa en sus preparativos y le sonríe.

—Si lo hago, tendrás que portarte bien.

—Haré lo que quieras —dice Archie—. Me portaré bien.

—El problema de la sucinilcolina es que te paralizará el diafragma. —Sostiene un tubo de plástico que conduce a una máquina a su espalda—. Así que primero voy a tener que intubarte.

Antes de que Archie pueda reaccionar, ella inserta una placa de metal curvo en su boca, empuja su lengua y empieza a introducir el largo tubo, obstruyendo su garganta y haciendo que él se ahogue mientras intenta resistirse.

—Traga —le ordena, mientras ella, con la mano sobre su frente, le sostiene la cabeza con firmeza contra la camilla.

Él puede sentir cómo se abren sus dedos, cada músculo en tensión mientras lucha contra el tubo. Gretchen se inclina hacia él, con ternura, con la mano todavía sobre su frente.

—Trágalo —le repite—. Si te resistes será peor.

Él cierra los ojos, se obliga a sobreponerse al deseo de vomitar y traga el tubo mientras ella lo empuja por su garganta hacia el interior de su cuerpo.

De pronto, el aire le llena los pulmones. Tiene un efecto calmante. Intenta respirar más tranquilamente, serenando el ritmo de sus latidos. Abre los ojos y mira mientras ella clava la hipodérmica en el catéter y ajusta el flujo del líquido.

Se siente repentinamente tranquilo. Es la resignación que ha visto en los rostros de los condenados a muerte. No tiene control alguno, así que no tiene sentido resistirse. Las sensaciones abandonan su cuerpo hasta transformarlo en un peso muerto. Trata de mover los dedos, la cabeza, los hombros, pero nada le responde. Y llega a pensar que es realmente un alivio. Ha luchado tan duro durante toda su carrera para imponer orden en el caos, para eliminar la violencia y prevenir el crimen, que ahora puede dejar que todo suceda.

Ella le sonríe y él sabe que, con esa sonrisa, ha sido engañado. Ha pedido y recibido un favor de su asesina. Y más aún, observa con frío distanciamiento, se siente agradecido.

Ahora sólo puede mirar las luces fluorescentes y las cañerías del techo blanco, apenas consciente de sus movimientos mientras ella se lava las manos, prepara una bandeja de instrumental y le afeita el vello de su abdomen. Siente el frío yodo sobre la piel y luego cómo ella empuja el bisturí sobre su carne. Se abre con facilidad bajo el afilado instrumento en sus manos, un tajo y luego un sonido cuando termina de cortar el músculo. Él trata de distanciarse de todo; de distraerse del dolor. Por un momento, cree que estará bien. Que puede soportarlo. Que no será peor que los clavos. Luego ella introduce un fórceps y abre la herida que acaba de hacer. Siente un dolor demoledor, devastador, que le provoca náuseas, obligándolo a gritar. Pero no puede hablar, ni mover la boca, ni levantar la cabeza. Interiormente, se las arregla para gritar, un aullido ahogado que lo acompaña hasta que pierde el conocimiento.

Ella lo deja dormir. Le parece que han transcurrido muchos días porque cuando se despierta su mente ha construido un túnel de claridad. Gira la cabeza y ella está a su lado, sosteniéndose el rostro con los puños apretados, en su cama. Están sólo a unos centímetros de distancia, casi puede rozarla con la nariz. Le ha sacado el tubo, pero la garganta le escuece. Ella no ha dormido. Él se da cuenta. Puede ver las finas venas debajo de la pálida piel de su frente. Conoce sus gestos. Ha comenzado a conocer su rostro tan bien como el de Debbie.

—¿Qué estabas soñando? —le pregunta.

Imágenes de colores pasan por su mente.

—Iba en un coche por una ciudad, buscando mi casa —responde débilmente. Su voz es ronca, un susurro áspero—. No podía encontrarla. Me había olvidado de la dirección. Así que me limitaba a dar vueltas en círculos. —Sonríe sin alegría, sintiendo cómo se cuartean sus labios resecos. Un dolor como una dura nuez presiona su pecho—. Me pregunto qué significará.

Gretchen no se mueve.

—Ya no volverás a verlos, lo sabes.

—Lo sé. —Mira las vendas en su estómago. El dolor palidece comparado con el de sus costillas. Todo su pecho está amoratado, la piel tiene el color de la fruta podrida. Siente su cuerpo como arena mojada. Ya casi no percibe el olor del cadáver putrefacto. Estar vivo es extraño. Cada vez se siente menos ligado a esa idea—. ¿Ya lo han recibido?

—Se lo envié a Henry —dice—. No han informado a la prensa.

—No lo harán.

—¿Por qué?

—Querrán confirmar que es mío —explica.

Ella está perpleja.

—Lo he enviado con tu cartera.

—Querrán hacer una prueba de ADN —le dice para tranquilizarla—. Tardará unos días.

Ella acerca su hermoso rostro al de él.

—Sabrán que te lo quité cuando todavía estabas vivo. Y hallarán rastros de las drogas que te he estado dando.

—Para ti es importante, ¿verdad? —afirma—. Que ellos sepan lo que me estás haciendo.

—Sí.

—¿Por qué?

—Quiero que sepan que te estoy haciendo sufrir. Quiero que lo sepan y que no sean capaces de encontrarte. Y después quiero matarte. —Ella coloca una mano sobre su frente y la mantiene allí, como si fuera una madre que comprueba si su hijo tiene fiebre—. Pero no creo que vaya a devolverte, querido. Quiero que se queden con la duda. A veces me gusta que duden. La vida no debería ser siempre una cuestión tan racional.

Él se ha inclinado bajo la lluvia junto a muchos cadáveres colocados de una forma primorosa. Siempre se ha preguntado a cuántos ha matado. Los asesinos en serie matan durante años hasta que la policía finalmente logra descubrir un hilo conductor, un patrón. Él quería saber. Había pasado diez años buscando la respuesta a dos preguntas: quién era la Belleza Asesina y a cuántos había asesinado. La primera cuestión ya había sido desvelada. Ahora, una parte de él sentía que si llegaba a conocer la respuesta a la segunda, una puerta se cerraría tras la persona que él había sido alguna vez. Le daba la sensación de que cuanto más confiara en ella, más le pertenecería.

Gretchen se impacientó.

—Pregúntame a cuántos he matado. Quiero decírtelo.

Él suspira. El esfuerzo le provoca un dolor insoportable en las costillas, obligándole a hacer una mueca. Ella sigue esperando, su expectación es palpable. Es como una criatura insistente que debe ser contentada. Es lo único que puede hacer para alejarla.

—¿A cuántos has matado, Gretchen?

—Tú serás el número doscientos.

Él traga saliva. «Por dios», piensa. Por todos los demonios.

—Eso es mucha gente —dice.

—A veces hice que mis amantes se convirtieran en asesinos. Pero siempre elegía yo quien debía morir, y además lo hicieron porque yo se lo pedía. Así que creo que puedo contabilizarlos, ¿no te parece?

—Creo que puedes contabilizarlos.

—¿Te duele algo? —pregunta, con el rostro brillante.

Él asiente.

—Dímelo —ordena ella seductora.

Él lo hace porque sabe que así se sentirá satisfecha y entonces, quizá, lo deje un rato en paz. Tal vez lo deje descansar. Y cuando eso sucede, le da pastillas.

—No puedo respirar. No puedo tomar aire sin que el dolor me destruya las costillas.

—¿Cómo es ese dolor? —pregunta con ojos ardientes.

Él busca las palabras exactas.

—Como un alambre de púas. Como si alguien hubiera atado un alambre de púas alrededor de mis pulmones que cuando respiro se clava en mi carne.

—¿Y la herida?

—Está comenzando a latir. Es un dolor diferente. Como si me quemara. No me molesta si no me muevo. Me duele la cabeza. Especialmente detrás de los ojos. La herida que me hiciste con el bisturí, creo que se está infectando. Y me pica la piel. Por todas partes. Creo que mis manos están dormidas. No las siento.

—¿Quieres tu medicina?

Él sonríe, imaginando la oleada de niebla que seguirá a las píldoras. Se le hace la boca agua.

—Sí.

—¿Toda?

—No —responde—. No quiero las alucinaciones. Sólo veo mi vida. Veo que me están buscando. Veo a Debbie.

—¿Sólo la anfetamina y la codeína?

—Sí.

—¿Más codeína de la habitual?

—Sí —dice atragantándose.

—Pídemelo.

—¿Podrías darme más codeína?

Ella le sonríe.

—Sí.

Toma las pastillas de unos frascos de la estantería apoyada en la pared y vuelve con el agua. Se las da, y le deja beber. Esta vez no efectúa el control para ver si las ha tragado, porque sabe que no es necesario.

Pasarán quince minutos antes de que sienta el efecto de los medicamentos, así que trata de disociarse de la lenta muerte de su cuerpo. Gretchen se sienta en una silla junto a la cama, con las manos colocadas cuidadosamente en su regazo, mirándolo fijamente.

—¿Por qué decidiste convertirte en psiquiatra? —le pregunta tras un largo silencio.

—No lo soy —responde—. Sólo he leído algunos libros.

—Pero tienes conocimientos médicos.

—Trabajé como enfermera en el servicio de urgencias. Empecé Medicina, pero abandoné. —Sonríe—. Hubiera sido una gran doctora, ¿no te parece?

—Tal vez no sea la persona indicada para responder a eso.

Se quedan en silencio, pero ella parece inquieta.

—¿Quieres que te cuente mi infancia de mierda? —le pregunta, esperanzada—. ¿El incesto, las palizas?

Él niega con la cabeza.

—No —dice con voz pastosa—. Tal vez más tarde.

Siente el primer hormigueo en el centro de su rostro y luego comienza a expandirse por su cuerpo. «Quédate en este sótano», se dice a sí mismo. No pienses en Debbie. No pienses en los chicos. No pienses. Sólo quédate aquí.

Gretchen lo mira con aprecio. Extiende una mano y toca su rostro con afecto. Es un gesto que —ya ha aprendido a identificarlo—, con frecuencia, anuncia que está a punto de hacer algo terrible.

—Quiero matarte, Archie —susurra con suavidad—. He pensado en ello. Es una fantasía que he tenido durante años.

Recorre con las yemas de sus dedos la oreja del detective. Es una sensación agradable. Su respiración se relaja a medida que la codeína calma el dolor de sus huesos rotos, de su carne lacerada.

—Entonces, hazlo.

—Quiero usar líquido para desatascar cañerías —le dice, como si estuvieran discutiendo qué vino elegir para la cena—. Siempre lo he hecho rápidamente. Los obligaba a beber una gran cantidad, al final. La muerte llegaba con celeridad. —Su rostro se anima—. Pero contigo quiero hacerlo lentamente. Deseo verte experimentar la muerte. Quiero que bebas el líquido corrosivo con lentitud. Una cucharada por día para saber cuánto tiempo tardas y qué efecto te causa. Quiero tomármelo con tranquilidad.

Él la mira a los ojos. «Es sorprendente —piensa— que semejante horror psicópata viva en un cuerpo tan hermoso y proporcionado.» Ella lo mira ansiosa.

—¿Estás esperando mi autorización? —pregunta.

—Dijiste que serías bueno. Le envié el paquete a Henry, como me pediste.

—¿Entonces eso forma parte de la fantasía? ¿Tengo que tomar el veneno voluntariamente?

Ella asiente, mordiéndose el labio.

—Voy a matarte, Archie —afirma con absoluta certeza—. Puedo cortarte en pedazos y enviarlos uno a uno a tus hijos. O podemos hacerlo a mi manera.

Él calibra sus opciones. Sabe que ella le presenta una elección imposible y se da cuenta de que sólo puede elegir una cosa. Gretchen quiere ejercer un control total sobre él. Su única arma es conservar una pequeña ilusión de poder para sí mismo.

—Muy bien —asiente lentamente—. Con una condición.

—¿Cuál?

—Cuatro días más. Es todo lo que puedo hacer. Si no estoy muerto en cuatro días, me matarás de algún otro modo.

—Cuatro días —acepta ella, sus ojos azules brillantes de placer—. ¿Podemos empezar ahora?

Él observa cómo cambian sus movimientos, temblorosa de excitación. Asiente y se rinde. Gretchen se pone en pie de un salto y se dirige a la estantería de la pared. Toma un vaso de agua y un recipiente de cristal con un líquido de color dorado claro y vuelve a su lado.

—Te va a quemar —advierte—. Tendrás que resistir el impulso de vomitar. Te taparé la nariz y te daré agua después del líquido para que puedas tragarlo. Echa el líquido en una cuchara de té y se lo acerca. El olor familiar le resulta nauseabundo—. ¿Estás listo?

Él parece separarse de su cuerpo. No es él quien se encuentra en el sótano con Gretchen Lowell. Es otra persona. Abre la boca mientras ella le tapa la nariz, empuja la cuchara en su garganta y deja caer el veneno. Él traga. Sostiene el vaso con agua junto a sus labios y él bebe tanta como le es posible. El ardor es abrumador. Siente que le quema la garganta y luego el esófago. Durante un segundo vuelve a su cuerpo, mientras que su sistema nervioso se viene abajo de puro terror. Cada músculo de su rostro se deforma. Se muerde los labios para obligarse a retener el líquido sin vomitar. Al cabo de un rato se recupera y permanece respirando agitado en la cama. Gretchen le sostiene la cabeza entre sus manos.

—Shhh —le dice, tranquilizándolo—. Te has portado bien. —Ella le acaricia el cabello y lo besa varias veces en la frente. Después busca en su bolsillo y saca seis pastillas grandes, blancas y ovaladas—. Más codeína —le explica con delicadeza—. Puedes tomar tantas como quieras. A partir de ahora.

CAPÍTULO
28

Susan había pasado el sábado escribiendo y cuando entregó el segundo artículo lo celebró con un baño de espuma. El Gran Escritor tenía una radio en el cuarto de baño, pero a ella no le gustaba escucharla allí. Prefería dedicar aquel tiempo a pensar. La música la distraía demasiado. Se había pasado en la bañera casi media hora y el agua se había enfriado. Abrió el grifo del agua caliente con los pies y dejó que corriera el agua hasta que volvió a notar el calor. Su piel se enrojeció, produciéndole un ligero escozor. Le encantaba sentir esa agradable sensación.

Dio un salto cuando sonó el teléfono. Nunca se daba un baño sin su celular y el de la casa al alcance de la mano, pero se había relajado lo suficiente como para que la sorprendiera. Al hacer un brusco movimiento para alcanzar el teléfono inalámbrico, que reposaba en el borde de la bañera, volcó la copa de vino tinto que estalló sobre las baldosas, manchándolo todo con el líquido rojo.

—¡Mierda! —exclamó en voz alta mientras agarraba el auricular. Ya había roto cinco del juego de ocho copas del Gran Escritor. Con ésa sumaban seis. Había algo en su forma de moverse por el mundo que no era compatible con los objetos frágiles. Consiguió aferrar el auricular que casi se le resbaló dentro del agua jabonosa mientras se acomodaba de nuevo en la bañera.

—¿Ian?

—No, preciosa, soy yo.

—¡Ah! —Trató de no parecer decepcionada—. Hola, Bliss.

—He leído tu artículo.

Susan se sentó en la bañera, acercando las rodillas a su pecho.

—¿En serio?

—Leaf, en la cooperativa, me dio un ejemplar.

El cuerpo de Susan se estremeció de placer. No le gustaba llamar la atención sobre su trabajo a su madre, ni tampoco admitir que le importaba su opinión.

—Escucha, cariño —dijo Bliss—. Sé que sabes cómo hacer tu trabajo. —Hizo una pausa—. ¿Pero no te parece que estás utilizando a esas chicas?

El eco de placer se detuvo. Susan pudo sentir cómo apretaba los dientes, haciéndolos rechinar mientras perdía otra capa de esmalte. Era increíble la capacidad que tenía su madre para decir siempre lo que no debía.

—Tengo que cortar, Bliss, estoy dándome un baño.

—¿Ahora?

—En este preciso instante. —Hizo ruido en el agua—. ¿No lo oyes?

—Está bien, luego hablamos.

—Seguro. —Colgó y se volvió a recostar en la bañera, dejando que el agua caliente le llenara los oídos, y esperó hasta que los latidos de su corazón se volvieron más regulares. Ella y Bliss se habían llevado bien hasta el año en que murió su padre, entonces Bliss se volvió imposible. O quizá había sido Susan la que se había vuelto insoportable. Era difícil de saber. Se habían peleado, sobre todo, por la bañera.

En aquella época, a Susan le gustaba darse dos o tres baños al día. Era el único lugar en donde no tenía frío.

Susan sonrió. «Archie Sheridan.» Tenía que admitir que, en su fuero interno, había deseado que fuera él quien la llamaba por teléfono. Después de todo, era su tipo. No estaba casado, pero era totalmente inalcanzable. Mierda. Ella era una causa perdida. Al menos era consciente de ser un romántico tren descarrilado. Había sido así desde los catorce años. El conocimiento de sí misma valía algo, ¿no? Cuando salió de la bañera, diez minutos más tarde, y recogió los pedazos de la copa del suelo, estaba tan ensimismada en sus pensamientos que se clavó un fragmento de cristal en un dedo. Tomó una de las toallas del Gran Escritor y se la enrolló en la pequeña herida. Mientras esperaba a que la sangre se coagulara, llamó a Archie para tantear cómo iban las cosas. Él no la invitó a salir. Cuando terminó de hablar por teléfono, la toalla estaba manchada; otra cosa más que había arruinado.

Los ciruelos frente a la antigua casa de Gretchen habían florecido. Así era la naturaleza. Durante una temporada, aquellos árboles tenían un aspecto esquelético y moribundo, como si hubieran quedado calcinados tras un incendio y de repente, un buen día, aparecían repletos de brotes rosa pálido, conscientes de su propia belleza.

—¿Va a quedarse aquí esperando? —preguntó el conductor del taxi.

Archie dejó caer el celular en su bolsillo y miró al taxista.

—Durante un rato.

El sol que brillaba a través de la ventanilla era cálido y Archie recostó su sien contra el cristal, disfrutando del calor en la piel. La casa era de estilo vagamente georgiano. Las ventanas estaban cerradas con blancos postigos. Un camino de ladrillos llegaba desde la acera hasta una escalera también de ladrillo y luego se dirigía hacia la colina sobre la que se asentaba el edificio. Archie siempre había pensado que era una bonita casa.

Claro que nunca había pertenecido a Gretchen. Ella no le había mentido cuando le dijo que la había alquilado por unos meses a una familia que estaba pasando sus vacaciones en Italia. La había encontrado en internet y había dado un nombre falso, de la misma forma que había hecho con la casa en Gresham.

—¿Está usted espiando? —preguntó el taxista, mirando a Archie por el espejo retrovisor.

—Soy policía.

El hombre dejó escapar un graznido, como si ambas cosas fueran compatibles.

Archie había pasado la mañana con Henry revisando la montaña de papeles que habían recibido y que podían darles alguna pista. Había miles de cartas, transcripciones de llamadas telefónicas e incluso postales. Era un trabajo tedioso, y Archie podía haberlo delegado. Pero, al menos, estaba entretenido. Y existía la posibilidad —una posibilidad remota— de que entre todos aquellos papeles encontraran la información que necesitaban.

Tras seis horas de trabajo, habían revisado más de dos mil posibles pistas. Y no estaban más cerca de encontrar al Estrangulador Extraescolar.

—Es sábado —había dicho Henry—. Vete a casa unas horas.

Archie se había mostrado de acuerdo. No quería decirle a Henry que, con la proximidad del domingo, estaba teniendo dificultades para concentrarse en cualquier otra cosa que no fuera Gretchen.

Y cuando el taxista le preguntó la dirección, se sorprendió dándole aquélla.

Así pues, Archie miró la casa, como si algo en ella pudiera ayudarle a comprender todo lo que había sucedido desde la última vez que atravesó la puerta principal.

Un brillante audi negro aparcó frente al garaje de la casa y una mujer de cabellos oscuros se bajó con dos niños también morenos. Rodeó el vehículo, abrió la puerta trasera y le entregó al mayor de los niños una bolsa con la compra; éste se dirigió a la casa con el más pequeño trotando tras él. La mujer sacó otra bolsa del maletero, dio media vuelta y se acercó al taxi.

—¿La está vigilando a ella? —le preguntó el taxista.

—No estoy vigilando a nadie —respondió Archie. La mujer se dirigía, sin ninguna duda, hacia ellos, decidida a entablar conversación. El detective se imaginó que vendría a preguntarle qué hacía frente a su casa. Pensó en decirle al taxista que se iban, pero no quería enfurecer más a la mujer, dejándola atrás en medio de una nube provocada por el tubo de escape. Estaba sentado en un taxi frente a su casa, en un barrio residencial. Seguramente podría dar miles de explicaciones. Sólo tenía que buscar una. Bajó la ventanilla mientras ella daba los últimos pasos hacia ellos e hizo todo lo posible por aparentar un aire respetable. Todo fue en vano.

—Usted es Archie Sheridan —afirmó ella.

Lo había reconocido. Eso le daba poco margen para maniobrar.

La mujer le dirigió una gran sonrisa, comprensiva. Llevaba unas mallas negras y un largo jersey también negro con un símbolo en sánscrito, de color blanco, con las mangas subidas. Ropa para hacer yoga. Su negro cabello ondulado estaba atado en una cola de caballo. Tendría unos cuarenta años, bien llevados. Las finísimas arrugas en torno a su boca y ojos probablemente sólo eran visibles bajo la luz natural.

Él asintió. Archie Sheridan. Desesperado. Descubierto. A sus órdenes.

Ella hizo un gesto con la mano en dirección a él. Sus brazos eran delgados, bien contorneados, pero fuertes.

—Soy Sarah Rosenberg. ¿Por qué no me ayuda con las bolsas?

La siguió hasta la cocina, llevando bolsas de la compra del supermercado Whole. No recordaba ya la última vez que había realizado aquel sencillo gesto, tan familiar. Recordó a Debbie y a los niños y el enorme placer de la normalidad. Pero se encontraba en la casa. No había cambiado nada. El vestíbulo, el pasillo, la cocina. Le pareció que se adentraba en un sueño. El mayor de los niños, un joven adolescente, ya había comenzado a vaciar las bolsas, esparciendo los productos por la mesa de la cocina: puerros, manzanas, queso...

—Éste es el detective Sheridan —anunció Sarah, mientras el chico cogía las bolsas que Archie sujetaba—. Mi hijo, Noah.

El chico saludó al detective con un gesto.

—Algunos de los amigos de mi hermano ya no vienen a visitarnos —dijo el muchacho—. Parece como si tuvieran miedo de ella. Como si todavía estuviera aquí, y fuera a secuestrarlos.

—Lo siento —se disculpó Archie.

Podía notar la presencia de Gretchen a su alrededor, en todas partes, a su lado, respirando en su nuca, como si nunca se hubiera ido. La habitación que había usado como despacho estaba en el extremo opuesto a la cocina, al otro lado del vestíbulo. Archie se dio cuenta de que estaba apretando el pastillero que llevaba en su bolsillo y se obligó a aflojar la presión de su mano.

—Está casi todo igual —dijo Sarah mientras colocaba los alimentos en un gran frigorífico de acero—. La policía nos dijo que todo sucedió en mi despacho, ¿verdad? Ella cambió algunos muebles, pero la mayoría están como la última vez que estuvo aquí. —Miró a Archie, comprensiva—. Si quiere echar un vistazo…

—Sí —respondió Archie, incluso antes de darse cuenta de haberlo dicho—. Me gustaría.

Ella le hizo un gesto con la cabeza indicando que podía ir solo. Archie se lo agradeció. Dejó a Sarah y a Noah en la cocina y se encaminó hacia la habitación en donde Gretchen Lowell lo había drogado.

Las pesadas cortinas de terciopelo verde estaban echadas, pero el sol entraba como un cuchillo a través de una rendija. Encendió la luz, se puso dos pastillas en la boca y las tragó.

La alfombra era diferente. La habían cambiado. Tal vez el personal del laboratorio había cortado la mancha de café; o quizá los policías habían recorrido la estancia demasiadas veces con los zapatos embarrados; o, sencillamente, habían decidido redecorar. El gran escritorio de cedro estaba contra la pared, y no frente a las ventanas, donde lo había colocado Gretchen. Por lo demás, todo estaba igual. Las estanterías con libros al fondo; el reloj de pared con las agujas inmóviles, todavía señalando las tres y media; las sillas acolchadas con el tapizado de rayas. Tomó asiento en el mismo lugar que aquel día. Ahora lo recordaba todo. El vestido negro de manga larga que llevaba Gretchen, con una chaqueta de cachemir de color crema. Se acordaba de que había admirado sus piernas cuando se sentaron. Una mirada inocente que ella notó. Después de todo, él era un hombre y ella una hermosa mujer; se le podía perdonar no haber podido disimular.

—Lo he visto otras veces ahí fuera. —Sarah había aparecido a su espalda, junto a la puerta.

—Lo siento —volvió a disculparse Archie—. Este lugar, su casa, es el último lugar en el que recuerdo haberme sentido bien.

—Ha pasado por una experiencia terrible —dijo Sarah—. ¿Está recibiendo algún tipo de terapia?

El detective cerró los ojos y reclinó su cabeza contra el respaldo de la silla.

—Dios —dijo con una sonrisa—. Usted es psiquiatra.

—En realidad, psicóloga —lo corrigió ella, encogiéndose de hombros—. También doy clases en Lewis & Clark. Así fue como Gretchen Lowell nos encontró. Pusimos un anuncio de alquiler en un boletín de la universidad. Pero todavía tengo consulta. —Hizo una pausa—. Si está interesado, me encantaría tenerlo como paciente.

Así que aquélla era la razón por la que lo había invitado a entrar. Un paciente que hubiera pasado por un trauma como el suyo sería extraordinariamente interesante para un psicoanalista.

—Ya estoy viendo a alguien —dijo Archie, mirando hacia el lugar de la alfombra en donde había caído, incapaz de moverse, viendo todo, de repente, tremendamente claro—. Todos los domingos.

—¿Le está ayudando?

Pensó un poco la respuesta.

—Su metodología es un poco heterodoxa —contestó lentamente—. Pero creo que ella le diría que está funcionando.

—Me alegro —replicó Sarah.

Archie echó un último vistazo rápido a la habitación y luego a su reloj.

—Tengo que irme. Gracias por invitarme a entrar. Ha sido muy amable por su parte.

—Siempre me gustó esta habitación —dijo Sarah, mirando a través del gran ventanal—. Con las cortinas abiertas se pueden ver los ciruelos.

—Sí —afirmó Archie, y como si tuvieran un viejo amigo en común, agregó—: a Gretchen también le gustaban.

Archie sabía que Debbie lo llamaría cuando viera el segundo artículo de Susan. Poco le importaba que aún no fueran las siete de la mañana del domingo. Sabía que él estaría despierto. Había un asesino suelto y el reloj continuaba su marcha inexorable, aunque no pudieran hacer mucho más que esperar a que algo sucediera. Dormir significaba reconocer la derrota. Se había sentado en su sofá a leer una copia de los correos electrónicos de Lee Robinson. No había nada como revisar los pensamientos íntimos de una adolescente muerta para sentirse un voyeur degenerado. Había desayunado café y dos huevos pasados por agua, únicamente para no tener el estómago vacío y poder tomar algunas vicodinas. Siempre se concedía algunas píldoras suplementarias los domingos.

—¿Lo has visto? —preguntó Debbie.

Archie se recostó y cerró los ojos.

—No. Cuéntame.

—Habla sobre Gretchen, y de lo que te hizo.

«No saben ni la mitad de lo que me hizo», pensó Archie.

—Bien. ¿Hay fotos?

—Una tuya y otra de Gretchen.

Abrió los ojos. Tenía las vicodinas sobre la mesa. Las alineó en fila, como si fueran dientes.

—¿Cuál de Gretchen?

—La foto de la ficha policial.

Archie sabía cuál era. Era la primera vez que Gretchen había sido detenida. Había intentado pasar un cheque sin fondos en Salt Lake City en 1992. Tenía diecinueve años, el cabello largo hasta los hombros y rizado, una expresión de sorpresa y el rostro demacrado.

Archie esbozó una sonrisa.

—Bien. Ella odia esa foto. Estará enfadada. ¿Alguna otra cosa?

Tomó una pastilla y la hizo girar entre sus dedos.

—Susan Ward sugiere que habrá sórdidos detalles, que ella revelará, sobre tu muy discutido cautiverio.

—Bien. —Se puso la vicodina en la boca, saboreando durante un segundo el amargo gusto a tiza antes de tragarla con un sorbo de café frío.

—La estás utilizando. —La voz de Debbie era grave y Archie casi podía sentir su calor en el cuello—. No es justo por tu parte.

—Me estoy utilizando a mí mismo. Ella es sólo un vehículo.

—¿Y los chicos?

Los efectos del opiáceo hacían que su cráneo se sintiera blando, como el de un bebé. Levantó una mano y se tocó la nuca, notando el cabello debajo de sus dedos. Cuando tenía diez meses, Ben se había caído de la mesa mientras lo cambiaban y se había roto el cráneo. Habían pasado la noche entera en la sala de urgencias. No. Para ser justos, Debbie se había pasado allí la noche entera. Archie se había marchado del hospital por la mañana temprano, tras recibir una llamada. Habían encontrado otro cadáver de la Belleza Asesina. Sólo había sido una más entre la multitud de veces que Archie había abandonado a Debbie por Gretchen. Podía recordar cada una de las escenas de los crímenes. Cada detalle. Pero era incapaz de acordarse de cuánto tiempo había pasado Ben en el hospital o de en qué sitio de su cabeza se había hecho exactamente aquella fractura.

—¿Estás ahí? —Oyó la débil voz de Debbie a través del auricular—. Di algo, Archie.

—Léeles los artículos. Les ayudará a entender.

—Se asustarán muchísimo. —Hizo una pausa—. Pareces muy drogado.

Sentía la cabeza como agua tibia, algodón y sangre.

—Estoy bien. —Tomó otra vicodina y la frotó entre sus dedos.

—Es domingo. No querrás estar drogado cuando la veas.

Le sonrió a la pastilla.

—A ella le gusta verme drogado.

Lamentó aquellas palabras tan pronto como salieron de su boca.

La línea quedó en silencio y Archie pudo sentir cómo Debbie dejaba que se alejara un poco más.

—Voy a colgar —dijo ella.

—Lo siento —respondió. Pero ella ya se había ido.

Minutos después, cuando el teléfono volvió a sonar, Archie pensó que era Debbie llamándole de nuevo. Lo cogió de inmediato, sin dejar que sonara dos veces. Pero no era ella.

—Soy Ken, de Salem. Tengo un mensaje para usted de Gretchen Lowell.

«Que caigan bombas», pensó Archie.

CAPÍTULO
30

C asi dos horas más tarde, Susan se despertó con un fuerte dolor de cabeza y el estómago revuelto. Se había tomado toda la botella de Pinot con el estómago vacío. ¿Por qué hacía esas cosas? Se levantó con cuidado, y se dirigió con precaución hacia el baño, donde se sirvió un gran vaso de agua, tomó tres comprimidos de ibuprofeno y se cepilló los dientes. El apósito de su dedo se había caído durante la noche y sobre la pequeña herida se había formado una costra como una desagradable media luna. Se chupó el dedo durante un minuto, sintiendo el gusto metálico de la sangre en la boca hasta que el corte fue casi invisible.

Después se encaminó desnuda hasta la cocina, donde se preparó una taza de café y se sentó en el sofá azul del Gran Escritor. Era demasiado temprano para que la luz entrara a través de las ventanas que daban al norte, pero ella podía ver el cielo azul más allá del edificio de la acera de enfrente. Las largas sombras se extendían sobre la calle. A Susan, la luz del sol siempre le había parecido amenazadora. Había terminado su segunda taza de café cuando sonó el timbre.

Susan se puso el quimono y cuando abrió la puerta se encontró con el detective Henry Sobol. Su cráneo calvo, recién afeitado, brillaba bajo las luces del pasillo.

—Señorita Ward —dijo—, ¿está usted libre?

—¿Para qué?

—Archie se lo explicará. Está abajo, en el coche. No he podido encontrar un maldito sitio para estacionarme. Su vecindario está inundado de yuppies que llevan el coche a todas partes.

—Sí, son terribles. ¿Me puede dar unos minutos para vestirme?

Él asintió.

—Esperaré aquí.

Susan cerró la puerta y volvió al dormitorio a cambiarse. Se dio cuenta de que sonreía. Aquello sólo podía significar que había novedades en el caso y eso suponía más material. Se puso un par de vaqueros ajustados, con un desgarrón en la rodilla, muy a la moda, y una camisa de manga larga, de rayas negras y blancas, que le gustaba mucho y le daba un aspecto muy francés, o al menos eso creía, y luego se cepilló enérgicamente el cabello rosa.

Se calzó un par de botas camperas, guardó la grabadora digital, la libreta y el tubo de ibuprofeno en el bolso, y se dirigió a la puerta.

El Crown Victoria de Henry, sin identificación policial, estaba esperando frente al edificio de Susan, con Archie en el asiento del acompañante mirando algunos documentos en su regazo. El sol invernal, casi blanco, apenas destacaba en el pálido y claro cielo y el coche brillaba resplandeciente bajo la luz. Susan levantó la vista al cielo, con aire desolado, al subir al asiento trasero del coche. Otro hermoso día de mierda.

—Buenos días —suspiró, colocándose unas enormes gafas de sol—. ¿Qué sucede?

—Le has escrito a Gretchen Lowell —afirmó Archie.

—Sí.

—Te pedí que no lo hicieras.

—Soy periodista —le recordó Susan—. Estaba intentando recopilar información.

—Bueno, tu carta y tus artículos la han dejado intrigada y ahora le gustaría conocerte.

El dolor de cabeza de Susan desapareció de inmediato.

—¿De verdad?

—¿Estás preparada?

Se inclinó hacia delante, entre los dos asientos, con sus ojos brillando de entusiasmo.

—¿Estás bromeando? ¿Cuándo? ¿Ahora?

—Nos dirigimos hacia allí.

—OK, adelante —asintió. Tal vez podría escribir un libro sobre aquello después de todo.

Archie se giró para mirar a Susan. Su rostro estaba tan serio y ojeroso que consiguió eliminar el entusiasmo de ella en un instante.

—Gretchen está loca. Siente curiosidad por ti, pero sólo en la medida en que pueda manipularte. Si vienes, vas a tener que seguir mis indicaciones y contenerte.

Susan trató de que en su rostro apareciera una expresión de honestidad profesional.

—Soy famosa por mi moderación.

—Esto es algo que voy a lamentar —le dijo Archie a Henry.

Henry sonrió, se puso un par gafas de espejo que tenía colocadas sobre su cabeza y encendió el motor.

—¿Cómo sabías dónde vivo? —preguntó Susan mientras se dirigían hacia la autopista sur.

—Lo averigüé —respondió Archie.

Susan se alegró de que Ian no hubiera estado allí. Su apartamento no tenía muchos sitios donde esconderse y si Henry lo hubiera visto, sin duda se lo habría dicho a Archie. Que Archie supiera que ella se acostaba con Ian no significaba que quisiera recordárselo. De hecho, esperaba que olvidara semejante confidencia.

—Menos mal que estaba sola —dijo—. Por eso he podido dejarlo todo tan pronto.

Le pareció ver que Henry sonreía.

La mirada de Archie no se apartó del archivo que estaba examinando.

Susan enrojeció.

El viaje a la prisión duraría una hora. Ella se cruzó de brazos, se reclinó y se esforzó en mirar por la ventanilla. Pero no se mantuvo callada mucho tiempo.

—¿Saben que Portland estuvo a punto de llamarse Boston? Dos de los fundadores tiraron una moneda al aire para decidir. Uno de ellos era de Portland, en Maine. El otro era de Boston. ¿Adivinan quién ganó? —Nadie respondió. Susan jugueteó con los hilos blancos de uno de los desgarrones de sus vaqueros—. No deja de resultar irónico —continuó—, porque suele describirse a Portland como el Boston de la costa oeste. —Archie siguió leyendo. «¿Por qué no puedo dejar de hablar?» Se prometió que no iba a decir otra palabra a menos que uno de ellos le hablara primero.

El viaje transcurrió en el más completo silencio.

A un lado de la autopista, se alzaba la penitenciaría del estado de Oregón, formada por un conjunto de edificios de diferentes estilos, de color arena, encerrados tras un muro coronado por alambre de espino. Se trataba de una prisión de máxima seguridad, pero también albergaba presos comunes, tanto hombres como mujeres, y tenía el único pabellón de condenados a muerte del estado. Susan había pasado junto a ella docenas de veces, cuando volvía a casa de la universidad, pero nunca había tenido oportunidad de visitarla. Henry estacionó el coche en el espacio reservado para vehículos policiales, cerca de la entrada principal. Un hombre de mediana edad, con pantalones caqui planchados impecablemente y una camisa blanca, les esperaba ante la escalera de uno de los edificios principales, reclinado contra la barandilla, con los brazos cruzados. Tenía facciones suaves, una calvicie incipiente y una panza prominente que tensaba peligrosamente su camisa. En su cinturón llevaba un estuche de cuero con el celular. Un abogado, pensó Susan, amargamente. Se dirigió hacia ellos cuando Archie, Henry y Susan bajaron del coche.

—¿Cómo se encuentra hoy? —le preguntó Archie.

—Irritado —contestó el abogado. Le goteaba la nariz y la secó con un pañuelo de tela blanca—. Como todos los domingos. ¿Es la periodista?

—Sí.

Tendió una mano enfermiza hacia Susan, que la estrechó indecisa. Él le dio un apretón firme y decidido.

—Darrow Miller. Abogado asistente de la fiscalía del distrito.

—¿Darrow? —repitió, con cierta sorpresa.

—Sí —respondió sin emoción—. Y el nombre de mi hermano es Scopes. Y ésa será la última broma al respecto[2].

Susan se esforzó por seguirles el paso mientras atravesaban con rapidez el edificio principal, doblando esquinas

---

[2] Se refiere a Clarence Seward Darrow, abogado y directivo de la Unión Americana por las Libertades Civiles (1857-1938). En 1925 defendió a John Thomas Scopes, maestro, juzgado por enseñar la teoría de la evolución en una escuela estatal de Tennessee. (N. del t.)

y subiendo escaleras con la facilidad de quienes han transitado por aquellos anchos pasillos tantas veces que podrían hacerlo con los ojos cerrados. Se encontró con dos puestos de control. En el primero, un guardia revisó su documentación, tomó sus datos y les estampilló las manos. Henry y Archie entregaron sus armas y pasaron entre los guardias sin interrumpir su conversación. Uno de ellos detuvo a Susan, que venía unos pasos más atrás. El hombre era menudo y delgado y se colocó frente a ella con los puños sobre las caderas de su uniforme marrón, como un soldado de juguete.

—¿Acaso no ha leído las normas? —le preguntó, pronunciando cada sílaba lentamente como si hablara con un niño. Era más bajo que Susan, por lo que tenía que levantar la mirada.

Susan se sintió ofendida.

—Está bien, Ron —lo interrumpió Archie, dándose la vuelta—. Viene conmigo.

El diminuto guardia se mordió la mejilla un instante, echó una mirada al detective, luego asintió y se apartó.

—Nadie lee la lista de normas —murmuró.

—¿Qué he hecho? —preguntó Susan cuando reemprendieron la marcha.

—No les gusta que las visitas lleven vaqueros —explicó Archie—. Los presos usan pantalones azules y se puede prestar a confusión.

—Pero seguramente sus pantalones no tienen los mismos desgarrones a la moda que el mío.

—Te sorprenderías —le dijo, sonriendo—. Los travestis son muy creativos.

Llegaron hasta un detector de metales. Los tres hombres pasaron sin problema. A Susan, en cambio, una guardia fornida le hizo señas para que esperara.

—¿Lleva sujetador? —preguntó la guardia.

Susan enrojeció.

—¿Perdón?

La vigilante miró a Susan, aburrida.

—No se permiten sujetadores con aros, hacen saltar el detector de metales.

¿Era la imaginación de Susan o todos estaban mirando sus pechos?

—Ah. No. Soy chica de camisolas de encaje. Tengo problemas para encontrar sujetadores que me vayan bien. Pechos pequeños, hombros anchos. Ya sabe. —Susan sonrió con amabilidad. Los pechos de la mujer eran enormes como melones. Probablemente, ella tuviera un montón de problemas para encontrar los sujetadores adecuados.

La funcionaria miró a Susan durante unos segundos, luego abrió aún más los ojos y suspiró.

—¿Lleva sujetador con aro? —volvió a preguntar.

—Oh. No.

—Entonces pase por el maldito detector de metales de una vez.

—Ya hemos llegado —anunció Archie. Abrió una puerta de metal gris, sin identificación, y Susan entró, seguida de Henry y el abogado. Se trataba de una sala de observación, con paredes de cemento y un impresionante cristal que daba a otro cubículo. Era como en la televisión. Susan estaba sorprendida. La habitación era pequeña, con un techo bajo y una larga mesa metálica contra el cristal, dejando un espacio apenas más ancho que el pasillo de un avión para moverse. Un joven hispano estaba sentado en un taburete en la mesa frente a una computadora y una televisión de circuito cerrado, conectada a una cámara montada en una esquina de la habitación. Frente a él, tenía comida mexicana, un montón de servilletas blancas de papel, sobrecitos de salsa picante y un taco a medio comer. El olor de la salsa y los frijoles fritos invadía todos los rincones de la pequeña habitación.

—Éste es Rico —dijo Archie, indicando con un gesto al joven.

Rico sonrió a Susan.

—Soy su colega —le dijo.

—Creía que Henry era su colega —dijo Susan.

—Qué va —dijo Rico—. Él es el socio. Yo, el colega. Archie sonrió débilmente.

—Espera aquí —le ordenó a Susan—. Regresaré a buscarte en un minuto. —Dio media vuelta y salió por la puerta.

—Le presento a la Reina del Mal —le dijo Rico a Susan, indicando con la barbilla hacia la habitación al otro lado del ventanal.

Susan se acercó al cristal y pudo echarle una buena mirada a Gretchen Lowell. Estaba allí sentada. Su elegante postura resultaba incongruente con los pantalones y la camisa de tela vaquera, con la palabra «preso» estampada en la espalda. Susan había visto, por supuesto, las fotos. Los medios habían estado encantados de mostrar fotografías de Gretchen Lowell, porque era hermosa. Y una asesina en serie. Una combinación perfecta. «¿Acaso no son todas las mujeres hermosas capaces de asesinar?», parecían decir las fotos. Pero Susan pudo apreciar que era todavía más hermosa en persona. Tenía los ojos grandes, de un azul pálido, y sus facciones perfectamente simétricas, de pómulos prominentes, una nariz larga y bien proporcionada, y un rostro ovalado que terminaba en una graciosa barbilla. Su piel era inmaculada. Su cabello, muy rubio cuando fue arrestada, había adquirido un tono más oscuro y estaba peinado en una alta cola de caballo que le permitía lucir su largo y aristocrático cuello. No era bonita. Aquélla no era la palabra justa. «Bonita» hacía pensar en algo infantil. Gretchen

Lowell era hermosa de un modo adulto, sofisticado y enérgico. Era más que belleza, era el poder de la belleza, y eso lo dejaba traslucir por todos sus poros. Susan estaba hechizada.

La periodista vio a través del espejo, ensimismada, cómo Archie entraba en la habitación, con la cabeza baja y una carpeta bajo el brazo. Detrás de él, la puerta de metal volvió a cerrarse con un chasquido y, durante un instante, se quedó inmóvil ante la puerta cerrada, como si tuviera que recuperar la compostura. Luego tomó aliento, se enderezó y se dirigió hacia la mujer sentada a la mesa. Su rostro era cordial y agradable, como el de un hombre que se encuentra con un viejo amigo para tomar un café.

—Hola, Gretchen —saludó.

—Buenos días, querido. —Ella inclinó la cabeza y sonrió. Aquella sonrisa provocó un brillo extraordinario en sus facciones. No se trataba de una falsa sonrisa de reina de belleza, sino una expresión genuina de calidez y placer. O, quizá, también podía ser, pensó Susan, que fuera una estupenda actriz. Gretchen alzó las manos de su regazo y las apoyó en la mesa. Susan pudo ver las esposas. Ladeó la cabeza para comprobar que también sus pies estaban esposados. Los grandes ojos azules de Gretchen se abrieron aún más, juguetones.

—¿Me has traído algo? —le preguntó a Archie.

—Te la traeré en un minuto —respondió el detective, y Susan se dio cuenta con un escalofrío de que estaban hablando de ella.

Archie se acercó a la mesa y con mucho cuidado abrió la carpeta que llevaba y desplegó cinco fotografías de veinte por veinticinco centímetros frente a Gretchen.

—¿Cuál de éstas es ella? —le preguntó.

Gretchen sostuvo su mirada, con una expresión de complicidad todavía en el rostro. Después, con un casi imperceptible gesto de sus ojos, extendió una mano y colocó su palma sobre una de las fotos.

—Ésa —señaló, con una sonrisa todavía más amplia—. ¿Podemos jugar ahora?

—Vuelvo enseguida —dijo Archie.

Volvió a la sala de observación y sostuvo la fotografía que Gretchen había elegido. Era una muchacha latina, de unos veinte años, con cabello negro, corto, y una sonrisa graciosa. Tenía el brazo en torno a alguien que había sido cortado de la foto y hacía el símbolo de la paz.

—Es ella —dijo simplemente.

—¿Quién? —preguntó Susan.

Rico giró sobre el taburete.

—Gloria Juárez. Diecinueve años. Estudiante universitaria. Desapareció en Utah en 1995. Gretchen nos dio su nombre esta mañana. Dijo que nos diría en dónde encontrar su cuerpo si la traíamos a usted para conocerla.

Susan estaba sorprendida.

—¿Por qué yo?

—Por mi culpa —respondió Archie. Parpadeó lentamente, se pasó una mano por su cabello oscuro, mirando al techo un momento antes de continuar—. Hace casi seis meses que no ha revelado la identidad de ninguna de sus víctimas. Pensé que un artículo en el *Herald* sería un revulsivo. Se pone celosa fácilmente. Me imaginé que si ella sabía que me aproximaba a una reportera lo suficiente como para hablar de lo sucedido, reaccionaría entregándome… —hizo una pausa, como si considerara sus palabras con cuidado—… una señal de su afecto.

Susan miró a su alrededor. Todos la estaban mirando, esperando su reacción.

—¿Un cadáver?

—Sí. En todo este año no ha querido hablar con nadie, excepto conmigo. —Se encogió de hombros, desamparado—. Nunca se me ocurrió que quisiera verte a ti.

La habían manipulado. Sintió una punzada de rabia. Archie la había utilizado. Dio un paso atrás, alejándose un poco. Se había aprovechado de ella. Se resistió a creerlo, furiosa por haber confiado en él. Era una sensación extrañamente familiar. Nadie dijo nada. Susan levantó una mano y, aferrando un mechón de su cabello, lo empezó a enrollar en torno a sus dedos hasta que le dolió. Darrow, el abogado, se frotó la gruesa nuca y estornudó. Rico miró hacia su almuerzo. Henry estaba reclinado contra la pared, con los brazos cruzados, esperando alguna señal de Archie. Todos lo sabían. Y ese descubrimiento hizo que se sintiera todavía peor.

Susan miró a Gretchen a través del cristal. La psicópata estaba tranquila, un impecable modelo de comportamiento. Genéticamente superior. ¿Por qué tenía que ser tan perfecta?

—¿Por eso accediste al reportaje? —consiguió articular Susan, manteniendo su voz lo más tranquila que pudo—. ¿Pensaste que yo conseguiría que ella te dijera dónde había más cadáveres?

Archie dio un paso en dirección a Susan.

—Si ella cree que tengo contigo mucha confianza, querrá reforzar su control sobre mí y me dará más información sobre sus víctimas. —Dirigió su mirada a Gretchen, al otro lado del cristal y allí se detuvo. Después volvió a mirar a Susan—. Ella había mencionado tus artículos. Lee lo que escribes. Por eso te elegí.

Bajo sus pesados párpados vio reflejada en sus ojos una disculpa, pero también decisión y algo más. En su expresión había algo indefinido. De repente, Susan cayó en la cuenta. «Por dios», pensó, «está drogado».

—Ayúdame —le pidió.

Estaba bajo el efecto de las pastillas. Pudo ver cómo él se daba cuenta de que ella lo había notado. Se las habían recetado. Estaba sufriendo. Pero no dio ninguna explicación. Él se rió.

—Mierda —exclamó, frotándose los ojos con una mano. Apoyó la frente contra el espejo y miró a Gretchen Lowell. Nadie dijo una palabra. Finalmente, Archie se giró hacia Susan—. Nunca debí haberte traído. Lo siento.

Susan alzó la barbilla, señalando hacia el cristal.

—¿Qué quiere de mí? —preguntó.

Archie miró a Susan. Se pasó una mano por la boca, luego por el cabello.

—Quiere evaluarte y comprobar qué es lo que sabes.

—Sobre ti.

Él asintió varias veces.

—Efectivamente.

—¿Qué quieres que le diga?

Él la miró a los ojos.

—La verdad. Ella es fantástica para detectar las mentiras. Pero si entras a verla va a querer arruinarte la vida. No es una buena persona. Y tú no le gustarás.

Susan trató de sonreír.

—Puedo resultar encantadora.

El rostro rudo de Archie estaba mortalmente serio.

—Ella se sentirá amenazada por ti y se mostrará cruel. Tienes que ser consciente de ello.

Susan apoyó la palma de la mano en el cristal, de modo que la cabeza de Gretchen Lowell descansara en el ángulo formado por sus dedos índice y pulgar.

—¿Puedo escribir sobre ella?

—No puedo evitar que lo hagas.

—Cierto.

—Pero sin bolígrafo —ordenó Archie, decidido.

—¿Por qué?

Miró a Gretchen a través del espejo. Susan pudo sentir cómo recorría su figura con los ojos; su cuello, sus brazos, sus manos. Le recordó la mirada de un amante.

—Porque no quiero que ella lo use para clavártelo en el cuello —respondió.

G retchen —dijo Archie—, ésta es Susan Ward. Susan, Gretchen Lowell.

A Susan le pareció que no había suficiente oxígeno en la habitación. Se mantuvo de pie, estúpidamente, durante un momento, preguntándose si debía tender su mano para estrechar la de Gretchen, pero luego recordó las esposas y cambió de idea. «Mantén la calma», se dijo Susan a sí misma por décima vez en treinta segundos. Acercó una silla para poder sentarse frente a Gretchen. La silla hizo ruido al ser arrastrada, lo que provocó que Susan se sintiera torpe e inútil. Su corazón latía con fuerza. Evitó mirarla mientras tomaba asiento, consciente de sus vaqueros rasgados, deseando haber pedido un minuto para peinarse en el pasillo. Archie se sentó al lado de la periodista que levantó la vista hacia el otro lado de la mesa. Gretchen le sonrió. De cerca era aún más encantadora.

—Bueno, qué guapa eres —dijo Gretchen con suavidad—. Como un personaje de dibujos animados. —Susan nunca había sido más consciente de su estúpido cabello rosa, de sus ropas infantiles ni de sus pechos pequeños—. Me gustaron mucho tus artículos —continuó Gretchen, con un ligero tono irónico en la voz, aunque Susan no pudo saber con exactitud si estaba siendo sincera o sarcástica.

Colocó su grabadora sobre la mesa, rogando que el corazón disminuyera su ritmo.

—¿Le importa si grabo la conversación? —preguntó, intentando parecer profesional. La habitación olía a antiséptico o a algún producto de limpieza industrial tóxico.

Gretchen inclinó la cabeza hacia el espejo, donde Susan sabía que los demás estaban mirando.

—Todo está siendo grabado —dijo.

Susan miró a Gretchen a los ojos.

—Aun así.

Gretchen arqueó las cejas.

La reportera apretó el botón de grabar. Podía sentir cómo ella la absorbía. Se sentía como la amante enfrentándose repentinamente a la fascinante esposa de su amado. Era un papel que a Susan le iba a la perfección, pensó con ironía. Miró a Archie en busca de alguna indicación sobre cómo actuar o comportarse. Él estaba sentado, reclinado en la silla, con las manos entrecruzadas en su regazo, sin apartar los ojos de Gretchen. Había un cierto nivel de complicidad entre ambos, como si se conocieran de toda la vida. Debbie tenía razón. Era horrible.

—Le gustas —le dijo bromeando Gretchen a Archie.

Archie sacó el pastillero metálico de su bolsillo y lo puso sobre la mesa, delante de él.

—Es periodista —dijo, haciendo girar la pequeña caja en el sentido de las agujas del reloj, sobre la mesa—. Es amable con las personas para que le cuenten sus historias. Es su trabajo.

—¿Y tú le cuentas tus cosas?

—Sí —afirmó, mirando la caja.

—Pero no todo.

Dirigió a Gretchen una mirada comprensiva.

—Claro que no.

Ella pareció pareció satisfecha con aquella respuesta y volvió a dirigir su atención a Susan.

—¿Qué preguntas quieres hacerme?

Susan se sorprendió.

—¿Preguntas?

Gretchen señaló a la grabadora. Llevaba las esposas como si fueran unas delicadas y caras pulseras para ser admiradas y envidiadas.

—¿No has venido con tu aparatito y tu ceño fruncido a entrevistarme? No puedes escribir un reportaje sobre Archie Sheridan sin hablar de mí. Yo lo convertí en la persona que es. Sin mí, su carrera sería inexistente.

—Me gusta pensar que hubiera encontrado a algún otro homicida megalómano y psicópata —replicó Archie con un suspiro.

Gretchen lo ignoró.

—Adelante —le dijo a Susan—. Pregúntame lo que quieras.

La mente de Susan se movía a toda velocidad. Había imaginado muchas veces aquel momento, e incluso había enumerado las preguntas que le haría a Gretchen Lowell si tuviera oportunidad. Pero nunca había creído que ocurriría de verdad. Ahora se había quedado en blanco y sentía la boca pastosa. «Contrólate», se reprendió. «Formula una pregunta. La que sea. Lo primero que se te pase por la cabeza.»

—¿Por qué secuestró a Archie Sheridan? —dijo.

La piel de Gretchen brillaba. Susan se preguntó si permitirían el uso de exfoliantes en prisión. Tal vez reunía la fruta de la comida para hacerse sus propias máscarillas. Gretchen se inclinó sobre la pequeña mesa.

—Quería matarlo —respondió alborozada—. Quería torturarlo de la forma más sugerente y dolorosa posible, hasta que me suplicara que le cortara el cuello.

Susan casi no pudo articular palabra.

—¿Y lo hizo?

Gretchen lanzó una ardiente mirada a Archie.

—¿Quieres responder tú, querido?

—Lo hice —replicó Archie, sin dudar ni un instante. Colocó sobre la mesa el pastillero que tenía en la mano y lo miró.

—Pero no lo mató —le dijo Susan a Gretchen.

La psicópata se encogió de hombros y abrió aún más sus ojos, haciendo un gesto de renuncia.

—Cambio de planes.

—¿Por qué él?

—Estaba aburrida. Y Archie parecía tener verdadero interés en mi trabajo. Pensé que le resultaría agradable poder verlo de cerca. Y ahora, ¿puedo hacerte yo una pregunta?

Susan se movió incómoda en su asiento, en busca de una respuesta adecuada. Gretchen no esperó. La pregunta iba dirigida a la periodista, pero no desvió la atención de Archie, que continuaba mirando fijamente su pastillero.

—¿Has conocido a Debbie? ¿Cómo está? —Su voz era suave, como si estuviera preguntando por una vieja amiga.

«¡Ah, Debbie! ¡Está fantástica! Se acaba de trasladar a Des Moines. Se casó y tiene dos hijos. Te manda saludos.»

Susan dirigió la mirada otra vez a Archie. Él había dejado de mirar el pastillero y sus ojos estaban fijos en Gretchen. Pero, aparte de alzar los párpados casi imperceptiblemente, no había movido ni un solo músculo. El pastillero metálico brilló en la palma de su mano. La repentina tensión hizo que a Susan se le revolviera el estómago.

—No creo que yo deba responder a esa pregunta —contestó. Su voz había surgido más débil de lo que hubiera querido. Se sentía como una adolescente, como si volviera a tener catorce años. Aquella sensación le provocó una incómoda oleada de calor.

—Hay un cementerio —anunció Gretchen sin emoción—. Al lado de una autopista en Nebraska. Enterramos a Gloria en una de las tumbas. ¿Quieres saber dónde?

Nadie se movió durante un minuto eterno. Finalmente, Archie miró a Susan. Sus ojos estaban vidriosos. «Ahora entiendo por qué tomas tantas pastillas», pensó Susan.

—Está bien —dijo Archie—. En realidad, a ella le encanta deleitarse oyendo, una y otra vez, cómo convirtió mi vida en un completo infierno. Siempre hablamos de eso. Se podría pensar que, pasado un tiempo, se aburriría del tema. —Dejó el pastillero sobre la mesa, con cuidado, como si estuviera noqueado—. Pero nunca se cansa.

Susan no alcanzaba a comprender qué clase de retorcido y maldito juego se traían los dos entre manos, pero esperaba que Archie tuviera más control de lo que parecía. Asintió encogiéndose de hombros. Al fin y al cabo, la decisión era de él. Ella le seguiría la corriente.

—Debbie la odia —le dijo a Gretchen—. La odia por haber asesinado al hombre que era su marido. —Echó una mirada a Archie. No hubo reacción alguna—. Ella cree que él está muerto. Y que Archie es ahora otra persona.

Gretchen pareció complacida, los ojos brillantes, los pómulos prominentes.

—¿Pero ella lo sigue queriendo?

Susan se mordió el labio.

—Sí.

—Y él todavía la ama. Pero no puede estar con ella, ni con sus dos adorables hijitos. ¿Sabes por qué?

—Por su culpa —supuso Susan.

—Por mi culpa. Y por eso tampoco tú estarás nunca con él, querida. Porque lo he arruinado para las otras mujeres.

—Me has arruinado para los otros seres humanos, Gretchen —apostilló Archie, cansado. Deslizó el pastillero de la mesa a su bolsillo, apartó la silla y se puso de pie.

—¿Adónde vas? —preguntó Gretchen. Su tono traicionó su repentina ansiedad. Susan observó cómo cambiaba su expresión. Su rostro se endureció. ¿Eran patas de gallo lo que veía? Gretchen se inclinó hacia Archie, como si intentara eliminar el espacio entre ambos.

—Voy a tomarme un descanso —respondió Archie, apoyando los dedos sobre la mesa—. No estoy seguro de que tengamos un día muy productivo. —Miró a Susan—. Vamos. —Retrocedió otro paso. Gretchen se puso de pie y extendiendo sus manos esposadas agarró a Archie por la mano.

—El nombre de la tumba es Emma Watson —reveló rápidamente—. El cementerio está en la carretera estatal 100, en un pequeño pueblo llamado Hamilton, treinta kilómetros al oeste de Lincoln.

Archie no se movió. Se mantuvo de pie, mirando su mano entre las de ella. Parecía incapaz de alejarse, como si hubiera aferrado un cable de alta tensión. Susan no sabía qué hacer. Miró frenéticamente a su alrededor, hacia la ventana de observación y, como si hubiera enviado una señal, Henry Sobol irrumpió en la habitación. Se acercó a la mesa de inmediato, y con su enorme mano agarró la muñeca de Gretchen Lowell y la apretó hasta que ella hizo un gesto de dolor y soltó la mano de Archie.

—Eso va contra las reglas —advirtió Henry con los dientes apretados. Su rostro había enrojecido y se veía latir una vena bajo la gruesa piel de su cuello—. Si vuelves a tocarlo, te juro que acabo con esta mierda. Con o sin cadáveres. ¿Entendido?

Gretchen no retrocedió y guardó silencio, limitándose a mirarlo con los labios húmedos de saliva, las aletas de la nariz dilatadas y los ojos desafiándolo a que le pegara. De pronto, ya no parecía hermosa.

—Está bien —dijo Archie. Su voz era tranquila, perfectamente modulada, pero Susan pudo ver que le temblaban las manos—. No pasa nada. Estoy bien.

Henry miró a Archie, sostuvo su mirada por un momento y luego giró su cabeza afeitada hacia Gretchen. Su enorme mano todavía apretaba la delicada muñeca y, por un momento, Susan pensó que la rompería en dos. Sin soltarla, se volvió hacia Archie:

—Tenemos a la policía de Nebraska de camino al cementerio. Tendremos alguna noticia dentro de una hora. —Después abrió su mano, dejó caer la muñeca de Gretchen y sin volverse a mirarla, dio media vuelta y salió.

Gretchen se arregló su rubia melena con las manos esposadas.

—Me parece que no les caigo bien a tus amigos —le dijo a Archie.

Archie se dejó caer sobre la silla.

—Les enviaste mi bazo.

—Y él no dejará que lo olvide. —Se dirigió hacia Susan, tras recuperar la compostura y con toda tranquilidad, como si el incidente no hubiera ocurrido—. ¿Me decías?

Susan todavía estaba temblando. Se sentía físicamente enferma. ¿Sería un gesto de debilidad vomitar?

—¿Qué?

—Me estabas haciendo preguntas, querida. Para tu reportaje.

Y entonces Susan supo qué preguntar.

—¿Cuál es su película favorita? —le dijo. «Ahí tienes. A ver si se te ocurre una buena respuesta. Trata de encontrar una respuesta retorcida para eso.» Susan se acomodó en su asiento, complacida.

La respuesta de Gretchen fue instantánea:

—*Banda aparte*. Godard.

Aquello era algo inesperado. Susan miró a Archie fijamente, sin tratar de ocultar la confusión que, con seguridad, aparecía reflejada en su rostro.

—Ésa es la película favorita del detective Sheridan —reveló lentamente.

—Le puedes llamar Archie —dijo Gretchen lentamente—. Lo he visto desnudo.

—¿Han hablado alguna vez de Godard? —le preguntó Susan a Archie.

—No —respondió el detective. El pastillero volvió a brillar entre sus dedos.

Gretchen sonrió inocentemente.

—¿No es una coincidencia graciosa? ¿Tienes alguna otra pregunta?

Susan examinó cuidadosamente a aquella mujer. Había oído decir que había matado a unas doscientas personas. Nunca lo había creído. Hasta ahora.

—El Estrangulador Extraescolar, ¿tiene alguna idea sobre el tipo de persona que estamos buscando?

Gretchen se rió. Era una risa grave, como la de Bette Davis, rebosante de sexo y cáncer de pulmón. Probablemente había estado practicando durante años. Valía la pena el esfuerzo.

—¿Quieres que me meta en su cabeza para hacerte un favor? Lo siento, Clarice. No puedo ayudarte.

—Los dos son asesinos —señaló Susan con dulzura.

Gretchen sacudió la cabeza negando.

—Somos diferentes.

—¿Lo son?

—Díselo, Archie.

La voz de Archie sonó más lenta de lo normal:

—A él no le gusta matar. A Gretchen sí.

Una fría sonrisa.

—¿Ves? Manzanas y naranjas.

—No mató al detective Sheridan —señaló Susan.

—Sí, lo hice. —La sonrisa de Gretchen se hizo más amplia, mostrando sus perfectos dientes. Era la sonrisa más fría que había visto en su vida. De pronto, sintió una infinita ternura por Archie, y al instante lo lamentó porque sabía que Gretchen podía descubrirlo en su mirada—. ¿Ya te ha rechazado, querida? —le preguntó Gretchen, divertida—. Será duro para ti. No te rechazan con frecuencia, ¿verdad? No estás acostumbrada a eso. Crees que el sexo es tu fuerza. Pero no es así.

—Gretchen —advirtió Archie.

—¿Sabes qué es más íntimo que el sexo? —preguntó Gretchen, sonriendo cruelmente a Archie—. La violencia.

Susan sintió cómo toda la saliva de su boca se evaporaba.

—Usted no sabe nada de mí.

—Te gustan los hombres mayores. Figuras con autoridad. Hombres con más poder que tú. Casados. ¿Por qué, querida? —Gretchen inclinó la cabeza, y Susan pudo ver un pensamiento deslizándose como una sombra por sus ojos—. ¿Cuántos años tenías, exactamente, cuando murió tu padre?

Susan sintió que le habían quitado el aliento. ¿Había hecho un gesto de sorpresa? Se apretó los pulgares por debajo de la mesa tan fuerte como pudo hasta que el dolor impidió que las lágrimas salieran a borbotones. Cuando el momento hubo pasado, se levantó e inclinándose, apoyando los nudillos sobre la mesa, le dijo:

—Váyase a la mierda, váyase a la mierda, asesina psicópata de mierda.

Pero Gretchen ni se inmutó.

—Toda esa furia contenida post-adolescente… ¿Con quién terminaste acostándote? ¿Con el profesor de inglés? —Arqueó una ceja—. ¿Con el de teatro?

Susan no podía respirar. Sintió que una lágrima se deslizaba por la mejilla y se sintió furiosa consigo misma.

—¿Cómo? —preguntó, cubriéndose la boca con una mano, intentando enmudecer, pero era demasiado tarde.

Archie se dio media vuelta y miró a Susan con los ojos sorprendidos, frunciendo el ceño.

—¿El profesor de teatro del Cleveland? ¿Reston?

—No —tartamudeó Susan.

Gretchen negó con la cabeza, mirando a Archie.

—Negativa de manual.

—Susan —le dijo Archie con calma—, si tuviste una relación sexual con Paul Reston cuando eras adolescente, es necesario que me lo digas ahora.

Los ojos azules de Gretchen se entrecerraron, victoriosos. Punto. Set. Partido.

Susan se rió, una media carcajada horrible y ahogada, y luego ya no pudo detener el llanto. Lágrimas ardientes corrieron por sus mejillas. Humillada, retrocedió, encogida, buscando aire. Se dirigió hacia el timbre de la puerta y cuando ésta se abrió de golpe, salió hacia el corredor como si la persiguiera una jauría de perros salvajes.

Susan salió a trompicones por el pasillo, abrazándose a sí misma, antes de que sus huesos parecieran desaparecer y chocara contra la pared. Archie apareció a su lado en un instante y puso la mano sobre su hombro. Era una caricia reconfortante, sin ninguna connotación sexual. Susan no estaba habituada a ello. Se dio media vuelta y apoyó la frente contra el muro de cemento para que él no pudiera ver su rostro hinchado por las lágrimas y su lapiz de labios convertido en un borrón. El detective se colocó frente a ella, sin quitar la mano de su hombro. Luego se reclinó contra la pared, poniendo las manos en los bolsillos, y esperó. Se oyó el ruido de una puerta y unos pasos. Henry apareció en el pasillo, seguido de un vigilante y el abogado. Dios, ellos habían oído todo aquello. Susan tenía ganas de morirse.

—¿Por qué no nos das un minuto? —les dijo Archie, y todos se volvieron a la sala de observación, excepto el vigilante, que se quedó mirando a su alrededor, incómodo, hasta que decidió dirigirse a la habitación donde Gretchen Lowell seguía sentada. Cuando se quedaron solos en el pasillo, Archie le preguntó—: ¿Cuándo comenzó todo?

El muro de cemento estaba pintado de gris brillante. Le vino a la mente un cielo cubierto, con sólidas nubes, como un manto de cenizas.

—Cuando tenía quince años. Todo acabó cuando me fui a la universidad. —Intentó recomponer su dignidad, irguiéndose, alzando la barbilla—. Fui una chica precoz. Fue de mutuo acuerdo.

—Técnicamente no, no lo fue —dijo. Ella notó cómo el color de su rostro cambiaba mientras trataba de reprimir su frustración, apretando los puños en los bolsillos de su pantalón—. Deberías haber dicho algo. ¿No se te ocurrió que todas las víctimas tenían quince años? A todas las violaron.

Susan se encerró en sí misma.

—No me violó —exclamó a la defensiva—. Y te lo iba a contar. Pero no me pareció relevante. Seguramente, lo acosarías y habría perdido su trabajo. Además, dijiste que tenía una coartada.

—El sexo con menores es un delito. Si ese delito no hubiera prescrito, iría ahora mismo a arrestarlo. ¿Lo sabe alguien? ¿Tus padres?

Susan se rió con tristeza.

—¿Bliss? Ella no se enteró de nada. —Frunció la boca sarcásticamente—. Probablemente hubiera estado de acuerdo. Siempre detestó poner límites.

Archie miró a Susan con una sombra de duda en sus ojos.

De pronto, Susan, con un pequeño estremecimiento, supo que estaba equivocada.

—No —admitió—. No lo habría aprobado y se hubiera asegurado de que terminara en la cárcel. —Se dio media vuelta—. Pero no lo supo porque yo no se lo conté. —Apretó los nudillos contra el muro de cemento, hasta que sintió que éste le cortaba la piel—. Creo que estaba enfadada con ella precisamente porque no se había dado cuenta.

—¿Hubo alguna otra chica?

Susan no se atrevía a mirarlo a los ojos.

—Ninguna que yo sepa.

—No podré olvidar que acabamos de tener esta conversación, Susan. Tengo que informar. Y haré todo lo posible para que lo despidan.

—Fue hace diez años —rogó Susan—. Yo lo seduje. Mi padre acababa de morir y necesitaba consuelo. Paul era mi profesor favorito. No fue culpa suya. —Ella apartó la vista—. Y yo ni siquiera era virgen.

—Él era un adulto —replicó Archie—. Debería haberlo pensado mejor.

Susan intentó recomponerse. Se secó las lágrimas y se colocó un mechón de cabello rosa detrás de las orejas.

—Si lo denuncias, lo negaré. También lo negará Paul. —Se mordió el labio con tanta fuerza que le pareció que se le iba a romper—. Sólo quería explicártelo.

—¿Explicar qué?

Susan apartó la mirada y cubrió su rostro con las manos mientras intentaba encontrar las palabras adecuadas. Sus nudillos se habían vuelto rosados por el roce contra la pared.

—La razón de ser como soy. Todo lo que acaba de decir Gretchen Lowell ahí dentro es verdad.

Archie la miró a los ojos por debajo de sus espesas cejas.

—Gretchen dice muchas cosas con la esperanza de acertar con alguna y hacerte sufrir. Créeme, lo sé. No le concedas ese poder. Ni tampoco a Reston. Es un cretino. Los hombres adultos no deben tener relaciones con las adolescentes. Punto. Y quienes lo hacen tienen serios problemas. —Se acercó a ella tanto que durante un instante Susan sintió el impulso de apoyar la frente contra su cuello—. Y esos problemas les atañen a ellos, no a ti.

—Es historia antigua —dijo Susan.

Archie la agarró delicadamente por las muñecas y separó sus manos, dejando al descubierto su rostro inundado de lágrimas.

—Tengo que volver ahí adentro y voy a tardar un poco. ¿Por qué no me esperas aquí?

El rostro de Susan se descompuso.

—¿No puedo esperar en la sala de observación?

Archie levantó una mano y le secó una lágrima que todavía resbalaba por su mejilla.

—Cuando entre, Gretchen va a darme su confesión —explicó—. Todos los detalles de cómo torturó y mató a Gloria Juárez. —Su rostro se oscureció—. No lo escuches si no es necesario.

Le dio a Susan una última palmada en el hombro y regresó a la habitación en donde le esperaba Gretchen. Susan lo vio alejarse, con el brazo extendido y tamborileando con los dedos a lo largo de la pared de cemento.

Se preguntó si siempre estaba así de drogado o solamente los domingos, pero decidió de inmediato que aquél no era buen momento para cuestionarlo.

El vigilante salió en el momento en que Archie entró en la sala. Gretchen permanecía sentada, igual que antes, en calma, con las manos esposadas cruzadas sobre una rodilla, en apariencia tranquila y sin sorprenderse por el arrebato de Susan. La pequeña grabadora de metal plateado continuaba en el centro de la mesa en donde la había dejado, todavía grabando. Archie volvió a coger la silla de metal y se sentó frente a Gretchen. Evitando mirarla, estiró la mano, apagó la grabadora y se la guardó en el bolsillo interior de la chaqueta. Todavía podía notar las lágrimas de Susan en su mano.

—¿Vas a decirme cómo has sabido lo de Reston? —le preguntó, alzando la vista.

Los ojos de Gretchen se abrieron, inocentes.

—¿Una suposición afortunada?

—Eres intuitiva —replicó Archie—, no vidente.

Gretchen hizo girar sus ojos y le ofreció una media sonrisa aburrida.

—Ella mencionó a su querido padre en un artículo del *Herald*, hace un año. Y no tienes más que mirarla. El pelo rosa, su ropa. Es de una inmadurez asombrosa. Todo indica abuso sexual. —Se inclinó hacia delante—. El modo en que te mira; el deseo por una figura paterna que la tome en sus fuertes y protectores brazos. Era obvio. Sólo tuve que adivinar el profesor correcto. —Sonrió, complacida consigo misma—. Y, querido, siempre resulta ser el profesor de inglés o el de teatro.

Le dolía la cabeza. Se frotó los ojos con el pulgar y el índice.

—Es una coincidencia que podría estar relacionada con un caso en el que estoy trabajando.

—Estás cansado.

Eso era apostar sobre seguro.

—No te imaginas cuánto.

—Tal vez debas aumentar tu dosis de antidepresivos.

—Prefiero seguir los consejos médicos del doctor Fergus, gracias.

Ella apoyó los codos sobre la mesa y dejó descansar el mentón sobre sus manos esposadas. Entonces echó una mirada a la ventana de observación, antes de concentrar su atención en Archie.

—Le saqué el intestino delgado. Hice una incisión de unos tres centímetros en la pared abdominal con un bisturí y le fui sacando el intestino delgado centímetro a centímetro con una aguja de ganchillo y fui cortándolo en pedacitos empezando desde el mesenterio. Una aguja de ganchillo relativamente grande. Tienes que hacerlo con algo lo suficientemente grueso para enganchar el intestino, porque es resbaladizo y yo no quería perforarlo. —No apartaba la vista de Archie durante la confesión, siempre con su mirada fija en la de él. Nunca miraba a otro lado, como si intentara recordar algo. Quería ver en los ojos del detective el rechazo ante lo que le estaba contando, sin darle un momento de respiro—. Dicen que, por término medio, el intestino mide siete metros, pero nunca he sido capaz de extraer más de tres. —Sonrió, pasándose la lengua por los labios, como si los tuviera secos—. Es hermoso. Tan rosado y delicado, como algo que estuviera esperando a nacer. El olor metálico de la sangre. ¿Lo recuerdas, querido? —Se inclinó hacia delante, con las mejillas arreboladas de placer—. Cuando me suplicó que me detuviera comencé a quemarla.

Él intentó desconectarse de aquella confesión. Quiso dejar de oírla, ignorar las gráficas imágenes que ella intentaba dibujar para él. Sólo se limitaba a mirarla. Ella era muy hermosa y si pudiera dejar de oírla podría disfrutar de aquella belleza. Tendría una excusa para estar allí sentado mirando a una mujer hermosa. Pero debía ser cuidadoso con lo que hacía. No podía apartar la mirada de su rostro y dejar que descendiera por el cuello, hasta las clavículas o los pechos.

Ella lo sabía, por supuesto. Ella lo sabía todo.

—¿Me estás escuchando? —le preguntó con una sonrisa seductora en los labios.

—Ajá —contestó, sacando el pastillero del bolsillo y colocándolo de nuevo sobre la mesa—. Te estoy escuchando.

Susan se apartó rodando de encima de Ian y se quedó boca arriba. Lo había llamado al llegar a casa y él había llegado puntual. Se abalanzó sobre él casi sin darle tiempo a saludarla. Susan había descubierto que el sexo era un excelente método para eliminar el estrés y si Gretchen Lowell tenía algo que decir al respecto, podía irse a la mierda.

Ian cogió sus gafas de encima de la mesilla y se las puso.

—¿Qué tal te ha ido? —le preguntó.

Susan no consideró, ni durante un segundo, la posibilidad de contarle a Ian su historia con Reston y mucho menos cómo Gretchen la había hecho picadillo, emocionalmente hablando, sin aparentar el más mínimo esfuerzo.

—Podría haber ido mejor —respondió. Buscó en su mesilla hasta encontrar un porro a medio fumar en un cenicero sobre un libro de poesía de William Stafford. Lo encendió y le dio una calada profunda. Le gustaba fumar marihuana desnuda. Hacía que se sintiera bohemia.

—¿No has pensado nunca que fumas demasiada marihuana? —preguntó Ian.

—Estamos en Oregón —contestó Susan—. Es nuestro principal cultivo. —Sonrió—. Estoy apoyando a los agricultores locales.

—Ya no estás en la universidad, Susan.

—Exactamente —replicó Susan, irritada—. Todo el mundo fuma marihuana en la universidad. Es totalmente predecible. Fumar marihuana después de la universidad requiere cierto compromiso. Además, mi madre todavía fuma.

—¿Tienes una madre?

Susan sonrió para sus adentros.

—Te la presentaría, pero ella desconfía de los hombres que no tienen barba.

Ian encontró sus calzoncillos en el suelo junto a la cama y se los puso. No parecía decepcionado por no poder conocer a Bliss.

—¿Aprendiste algo de la Belleza Asesina?

Susan sintió una oleada de náuseas ante el recuerdo de su encuentro con Gretchen y trató de alejarlo.

—Vaya, has tardado en preguntarme.

—Tenía la atención puesta en otro sitio —replicó Ian—. Como si fuera posible estar más interesado en tu cuerpo que en una de las historias más importantes que haya editado.

Susan se sintió complacida ante al doble cumplido, arqueó la espalda y colocó una mano sobre sus caderas desnudas, aparentando que posaba.

—¿Como si fuera posible?

—Entonces, ¿qué has aprendido?

Se le volvió a cerrar el estómago. Se dio la vuelta, quedando boca abajo, en diagonal sobre la cama, y cubrió su cuerpo desnudo con una sábana.

—Que soy una mala periodista. Dejé que se aprovechara de mí.

—Pero aun así tienes una buena historia, ¿no? Ver a la fría muerte cara a cara o algo similar.

Ella se apoyó sobre los codos. Sacó el porro por una esquina de la cama, haciendo que la ceniza aterrizara sobre una de las alfombras persas del Gran Escritor. La vio caer, pero no hizo ademán de recogerla.

—Ah, sí. Ella ha revelado el paradero de otro cadáver. Una chica universitaria de Nebraska. —Susan recordaba a la muchacha sonriente. El símbolo de la paz. El brazo sobre el hombro que pertenecía a algún amigo que había sido recortado de la fotografía. La alejó mentalmente y volvió a dar una calada al porro—. La han encontrado enterrada en una antigua tumba en un cementerio cercano a la autopista. —El porro le daba una cierta laxitud. Sintió que la tensión del día comenzaba a alejarse de su cuerpo y, con ella, también la necesidad de compañía—. ¿No deberías volver a casa? —preguntó a Ian arqueando una ceja con aire interrogante.

Él se había recostado en la cama, con los calzoncillos puestos y las piernas cruzadas a la altura de los tobillos.

—Sharon está en la costa. ¿No me puedo quedar a pasar la noche?

—Tengo que levantarme mañana temprano. Claire Masland vendrá a buscarme.

—Es lesbiana, ¿lo sabías?

—¿Por qué? ¿Por su pelo corto?

—Es sólo un comentario.

—Vete a casa, Ian.

Ian se levantó y recogió el resto de su ropa del suelo. Se puso uno de sus calcetines negros.

—Pensé que te había dicho que dejaras tranquilo el asunto de Molly Palmer —dijo poniéndose el otro calcetín, sin mirarla.

Susan se sobresaltó. ¿Molly Palmer?

—Está bien —asintió, levantando las manos en burlona defensa—. Me has descubierto. Le dejé unos mensajes a Ethan Poole.

—Estoy hablando de Justin Johnson —declaró con una cierta irritación en la voz.

Susan tardó un minuto en procesar aquella información. ¿Justin Johnson? De repente se aclaró la confusión y cayó en la cuenta. Durante todo ese tiempo había pensado que Justin tenía algo que ver con el Estrangulador Extraescolar. Lo había relacionado con la historia equivocada. Justin Johnson no tenía nada que ver con Lee Robinson, ni con el Cleveland.

—¿Qué tiene que ver Justin con Molly Palmer? —preguntó suavemente.

Ian se rió.

—¿No lo sabes?

Se sintió como una idiota.

—¿Qué está pasando, Ian?

Él se levanto y se puso los vaqueros negros.

—Ethan le dio tu mensaje a Molly. Ella llamó al abogado del senador. Y él llamó a Howard Jenkins. —Se abrochó los pantalones y luego se inclinó para recoger el cinturón negro del suelo, pasándolo por las presillas—. Jenkins me llamó. Le dije que ya no estabas trabajando en esa historia. Pero aparentemente la madre de Justin contrató a un detective privado para vigilarlo. —Terminó de colocarse el cinturón y se sentó al borde de la cama—. Ella cree que está vendiendo marihuana. ¿Y quién aparece en el instituto para hablar con él? Susan Ward, del *Oregon Herald*. Reconocieron tu pelo rosa. —Se puso los zapatos y se los ató—. Así que el abogado tuvo la brillante idea de dejarte una nota con el número del expediente policial del chico, con la esperanza de que, si sabías que estaba fichado, no te creyeras la historia del pequeño bastardo.

—¿En serio? —dijo Susan, intentando no sonreír—. ¿Ese tipo era un abogado?

Ian se levantó a medio vestir y la miró.

—Vas a conseguir que nos despidan a los dos. Lo sabes, ¿verdad?

Susan se incorporó en la cama olvidándose de la sábana, dejando que cayera en torno a su cintura.

—¿Qué sabe Justin de Molly Palmer?

—Él fue el mejor amigo del hijo del senador cuando eran niños. Eran inseparables. Molly Palmer era la nana de ambos. Así que sospecho que oyó o vio algo que no debía. Tal vez te suene el nombre de soltera de la madre de Justin: Overlook.

El corazón de Susan dio un brinco.

—¿Cómo el de la familia propietaria del *Herald*?

—Es una prima.

—Lodge es culpable, ¿verdad?

—Claro que es culpable, pero es una historia que jamás se hará pública en esta ciudad. —Buscó en el bolsillo de su chaqueta de lana gris y sacó algo que arrojó sobre la cama.

—¿Qué es eso? —preguntó Susan.

—Es tu cinta del 911. Si yo estuviera en tu lugar, me dedicaría al reportaje que sí saldrá en el periódico y me iría a bailar con el tipo que te la trajo.

Susan cogió la casete y la giró entre sus manos.

—Gracias.

—No me lo agradezcas a mí, sino a Derek. Se pasó un día entero detrás de ella. —Ian se puso su camiseta de la escuela de periodismo de Columbia y la estiró, como hacía siempre, para quitarle las arrugas—. Creo que le gustas.

Susan le dio otra calada a la marihuana.

—Si alguna vez me quisiera acostar con un chico de una fraternidad y ex estrella de fútbol americano —dijo, reteniendo el humo en sus pulmones—, ya sé a quién tengo que llamar.

—¿A quién?

Cuando Ian se marchó, Susan se sentó con las piernas cruzadas en medio de la cama. Lo peor de todo era que la historia de Molly Palmer le parecía verdaderamente importante. No quería aprovecharse de la víctima. Ni publicidad. No se trataba de otro artículo intrascendente. Podía establecer la diferencia. Una adolescente había sido ultrajada y el responsable estaba haciendo enormes esfuerzos para ocultarlo. Un hombre poderoso, elegido por unos ciudadanos que tenían derecho a saber qué clase de persona se aprovechaba de ese poder para acostarse con una niña de catorce años. Sí, quizá tuviera un interés personal en ese asunto. Y ahora Susan había caído de lleno en la historia de Molly Palmer y, al mismo tiempo, la había perdido. Justin estaba en Palm Springs, o donde fuera. Molly no iba a hablar. Ethan ni siquiera le devolvía las llamadas. Ella quería dejar al descubierto al senador Lodge más de lo que Ian se imaginaba. No le importaba si por eso la despedían. Conseguiría que alguien, en alguna parte, declarara. Miró el cassete que tenía entre sus manos, en la que había quedado registrada la llamada de Gretchen al servicio de emergencias. Entonces Susan se sintió invadida por un repentino deseo ajeno a ella. No le importaba el reconocimiento, ni el estilo, ni las palabras, ni siquiera un posible contrato literario. Le daba igual impresionar a Ian o no.

Por primera vez en su vida, quería ser una buena periodista.

Se dirigió al salón para poder oír la cinta. Había leído la transcripción de la llamada docenas de veces, pero seguía siendo excitante escucharla en vivo y en directo. Apretó el botón de play.

—Le atiende el 911. ¿Cuál es la naturaleza de la emergencia?

—Mi nombre es Gretchen Lowell. Estoy llamando en nombre del detective Archie Sheridan. ¿Sabe quién soy?

—Ah, sí.

—Bien. Su detective necesita ir a un hospital. Estoy en la calle Magnolia, 2339, en Gresham. Estamos en el sótano. Hay una escuela a dos manzanas de aquí, en donde puede aterrizar un helicóptero. Si llegan ustedes en los próximos quince minutos, es posible que salga con vida.

Y colgó.

Susan se sentó en el suelo, pasándose las manos por los brazos, cuyo vello se había erizado. Gretchen hablaba con tanta tranquilidad… Al leer las transcripciones, Susan se la había imaginado con voz más frenética, asustada. Ella estaba, en efecto, entregándose a la policía, descubriendo al fantasma que los había acosado durante tantos años. Podían haberla condenado a muerte. Pero eso no pareció importarle. Su voz no dejaba traslucir el más mínimo temor. No tartamudeó ni buscó las palabras. Fue directa, clara y profesional. Su llamada sonaba casi como si la hubiera ensayado.

Archie no quiso que Henry le acompañara a entrevistar a Reston. Era domingo por la noche y ya se sentía suficientemente mal por arrastrarlo a la prisión estatal cada fin de semana, aunque sabía que Henry nunca lo dejaría ir solo. También quería, en la medida de lo posible, proteger la privacidad de Susan. Así que Archie le pidió a su compañero que lo dejara en su apartamento. Se sentía embotado y cansado a causa de las píldoras por lo que se preparó una taza de café.

Después miró su contestador para ver si había mensajes. No tenía ninguno, lo que significaba que Debbie no había vuelto a llamar. Archie no la culpaba. Era un error hablar con ella los domingos. Se había prometido mantener a Debbie y a Gretchen separadas, ubicadas en diferentes categorías; era la única manera de que funcionara. Pero era un egoísta. Necesitaba a Debbie, escuchar su voz, para recordar su antigua vida. Sin embargo las llamadas telefónicas tenían que terminar. Ambos lo sabían. Sólo prolongaban el dolor de su vínculo emocional. Él dejaría de llamar, aunque no podía hacerlo en aquel momento.

Telefoneó a Claire para saber si había algo nuevo. De momento seguían sin pistas. La línea telefónica de emergencias estaba en silencio. Incluso los que habitualmente llamaban para molestar se tomaban el domingo de descanso. Habían pasado cuatro días desde la aparición del cuerpo de Kristy Mathers, lo que significaba que, probablemente, el asesino ya estaba buscando su próxima víctima. Archie se sentó en la cocina y bebió media taza de café, levantándose sólo una vez para volver a llenar su taza. Cuando se sintió lo suficientemente reanimado, se tomó dos vicodinas más y pidió un taxi.

Reston vivía en Brooklyn, un barrio al sur del Instituto Cleveland. Era un área densamente poblada con pequeñas casas de estilo victoriano, de clase media, y dúplex de la década de los ochenta, algunos en propiedad y otros alquilados, con calles atravesadas por una maraña de cables telefónicos y árboles. Seguramente era un barrio agradable.

Archie le dijo al taxista que esperara, salió y comenzó a subir los mohosos escalones de cemento hacia la pequeña colina sobre la que estaba ubicada la casa de Reston. La tarde llegaba a su fin, y aunque las casas a lo largo de la calle todavía brillaban bajo el sol, largas sombras avanzaban por la colina, anunciando la noche. Reston estaba en el porche, pintando una puerta que había colocado sobre dos taburetes. Vestía ropas de trabajo: pantalones manchados de pintura, una vieja camiseta gris y una gorra de béisbol de los Marineros. Parecía relajado, disfrutando de la tarea. Levantó la mirada cuando vio al detective y luego continuó pintando. Supo de inmediato que Archie era policía. No podía disimularlo. Daba igual la ropa que llevara. No siempre había sido así. Los primeros años, todos se sorprendían al averiguar su profesión. Él no podía precisar cuándo había tenido lugar el cambio. Simplemente, un día notó que ponía a la gente nerviosa.

Cuando Archie terminó de subir la escalera del porche, se sentó en el escalón superior y se recostó contra la baranda amarilla, a escasa distancia de donde Reston estaba inclinado sobre la puerta. Una vieja glicinia, todavía sin hojas, con las ramas gruesas como brazos, rodeaba la columna y la baranda.

—¿Ha leído *Lolita*? —preguntó Archie.

Reston sumergió el pincel en la pintura blanca y lo deslizó sobre la puerta. Los vapores de la pintura alejaban cualquier otra sensación.

—¿Quién es usted? —preguntó Reston.

Archie mostró su placa.

—Soy el detective Sheridan. Tengo que hacerle algunas preguntas sobre una antigua alumna suya, Susan Ward.

Reston echó una ojeada a la placa. Nadie se molestaba en examinarla tan de cerca.

—Supongo que ella le ha contado que mantuvimos una relación.

—Efectivamente.

Reston suspiró y cambió de postura para que sus ojos estuvieran a la misma altura que la superficie de la puerta. Aplicó un poco más de pintura y dio una rápida pincelada a lo largo de la madera.

—¿Es esto una visita oficial?

—Soy detective —replicó Archie—. No hago visitas no oficiales.

—Ella está confundida.

—No me diga.

La pintura se había acumulado en una de las esquinas. Reston pasó el pincel por la superficie de la madera hasta que la distribuyó uniformemente.

—¿Sabe lo de su padre? Murió cuando estaba en primer curso. Eso fue muy difícil para ella. Traté de ser amable, y creo que ella interpretó mal mi interés. —Frunció el ceño—. Todo fueron imaginaciones suyas.

—¿Me está diciendo que nunca mantuvieron relaciones sexuales? —preguntó Archie.

Reston suspiró. Miró hacia el jardín durante un minuto. Luego dejó cuidadosamente el pincel sobre el bote de pintura, que estaba sobre unas páginas del *Herald*. El extremo mojado del pincel colgaba suspendido sobre una esquina del periódico, y un hilo de pintura caía sobre el papel impreso. Se volvió hacia Archie:

—La besé, ¿OK? —Sacudió la cabeza con pena—. Una vez. Fue una mala decisión por mi parte. Nunca dejé que volviera a suceder. Cuando la rechacé se dedicó a extender el rumor de que yo había tenido una aventura con otra alumna. Podían haberme echado. Pero no consiguieron demostrar nada. Nunca hubo una investigación formal, porque todos sabían que era falso. Susan estaba... —buscó en el aire con su mano la palabra exacta—... herida. Ella estaba dolida por la muerte de su padre y descargó así toda su frustración. Pero a mí me gustaba. Siempre me gustó. Era encantadora, una chica enfadada y con mucho talento. Entendía el dolor que estaba atravesando, e hice todo lo posible por ayudarla.

—¡Qué generoso de su parte! —exclamó Archie.

—Soy un buen profesor, por si le sirve de algo. —Se permitió una leve sonrisa irónica—. Aunque en estos tiempos eso no significa mucho.

—¿Alguna vez besó a Lee Robinson? —preguntó Archie.

Reston retrocedió, boquiabierto.

—Por dios, claro que no. Casi no la conocía. Estaba en un ensayo general cuando desapareció. Ya lo han comprobado.

Archie asintió.

—Muy bien, entonces. —Le ofreció a Reston una sonrisa amistosa—. ¿Podría darme un vaso de agua? —Era una manera poco convincente de intentar entrar en la casa, pero si Reston decía que no, eso le indicaría, al menos, que tenía algo que ocultar.

Reston miró a Archie durante un minuto.

—Venga. —Se puso de pie, sacudió un poco la tierra de sus pantalones manchados de pintura, restregó los zapatos un par de veces en el felpudo y le hizo un gesto a Archie, indicando que lo siguiera. Entraron en la casa y Reston condujo a Archie a través de un pequeño vestíbulo, atravesando el salón y el comedor hasta llegar a la cocina. El detective se quedó sorprendido con el orden. Todo estaba recogido y en su lugar. No había platos en el fregadero.

—¿Ha estado casado alguna vez? —preguntó Archie.

Reston sacó un vaso de un mueble y lo llenó con agua del grifo. Sobre el fregadero colgaba una reproducción enmarcada de una rubia *pin-up* de Vargas.

—Ella me dejó. Se llevó todo lo que tenía —contestó, alcanzándole a Archie el vaso.

Archie bebió un sorbo.

—¿Tiene novia?

—En este momento, no. Mi última relación terminó de forma repentina.

—¿La asesinó?

—¿Se supone que es un chiste?

Archie bebió otro sorbo.

—No. —Terminó el agua y le devolvió el vaso a Reston. Éste lo enjuagó inmediatamente y lo puso en el escurreplatos. Archie vio otra *pin-up* rubia de Vargas, en el otro extremo de la cocina, con unos pantalones muy cortos, una blusa ajustada y unos tacones increíblemente altos, con la espalda arqueada y una sonrisa juguetona en sus labios rojos.

—Le gustan las rubias —observó Archie.

—¡Por el amor de dios! —exclamó Reston, pasándose una mano ansiosa por el pelo—. ¿Qué más quiere de mí? Soy profesor. He respondido a sus preguntas y he sido entrevistado por otros dos policías. Le he dejado entrar en mi casa. —Miró a Archie pensativamente—. ¿Me va a arrestar?

—No.

Reston se llevó las manos a la cintura.

—Entonces deje de fastidiarme.

—Muy bien —dijo Archie, retrocediendo hacia el porche.

Mientras atravesaba la casa con Reston un paso detrás de él, Archie intentó encontrar cualquier pista que lo guiara a la verdad, cualquier información sobre aquel hombre. La casa tendría unos cien años, pero estaba decorada con un estilo de hacía medio siglo. Las lámparas originales habían sido reemplazadas por otras cromadas de diseño espacial, que tenían un aire tan futurista como retro. Los muebles del comedor parecían hechos de plástico grueso. Sobre la mesa, un ramo de margaritas salía de un florero rojo redondo. No pudo adivinar si los muebles eran caros o procedían de una tienda de Ikea. Pero sabía lo suficiente para entender que tenían cierto estilo. El salón no estaba tan preparado para la foto. El sofá dorado, de varios cuerpos, parecía sacado de una tienda de muebles usados. El remate de cordón dorado estaba desprendido en algunas partes y colgaba suelto. Al lado de una lámpara de estilo futurista había un sillón de pana rosa y un diván. Parecía como si alguien se hubiera ofrecido a ayudar a Reston a redecorar y luego se hubieran peleado. A pesar de todo, era bastante más agradable que su desolado apartamento. En aquella habitación aún podían verse algunos detalles de una reciente remodelación. Examinó las estanterías. Sólo había unos cuantos libros, perfectamente alineados, pero Archie reconocería aquel lomo en cualquier parte: *La última víctima*. Sabía que podía no significar nada. Había mucha gente que tenía ese libro.

—Mire —le estaba diciendo Reston—, Susan fue muy promiscua durante sus años de instituto. Así que es posible que haya tenido una relación con algún profesor. Es muy posible. Pero no fue conmigo.

—Muy bien —asintió Archie distraído—. No fue con usted.

—¿Adónde? —preguntó el taxista cuando Archie volvió al coche.

—Espere aquí —dijo Archie. El taxi tenía un cartel que prohibía fumar, pero apestaba a cigarros rancios y ambientador de pino. Nadie obedecía las normas. Nunca. Archie sacó su celular y llamó a Claire—. Quiero que vuelvan a investigar las coartadas de Reston. Y que le pongan vigilancia —ordenó—. Y cuando digo vigilancia me refiero a todas las horas del día. —Entrecerró los ojos mirando hacia las encantadoras glicinias que cubrían el porche de Reston—. Quiero saber incluso si está pensando en salir de su casa.

—Enviaré a Heil y a Flanagan.

—Bien —asintió Archie, acomodándose en el pegajoso asiento de piel sintética del taxi—. Esperaré.

Ya había oscurecido cuando Archie llegó a su casa. No había mensajes. Decidió no tomar más café y cogió una cerveza. ¿Le habría mentido Susan? No. ¿Podía haberse convencido a sí misma de la veracidad de esa historia? Tal vez.

De cualquier forma, Gretchen lo había percibido. Le resultó vagamente reconfortante que ella tuviera esa asombrosa capacidad, porque eso significaba que su propia debilidad no era algo que únicamente afectara a su relación con ella.

Observó la cara alegre de Gloria Juárez. Otro misterio resuelto; al menos era algo. Le tocó la frente y luego retrocedió desde donde había pegado la foto, en la pared de su dormitorio.

Había cuarenta y dos fotografías en aquella pared, cuarenta y dos víctimas asesinadas, cuarenta y dos familias que habían encontrado una respuesta. Lo observaban desde fotos de licencias de conducir, familiares, escolares. Era un espectáculo desagradablemente vívido y brutal y Archie lo sabía. Pero no le importaba. Necesitaba verlas todas para tener una razón por la cual volver a la prisión semana tras semana. Era eso o admitir que la atracción por Gretchen era algo completamente diferente. Algo mucho más perturbador.

Le dolía la cabeza y sentía su cuerpo pesado y agotado. Pero era domingo. La semana comenzaría y las chicas volverían a clase y eso significaba que el asesino saldría de caza.

Vació el pastillero sobre su cómoda y ordenó las pastillas por tipos. Después se quitó la camisa, la camiseta y los pantalones, y se sentó en el borde de la cama, completamente desnudo. Sobre la cómoda, un gran espejo cuadrado le devolvía su imagen de cintura para arriba. Las cicatrices, que tiempo atrás tenían un violento color púrpura, se habían aclarado hasta adquirir un tono blanco traslúcido. Casi estaba comenzando a pensar en ellas como parte de su cuerpo. Dejó que su mano recorriera el corazón y el contacto con la piel, más gruesa y sensible bajo la yema de sus dedos, le provocó un estremecimiento entre los muslos.

Se acostó y dejó que el recuerdo del perfume de ella lo inundara. Lilas. Su aliento contra el rostro. Sus caricias. La mano se deslizó hacia la entrepierna. Aquello era algo a lo que se había resistido durante mucho tiempo. Hasta que él y Debbie se separaron. Y entonces se quedó solo para pensar únicamente en Gretchen. Cada vez que cerraba los ojos, ella estaba allí, esa presencia fantasmal, esperándolo, deseándolo, tan hermosa que le quitaba el aliento. Hasta que un día, finalmente, se entregó, y con su mente la atrajo hacia él. Sabía que estaba mal. Que estaba enfermo. Que necesitaba ayuda. Pero iba más allá de esa ayuda. Así que, ¿qué importaba? No era real.

Las pastillas parecían sonreírle desde la cómoda. No eran suficientes para provocarle la muerte. Pero tenía más en el baño. Algunas noches le gustaba pensar en ello. Era un gélido consuelo.

CAPÍTULO
34

Susan había dormido con la mandíbula apretada. Lo supo en el momento de despertarse porque casi no pudo abrir la boca y sentía los dientes como si hubiera pasado la noche masticando piedras. Sostuvo un paño caliente contra su rostro hasta que sintió que sus músculos agarrotados se relajaban y el dolor disminuía. Pero el calor le dejó la cara colorada, como si hubiera tomado el sol.

Estaba amaneciendo y el pronóstico del tiempo en el periódico era soleado con débiles intervalos nubosos. Una ojeada desde los grandes ventanales de su loft le confirmó la predicción. Más allá del bloque de edificios de acero, cristal y ladrillo del distrito Pearl, pudo apreciar retazos de cielo azul. Susan no se sorprendió. La gente no apreciaba la lluvia hasta que dejaba de llover.

Se sentó en su cama y miró cómo los peatones caminaban con rapidez, llevando en la mano vasos de plástico con café. Debería estar trabajando. Tenía que entregar el próximo artículo al día siguiente. Pero la grabadora que Archie había recuperado seguía sobre la mesita de noche y aún no se había atrevido a escuchar la grabación de su encuentro con Gretchen Lowell. Sólo de pensarlo se le revolvía el estómago.

Claire tocó el timbre a las ocho en punto de la mañana. Junto a ella estaba Anne Boyd.

A pesar de la cálida temperatura, extraña para aquella época, Susan se había vestido como un auténtico policía televisivo: pantalones negros, una camisa negra abrochada y una gabardina larga. Le daba igual que la temperatura alcanzase los veinte grados, ella llevaría la gabardina de todas formas. Claire iba ataviada con su habitual ropa de montaña y Anne llevaba una blusa con un estampado de piel de cebra, pantalones negros, botas de imitación a piel de leopardo y una docena de brazaletes en cada muñeca.

—Me encantan sus botas —dijo Susan.

—Son fabulosas —asintió Anne.

—Vaya —exclamó Claire con un suspiro—. Creo que ustedes van a entenderse bien—. Hizo las presentaciones y las tres bajaron hasta donde estaba aparcado el chevy caprice que les prestaba el ayuntamiento.

Su plan era vigilar los cinco institutos públicos de la ciudad. Muchos padres no habían dejado ir a sus hijas a clase; a todos los chicos se les advertía que no anduvieran al instituto ni a casa y que si lo hacían no fueran solos. Toda la ciudad estaba nerviosa. La tensión era tan palpable que a Susan le daba la sensación de que todo el mundo estaba deseando que secuestraran a otra jovencita para poder verlo en los informativos. Un buen secuestro y un asesinato eran un excelente entretenimiento televisivo mientras no hubiera nada más interesante.

Primero fueron al Instituto Roosevelt. Claire había conseguido una taza de café en la cafetería próxima al edificio de la periodista, y su cálido aroma llenaba el coche. Susan hubiera matado por uno de aquellos deliciosos cafés. Sacó su libreta de notas y la colocó en su regazo. Detestaba ir en el asiento trasero. Le recordaba a sus años de infancia.

Desató el cinturón de seguridad para poder inclinarse hacia delante, entre los asientos, y así hacer mejor las preguntas.

—No, no, no —la reprendió Claire—. Póngase el cinturón de seguridad.

Susan se reclinó de nuevo hacia atrás, suspirando ruidosamente y se volvió a abrochar el cinturón. Los asientos delanteros estaban tapizados con una tela celeste, pero el asiento trasero era de piel sintética azul oscuro. Más fácil de limpiar si la persona que transportaban comenzaba a vomitar.

—Entonces, ese tipo —le preguntó a Anne—, ¿cree que es un demente o algo así?

—¿Mi opinión profesional? —dijo Anne, mirando por la ventanilla—. Creo que es posible que tenga un par de problemas.

—¿Va a matar a otra chica? —preguntó Susan.

Anne se reclinó dándose la vuelta para mirar a la periodista, escéptica.

—¿Por qué no habría de hacerlo?

El Roosevelt era un largo edificio de ladrillos con pilares blancos, con una amplia extensión de jardines y una torre que le daba un aspecto parecido a Monticello. En la parte delantera estaban aparcados tres coches patrulla.

—Deberían haber llamado Jefferson a este instituto —bromeó Susan.[3]

Claire hizo un gesto de fastidio.

—Voy a hacer las comprobaciones pertinentes —anunció—. ¿Quieren esperar aquí?

Susan pensó que era una buena oportunidad para pasar algún momento a solas con Anne, así que aprovechó la ocasión, apresurándose a asentir.

---

[3] Monticello, en Virginia, fue la residencia del político Thomas Jefferson. (*N. del t.*)

—Sin problemas —dijo, mientras desabrochaba su cinturón de seguridad y se inclinaba hacia delante entre los dos asientos, para colocarse a escasos centímetros de la agente del FBI.

Claire salió del coche y se dirigió hacia uno de los coches patrulla.

—¿Entonces usted cree que trabaja en uno de los institutos? —le preguntó Susan a Anne.

Anne sacó una coca-cola light de su enorme bolso y la abrió. Una pequeña lluvia de líquido marrón salpicó la abertura de la lata.

—No lo sé. —Lanzó una mirada a Susan—. Y no hace falta que mire la coca-cola light con esa cara. Ya lo sé. Sólo tomo una al día. Para comenzar la mañana.

—Yo creo que la coca-cola light del tiempo está deliciosa —mintió Susan, y siguió preguntando—: ¿Le gusta trazar perfiles?

—Sí. —Anne sonrió y tomó un trago de la lata—. Creo que soy bastante buena, casi siempre. Y cada día de trabajo es diferente.

—¿Cómo comenzó?

—Estudiaba Medicina. Quería ser pediatra. Me pareció que era fantástico. Siempre consideré que eran los médicos más simpáticos del hospital. No tenían el ego de los demás. Como si actuaran movidos por la profesión y no por dinero.

—¿Entonces quería ser pediatra para poder matar el tiempo junto a otros pediatras? —preguntó Susan.

Anne se rió, haciendo tintinear sus brazaletes.

—Básicamente. —Reclinó su cabeza sobre el asiento y miró pensativa a Susan—. El primer día que hice un turno en pediatría diagnostiqué a una niña un linfoma. Nivel cuatro. Tenía siete años. Era absolutamente adorable. Uno de esos chicos con alma de viejos, ¿sabes? Me quedé desolada, y cuando digo desolada me refiero a que tuve que meterme en el baño a llorar. —Anne guardó silencio un minuto, perdida en sus pensamientos. Susan podía oír la coca-cola burbujeando. Después, Anne se encogió de hombros—. Entonces decidí cambiarme a psiquiatría. La familia de mi marido vive en Virginia. Él tiene su trabajo allí y yo necesitaba buscar uno, y dio la casualidad de que en Quantico estaban buscando mujeres para instruirlas en las artes ocultas. Y resultó que se me daba bien.

—El trazado de perfiles parece una profesión extraña si quieres alejarte de la muerte.

—No de la muerte —objetó. Se mojó el pulgar y lo pasó sobre una pequeña mancha de coca-cola en sus pantalones negros—. Qué lástima. —Echó una ojeada por la ventana para mirar a un chico que pasaba en patineta. Luego se volvió hacia Susan—. Las víctimas con las que nos enfrentamos ya están muertas. Nuestro trabajo consiste en prevenir nuevas muertes. Atrapamos asesinos. Y no siento pena por ellos.

Susan pensó en Gretchen Lowell.

—¿Qué provoca que una persona haga cosas como ésta?

—Se realizó un estudio entre presos. A todos les hicieron la misma pregunta: ¿con quién preferirías tropezarte, con una persona con un arma o con un perro? ¿Sabes qué respondió la mayoría? —Hizo girar la lata lentamente en su mano—. Con la persona que lleva un arma. El perro no dudaría. Iría directamente a tu garganta. Siempre. Ocho de cada diez veces uno puede quitarle el arma a otro, o escapar. ¿Sabes por qué?

—Porque es difícil dispararle a alguien.

Los ojos de Anne soltaron chispas.

—Exactamente. Y eso es lo que no funciona bien en nuestro asesino. No creo que trabaje en el entorno escolar.

Ojalá fuera así, porque si lo hace, entonces lo atraparemos pronto. Si no, no lo sé.

—¿Pero por qué deja de funcionar ese mecanismo y se rompe?

Hizo un pequeño brindis con su refresco.

—Por naturaleza, educación, o una combinación de ambas. Puedes elegir la que quieras.

Susan pasó sus manos entrelazadas sobre su rodilla y se inclinó aún más hacia delante.

—Pero alguien puede provocarlo, ¿verdad? Como hizo Gretchen Lowell. ¿No fue eso lo que hizo? ¿Cómo consiguió que otros mataran por ella?

—Es una suprema manipuladora. Con frecuencia los psicópatas lo son. Ella eligió hombres particularmente vulnerables.

—¿Y los torturó?

—No —respondió Anne—. Utilizó un procedimiento mucho más seguro: el sexo.

Claire apareció repentinamente junto a la puerta del coche. Sus mejillas estaban acaloradas.

—El muy hijo de puta ha secuestrado a otra chica ayer por la noche.

La familia de Addy Jackson vivía en una casa de ladrillo de dos pisos, en el cruce de una transitada calle del sureste de Portland. La casa estaba pintada de rosa, tenía un tejado cubierto de tejas rojas y parecía fuera de lugar, porque estaba rodeada por edificios de un estilo diametralmente opuesto. En la parte delantera se agolpaban varios coches de policía. Susan miró hacia el cielo, donde un brillante helicóptero negro con el logotipo del Canal 12 sobrevolaba en círculos.

Claire subió dc dos en dos los escalones de cemento que llevaban hasta la casa, seguida de Anne y Susan. Ya estaba empezando a hacer demasiado calor para llevar la gabardina, pero Susan no se la quitó para poder tener su libreta de notas preparada en uno de los profundos bolsillos. Sintió un ligero dolor de estómago al pensar que se dirigía a ver a una familia sumida en la tragedia y no quería empeorarlo todo dando vueltas con su cuaderno de periodista en la mano y diciendo: «hola, soy del *Herald*, y estoy aquí para explotarte». «Soy una reportera seria», se dijo, en un esfuerzo por mitigar el creciente malestar. Una periodista seria.

La casa estaba llena de periodistas. Susan vio a Archie en el salón, rodilla en tierra, ante una pareja destrozada, con las manos entrelazadas, sentados en un pequeño sofá. Tenían sus ojos puestos en él, como si fuera la única persona en el mundo y sólo él pudiera salvarlos. Susan recordó a su madre mirando al oncólogo que atendía a su padre con aquella misma expresión. Pero su caso también había sido terminal.

Apartó la vista. La habitación era muy bonita, con muebles de líneas simples, ventanas con vidrieras y tapicería estilo *art déco*. Alguien había limpiado y restaurado meticulosamente las molduras de madera, que se curvaban en torno a los estantes empotrados y los curvos dinteles de las puertas. Cuando volvió a mirar a Archie, éste les estaba diciendo algo a los padres, rozando ligeramente el brazo de la madre; luego se puso de pie y se dirigió hacia la entrada.

—Se han dado cuenta de su desaparición esta mañana —dijo, su voz apenas más alta que un susurro—. La última vez que la vieron fue ayer por la noche alrededor de las diez. El cristal de la ventana estaba roto. Los padres no oyeron nada. La habitación de ella está en el piso superior. No falta nada, excepto la muchacha. Los criminalistas están revisando todo.

Tenía mejor aspecto que el día anterior, observó Susan, más despierto y alerta. Ésa era una buena señal. Después recordó que Debbie le había contado que dormía estupendamente cuando volvía a casa tras visitar a Gretchen.

—¿Cómo supo cuál era la habitación de la chica? —preguntó Claire.

Uno de los CSI se aproximó y Archie se apartó para dejarlo pasar.

—Las cortinas estaban abiertas. Ella estaría haciendo sus deberes y las luces estaban encendidas. Tal vez la estuviera espiando, o la conociera.

—¿Estamos seguros de que es el mismo tipo? —preguntó Anne con una expresión dura—. Esto no encaja.

Archie les hizo una señal para que lo siguieran hasta el comedor, donde retiró una foto enmarcada de la pared y se la entregó a Anne. Era una fotografía de una adolescente de cabello castaño y ojos grandes.

—Por dios —exclamó Claire sin aliento.

—¿Por qué habrá cambiado su modus operandi? —se preguntó Anne.

—Esperaba que pudieras decírmelo tú —dijo Archie.

—Demasiadas medidas de seguridad en los institutos —supuso la agente del FBI—. Está preocupado por no poder llegar hasta sus víctimas. Tal vez la siguió hasta su casa. Pero resulta muy arriesgado. Le está entrando miedo, lo que, en términos generales, es una buena noticia, porque significa que está siendo menos cuidadoso. Nos estamos acercando.

Susan se dio la vuelta y miró hacia la entrada del salón, donde los padres seguían sentados, inmóviles en el sofá, con otro detective ante ellos en un diván, con un cuaderno en la mano.

—¿A qué instituto iba? —preguntó Claire.

Archie hizo un gesto con la cabeza señalando a Susan.

—Al mismo que fue ella.

—¿Al Cleveland? —dijo Susan con un nudo en el estómago. Supo entonces, con horrible certeza, que Archie se había enfrentado a Paul. Por supuesto que lo había hecho.

—No creerás...

—No fue Reston —le comunicó Archie—. Ha estado bajo vigilancia desde las seis de la tarde. No salió de su casa.

A Susan le volvieron a doler las mandíbulas. Basándose en su numerito de la prisión, Archie había puesto a Paul bajo vigilancia, lo que lo convertía en sospechoso. Se reprendió mentalmente por no haber podido mantener la boca cerrada. No debería haber permitido que Gretchen la acorralara. No tenía que haberse encargado del reportaje. Ahora ya no había modo de dar marcha atrás.

—¿Estás vigilando a Paul por lo que te conté ayer?

—Encaja con el perfil mejor que cualquier otra persona hasta ahora. Excepto por su increíble habilidad de tener una coartada justo en el momento de cada crimen. —Archie se volvió hacia Claire—: Pregunta al que está siguiendo a Evan Kent. Después llama al Cleveland, por si alguien ha aparecido hoy cubierto de sangre y con un pasamontañas. —Sonrió tristemente—. Ya sabes, cualquier cosa fuera de lo común.

Claire asintió, sacó el celular de su cinturón y salió a hacer las llamadas.

Susan miró de reojo a Archie.

—Fuiste a verlo —le dijo.

Archie se guardó el bolígrafo en el bolsillo de su chaqueta.

—Por supuesto —afirmó—. ¿Qué pensabas que haría?

—¿Qué te dijo?

—Lo negó todo.

Susan sintió que enrojecía.

—Mejor —dijo con voz ligeramente temblorosa—. Se está protegiendo. Eso es bueno. —Y después agregó—: Ya te dije que lo negaría.

—Eso me dijiste —reconoció Archie.

Claire reapareció.

—Kent está en su casa. Pero Dan McCallum no ha ido hoy al Cleveland. —Los miró a ambos—. ¿Qué?

Archie consultó su reloj.

—¿Cuánto tiempo lleva de retraso? —preguntó.

—¿El señor McCallum? No es posible —dijo Susan.

Claire la ignoró.

—Su primera clase comenzaba hace diez minutos. No ha llamado avisando de que estaba enfermo. Simplemente no ha aparecido. La secretaria del instituto ha llamado a su casa y nadie contesta.

—Creo que eso puede resultar sospechoso —dijo Archie.

36

Archie golpeó la puerta del bungaló de los años cincuenta de McCallum con tanta fuerza que pensó que se iba a romper los nudillos. Era un pequeño edificio de ladrillo, de una sola planta, situado en medio de un gran jardín obsesivamente cuidado. Los rosales, que tras la poda invernal ya empezaban a brotar, estaban colocados en una fila perfecta a un lado del camino pavimentado que llegaba hasta los escalones de cemento de la casa. La puerta, en un toque de originalidad, había sido pintada de rojo brillante. Un timbre, que parecía estropeado casi desde que se había construido la casa, estaba tapado con una vieja cinta adhesiva. Ante la puerta se encontraba un *Oregon Herald*, todavía en su bolsa de plástico.

—¿Dan? —llamó Archie.

Volvió a golpear. La puerta tenía un gran cristal alargado, pero estaba tapado con una cortina y Archie no podía ver más que una pequeña franja del interior de la casa. Hizo un gesto con dos dedos a los Hardy Boys para que dieran la vuelta y fueran por la puerta trasera. Henry se mantuvo de pie a unos pasos de distancia, en la escalinata. Claire se encontraba al lado de Archie. Y Susan, vestida con un chaleco amarillo con la palabra «acompañante» escritas en negro sobre la espalda, se había colocado junto a Claire. Archie hizo un gesto a Susan para que retrocediera, y ella obedeció de inmediato. Después sacó su arma y volvió a golpear.

—Dan, policía, abra. —Nada.

Intentó abrir la puerta. Estaba cerrada. Un gato gris atigrado apareció en el porche y se escurrió entre las piernas de Archie.

—Hola, precioso —dijo, notando las pálidas huellas que sus patas dejaban a su paso. Se inclinó a mirarlas. Habían dejado una impronta rojo pálido contra el brillante verde musgo, el color con que estaban pintados los escalones.

—Es sangre —le dijo Claire—. ¿Quieres que entremos ya?

Se puso de pie y se apartó al mismo tiempo que Claire se cubría el rostro con el codo y golpeaba el cristal de la puerta con la culata de su arma. La ventana se rompió en varios pedazos que cayeron al interior, con gran estruendo. Al romperse el cristal, el olor de la muerte los envolvió. Todos lo reconocieron. Archie metió la mano y abrió la puerta por dentro, luego levantó su arma y se dispuso a entrar.

Llevaba un Smith and Wesson del 38 especial. Prefería un revólver a una automática. Se fiaba más de ellos y no requerían demasiado mantenimiento. A Archie no le gustaban las armas. Nunca había tenido que disparar la suya fuera del campo de tiro. Y no le gustaba pasarse horas y horas en la mesa de su cocina limpiándola. Pero un 38 no era tan preciso como una 9 mm y Archie sintió que la lealtad hacia aquel tipo de arma se debilitaba repentinamente.

—Dan —llamó—, somos de la policía. ¿Está ahí? Vamos a entrar.

Nada.

La puerta de entrada daba a un salón y éste a una cocina. Archie podía ver las huellas de las pisadas extendiéndose en diagonal por el linóleo. Se volvió hacia Susan.

—Quédate aquí —le ordenó con un tono que no admitía discusión. Después les hizo un gesto a Claire y a Henry—. ¿Están listos? —Ambos asintieron.

Entraron.

A Archie le encantaba esta parte. Ni siquiera sus píldoras podían competir con la adrenalina y las endorfinas. Su cuerpo se sentía vivo y enérgico. Su ritmo cardíaco y su respiración se aceleraron, sus músculos se tensaron; nunca estaba más alerta que en esos momentos. Se movió por la casa observando cada detalle. Una estantería con libros ocupaba la pared más alejada del salón. Los estantes estaban repletos de libros y otros objetos; viejas tazas de café, papeles y lo que parecía ser correspondencia ocupaban todos los intersticios disponibles. Cuatro sillas de diferente calidad y varios tonos de verde estaban dispuestas en torno a una mesa cuadrada, sobre la que se amontonaban periódicos. Una serie de dibujos de barcos, enmarcados, colgaban de una de las paredes. Archie se movió por el pasillo, pegando la espalda contra la pared, con Claire siguiéndolo tan de cerca que podía oír su respiración. Henry iba detrás de Claire. Volvió a llamar:

—¿Dan? Somos de la policía.

Nada.

Dobló una esquina, con el arma en alto, e inmediatamente vio la fuente de las huellas ensangrentadas.

Dan McCallum estaba muerto. Yacía con la mejilla sobre la mesa de cedro de la cocina, con la cabeza descansando en un charco de sangre espesa. Uno de sus brazos estaba extendido sobre la mesa, el otro, doblado a la altura del codo, todavía sostenía el arma. Estaba mirando a Archie, con los ojos abiertos, pero no había ninguna duda de que llevaba muerto varias horas.

—Genial —suspiró Archie. Guardó su arma, entrelazó las manos por detrás de la nuca y paseó por la cocina en círculos, intentando no mostrar su frustración. Si McCallum era el asesino, todo había terminado. ¿Pero dónde estaba la muchacha? Volvió al presente.

—Da el aviso —le dijo a Claire.

Pudo escuchar a Claire hablando por radio detrás de él mientras se acercaba al cuerpo. Procurando no pisar la sangre que se había acumulado en el suelo se inclinó al lado del cadáver. Archie reconoció de inmediato el arma que Mc-Callum aferraba todavía en su mano derecha. Se trataba de un 38. El corazón podía continuar latiendo durante un par de minutos con una herida en el cráneo de ese calibre, lo cual explicaba la abundancia de sangre.

Una vez, Archie había encontrado el cadáver de un hombre que había atravesado con el puño un panel de cristal después de discutir con su mujer. Se había cortado la arteria del brazo y desangrado hasta morir, porque ella había salido furiosa de la casa y él había sido demasiado orgulloso para pedir una ambulancia. La sangre había descrito un amplio arco por toda la cocina al cortarse la arteria y después continuó salpicando a pesar de que había intentado hacerse un torniquete con un paño de cocina. Su esposa volvió a la mañana siguiente y llamó a urgencias. Cuando Archie llegó encontraron al hombre muerto, recostado contra una alacena. Las cortinas amarillas de la cocina y las blancas paredes tenían salpicaduras y la sangre se había extendido por todo el suelo. Archie no imaginaba que un cuerpo pudiera contener tanta sangre. Parecía la escena de un homicidio con una motosierra.

Ahora se encontraba en otra cocina. Se acercó para examinar las huellas del arma en donde había hecho contacto, cerca de la boca, y el orificio de salida de la herida en la parte posterior de la cabeza. Un 38 atravesaría el cráneo de lado a lado, mientras que un 22 rebotaría en su interior. Los ojos pardos de McCallum miraban sin ver, las pupilas dilatadas, los párpados completamente abiertos. Su mandíbula también estaba rígida, dándole a la boca un aspecto de reproche. La piel de su rostro estaba amoratada con señales evidentes de rígor mortis, como si hubiera recostado su cabeza tras una pelea. No había ninguna taza de café sobre la mesa.

Archie volvió a examinar el cuerpo. Las huellas del gato indicaban que éste se había subido a la mesa dejando a su paso un rastro de sangre cubierta con su delicado pelaje gris. El cabello castaño de la sien izquierda de McCallum estaba apelmazado y mojado en donde el gato parecía haberlo lamido. ¡Pobre animal! Archie siguó las huellas de las patas desde la mesa hasta la trampilla de la puerta trasera.

Se levantó. No parecía tan sencillo como parecía. Henry había abierto la puerta trasera y los Hardy Boys estaban de pie, junto a Susan Ward, esperando que dijera algo.

—Revisen la casa de arriba abajo —ordenó Archie—. Tal vez tengamos suerte y ella todavía esté aquí. —Pero no lo creía—. Y llamen a la protectora de animales —añadió—. Alguien va a tener que hacerse cargo de ese gato.

A Susan le pareció que todos los policías de la ciudad se habían concentrado en la pequeña casa de Dan McCallum. Una cinta amarilla de plástico zigzagueaba alrededor del jardín para mantener a una cierta distancia al creciente número de curiosos que se iban acercando al lugar. A lo lejos, los periodistas de televisión iban tomando posiciones frente a la casa para sus conexiones en directo. Susan estaba sentada en un banco de hierro en la parte delantera, fumando un cigarro, con el celular pegado a la oreja, contándole toda la situación a Ian, cuando encontraron la bicicleta de Kristy Mathers.

Uno de los policías, revisando el garaje, la descubrió apoyada contra la pared, oculta bajo una lona azul. Una bicicleta de mujer, amarilla, con un asiento del mismo color y la cadena rota. Los policías se reunieron a su alrededor, rascándose la cabeza, taciturnos mientras los fotógrafos de la prensa sacaban fotos con sus cámaras digitales y los vecinos con sus celulares.

Susan pensó en Addy Jackson y en dónde estaría en ese momento y se sintió enferma. Seguramente ya estaba muerta, medio enterrada en el barro del río, en alguna parte.

Charlene Wood, del canal Ocho, se encontraba ante la casa, de espaldas a Susan, emitiendo en directo. No podía oír lo que decía, pero imaginaba los resúmenes melodramáticos y la histeria de los informativos locales. Desde hacía algún tiempo, a Susan, la humanidad le parecía deprimente.

Al cabo de un rato, Archie dejó el círculo de policías y se aproximó.

—¿No vas a cubrir esta noticia? —le preguntó, sentándose junto a ella en el banco.

Negó con la cabeza.

—Es una primicia. Quieren un periodista. Y ya han enviado a Parker. —Dobló las rodillas, acercándolas contra su pecho, abrazándolas, y dio una calada a su cigarrillo—. ¿Así que se suicidó?

—Eso parece.

—No he visto ninguna nota.

—La mayoría de los suicidas no dejan notas —explicó Archie—. Te sorprenderías.

—¿En serio?

Archie se frotó la nuca con una mano y miró hacia el jardín.

—Creo que debe resultar difícil escribir tus últimas palabras.

—Me lo encontré el otro día —reveló Susan con tristeza—. En el Cleveland.

Archie arqueó las cejas.

—¿Te comentó algo?

—Sólo charlamos un momento —dijo Susan, sacudiendo la ceniza de su cigarrillo hacia un lado.

—Estás tirando ceniza sobre mi escenario del crimen —la reprendió Archie.

—Maldita sea —dijo Susan—. Lo siento. —Apagó el cigarrillo en una hoja de papel de su libreta, la dobló con

cuidado y depositó el envoltorio en su bolso. Era consciente de que Archie la miraba, pero ella no podía devolverle la
mirada. Dirigió la vista a sus manos. La piel alrededor de la herida que se había hecho en el dedo al romper la copa de vino
se había puesto roja, como si se estuviera infectando—. ¿No
vas a preguntarme nada?

—¿A qué te refieres? —preguntó él.

Ella se llevó el dedo a la boca y lo chupó un instante,
notando un sabor a piel salada y sangre seca.

—Si realmente sucedió.

Él negó con la cabeza. Fue un movimiento casi imperceptible.

—No.

Naturalmente. Él estaba tratando de ser amable. Susan
deseó no haber apagado el cigarrillo. Quería hacer algo con
las manos. Jugueteó con el cinturón de la gabardina.

—McCallum estaba a cargo del Equipo del Saber. Yo
renuncié el día anterior a la competición estatal. Era la única experta en geografía.

Archie dudó.

—En cuanto a Reston, lo voy a denunciar al instituto.
No debería estar dando clases.

Susan adoptó una expresión seria.

—Mentí. Lo inventé todo.

Archie cerró sus ojos con tristeza.

—Susan, no hagas esto.

—Por favor, olvídate del asunto —le suplicó Susan—.
Me siento como una idiota. Soy una maldita estúpida cuando se trata de hombres. —Miró a Archie a los ojos—. Estaba
enamorada de él. E inventé la aventura. Quería que sucediera.
Pero no pasó nada. —Le sostuvo la mirada, suplicante—. Así
que olvídalo, ¿sale? En serio. Soy un desastre. No te puedes
ni imaginar hasta qué punto.

Él negó con la cabeza.

—Susan…

—Lo inventé todo —volvió a repetir ella.

Archie se mantuvo inmóvil.

—Archie —dijo ella con cautela—. Por favor, créeme. Todo fue puro cuento. Soy una mentirosa. —Enfatizó cada palabra, cada sílaba, queriendo que la entendiera—. Siempre he sido una mentirosa.

Él asintió lentamente.

—OK.

Como de costumbre, lo había hechado a perder. Espléndidamente.

—No te sientas mal. Soy una causa perdida. —Trató de sonreírle a Archie, pero sintió que se le llenaban los ojos de lágrimas. Se las secó y rió—. Mi madre cree que necesito encontrar un buen muchacho con un buen coche.

Archie pareció considerar el asunto.

—El buen rendimiento de un coche es uno de los complementos importantes en una pareja potencial. —Le sonrió a Susan y después volvió a mirar hacia el jardín, en donde Charlene Wood había concluido su informe en directo—. Tengo que volver al trabajo, pero me encargaré de que alguien te lleve a casa.

—No es necesario. He llamado a Ian.

Archie se puso de pie y se volvió hacia Susan.

—¿Estás segura de que estás bien?

Ella entrecerró los ojos levantando la mirada hacia el cielo azul.

—¿Crees que alguna vez dejará de brillar el sol?

—Lloverá —replicó Archie—. Siempre llueve.

Archie se encontraba en la parte posterior de la casa con Henry y Anne cuando el alcalde llegó con unas notas manuscritas, preparado para dar una rueda de prensa. Al igual que el jardín delantero, el de la parte de atrás estaba cuidado con obsesivo esmero. Se requería un enorme esfuerzo para mantener un jardín en condiciones óptimas durante la temporada de lluvias. En un extremo había un pequeño cobertizo de aluminio que la policía había vaciado, distribuyendo su contenido por los alrededores. La propiedad estaba rodeada por una verja ornamental de cedro. Archie vio acercarse al alcalde. Llevaba traje negro y corbata y su cabello canoso estaba peinado cuidadosamente. A Buddy siempre le había sentado bien el traje y la corbata.

—¿Éste es el tipo? —preguntó el alcalde a Archie.

—Eso parece —respondió el detective.

Buddy sacó unas gafas Ray Ban negras del bolsillo interior de su chaqueta y se las puso.

—¿Dónde está la chica?

Archie miró a Anne.

—En el río, probablemente.

—Mierda —exclamó el alcalde en voz baja. Tomó aire y asintió varias veces, como si estuviera escuchando una conversación que sólo él podía oír—. Muy bien. Entonces concentrémonos en el hecho de que ya no está suelto. —Miró a Archie por encima de sus gafas—. Tienes un aspecto horrible, Archie. ¿Por qué no te lavas un poco la cara y te adecentas antes de comenzar?

Archie se obligó a sonreír.

—Está bien. —Lanzó una mirada irónica a Henry y a Anne y volvió a entrar en la casa.

En el interior se oyó una voz desde la cocina de McCallum.

—Sheridan, ¿es usted?

Archie tuvo que detenerse y respirar varias veces, lentamente, para acostumbrarse al fuerte hedor.

—Sí.

Un joven negro, con el cabello trenzado hasta los hombros y una bata blanca sobre su ropa de calle, estaba sentado en la mesa de la cocina, balanceando las piernas y escribiendo en un cuaderno.

—Soy Lorenzo Robbins.

—¿Pertenece al equipo forense?

—Sí —asintió—. Quería decirle que hay algunos problemas con el muerto.

—¿Algunos problemas? —preguntó Archie.

Robbins se encogió de hombros y siguió escribiendo en su libreta.

—Un 38 no es un arma pequeña.

—Cierto —dijo Archie con lentitud.

—Tiene retroceso. Con esa clase de herida directa al sistema nervioso central, pueden suceder dos cosas. O el arma estaba a cierta distancia, o el tipo sufre un espasmo cadavérico que le obliga a aferrar con fuerza el arma

—explicó, señalando con su mano enfundada en un guante de látex.

Archie se volvió y observó a McCallum, que todavía yacía con la cara apoyada en la mesa. El arma había sido retirada para ser guardada como prueba.

—Un acto reflejo causado por la muerte.

Robbins dejó caer su mano.

—Sí. Si la muerte ha sido reciente, es fácilmente perceptible. La mano se pone rígida, pero el cuerpo no. Pero cuando llegué, el cuerpo ya estaba rígido. Tal vez un espasmo cadavérico mantuvo el arma en su mano. Es posible. Lo cierto es que esos espasmos son raros, a pesar de que en las películas se ven con mucha frecuencia.

—¿Qué quiere decir?

—Tal vez nada —replicó Robbins. Volvió a escribir en su libreta—. Hay una marca muy clara del cañón, así que el arma fue apoyada contra la piel al ser disparada. —Escribió algo más—. Pero no había restos de pólvora en la mano. Sí en el arma. Pero no en la mano.

Archie se acercó y le quitó el bolígrafo a Richard.

—¿Está diciendo que no fue un suicidio? ¿Que alguien lo mató y le puso el arma en la mano?

—No —contestó Robbins. Miró al bolígrafo que le había quitado el detective, y luego a él—. Lo que digo es que los espasmos cadavéricos son raros y que no tenía restos de pólvora en la mano. Probablemente fue un suicidio. Haremos la autopsia para tener más datos. Sólo le he anticipado alguna cosa. Para hacerlo más interesante.

—Maldición —exclamó Archie por lo bajo, mirando hacia arriba, frustrado. El techo era blanco, de él colgaba una lámpara con una sola bombilla. La luz estaba apagada.

—¿Ha apagado la luz? —preguntó Archie.

Robbins levantó la vista hacia la lámpara.

—¿Le parece que éste es mi primer día de trabajo?

Archie dio media vuelta y asomó la cabeza por la puerta.

—¿Alguien ha apagado la luz? —gritó. Los policías del jardín se miraron unos a otros. Nadie dijo nada.

Cerró la puerta y se volvió hacia Robbins.

—Entonces, si aceptamos la premisa de que nadie ha tocado el interruptor…

Robbins recuperó su bolígrafo de manos de Archie y lo enganchó en su libreta.

—Entonces probablemente no se disparó a sí mismo en la oscuridad. El sol se pone alrededor de las seis. Lo que indica que debe de haberlo hecho antes. —Miró al cadáver—. Pero no mucho antes. —Sonrió. Su piel morena hacía que sus blancos dientes resaltaran todavía más—. O tal vez alguno de los policías que entraron aquí apagó la luz.

Archie podía notar el amargor del ácido estomacal en la lengua. Addy Jackson se había acostado a las diez de la noche.

—¿Se encuentra bien? —preguntó Robbins.

—Me encuentro estupendamente —respondió Archie—. Nunca me he sentido mejor. Buscó un antiácido en el bolsillo y se lo puso en la boca. El dulce sabor, ligeramente pastoso, fue ahogado por el olor a carne en descomposición.

CAPÍTULO
39

¿Qué es lo que sientes? —pregunta Archie.

La codeína hace que las cosas parezcan mejores. No está consciente del todo. Las heridas de su abdomen están enrojecidas y supuran. Puede sentir el ardor de la infección, pero no le importa. Ni siquiera le importa el denso olor putrefacto que lo invade todo. El sudor se pega a su piel húmeda y sus extremidades están débiles, sin vida; sin embargo él tiene la sensación de que su cuerpo está relajado y cálido, la sangre gelatinosa. Allí está Archie. Y Gretchen. En aquel sótano. Es como estar en la sala de espera de la muerte. Entonces habla.

Gretchen está sentada en una silla junto a su cama, con una mano sobre la suya.

—¿Estabas allí cuando nacieron tus hijos?

—Sí.

Su mirada se vuelve distante mientras ella trata de ordenar sus pensamientos.

—Supongo que debe de ser algo así. Intenso, hermoso y terrible. —Ella se inclina hacia él, puede percibir su aliento en la mejilla cuando acerca los labios a su oído—. Pensaste que elegía mis víctimas al azar. Pero no era así. Siempre hubo una cierta química. Yo lo notaba de inmediato. —Su aliento le hace cosquillas en el lóbulo de la oreja; la mano de ella estrecha la suya—. Una conexión física. Una chispa mortal. —Se volvió y miró hacia sus manos entrelazadas, su muñeca todavía atada con la correa de cuero—. Como si lo desearan. Yo los arrancaba del universo. Tenía sus vidas en mis manos. Lo que me sorprende es que la gente se despierte, vaya a trabajar y vuelva a su casa sin matar a nadie. Lo siento por ellos, porque no están vivos. Nunca sabrán lo que significa ser humano.

—¿Por qué utilizaste hombres?

Ella le lanza una mirada coqueta.

—Era mejor cuando mis amantes lo hacían. Me gustaba que ellos mataran para mí.

—Porque entonces tenías poder sobre dos personas.

—Efectivamente.

Archie deja que sus ojos se posen sobre el cadáver que continúa tendido en el suelo. Desde aquella postura no alcanza a ver la cabeza, sólo una mano, y había visto cómo la carne se oscurecía e hinchaba hasta volverse irreconocible, como un pájaro muerto en el extremo de una manga.

—¿Quién es el que está en el suelo? —pregunta Archie.

Ella mira hacia el cadáver sin interés.

—Daniel. Contacté con él por internet.

—¿Por qué lo mataste?

—Ya no lo necesitaba —contesta, pasándole un delicado dedo sobre la piel del antebrazo—. Te tenía a ti. Tú eres especial, cariño. ¿No lo comprendes?

—El número doscientos. El bicentenario.

—Es más que eso.

Él comienza a creer que la entiende. Como si cuanto más se alejara de la vida, ella se volviera más diáfana. ¿Había nacido así? ¿O las circunstancias la habían convertido en lo que era?

—¿Quién te obligó a tomar líquido corrosivo, Gretchen?

Ella se rie, pero su risa no convincente.

—¿Mi padre? ¿Es ésa la respuesta que quieres oír?

—¿Te recuerdo a él? —pregunta Archie.

Él cree verla hacer un gesto de dolor.

—Sí.

—Termina ya con esto —le dice infructuosamente—. Busca ayuda.

Ella agita las manos en el aire durante un momento.

—No soy así por su causa. Yo no soy una persona violenta.

—Ya lo sé —dice Archie—. Necesitas ayuda.

Ella toma el bisturí de la bandeja todavía manchado con su sangre y lo sostiene contra su pecho. Comienza entonces a cortar. Él casi no puede sentirlo. La hoja es afilada, pero los cortes que hace no son muy profundos. Él observa cómo su amoratada piel se va abriendo bajo el filo y su sangre empieza a salir a borbotones, deslizándose roja y brillante a lo largo de la herida. Ésa es la sensación más fuerte: su sangre corriendo a los lados, dejando un reguero púrpura que se acumula bajo su pecho y, junto al sudor, empapa la sábana blanca. Él mira cómo ella juguetea con su cuerpo, con el ceño fruncido y un aspecto concentrado.

—Listo —dice por fin—. Es un corazón.

—¿Para quién? —pregunta él—. Pensé que íbamos a enterrar el cuerpo para que se quedaran con la duda.

—Es para ti —responde Gretchen entusiasmada—. Es para ti, querido. Es mi corazón. —Mira con tristeza al pecho tumefacto de Archie—. Claro que se te infectará. Es Daniel. Su cadáver lo ha emponzoñado todo. No tengo los antibióticos adecuados para una infección de este tipo. Los que te estoy dando la ralentizarán, pero no tengo nada lo suficientemente fuerte para curarla.

Archie sonríe.

—¿Estás preocupada por mí?

Ella asiente.

—Tienes que resistir. Tienes que seguir con vida.

—¿Para que tú puedas matarme con el líquido para desatascar cañerías?

—Sí.

—Estás loca.

—No estoy loca —insiste ella, con un hilillo de voz a causa de la desesperación—. Estoy muy cuerda. Y si mueres antes de que yo te deje morir, entonces mataré a tus hijos, querido. A Ben y a Sara. —Sostiene el bisturí con una enorme habilidad, como si fuera una extensión de su cuerpo, un dedo más—. Ben está en la guardería de la escuela Clark. Lo cortaré en rodajas. Harás lo que yo diga. Seguirás vivo hasta que yo quiera. ¿Entendido?

Él asiente.

—Dilo.

—Sí.

—No quiero ser mala —dice, suavizando su expresión—. Simplemente estoy preocupada.

—Bueno —dice él.

—Pregúntame cualquier cosa. Te diré todo lo que quieras saber sobre los asesinatos.

Siente una pulsación en su garganta y en su esófago. Tragar se ha convertido en un suplicio.

—Ya no me importa, Gretchen.

Ella hace un gesto de tristeza con la boca. Casi parece afligida.

—Eres el jefe de mi grupo especial. ¿No quieres oír mi confesión?

Él mira más allá de ella, hacia el techo, a los conductos de agua, a los tubos fluorescentes.

—Estoy tratando de luchar contra la infección.

—¿Quieres mirar el informativo? Podría traerte una televisión.

—No. —La idea de ver a su viuda en las noticias lo llena de temor.

—Vamos, hoy organizan una vigilia en tu nombre. Te alegrará.

—No. —En su mente busca algo con lo que distraerla—. Déjame tomar más líquido desatascador. —La mira, suplicando. No está mintiendo—. Vamos. —Está cansado—. Quiero hacerlo.

—¿De verdad quieres? —Ella sonríe satisfecha.

—Quiero beber ese líquido corrosivo —admite Archie enfático—. Dámelo.

Ella se pone de pie y realiza los preparativos, canturreando por lo bajo. En medio de la niebla provocada por la codeína, él permanece indiferente a todo. Es como mirar lo que sucede por un espejo retrovisor. Cuando ella regresa, repiten el ejercicio del día anterior. Esta vez el dolor es más intenso y Archie vomita sobre la cama.

—Es sangre —observa Gretchen complacida—. El veneno está corroyendo tu esófago.

«Fantástico», piensa Archie. Fantástico.

Se está muriendo. Gretchen lo tiene sedado con morfina porque ya no puede tragar las pastillas. Escupe sangre. No recuerda cuándo fue la última vez que ella se alejó de su lado. Siempre está allí, sentada, sosteniendo un paño blanco cerca de su rostro, para limpiarle la sangre cuando tose, o la saliva que no puede tragar. Puede oler el cadáver y escuchar la voz de ella, pero eso es todo. No existe otra sensación. No hay dolor. No hay sabor. Su visión se ha concentrado en un círculo de un metro escaso alrededor de su cabeza. Nota su presencia cuando ella lo toca, su cabello rubio, su mano, su brazo desnudo. Ya no es capaz de oler las lilas.

Gretchen acerca su rostro al de él y con delicadeza vuelve su cabeza para que pueda ver su expresión resplandeciente bajo la luz.

—Ya es la hora, otra vez —dice.

Él parpadea con lentitud. Está empapado de una oscuridad suave y cálida. Ni siquiera se da cuenta de lo que ella le dice hasta que siente la cuchara en la boca. Esta vez ya no puede tragar el veneno. Ella le echa agua por la garganta después de dárselo, pero él se ahoga y vomita todo el líquido. Todo su cuerpo se convulsiona, lanzándolo contra un negro muro de dolor que se extiende desde su entrepierna hasta sus hombros. Lucha por respirar, y en la confusión, su conciencia es obligada a regresar a su cuerpo y todos sus sentidos se despiertan horriblemente. No puede reprimir un grito.

Gretchen sostiene su cabeza contra la camilla, apretando su frente contra la mejilla de él. Él se resiste, gritando tan fuerte como le es posible, dejando que todo el dolor y el miedo salgan de su cuerpo a través de sus pulmones. El esfuerzo le quema la garganta y su lamento se convierte en asfixia y la asfixia en estertor. Cuando su respiración se normaliza, Gretchen alza la voz y con lentitud comienza a secar el sudor, la sangre y las lágrimas de su rostro.

—Lo siento —se disculpa él, estúpidamente.

Ella se sienta con su mirada fija en él durante un rato y después se levanta y se aleja. Cuando vuelve, lleva una hipodérmica en la mano.

—Creo que ya estás listo —dice. Gretchen sostiene la jeringa para que él la vea—. Es Digitalis. Te parará el corazón.

Después morirás. —Ella le toca su rostro afectuosamente con el dorso de la mano—. No te preocupes. Estaré a tu lado hasta que todo termine.

Él se siente aliviado. La mira mientras inyecta el Digitalis en la sonda intravenosa y luego toma asiento junto a su lecho de muerte, apoyando ligeramente una mano sobre sus nudillos pálidos y la otra sobre su frente.

Él no piensa ni en Debbie ni en sus hijos, tampoco en el detective Archie Sheridan o el equipo especial de la Belleza Asesina. Sólo se concentra en ella. No existe nadie más que Gretchen. Su único vínculo. Si puede permanecer concentrado en ella, piensa, entonces no tendrá miedo. Su ritmo cardíaco aumenta y se vuelve cada vez más rápido hasta que pierde toda apariencia de latido, volviéndose tan extraño y ajeno que ya no es capaz de reconocer su propio corazón. Se trata, simplemente, de algo que golpea desesperadamente sobre una puerta lejana. El rostro de Gretchen es lo último que ve cuando el dolor se apodera de su pecho y de su cuello. Aumenta la presión. Después, una llamarada blanca cegadora e intolerable, y por fin la paz.

CAPÍTULO
40

Ian se estacionó en el único espacio libre que quedaba frente al edificio de Susan. A su lado, ella se quitó un largo pelo de perro, de color naranja, de sus pantalones negros, sosteniéndolo un momento antes de dejarlo caer, flotando, a la alfombrilla del coche. El subaru de Ian olía a armor all y al perfume Welsh Corgi de su esposa. Unos veinteañeros disfrutaban del sol en la cafetería de la esquina, fumando cigarros y hojeando revistas. Normalmente trabajaban como camareros o, simplemente, no tenían trabajo y siempre parecían contar con mucho tiempo libre. Susan los envidiaba. Le recordaban a un maravilloso grupo de alumnos de instituto a los que, si no fuera porque tenía que guardar las apariencias, estaría encantada de unirse. Miró el edificio de la antigua destilería con sus grandes ventanales. Su fachada de piedra parecía avergonzada de todo el ladrillo y metal que la rodeaba.

—¿Quieres subir? —le preguntó a Ian.

Ian puso cara de disculparse.

—Tengo que revisar unos artículos.

—¿Vendrás más tarde? —preguntó Susan, evitando un tono de súplica.

337

—Sharon tiene invitados a cenar —explicó Ian—. Tengo que ir directamente a casa desde el trabajo. Va a preparar un plato con cardo hervido y necesita que pase por el supermercado a buscar queso.

—¿Cardo hervido y queso? Debe de ser algo importante.

—¿Mañana? —preguntó Ian.

—Olvídalo.

—No —dijo Ian, incómodo—. Lo que quiero decir es que tendrás listo el artículo para mañana, ¿verdad? El próximo de la serie.

Susan se quitó del pantalón otro pelo del perro y lo dejó caer.

—Ah, sí, seguro.

—Para el mediodía, ¿verdad? En serio.

—No hay problema —contestó Susan. Después salió del coche y entró en el edificio.

Archie volvió al jardín. El alcalde se había ido, presumiblemente a un rincón tranquilo para prepararse para la conferencia de prensa. Los Hardy Boys estaban con las manos en la cintura frente a la puerta del garaje, y Anne acompañaba a Claire, cerca del cobertizo. Archie vio a Henry salir del garaje con el gato gris de McCallum en sus brazos y le hizo una seña.

—¿Han tomado ya huellas dactilares de la bicicleta? —preguntó Archie.

El gato acarició con su cabeza la parte inferior del mentón de Henry y ronroneó.

—Sí. Está limpia.

—¿Completamente? —preguntó Archie.

—Sí —contestó Henry. El gato miró, con aire suspicaz, a Archie—. La han limpiado, no hay ni una huella en ella.

Archie se mordió el labio inferior y se quedó con las manos en la cintura mirando hacia la casa. No tenía sentido. ¿Para qué tomarse el trabajo de limpiar la bicicleta y después guardarla? Si estaba preocupado por no dejar pruebas, ¿para qué quedarse con algo que era prácticamente equivalente a una confesión?

—¿Por qué crees que haría algo así? —musitó Archie en voz alta.

Henry se encogió de hombros.

—¿Un obsesivo de la limpieza?

—¿Y las huellas del arma?

—Todavía no la han examinado. —Henry acarició distraídamente la cabeza del gato—. Lo harán en el laboratorio, cuando le hayan quitado los trozos de masa encefálica.

—Una buena idea —declaró Archie.

El gato comenzó a lamer el cuello de Henry.

—¿Has llamado a la protectora de animales? —preguntó esperanzado.

—No.

Archie bajó los escalones que daban al jardín y se dirigió hacia donde se encontraban Anne y Claire. Un par de niños, poco impresionados por el despliegue policial, los helicópteros y las furgonetas de las televisiones, se perseguían en círculos, al otro lado de la verja. Su madre observaba el espectáculo en medio de su jardín con los brazos cruzados. ¿Estaba loco por pensar que McCallum no era el culpable? Anne y Claire estaban en medio de una conversación, pero Archie no tenía tiempo para cortesías. Necesitaba la habilidad de Anne para trazar perfiles. Y sabía que ella estaría encantada de poder ayudarle.

—¿Encaja McCallum en el perfil? —preguntó.

Claire y Anne dejaron de hablar, sorprendidas por la interrupción. Claire abrió aún más los ojos. Anne apretó ligeramente la mandíbula e inclinó la cabeza.

—Sí —respondió la agente, pero luego se detuvo. Las arrugas en torno a sus ojos aumentaron y añadió—: Aunque no del todo exactamente.

—¿No del todo exactamente? —repitió Archie.

Ella hizo un gesto de impotencia.

—Si fueras una chica de quince años y Dan McCallum se ofreciera para llevarte a casa, ¿irías con él? Tenía el aspecto de un sapo. No era muy apreciado. ¿Y cómo explicas que conociera a las chicas de las otras escuelas?

Archie pensó en el apuesto vigilante, Evan Kent.

—Por Dios —dijo Claire—. Piensas que no fue un suicidio.

Se miraron unos a otros, esperando.

De reojo, Archie vio al gato gris caminar por el jardín. Arqueó las cejas, apenado.

—No lo sé —exclamó—. No lo sé. —Hizo señas a Mike Flanagan para que se acercara. Había ordenado a los Hardy Boys que abandonaran la vigilancia de Reston cuando encontraron el cuerpo de McCallum. Ahora Archie se maldijo a sí mismo por ello.

—¿Ha habido alguna otra persona que no haya aparecido hoy por el Cleveland? —le preguntó a Flanagan.

El policía mascaba un chicle mentolado. A juzgar por el olor parecía como si hubiera tragado un tubo entero de dentífrico de menta. Mascar chicle para encubrir el olor a muerte era algo que enseñaban en la academia.

—No —dijo Flanagan—. Pero el vigilante al que Josh ha seguido se subió al tren de Seattle con una mochila y una guitarra. Y hay una cosa más que también me ha parecido rara. —Hizo una gesto con su pulgar señalando al edificio—. Cuando revisamos la casa pudimos darnos cuenta de que, a pesar de que McCallum no fuese un profesor muy popular, sus alumnos le importaban de verdad.

—¿Qué quieres decir? —preguntó Archie.

Flanagan desenvolvió otro chicle y se lo puso en la boca.

—En la estantería del salón, tiene todos los anuarios escolares de los últimos veinte años —dijo. Lanzó un gruñido, mascando su chicle—. Son muchos recuerdos para un tipo que supuestamente detesta su trabajo.

Archie miró a Anne con gesto interrogante. Ella frunció un poco el ceño y se volvió a Flanagan.

—Enséñamelos —dijo.

Archie se pasó la mano por la boca.

—Cuando termines —le ordenó—, quiero que vuelvas con Jeff a seguir los pasos de Reston.

Flanagan arqueó las cejas.

—¿Y qué hay de Kent? —preguntó.

—No ha sido Kent —afirmó Archie.

—¿Por qué? —preguntó Flanagan.

—Porque lo digo yo.

Flanagan siguió mascando su chicle.

—Estuvimos con él desde las seis de la tarde de ayer hasta las nueve de esta mañana —insistió—. Te repito que Reston no salió de su casa ayer por la noche. No puede haber secuestrado a la muchacha.

Archie suspiró.

—Hagan lo que les ordeno.

—Siempre lo hacemos —murmuró Flanagan mientras se alejaba con Anne.

—Te he oído —le gritó Archie.

Archie se dirigió a hablar con el alcalde que se encontraba enfrascado en una intensa discusión con uno de sus asistentes.

—Creo que tendrías que suspender la rueda de prensa —interrumpió Archie.

El alcalde palideció visiblemente.

—No puedo hacer eso.

—Esto te parecerá una locura —dijo Archie con calma—. Así que voy a pedirte que confíes en que estoy completamente cuerdo en este momento. Lo cierto es que tengo dudas de que McCallum sea nuestro asesino.

—Dime que estás bromeando —rogó el alcalde, quitándose las gafas de sol.

—Creo que hay muchas posibilidades de que todo esto haya sido preparado.

El asistente del alcalde miraba a su alrededor, desconcertado. Su traje, de una tela barata, brillaba bajo el sol.

Buddy se inclinó hacia Archie.

—No puedo suspender la rueda de prensa. Ya se conoce la historia. Un profesor ha muerto. La bicicleta de una de las víctimas ha aparecido en su garaje. Ha salido en directo en todas las televisiones. —Enfatizó angustiosamente las últimas palabras.

—Entonces evita comprometerte —le dijo Archie.

Las venas del cuello del alcalde se hincharon notablemente.

—¿Que evite comprometerme?

Archie extendió su mano y dio un golpecito al capó del ford escort plateado que estaba estacionado a la entrada, justo frente al garaje.

—Este coche no es lo suficientemente grande —afirmó—. ¿Cómo pudo meter la bicicleta y la chica en un vehículo pequeño?

El alcalde comenzó a frotar un objeto imaginario entre sus dedos.

—¿Qué se supone que debo decir?

—Tú eres el político, Buddy. Siempre lo has sido. Busca el modo de decirles que no sabemos qué demonios está sucediendo de forma que parezca lo contrario.

Archie apretó el brazo del alcalde, haciendo un gesto que significaba que tenía plena confianza en que sabría hacerlo, y se alejó.

41

Susan estaba sentada en el sofá con su laptop y una copa de vino tinto, escribiendo sobre Gretchen Lowell. Por lo que sabía, la historia del Estrangulador Extraescolar había concluido con el suicido de Dan McCallum. Estaba segura de que encontrarían el cadáver de Addy Jackson en alguna parte. Al igual que las otras, la habría matado y sumergido su cuerpo en el barro, en donde esperaría que la descubriera algún desafortunado paseante o un grupo de excursionistas. Imaginó el cadáver a medio enterrar de Addy y sintió que se le llenaban los ojos de lágrimas. Mierda. No podía dejar que aquel asunto la desbordara, no ahora. Sacudió la cabeza tratando de alejar aquella horrible imagen, pero fue reemplazada por el cuerpo destrozado de Kristy Mathers, retorcido en la oscura arena de la isla Sauvie. Luego, acudieron a su mente los padres de Addy y la desesperación de sus ojos cuando hablaban con Archie, suplicando que salvara a su hija, para salvarlos a ellos. No pudo evitar tampoco el recuerdo de su propio padre.

Su celular saltó y vibró sobre la mesa. En la pantalla de identificación de llamadas se leía: «Número desconocido». Se puso el teléfono al oído.

—¿Sí?

—Mi nombre es Molly Palmer.

—¡Por todos los demonios! —exclamó Susan.

Hubo una pausa.

—Mira, estoy llamando para decirte que no quiero hablar contigo. No tengo nada que decirte.

—No es culpa tuya —dijo Susan rápidamente—. Él era un adulto. No tiene disculpa posible.

Oyó una risa amarga.

—Seguro. —Guardó silencio durante un instante—. Me enseñó a jugar al tenis. Puedes poner eso en el artículo que estás escribiendo. Es lo único bueno que puedo decir de él.

Susan intentó controlar la desesperación en su voz. Molly era la historia. Si podía convencerla para que hablara, el periódico tendría que publicar el artículo; si no, no tenía nada, y el senador quedaría libre de cualquier cargo.

—Tienes que sacarlo de tu interior, Molly —le rogó Susan—. Si no lo haces, te comerá viva. Envenenará todo lo que hagas. —Enredó un mechón de su cabello alrededor de un dedo y tiró hasta que le dolió—. Yo lo sé.

—Mira —dijo Molly, intentando contenerse—. Hazme un favor, ¿quieres? No vuelvas a llamar a Ethan. Todo este asunto está empezando a volverme loca. No quiero volver a tener contacto con mucha de la gente de aquella época. Y no quiero perderlo a él.

—Por favor —suplicó Susan.

—Es agua pasada —replicó Molly. Y colgó.

Susan sostuvo el teléfono en su oído un instante, escuchando el silencio en la línea.

Agua pasada. Y sin Molly, así continuaría siendo. Cerró con fuerza los ojos, frustrada. Ian podría haber convencido a Molly de que hablara, y también Parker. Susan había tenido la oportunidad y la había perdido. Dejó el teléfono, tomó aliento, se secó la nariz y los ojos con el dorso de la mano y se sirvió un poco más de vino. No había nada más reconfortante que una buena copa de vino.

Consideró la posibilidad de volver a llamar a Ethan. Estaba claro que él le había dado a Molly sus mensajes. Pero después pensó en el dolor palpable que se percibía en la voz de Molly y en su deseo de que la dejaran tranquila para poder olvidar su pasado.

¿Era eso algo tan malo?

Al diablo. Agarró el teléfono y marcó el número de Ethan. Una vez más salió el contestador.

—Hola —dijo—. Soy yo. Susan Ward. Otra vez. Escucha. Acabo de hablar por teléfono con Molly y quiero que le digas que la entiendo. Yo tuve una historia... —se detuvo un instante—... o como quieras llamarla, con un profesor, cuando tenía quince años. Y me pasé muchísimo tiempo justificándola. Pero ¿sabes qué, Ethan? No tiene justificación posible. Así de simple. Díselo a Molly. Ella lo entenderá. Y yo no volveré a llamarte. —¿A quién quería engañar?—. Al menos durante algunos días.

Dejó el teléfono sobre la mesa y volvió a su trabajo. Tenía que terminar el artículo sobre Gretchen Lowell; Gretchen, que seguía bien viva, que le había hecho hervir la sangre. Susan estaba convencida de que si ella era capaz de describir a Gretchen sobre el papel, podría, de alguna manera, entender a Archie, a McCallum y todo lo que los rodeaba. Podía percibir aquella historia, oscura y amorfa, en la habitación, junto a ella. Sólo necesitaba darle forma. Bebió un largo trago de vino. Era de la reserva del Gran Escritor que había encontrado en el fondo de un armario bajo un montón de ejemplares de su última novela. Susan se dijo que a él no le importaría. Eran circunstancias especiales. El vino era afrutado y ligeramente dulce y ella disfrutó de su calidez en la lengua antes de tragarlo.

Cuando oyó el golpe en la puerta, su primer pensamiento se dirigió hacia Bliss. Había llamado a su madre al llegar a casa; Bliss era la única persona en el mundo que no tenía celular ni buzón de voz. Susan había dejado un triste mensaje en el contestador, que funcionaba de vez en cuando, y con frecuencia reproducía los mensajes con una extraña y lenta cadencia que hacía que Bliss se retorciera de risa. Al oír el golpe en su puerta, Susan pensó que habría escuchado el mensaje y lo habría dejado todo para correr a su lado a ver si estaba bien. Pero, en su interior, sabía que aquélla sería una situación inimaginable. Al alcanzar la edad adulta, se había pasado mucho tiempo cuidando de Bliss. Sin embargo, en su determinación por tratar a su hija como una adulta, Bliss rara vez había cuidado de ella. Además, su madre se negaba a tener coche y habría tenido que tomar dos autobuses para llegar hasta Pearl. Tenía que ser Ian. Sonrió ante aquella perspectiva, sintiendo un reconfortante orgullo al saber que él, a fin de cuentas, no había podido resistirse a sus poderosos encantos femeninos. Sí. Con toda seguridad, era Ian.

Sonó otro golpe.

Se puso de pie y se encaminó descalza a la puerta, deteniéndose un minuto para mirarse en un antiguo espejo biselado. El Gran Escritor le había dicho que lo había comprado en una tienda de antigüedades en París, pero ella había visto uno idéntico en Pottery Barn. Gretchen Lowell tenía razón. En la frente de Susan empeza a resultar permanente una arruga cuyo aspecto no le gustaba en absoluto. ¿Era posible que hubiera envejecido en aquella semana? Dejó la copa de vino sobre la mesa ante al espejo y con su pulgar alisó la ofensiva arruga hasta que su entrecejo se relajó, y luego colocó algunos mechones de su cabello rosa detrás de sus pequeñas orejas. Ya estaba lista. Con una de sus sonrisas más encantadoras, abrió la puerta. Pero no era Ian.

Se trataba de Paul Reston.

Habían pasado diez años. Él había llegado ya a los cuarenta, su cabello castaño claro empezaba a ser escaso y había echado una ligera panza. Parecía más grande, su espalda más huesuda, las arrugas de su rostro más pronunciadas. No llevaba ya sus gafas rectangulares de montura de plástico rojo, sino unas ovaladas de metal. Susan se quedó sorprendida al no encontrarse con el apuesto y joven profesor que ella recordaba. ¿Lo había sido alguna vez?

—Paul —exclamó Susan sorprendida—, ¿qué estás haciendo aquí?

—Me alegro de volver a verte —dijo Paul—. Tienes muy buen aspecto. —Sonrió con amabilidad, dispuesto a darle un abrazo; ella dio un paso adelante dejándose abrazar. Olía al salón de actos del Cleveland, a pintura, serrín y naranja.

—Paul —dijo ella, apoyando la mejilla contra su jersey marrón con escote de pico—. En serio.

Él la soltó y la miró. En sus ojos castaños aparecía reflejada una enorme decepción.

—Un detective vino a verme.

Susan enrojeció de vergüenza.

—Lo siento muchísimo —se disculpó—. Retiré todas las acusaciones. Le dije que me lo había inventado. Ya no te molestará más.

Paul suspiró con pesadez y entró en el apartamento, sacudiendo la cabeza.

—¿En qué estabas pensando? Si sacas a la luz esa historia, puede causarme un montón de problemas en el instituto.

—No importa —replicó Susan, tratando de tranquilizarlo—. No podrán hacerte nada si negamos todo lo ocurrido.

La frustración brilló en sus ojos.

—No hay nada que negar. No pasó nada, Suzy. —Tomó el rostro de ella entre sus manos y la observó detenidamente—. Es la verdad.

Susan retrocedió, apartando su rostro.

—Está bien. No pasó nada.

—Cuando eras adolescente pasaste una mala época. Lo entiendo. Pero tienes que dejar atrás tu pasado.

—Lo he hecho —insistió Susan—. Lo haré.

Él se volvió hacia ella con una mirada implorante.

—Entonces, quiero que me lo digas.

—No pasó nada —repitió Susan con el tono más firme y confiado que pudo encontrar—. Yo lo inventé todo.

Paul asintió varias veces, aliviado.

—Eres una buena escritora. Tienes un enorme potencial. Siempre fuiste muy creativa.

—Todavía lo soy —exclamó Susan, algo irritada. La puerta de entrada había quedado entreabierta, y ella no quería cerrarla. No le apetecía que Paul confundiera aquel gesto con una invitación a quedarse.

—Ven —dijo él, abriendo los brazos—. Somos amigos, ¿verdad? —Le sonrió y su rostro se relajó. Entonces, ella reconoció a su profesor favorito tal como había sido hacía años, con el cabello hasta los hombros, las chaquetas de pana, los comentarios irónicos y los estúpidos poemas. La atracción casi le resultó irresistible. Una pequeña parte de ella todavía amaba a Paul Reston. Pero se impuso la parte más racional, que sabía que todo aquello era falso.

Su espalda se puso rígida y dio un breve paso hacia atrás cuando él se aproximó.

—Ya no quiero jugar más a esto —declaró ella. Su voz, de pronto, sonó hueca, extraña, distinta.

Él se detuvo y dejó caer los brazos.

—¿Qué sucede? —preguntó.

—Esto me resulta muy extraño, Paul. —Alzó una mano y la agitó señalando al interior de su apartamento—. Estamos solos. Podemos hablar de lo que pasó. Entonces, ¿a qué viene este juego de «esto nunca sucedió»?

Él inclinó la cabeza, arqueando una ceja con expresión interrogante.

—¿A qué te refieres con lo de este juego?

Vaya. Aquello sí que era retorcido.

—Por dios, Paul —dijo Susan.

Con el rostro enrojecido, él soltó una fuerte y corta carcajada, como un ladrido.

—Bueno, lo siento. Sólo me estaba divirtiendo. ¿Desde cuándo eres tan seria? —La miró de buen humor—. Antes te encantaba actuar.

—Han muerto tres chicas —dijo Susan—. Y otra ha desaparecido; probablemente también esté muerta.

Él se encaminó hacia la puerta, la cerró y se reclinó contra ella, con las manos a la espalda, aferrando el picaporte. Su voz y su actitud se volvieron repentinamente tranquilas.

—Ya me he enterado. Dan McCallum, ¿eh? Nunca lo hubiera imaginado.

McCallum. Ella sintió otra vez el ardor de las lágrimas. Todavía no entendía cómo McCallum podía haberlo hecho. Siempre se había mostrado exageradamente justo. Era un pesado, cierto, pero muy sensato. Nunca dejaba de sorprenderse al imaginar hasta dónde podía llegar la gente.

Y Paul. Ella había seducido a su profesor y luego se lo había contado a un policía. Después de haberle prometido una y otra vez que nunca diría nada a nadie. Probablemente él la odiaría.

—Por lo menos, todo ha terminado —declaró Susan.

Él le acarició la mejilla con el dorso de la mano con amabilidad y ella se sintió agradecida ante aquella delicadeza.

—Me dio la sensación de que necesitarías compañía. Déjame que te prepare algo de cenar —dijo él, mirando con escepticismo hacia la cocina—. ¿Tienes algo de comer?

—Sólo una lata de corazones de alcachofas y mantequilla de cacahuete —respondió ella.

—Bueno, algo puedo preparar —dijo, haciendo una graciosa reverencia—. Por ejemplo, un fantástico revuelto de alcachofas con mantequilla de cacahuete.

Susan echó una mirada a su laptop, deseando, de pronto, volver a la soledad de su vino y su trabajo.

—Tengo que entregar mañana mi artículo, así que debo terminar esta noche. —Alcanzó a ver su reflejo en el espejo de Pottery Barn, de nuevo había fruncido el ceño. La copa de vino seguía allí donde la había dejado, sobre la mesa.

—Tienes que comer algo. —Él la miró expectante.

Ella se volvió hacia él repentinamente.

—¿Cómo sabías dónde vivo?

—Tenemos acceso a Nexus en el instituto. Puedes encontrar a cualquiera. Sólo con teclear su nombre. —Reston guardó silencio un instante, como si estuviera pensando su próximo paso, deseando que sus palabras fueran exactas—. Después de tu graduación, lo pasé fatal. —Apartó la vista—. Nunca respondiste a mis cartas.

—Estaba en la universidad.

Él se encogió de hombros con naturalidad y le ofreció una encantadora sonrisa.

—Yo te amaba.

—Porque yo era una adolescente —intentó explicar Susan—. Yo te adoraba. ¿No es eso también amor? —Ella se acercó al espejo, cogió su copa de vino de la mesa y bebió. La fotografía que Bliss le había dado la semana anterior estaba enganchada en una esquina del espejo. Susan con tres años, de la mano de su padre. Segura. Feliz.

Todo cambia, definitivamente.

—Nunca dejé de pensar en ti —dijo Paul.

Susan miró su reflejo.

—Vamos, Paul. —Susan le habló a su propia imagen—. Ni siquiera me conoces.

Él se acercó por detrás, con expresión seria y algo dolida.

—¿Cómo puedes decir eso?

Susan cogió un cepillo de la mesa y comenzó a cepillarse su melena rosa. No hacía falta, pero le brindaba la oportunidad de hacer algo.

—Porque cuando me conociste yo no era una persona completamente desarrollada. Era una adolescente. —Siguió cepillándose enérgicamente. Su padre, con barba, la miraba desde la fotografía, agarrando con su mano protectora la de la niña.

Paul le tocó la nuca.

—Nunca fuiste una adolescente.

Ella dejó el cepillo con rapidez, provocando un ruido seco contra la superficie de la mesa que la sobresaltó.

—Mira —le dijo, mirando su reloj—. Tienes que marcharte. Tengo poco tiempo.

—Déjame que te invite a cenar.

Ella se dio media vuelta, de espaldas al espejo, a la fotografía, a su padre, y lo miró.

—Paul.

Él volvió a ofrecerle su sonrisa seductora.

—Sólo una hora. Te contaré anécdotas de Dan McCallum. Para tu artículo. Después te traeré de vuelta a casa para que puedas terminar tu trabajo.

Susan volvió a sentirse una quinceañera, incapaz de decepcionarlo. Además, no tenía fuerzas para discutir.

—Una hora.

—Te lo prometo.

El ascensor tardó mil años en llegar hasta el aparcamiento que había en el sótano del edificio. Paul no dijo nada y, por primera vez en su vida, Susan no intentó ahuyentar el silencio. Paul la miraba con una ligera sonrisa en los labios mientras ella jugueteaba con el cinturón de su gabardina, apoyaba el peso de su cuerpo en uno y otro pie y miraba fijamente a los números iluminados junto a la puerta del ascensor. Podía ver sus imágenes reflejadas en la pared de acero, una mezcla de colores brillando en el metal.

Las puertas se abrieron y Paul dejó que ella saliera primero.

—Lo he dejado por este lado —dijo él, señalando un coche en un extremo del garaje, lejos del ascensor y de los otros vehículos aparcados.

«Bueno —pensó Susan—, al menos tendré tiempo de fumarme medio cigarro.» Buscó en su bolso y encendió uno.

—¿Conocías a Lee Robinson? —preguntó Susan, dando una calada.

Paul hizo un gesto de desagrado.

—¿Todavía fumas?

—No. Sólo en acontecimientos sociales —respondió Susan agitada.

Él lanzó una mirada a su alrededor.

—¿Éste es un acontecimiento social?

Susan lanzó un gruñido.

—Ya no eres mi profesor, Paul. No me sermonees.

—Cuatrocientas cuarenta mil personas mueren al año en el país a causa del tabaco. Cincuenta personas por hora.

Susan dio una profunda calada a su cigarrillo.

—¿Conocías a Lee Robinson? —volvió a preguntarle.

Él se tocó la cabeza como si, de pronto, le doliera.

—No muy bien —contestó.

Susan tiró de su cinturón, atándolo y desatándolo.

—Pero eras bastante amigo de McCallum, ¿no? Creo recordar que me contaste que ibas de pesca con él en su barco.

—Suzy, eso fue hace veinte años —dijo Paul con una sonrisa exasperada.

—Entonces, solían pasar tiempo juntos.

—Fuimos de pesca juntos una vez, hace veinte años. —Él se acercó y pasó su brazo por el hombro de Susan que dio un paso adelante para quitárselo de encima.

La periodista se rió nerviosa.

—¿No podías haberte estacionado más lejos? —preguntó.

Paul se encogió de hombros y se metió las manos en los bolsillos.

—No había sitio cuando llegué.

—Bueno, si me derrumbo por mi escasa capacidad pulmonar, deja mi cuerpo a merced de las ratas —bromeó Susan.

—Fumar no es un chiste. Es una adicción muy peligrosa. Te va a matar.

Por fin llegaron al coche. Susan nunca se había sentido tan feliz al ver una furgoneta passat de hacía diez años. Sonrió ante las dos pegatinas cuidadosamente colocadas a uno y otro lado del parachoques. En ellas se leía: «salvemos nuestras escuelas» y «Si no está furioso, es que no está prestando atención».

Paul entró primero agachándose y abrió la puerta del lado de Susan. Ella subió, se puso el cinturón de seguridad y dio una última calada a su cigarrillo. Después buscó el cenicero para deshacerse de él. Era el coche más limpio que había visto nunca. El salpicadero brillaba. No había un pelo, ni un lápiz, ni un sobrecito de ketchup por ningún lado. Se inclinó y abrió el cenicero. El de su coche estaba repleto de chicles y ceniza. El de Paul estaba vacío. Si hubiera querido, se podría haber usado para comer. Susan miró su cigarro; era una pena ensuciar un cenicero tan inmaculado como aquél. Tampoco quería tirar la colilla en el suelo del estacionamiento —estaba tratando de ser más cuidadosa con la limpieza en los lugares públicos—. Tal vez Paul tuviera algo en la guantera para que ella pudiera envolver el cigarrillo y luego guardarlo en su bolso. Abrió la guantera. En su interior, había una linterna y un mapa.

—Por dios, Paul —dijo—. ¿Te pasas el día limpiando? —El coche olía incluso a desinfectante, como un baño público recién fregado—. ¿Qué has hecho? ¿Sumergir tu coche en lejía? —preguntó—. Porque huele como a... —Sacó el mapa de la guantera y lo examinó. Era una carta náutica del Willamette—... cloro.

Él la agarró por detrás al tiempo que ella forcejeaba con el tirador. Intentó agarrarse a la puerta, pero él apretó el botón que bloqueba automáticamente todas las cerraduras. Susan luchó por alcanzar el botón en el tirador de su puerta y desbloquearla, pero él pasó el antebrazo por su cuello y puso algo sobre su boca y su nariz, dejándola inmovilizada. Trató de resistirse con las rodillas y los codos, pero no fue suficiente. Él tenía ventaja sobre ella. Por su mente pasaron las ideas más absurdas: por qué no habría ido a las clases de defensa personal; por qué no se le había ocurrido ponerse las botas estrechas con la puntera metálica; por qué no se habría dejado las uñas largas para arrancarle los ojos a aquel demente; o simplemente, por qué nada de aquello le sorprendía. Se las ingenió para tomar el cigarro encendido y se lo aplastó en el cuello hasta que gritó, pero Reston le retorció la muñeca hasta que Susan tuvo que soltarlo. Le hubiera gustado matarlo, pero se conformaba con dejarle un agujero en la alfombrilla de su impecable coche. Ése sería su legado: una quemadura en una superficie impoluta. Maldita perfección. Fue su último pensamiento antes de que la oscuridad la envolviera.

Anne estaba sentada en la alfombra del pequeño y oscuro salón de Dan McCallum, rodeada de los anuarios del instituto Cleveland. No estaba muy segura de lo que buscaba. Pero Archie sospechaba de Reston y ella iba a proporcionarle algo con lo que seguir adelante. Los libros habían sido ordenados cronológicamente y Anne había comenzado por el volumen más reciente, hojeándolo con la esperanza de que algo le llamara la atención. Recorría página tras página de simpáticas fotos de grupos escolares, acontecimientos deportivos, actuaciones teatrales, alumnos, profesores y melancólicos mensajes de los graduados y después, entre 1992 y 1993 encontró exactamente lo que estaba buscando. Sacó el libro de 1993-1994 del estante y buscó frenéticamente hasta que encontró la siguiente foto que necesitaba para confirmar lo que estaba pensando.

Se puso de pie, con los dos libros apretados contra su pecho y recorrió a toda prisa la casa en busca de Archie.

El detective se encontraba en la cocina, mirando cómo metían el cadáver de McCallum en una bolsa de plástico negra y se disponían a sacarlo de la casa. Anna lo llevó hasta los escalones que daban al jardín y le puso el primero de los anuarios en las manos, mostrando la fotografía del grupo teatral del Instituto Cleveland. En el centro estaba Susan Ward, y a su lado, Paul Reston. Susan, a los catorce años, antes de haberse teñido el pelo de rosa. Todavía era una muchacha de fino cabello castaño, de aspecto torpe y anodino que no se había desarrollado ni alcanzado su belleza actual.

—Por dios —exclamó Archie, palideciendo—. Es igual que las otras.

—¿Por qué sospechaste de Reston? —preguntó Anne.

Ella pudo ver que Archie dudaba por un instante. Tocó la foto de la joven Susan como si sus yemas pudieran protegerla retroactivamente.

—Susan me contó ayer que había tenido una relación sexual con él cuando era su profesor. Hoy lo ha negado.

Anne no tuvo ninguna duda de que Susan se había acostado con Reston cuando era adolescente.

—Es él —afirmó simplemente.

—Tiene coartada —dijo Archie, reclinándose contra la pared de la casa—. No podemos arrestarlo basándonos en una vieja foto y un delito que ya ha prescrito.

Anne puso el siguiente anuario sobre el anterior y lo abrió por la foto de Susan. Era una jovencita diferente a la de la primera foto. Llevaba una camiseta negra y lápiz de labios negro. Sus ojos se veían desasosegados, tristes y desafiantes todo al mismo tiempo. Y se había oxigenado el pelo. Pero no había usado tinte, ni había ido a una peluquería. Había usado lo que tenía a mano en casa: agua oxigenada.

—Es todo lo que hay sobre ella —dijo Anne. Catalogó las fotos del depósito en su memoria, el rostro marmóreo de las chicas, las córneas desangradas, el cruel naranja amarillento de los cabellos que una vez habían sido castaños—. Las sumerge en lejía porque así completa la transformación.

Archie no podía apartar los ojos de la fotografía. Ella podía ver cómo intentaba procesarlo todo.

—Me estás tomando el pelo —susurró casi para sí mismo. Después miró a Anne, con el rostro encendido por las prisas—. ¿Dónde están Claire y Henry?

—Estoy aquí —respondió Claire, subiendo los escalones con el celular todavía en la mano—. Jeff acaba de llamar —informó, tensa—. Reston no está en su casa. Salió del instituto a la hora de siempre, pero no ha llegado a casa. No saben dónde encontrarlo hasta que aparezca. ¿Les digo que lo esperen?

La puerta trasera se abrió de golpe, y Anne vio cómo un hombre joven, con una chaqueta en la que ponía «Servicio de transporte médico», avanzaba de espaldas, tirando de una camilla metálica con el cadáver de McCallum. Anne sostuvo la puerta abierta para que el joven y su compañero sacaran el cuerpo.

—Búsquenlo —ordenó Archie a Claire, pasándole a Anne los anuarios sobre el cadáver para poder sacar su teléfono—. Y arréstenlo. Es nuestro hombre. Pidan una orden para registrar su casa. Y envía a algunos policías al apartamento de Susan Ward. De inmediato.

El equipo de transporte despejó la escalera y comenzó a arrastrar la camilla por el sendero que conducía a la entrada. Las ruedas rechinaron de forma estridente sobre el cemento.

Anne miró al anuario que tenía en sus manos. En el borde, al lado de una fotografía de un hombre joven, había un mensaje de uno de los alumnos de McCallum: «Eh, señor M. Me largo de este lugar. Que tenga una buena vida».

Susan se despertó de repente, oliendo a gasolina. El olor era tan fuerte que había llegado hasta el fondo del océano tenebroso en el que se encontraba sumergida, la había agarrado por el cabello y arrastrado hasta la superficie de su conciencia. Se despertó sobresaltada, pero estaba tan oscuro que tardó un buen rato en darse cuenta de que tenía los ojos abiertos. Estaba atada de pies y manos. Se sentó, golpeándose la cabeza contra una superficie dura. El impacto le hizo sentir una oleada de dolor que la obligó a recostarse de nuevo.

—¿Paul? —llamó. Su voz sonó como un quejido.

La habitación pareció moverse. Perdió el equilibrio y rodó contra una pared. No fue el movimiento lo que le hizo percatarse de dónde se encontraba, sino el choque de su cuerpo contra la fibra de vidrio. Un barco. Estaba en un barco.

Fue entonces cuando la invadió el terror.

Comenzó a gritar, utilizando sus pies y manos inmovilizados para golpear la fibra de vidrio. Trató de reunir todas las fuerzas posibles.

—¡Estoy aquí abajo! —gritó—. Ayúdenme. Que alguien me ayude.

—Susan.

Se quedó helada, con todo el vello de su cuerpo erizado. Él estaba allí abajo. Con ella. En la oscuridad.

—Susan. —Su voz, en medio de aquellas tinieblas, sonó tensa y brutal—. Necesitas conservar la calma.

—Déjame marchar, Paul —le suplicó en la oscuridad.

Ella sintió cómo él la buscaba y se obligó a no retorcerse cuando su mano rozó su pierna, subió por su muslo y allí se detuvo. Él estaba a su lado. Su aliento cálido contra el rostro.

—He pensado que podíamos pasar un poco de tiempo juntos —susurró con voz entrecortada—. Como has dicho, casi no te conozco.

CAPÍTULO
44

Archie se imaginó lo peor al no recibir respuesta de Susan ni en su domicilio ni en su celular. Se dirigieron hacia Pearl en el coche de Henry, con él al volante y Archie a su lado. Claire y Anne los seguían de cerca. Había dejado idénticos mensajes con tono preocupado en el contestador automático y en el buzón de voz de Susan. Luego dejó su teléfono en la palma de la mano, sobre su regazo, deseando que sonara. Había empezado a oscurecer a las seis y media. Eran casi las siete y media, así que ya hacía largo rato que el sol se había puesto detrás de las colinas occidentales, pero el púrpura del cielo invernal todavía brillaba en el crepúsculo. Iba a ser una noche muy fría.

—Estará en cualquier lado —dijo Henry, aferrándose al volante—. Quizá se esté dando una ducha o algo así.

—Cierto —asintió Archie.

—Tal vez esté durmiendo la siesta —agregó Henry.

—Te entiendo —dijo Archie. Notó que la muñeca de Henry estaba sangrando—. ¿Qué te ha pasado?

Henry se encogió de hombros.

—Ese maldito gato me arañó.

El walkie-talkie de Archie hizo un zumbido y éste contestó. Los policías habían llegado al apartamento de Susan, pero no respondía.

—Miren si su coche está en el garaje —les dijo—. Pregunten a los vecinos si alguien la ha visto llegar o irse. Y fíjense en si hay una cámara de seguridad en el garaje o en el vestíbulo del edificio. —Después llamó a información y pidió el número de teléfono de Ian Harper.

En la residencia de Harper respondió un niño.

—¿Está tu papá? —preguntó Archie.

El pequeño dejó el teléfono. El detective pudo oír música y un bullicio de risas. Al minuto, Ian Harper atendió el teléfono.

Su voz sonaba irritada:

—¿Sí?

Archie no sintió demasiadas simpatías hacia Ian en ese momento, y estaba apurado, así que se saltó los prolegómenos.

—Ian. Soy Archie Sheridan. ¿Ha dejado a Susan en su apartamento esta tarde?

Ian dudó.

—Sí.

—¿A qué hora? —preguntó Archie.

—¿Qué está pasando?

Henry esquivó una camioneta que circulaba despacio por el puente de la isla Ross. Henry llevaba las luces del coche encendidas, pero no la sirena. Hacia el norte, el horizonte parecía una auténtica postal. Archie sacó el pastillero de su bolsillo y jugueteó con él entre los dedos.

—¿A qué hora la ha dejado en su casa? —volvió a preguntar.

—No lo sé —respondió Ian, titubeando—. ¿Alrededor de las cinco y media?

—¿Planeaba salir hoy por la noche? —preguntó Archie—. ¿O recibir alguna visita?

—A mí no me ha dicho nada. —Ian pensó un instante y luego añadió con voz severa—: Tiene que entregar un artículo mañana.

—¿Sabe algo de una fuente anónima que le haya mencionado a un alumno del Cleveland?

—Sí —afirmó Ian al instante—. Ésa es otra historia. No tiene nada que ver con el asesino.

—¿Está seguro?

—Sí —contestó sin dudar.

Aquella respuesta no hizo que Archie se sintiera mejor. Comenzó a abrir el pastillero, vio el brillo de desaprobación en los ojos de Henry y volvió a guardarlo en su bolsillo.

—¿Y la ha visto entrar en el edificio?

—Sí. —Ian hizo una pausa. Archie podía oír las risas de sus invitados—. ¿Le ha pasado algo a Susan?

—Estoy tratando de localizarla. Si sabe algo de ella, dígale que me llame, ¿está bien?

Ian bajó la voz:

—¿Quiere que vaya?

—No, Ian —suspiró Archie, pensando en la confidencia que le había hecho Susan—. Quédese con su familia.

Cuando Henry aparcó detrás de uno de los coches patrulla, frente a la vieja destilería, un agente le estaba esperando.

—Su coche está en el garaje —dijo—. Hay una cámara de seguridad en el vestíbulo. Está conectada a un monitor en la oficina del conserje.

—¿Conserje? —preguntó Archie.

El patrullero alzó la vista.

—Creo que es la encargada del edificio.

Archie, Henry y Anne siguieron al oficial a través del vestíbulo modernista del edificio, pintado en blanco y negro, hasta una pequeña habitación decorada enteramente con toda una gama de colores marrones, donde una chica de pelo rubio platino, recogido en una coleta, estaba sentada detrás de una mesa de bambú. Sostenía un ovalado control remoto en su mano, y estaba examinando una película granulada en un brillante monitor blanco. Sobre el mostrador había un montón de fotografías. Archie se fijó en la que estaba arriba del todo. Era una foto de un gato con una leyenda que decía: «Basta ya de experimentos con gatos en los laboratorios.»

—Ahí —señaló la mujer. Se inclinó hacia delante y, apoyándose en los codos, colocó su dedo índice, con una larguísima uña, sobre la imagen de Susan Ward y Paul Reston—. Ésa es Susan Ward.

Todos pudieron ver cómo Susan y Reston, desde el ascensor, avanzaban por el aparcamiento hasta quedar fuera del alcance de la cámara. El reloj del vídeo marcaba las seis y doce minutos.

—Tienes que encontrarlos —les dijo Anne a Archie y a Henry—. La matará si no lo haces.

Archie subió al apartamento de Susan. La encargada los había dejado entrar. Un caro espejo dorado colgaba al lado de la puerta de entrada. Sobre la mesita que había ante él, reposaba una copa de vino vacía. Además había un cepillo de madera con un solitario cabello rosa brillante enredado en sus cerdas. Archie examinó la copa sin tocarla. En el fondo sólo quedaba una pequeña cantidad de líquido rojo mientras que en el borde podía apreciarse una marca del lápiz de labios. Habían llegado tarde por muy poco. Ella había bebido una copa de vino y se fue con él. Archie cursó una orden de busca y captura para Reston. Policías de cuatro estados buscaban su coche. Pero hubo un tiempo en que también mucha gente había buscado a Archie infructuosamente. Juguetó con el pastillero en su bolsillo. Sentía una especie de cosquilleo por haberse excedido con la cafeína, lo que significaba que era hora de tomarse algunas vicodinas. Pronto llegaría el dolor de cabeza, después el ardor bajo la picl que se transformaba en sudor frío y los dolores musculares.

Abrió el pastillero, eligió tres de las grandes pastillas ovales y se las puso en la boca. Las mantuvo contra la mejilla mientras entraba en la pequeña cocina del apartamento de Susan donde bebió del grifo, ayudándose con la mano, y tragó las pastillas.

Había llegado, incluso, a disfrutar del gusto amargo de las píldoras. Se había encontrado con adictos que se inyectaban una solución salina cuando no podían encontrar la droga que buscaban. El hecho de que alguien se clavara una aguja en una vena sólo por el placer de hacerlo había confundido a Archie entonces. Ahora entendía que el dolor familiar actuaba como un cierto tónico mental.

—¿Crees que eso es buena idea? —le preguntó Henry.

Archie alzó la vista. Su compañero se encontraba al otro lado de la mesa de la cocina, con una expresión tan inescrutable como siempre.

—Es simple mantenimiento —respondió Archie, dándole la espalda—. No me estoy drogando.

Podía sentir cómo su cuerpo se relajaba, preparándose a recibir la codeína en su sistema. Era psicosomático. Las píldoras no actuaban con tanta rapidez. Pero no le importaba. Tenía que concentrarse. Pensar. ¿Cómo se las había ingeniado Reston para secuestrar a Addy? ¿Y por qué había matado a

McCallum? Tenía que estar relacionado con el barco. Reston y McCallum daban clases en el mismo instituto, se conocían, McCallum había dicho que todos sabían que tenía un barco. Tal vez Reston lo había utilizado y luego lo incendió para destruir las pruebas o para desviar las sospechas. Si él sabía que McCallum había sido interrogado, su suicidio podía convertirse en una tapadera definitiva. Se había vuelto descuidado. Y estaba desesperado. Y eso preocupaba a Archie.

Volvió al salón en donde Anne estaba mirando a través del gran ventanal. Esperaba que ella estuviera pensando en Reston, y no considerando invertir en bienes inmuebles en aquella zona. Podía notar a Henry, a su espalda, como una sombra constante. Archie se colocó junto a Anne y también miró por la ventana. Al otro lado de la calle se alzaba un nuevo edificio de apartamentos. Las ventanas iluminadas le daban el aspecto de una casa de muñecas en la oscuridad.

—¿Está desesperado? —le preguntó a Anne.

Ella se apartó un mechón de cabellos de los ojos.

—Está obsesionado con una antigua estudiante —le contestó—. Una historia que acabó hace diez años. Yo diría que está muy desesperado. Si me preguntas si existe la posibilidad de que se suicide, te diría que es muy alta.

Una mujer en uno de los apartamentos de la calle de enfrente encendió la televisión.

—¿Entonces no crees que la haya matado ya?

—No. —Hizo una pausa—. Pero podría estar equivocada.

—¿Adónde puede haberla llevado? —preguntó Henry.

Anne reflexionó un instante.

—La llevaría a algún lugar en donde se sienta seguro. ¿Adónde llevó a las otras? —Era una pregunta retórica.

—Al barco —respondió Archie.

—Al barco de McCallum —apostilló Henry—. Pero ya no existe.

Archie se quedó pensativo, mirando hacia la calle, en donde alguien, en una camioneta, estaba intentando aparcar.

—A menos que tenga otro barco.

—No —objetó Claire, acercándoseles—. Ya hemos investigado en el departamento de la marina estatal a todos los profesores y personal de los institutos que encajaban en el perfil. McCallum tenía un solo barco registrado.

—Dijo que éste lo había comprado hacía pocos años —recordó Archie—. Tal vez se hubiera quedado también con el viejo y dejó que expirara el registro.

—¿Se puede hacer eso? —preguntó Claire.

—Llama y averígualo —le ordenó Archie.

Claire cogió el móvil que llevaba sujeto al cinturón.

—De inmediato.

Se apartó para efectuar la llamada.

—¿Estás bien? —le preguntó Henry a Archie.

El detective fue entonces consciente de que se encontraba allí, de pie, mirando al suelo de madera. Susan Ward estaba secuestrada por un maníaco que la iba a matar, si es que no lo había hecho ya, y él no estaba seguro de poder salvarla.

—Sólo necesito un minuto —dijo.

Archie se encerró durante unos minutos en el baño de Susan Ward. Sentía la preocupación de Henry envolviéndolo como una mortaja. «Aguanta», pensó. Después lo repitió en voz alta:

—Aguanta.

Se mojó el rostro con agua y se secó con una toalla que colgaba al lado del lavabo.

Miró su reloj. Eran casi las nueve. «Una hora de lectura antes de que apaguen las luces.»

Se detuvo. No pienses en ella. No ahora. Tenía que concentrarse en Susan. Le picaba la nariz, una respuesta del sistema nervioso a la Vicodina que su cuerpo casi había suprimido, pero que aparecía de vez en cuando. Se la frotó vigorosamente. Bien. Ahora, además, todos iban a pensar que le daba a la cocaína. Gretchen estaba allí de nuevo, diáfana en su mente, acostada en la litera de su celda, apoyada sobre un codo, con *La última víctima* en sus manos. Su foto de boda estaba en ese libro.

—Jefe —llamó Henry, golpeando suavemente la puerta del baño.

Archie parpadeó para alejar aquella imagen perversa y abrió la puerta. Henry y Claire lo estaban esperando.

—¿Ya tenemos algo? —preguntó Archie.

Claire miró su cuaderno de notas.

—Registró el barco que ardió hace cinco años. Antes tuvo otro, un Chris Craft Catalina 1950. El registro de este último expiró ocho meses después de comprar el nuevo. Pero si lo hubiera vendido, tendría que haber sido registrado por alguna otra persona y nadie lo ha hecho.

—Tal vez se lo vendió a alguien al otro lado del río —apuntó Archie.

—Tal vez —admitió Claire—. Pero según me explicó una simpática señora del departamento de marina, hasta que unificaron la normativa en 2002, si tu barco no estaba «en el agua» no tenías obligación de tenerlo registrado, es decir, si lo tenías amarrado en un embarcadero, pero no navegabas con él, podías ahorrarte los quince dólares anuales que te cobra el estado.

Archie asintió.

—Ese miserable bastardo se quedó con el barco.

Henry cruzó los brazos.

—Seguramente es el que Reston ha estado usando, porque así McCallum no se habría percatado de que le faltaba.

—¿Percatado? —repitió Claire.

—¿Acaso no puedo usar una palabra elegante? —dijo Henry.

La detective continuó:

—Si estamos en lo cierto, el barco debería estar en el mismo embarcadero, ¿verdad? Quiero decir, es lo más probable.

—Vamos —ordenó Archie.

Anne se había colocado al lado de Henry.

—Ten cuidado. Porque si envías a la caballería y lo asustas, lo más probable es que le haga daño y termine con ella inmediatamente.

—Siempre y cuando no nos hayamos equivocado, Reston continúe allí y ella esté todavía viva —replicó Archie.

Anne asintió varias veces. Detrás de ella, en el apartamento del edificio de enfrente, la mujer acababa de apagar el televisor. No había nada que ver.

—Necesito una coca-cola light —dijo Anne.

En aquel instante, oyeron un ruido a sus espaldas, una especie de profundo resoplido. Todos los policías se dieron la vuelta y miraron hacia la entrada para encontrarse frente a una mujer madura, ataviada con un ridículo sombrero hecho a mano, un abrigo de piel de leopardo y unas botas de plataforma con cordones. Su peinado estaba compuesto por un montón de largas trenzas rubias, y su boca, pintada de rojo oscuro, estaba abierta con un gesto de sorpresa.

—¿Quiénes son ustedes? —preguntó—. ¿Y dónde está mi hija?

CAPÍTULO
45

Has matado a esas chicas —acusó Susan en la oscuridad.

La voz de Reston salió entrecortada a causa de la tristeza:

—Lo siento.

A Susan su propia respiración le parecía el sonido más fuerte que jamás hubiera oído. Trató de relajarse y respirar más lentamente, para que él pensara que no tenía miedo. Tenía que convencerlo de que ella era fuerte, y de que podía controlar la situación.

—¿Lo sientes? Paul, estás enfermo. Necesitas ayuda. Yo puedo ayudarte.

—No deberías haberme abandonado —le dijo pasando algo por encima de su cabeza, alrededor de su cuello. Pudo sentir la suave tira de cuero contra su piel, más abajo de su cabello, y después notó sobre la clavícula algo frío y duro —la hebilla del cinturón—. Las marcas de color púrpura del cuello de Kristy Mathers acudieron a su mente. Intentó frenéticamente pasar sus manos atadas por debajo del cinturón, pero éste se ajustó a su garganta. Se ahogó y trató de resistirse, pero Reston empujó hacia abajo sus manos y tiró todavía más fuerte de la correa. Le dolía la cabeza como si estuviera llena de fuego. Volvió a tirar hacia abajo con tanta fuerza que cuando las rodillas de Susan se doblaron y cayó al suelo hicieron un crujido extraño, como un hacha que astilla la madera. Por un momento, se sintió flotando libremente en el espacio y, de repente, todo se detuvo. Todos sus sentidos volvieron a la vida y en ese instante sus ojos se acostumbraron un poco a la oscuridad. Pudo verlo, ante ella. No distinguía sus rasgos, sólo una oscura sombra. Notó su pulgar trazando el contorno de su boca. Su dedo estaba helado. Sus labios temblaron.

—Tienes una boca tan hermosa… —dijo.

La mente de Susan se estaba despejando, ordenando la información. Secuestrada. Barco. Paul. Asesino. Y Addy.

—Paul —carraspeó Susan—. ¿Dónde está Addy?

Ella notó que titubeaba unos segundos, y luego dio un paso atrás, aflojando el cinturón. Se encendieron las luces. Susan retrocedió y cerró instintivamente los ojos, cegada por la repentina claridad. Cuando volvió a abrirlos, un minuto más tarde, Reston se encontraba de nuevo ante ella y tenía un arma apuntándole a la frente. Susan trató de contener la náusea que la invadió como una oleada, tragando la tibia saliva que le llenaba la garganta.

Tenía razón. Estaban en un barco, en lo que parecía un camarote. Las paredes y el techo eran blancos. Se trataba de un espacio muy reducido, a lo sumo de un metro y medio de ancho. La pared estaba cubierta de estantes y pequeños armarios. En la pared opuesta había un par de literas de madera. En la litera superior, sobre la que hasta aquel momento había estado acostada Susan, estaba Addy Jackson.

Estaba semiconsciente y desnuda, excepto por una braga rosa, con los brazos y los tobillos atados con cinta adhesiva. Tenía los ojos entrecerrados, su boca estaba húmeda de saliva y su cabello apelmazado por el sudor. Se movió y se rascó las mejillas empapadas de lágrimas con sus manos atadas. Entonces Susan la reconoció. Lee. Dana. Kristy. Addy. El cabello castaño. Las facciones armoniosas. Supo con devastadora claridad que se trataba de ella misma, siempre había sido ella. También supo que él las mataría. A ambas. No le cabía ninguna duda. Miró a Addy, que parecía confusa e incapaz de reconocer en dónde estaba, y la envidió.

—Todo es culpa tuya —explicó Paul, pasando su mano por la nuca de Susan—. No deberías haber sido tan hija de puta conmigo.

En aquel momento, Susan se hizo una promesa en silencio: ella no iba a morir. De ninguna manera. Y mucho menos a manos del bastardo de su profesor de teatro.

CAPÍTULO
46

La encargada del embarcadero River Haven no vivía en un barco, sino en una casa prefabricada, colina arriba. La temperatura había descendido unos diez grados y la noche empezaba a caer sobre la ciudad. Archie casi podía percibir el sabor del río como papel de plata en la boca, mientras esperaba ante la casa de planta baja, de color tostado. Junto a la puerta, sobre un cartel de madera clavado en la pared se leía: «Oficina». Le picaba la nariz. «Abre la maldita puerta», pensó.

Henry y Claire estaban junto a él. Detrás de ellos, tres coches de policía sin identificación. Había ordenado que los coches patrulla y los vehículos del SWAT aparcaran en la antigua carretera, fuera de la vista. Estiró el cuello para mirar al embarcadero en donde varias docenas de barcos se balanceaban en triste silencio.

En el interior se oyó el ladrido de un perro y casi al instante se abrió la puerta. Ante ellos apareció una mujer mayor, y Archie alcanzó a ver un animalillo peludo dando saltos antes de que ella lo empujara hacia el interior y cerrara la puerta a su espalda. Archie levantó su placa y se la mostró.

—Sé quién es usted —dijo, mirándolo a los ojos—. Lo he visto en la televisión. —Se quitó las gafas. Tenía el cabello teñido de color castaño y recogido en un moño a la altura de la nuca y llevaba un jersey de cuello alto metido por dentro de los pantalones vaqueros. Sostenía en la mano una novela policiaca, marcando la página que estaba leyendo con su pulgar. Las gafas le dejaron una marca roja sobre su nariz—. Usted es el policía que fue secuestrado por Gretchen Lowell.

El nombre de Gretchen le hizo sentir un escalofrío. Cerró el puño en torno al pastillero que reposaba en su bolsillo.

—Necesito saber cuáles son los barcos que Dan McCallum tiene amarrados aquí.

Ella apartó la mirada y jugueteó con el picaporte de la puerta.

—El barco de Dan ardió la otra noche.

—¿No tenía otro?

La mujer dudó.

—Es importante —apremió Archie.

—Yo le dejaba que lo tuviera aquí, aunque no está registrado. Era un buen inquilino.

—Está bien —la tranquilizó Archie—. No se preocupe, que usted no tendrá problemas. ¿Dónde está?

Ella examinó a Archie un momento, y después señaló hacia los muelles, hacia la parte inferior.

—Embarcadero 28, allí abajo. El segundo barco, contando desde el último, a la izquierda.

—Puedes hacer lo que quieras conmigo —dijo Susan—. Pero deja marchar a Addy.

Veía parcialmente el rostro de Reston, sumergido entre las sombras y la luz. Las comisuras de sus labios temblaron.

—No puedo.

Susan trató de reunir sus dispersas fuerzas para mantener la compostura.

—¿La vas a matar?

—Tengo que hacerlo.

La periodista sintió que el estrecho camarote se le venía encima. Aunque no estuviera atada, no sería capaz de empujar a Reston, llegar a la puerta, salir del barco. ¿Y después qué? ¿Nadaría? El ojo de buey que podía ver sobre la litera de Addy era del tamaño de un plato. No tenía escapatoria.

—¿Y a mí?

—Mírala. —Reston estiró su mano, tanteando, y tocó la cadera de la muchacha, dejando que su dedo recorriera la profunda curva hasta su cintura y sobre las costillas. En el exterior, el agua golpeaba contra el casco. El barco se balanceaba, subiendo y bajando de forma irregular—. ¿No es hermosa?

Susan no podía entender cómo la había secuestrado.

—Dijeron que te habían estado vigilando y que no habías salido de tu casa.

—Yo no la secuestré, Suzy —dijo suavemente—. Ella vino hasta mí. —Cerró los ojos—. Le dije que podíamos estar juntos, que rompiera la ventana de su dormitorio desde el exterior. Le di el número del autobús que debía tomar para llegar hasta aquí. Me esperó en el barco hasta que yo salí de clase. —Parpadeó y miró a Susan con un odio que ella no había visto jamás. La embarcación volvió a balancearse y las bisagras de la puerta del camarote crujieron—. Ella hizo exactamente todo lo que yo le dije.

—Estás loco —exclamó Susan.

Reston sonrió mientras admiraba a la chica casi inconsciente.

—Roinol. Lo conseguí por internet.

Susan se sintió asqueada de haberlo dejado que la tocara alguna vez. Vio todos y cada uno de los encuentros que había tenido con él; las imágenes pasaron por su mente como una triste película de su desgraciada adolescencia. Y ella había querido desesperadamente tener el control sobre aquella situación. Se había convencido a sí misma de que así era, pero la verdad resultaba más patética.

La respiración de Reston se hizo más acelerada y su rostro enrojeció de excitación. Acariciaba el pecho de Addy, trazando círculos con su pulgar en torno a su pequeño pezón rosado. Ella se agitó ligeramente.

—Yo sólo las quería porque me recordaban a ti.

Susan se dijo a sí misma que tenía que ser fuerte para salir de aquella situación.

—Ésa es una forma de autojustificarte. Siempre te gustaron las muchachitas jóvenes.

—No —dijo él, con voz quebrada—. No. Tú me convertiste en lo que soy. Yo nunca deseé a mis estudiantes hasta que llegaste tú. Tú eres la única culpable de esto. —Pasó su mano por el pecho de Addy, descendiendo por las costillas, su cintura y su cadera, y después a lo largo del elástico de su braga.

—No hagas eso —le dijo Susan, girando la cabeza, incapaz de mirar—. Por favor.

—¿Alguna vez he sido algo para ti?

Susan apretó los párpados.

—Por supuesto.

—Pienso a todas horas en aquel día después de clase. La expresión que tenías, qué ropa llevabas, las palabras que dijiste. Me grabaste aquel cassete, ¿te acuerdas? —Le tocó el rostro y ella se apartó rápidamente, sintiendo cómo el cinturón se apretaba en torno a su cuello, asfixiándola de nuevo, obligándola a permanecer quieta, incapaz de moverse.

«No llores», se dijo. «Por lo que más quieras, no llores»—. Tus canciones favoritas —continuó él, y sintió los labios rozando su mejilla, provocándole náuseas—. Todavía la tengo. Estaba esa canción de Violent Femmes, *Súmalo*. «¿Es que no me vas a dar un beso?» Me diste un beso en la mejilla y me dijiste: «Ésta soy yo». Te entregaste a mí. —Él la volvió a besar, pasando el labio inferior por su mejilla, dejando un rastro de saliva—. Habías escrito las letras de todas las canciones con mucho cuidado. Seguramente te habría llevado horas.

Ella apretó aún más fuerte los ojos, hasta sentir dolor.

—Eran para un ensayo, Paul. Me ofrecí voluntaria para grabar esa cinta para el ensayo. Para la obra que preparábamos.

—Fue ese día en el aula, después de las clases, cuando nos besamos por primera vez.

Ella podía oler su sudor, dulce y ácido, en el reducido espacio.

—No.

—Oí la música de camino a casa y no pude creerlo. ¡Éramos tan parecidos! —Ella sintió los labios húmedos contra su boca e intentó apartar la cabeza, pero no fue capaz. Sus ojos se llenaron de lágrimas—. Al oír la letra de las canciones, supe lo que intentabas decirme —añadió, con sus labios danzando sobre los de ella—. También supe que era un error que nosotros estuviéramos juntos. —Él se apartó y ella pudo sentir que el cinturón se aflojaba, pero todavía tenía miedo a abrir los ojos, horrorizada ante lo que podría ver—. Todavía estaba casado. Era tu profesor. Pero tú eras tan madura para tu edad, a pesar de ser tan joven… Te escribí una carta. No debí haberlo hecho. No tenía que haber puesto mis sentimientos por escrito. Pero me arriesgué. Te la di en clase al día siguiente y te dije que la leyeras más tarde, y lo hiciste.

—Hizo un ruido, una mezcla de suspiro y sollozo—. Y viniste a verme tras la fiesta para los actores. E hicimos el amor. —Le tomó la cabeza en las manos y ella sintió los labios de él contra los suyos, la lengua empujando contra su boca cerrada. El cinturón volvió a apretarse—. Abre la boca.

Susan abrió los ojos y lo miró, enfurecida.

—No fue así como sucedió, Paul —le dijo. Por fin se había atrevido a decirlo, por fin salía la verdad—. Me emborraché —le espetó—. Me emborraché por primera vez en la fiesta para los actores después de aquella estúpida obra escolar y te ofreciste a llevarme a casa en tu coche. —Ella dejó caer su cabeza con tristeza, contra la litera—. Yo era una niña. Mi padre acababa de morir. Dejé que sucediera. No tenía ni idea. Y tú eras mi profesor favorito.

47

El chaleco antibalas obligaba a Archie a respirar de otro modo. Las tiras de velcro estaban ajustadas y el peso de la prenda le oprimía el pecho, produciéndole dolor en las costillas, y cada movimiento de su torso se convertía en un suplicio. Intentó tomar aire hasta su vientre, visualizando el oxígeno en movimiento a través de la garganta, hacia los pulmones, alimentado su corazón. Al menos, tenía algo en que pensar mientras él, Henry y Claire se dirigían por el largo camino de cemento que zigzagueaba colina abajo hacia los barcos. Un viejo passat plateado estaba aparcado al pie de la colina. Era el coche de Reston. Caminaron con cierta naturalidad, con los chalecos bajo sus ropas de civil, las armas enfundadas, pero sus cuerpos estaban tensos, y cualquiera que los viera tenía que ser un idiota para no alarmarse. Pero no había nadie. Sólo los barcos balanceándose silenciosamente.

El embarcadero se extendía sobre el río en forma de T, con los barcos amarrados a cada uno de sus lados. Las luces de seguridad que señalaban la explanada proporcionaban un perezoso brillo blanco que se reflejaba sobre la superficie negra del agua y hacía que todo se viera con enorme claridad.

Era el aire frío, supuso Archie. Todo se veía con nitidez a causa del aire frío. Abrió la funda de su pistola y dejó que el pulido metal de la 38 hiciera presión contra la palma de su mano.

A un lado del embarcadero se alineaban los números pares, en el otro los impares. Incluso antes de llegar al número 28, Archie ya sabía que el barco no estaría allí. No creía, simplemente, que fuera a tener esa suerte.

—Demonios —exclamó Archie, cuando llegaron al lugar vacío.

—¿Qué quieres decir? —preguntó Claire.

—Quiero decir que tendremos que ir en barca —explicó Archie.

—Navegar —especificó Henry—. Es un barco. Se dice navegar.

—Demonios —repitió Archie.

Archie estaba de pie en la cubierta de un barco con cabina de ocho metros y medio de eslora. No le gustaban los barcos. Uno de los policías le había explicado qué tipo de embarcación era aquélla. La patrulla fluvial del condado llevaba uniforme verde, pintaba sus barcos de color esmeralda y se autodenominaban las Avispas Verdes. El personal de invierno estaba formado por un teniente, un sargento, ocho agentes y un mecánico. Aún no había transcurrido media hora desde que Archie los había llamado y se habían presentado todos en sus puestos.

A los cuarenta y cinco minutos, cinco embarcaciones de las Avispas Verdes ya estaban en el agua, rastreando el río en busca de un barco Chris, ayudados desde el aire por dos helicópteros de la policía y uno de la guardia costera.

—Es un barco —dijo uno de los pilotos a Archie con confianza—. Está en el río. Lo encontraremos.

Una hora más tarde, uno de los pilotos daba el aviso por radio de que habían encontrado la embarcación anclada justo fuera del canal, en la isla Sauvie, en el lado del Columbia.

Archie transmitió la información de la ubicación al SWAT. Reston habría avistado los reflectores de diez mil megavatios del helicóptero de la policía cuando sobrevolaban la zona. Y quizá había anclado y tratado de escaparse, en cuyo caso el helicóptero lo seguiría. Al haber rehenes, Archie no quería correr ningún riesgo. Pero le llevaría tiempo al SWAT llegar allí y el barco de las Avispas Verdes no estaba lejos. También tendrían que confirmar que aquélla era la embarcación que buscaban. No le haría ninguna gracia enviar a un equipo del SWAT para irrumpir en el barco equivocado y arruinar las vacaciones de una familia. Así que Archie ordenó a los tres agentes que iban en uno de los barcos de la patrulla fluvial con Henry, Claire, Anne y él mismo que dieran la vuelta a la isla y vieran si era posible acercarse.

Allí estaba. Las luces exteriores estaban apagadas, pero las de la cabina estaban encendidas. Rick, un oficial de la edad de Archie, de pelo corto y barba canosa, dirigió un reflector montado sobre cubierta hacia él. El helicóptero trazaba círculos en el oscuro cielo, sobre ellos.

—Ahí está —gritó por encima del ruido de los motores.

—Tengo al SWAT y a un negociador en camino —gritó Archie como respuesta.

—No queda mucho tiempo —le previno Anne a Archie. Sus trenzas le golpeaban el rostro y ella se las sostuvo con una mano enfundada en un guante de cuero—. Él debe de estar deseando terminar con todo esto.

—¿Hasta dónde puede acercarse? —le preguntó Archie a Rick.

—Lo suficiente como para abordarlo.

—Hágalo.

Henry, Claire y Archie sacaron sus armas, mientras el piloto disminuía la velocidad del barco al mínimo para acercarse. Dos de los hombres aseguraron un par de cuerdas en torno a las abrazaderas del barco policial y se mantuvieron de pie a estribor. Cuando se aproximaron lo suficiente, Rick apagó los motores para deslizarse por inercia los últimos metros. Al rozarlo, los otros dos oficiales pasaron las cuerdas por la barandilla y las ataron a las abrazaderas.

Los dos barcos chocaron. Todos permanecieron en silencio. Hacía frío. Archie se llevó las manos a la boca, sopló sobre ellas y flexionó los dedos varias veces para hacerlas entrar en calor. Sus mejillas ardían por efecto del viento helado que soplaba sobre el río. En el otro barco no se apreciaba movimiento. El detective examinó el río. No había más luces sobre el agua.

—Voy a subir a bordo —anunció.

Le entregó el arma a Henry.

Su compañero aferró el revólver con una mano, pero puso la otra con firmeza sobre la de Archie de modo que el arma quedó sostenida por ambos. Se inclinó hacia delante, frunciendo el ceño.

—¿Vas a subir porque piensas que es lo que hay que hacer —le susurró a Archie— o porque sientes lástima de ti mismo?

Archie miró a su amigo a los ojos. «No puedes salvarme», pensó.

—No vengas, a menos que oigas un disparo. Trataré de hacerte una señal si considero que los del SWAT deben entrar.

—Llévate un chaleco —le recomendó Henry.

El chaleco. Archie se lo había quitado cuando habían subido. Le parecía absurdo llevar algo pesado cuando lo que en realidad debería llevar era algo que lo mantuviese a flote si caía al agua. Apartó su mano, soltando el arma para que Henry la sostuviera.

—Me hace daño en las costillas —dijo; se dio media vuelta y pasó sobre la barandilla del barco policial para saltar al otro, antes de que nadie pudiera detenerlo. Las suelas de goma de sus zapatos se adhirieron a la cubierta de fibra de vidrio. Se agachó para avanzar unos pocos pasos hasta la puerta de la cabina.

—¡Reston! —gritó—. Soy el detective Archie Sheridan. Voy a abrir la escotilla, así podremos hablar, ¿OK? —No esperó respuesta. ¿Qué iba a hacer si Reston le decía que no? Seguir adelante, hablar, tratar de distraerlo. Archie miró la cerradura. No estaba cerrada. Abrió la escotilla cuadrada de madera. Un cartel sobre el marco lo prevenía: «Cuidado al bajar».

Pudo ver parte del interior del camarote de madera, un pequeño habitáculo con un lugar para comer. Pero Reston no estaba, ni Susan, ni Addy Jackson.

—No voy armado. Voy a entrar, así podremos hablar, ¿de acuerdo? —Esperó. Nada. Eso era una mala señal. Tal vez ya estuvieran muertos. Tomó aliento, preparándose para cualquier espectáculo sangriento. No sabía en qué grado podría afectarle—. Voy a entrar.

Se escurrió por la escotilla y bajó los cuatro escalones que conducían directamente al camarote principal.

Parpadeó ante la fuerte luz. El espacio constituía el equivalente a un salón en un barco. Había un pequeño sofá con un tapizado de flores, una silla de esterilla con un almohadón también floreado frente a una pequeña mesita pintada de blanco con un cristal. La alfombra era de color verde. El techo era bajo y el espacio reducido, pero las paredes parecían estar revestidas con paneles de cedro y la madera brillaba con calidez bajo la luz amarilla del interior. Un gran barómetro de madera y bronce colgaba como decoración sobre el sofá. En el otro extremo, estaba la zona habilitada como comedor que había visto desde arriba.

Reston estaba de pie junto al sofá, frente a una entrada que llevaba hacia lo más profundo del casco. Vestía pantalones de color caqui y una camiseta. Sus ojos eran agujeros negros. Con un brazo agarraba firmemente a Susan Ward por la cintura y con el otro sostenía un arma bajo su mandíbula. Un cinturón de cuero marrón colgaba, flojo, de su cuello. Archie no dudó ni un instante que coincidiría con las marcas de las ligaduras en torno a los cuellos de las otras muchachas. Las muñecas y tobillos de Susan estaban atados con cinta adhesiva. Pero estaba viva. Y despierta. Y a juzgar por su agotada pero furiosa expresión, enfadada.

—¡Ah del barco! —exclamó Archie.

—Addy está ahí atrás… —alcanzó a escupir Susan antes de que Reston tirara del extremo del cinturón, asfixiándola. Mantuvo el arma contra su cabeza mientras ella caía al suelo de rodillas.

—Shhh —ordenó con ferocidad—. ¿Por qué has hecho eso? ¿Por qué no eres buena conmigo?

Susan intentó agarrar el cinturón con ambas manos, pero no pudo introducir los dedos para aflojar el lazo. Su rostro estaba distorsionado, sus ojos desorbitados, la boca abierta, escupiendo. Archie sólo tenía un par de minutos.

No quería lanzarse contra Reston. El arma apuntaba directamente a la cabeza de Susan, y si Archie se abalanzaba, él podría dispararle. La periodista había caído al suelo con todo su peso, así que no era probable que fuera a romperle el cuello. Realizar un estrangulamiento con éxito era más difícil de lo que parecía. No era sólo la falta de aire lo que le mataba a uno, sino también la presión de las arterias y vasos sanguíneos del cuello. Si Archie no hacía nada, ella moriría. Pero tardaría unos minutos. Y eso era bastante tiempo. El detective tenía una oportunidad.

Se dio media vuelta y se alejó unos pasos de Reston y Susan hacia la cocina del rincón. En ella había un hornillo y un fregadero de metal, rodeados por una encimera verde. Las alacenas estaban pintadas de blanco. Archie abrió varias hasta que encontró algunos vasos. Cogió uno y se sirvió agua. Susan había dejado de forcejear y ya no se resistía. ¿Estaría inconsciente? ¿Había fracasado también en esto? Pero, de golpe, pudo oír una enorme inspiración. Reston había aflojado el cinturón. Susan estaba tratando de tomar aire. Tosió, ahogada. Archie cerró los ojos, sintiendo que la sangre fluía hacia sus dedos. Había funcionado.

—¿Qué está haciendo? —le preguntó Reston.

Archie esperó unos instantes antes de contestarle. No podía darle pistas a aquel bastardo.

—Necesito tomar unas pastillas —le explicó, todavía de espaldas—. Puedo tomarlas sin agua, pero hacen efecto más rápido si las tomo con algo.

Se volvió hacia Reston y le sonrió cortés. Después se sentó sobre un banco cubierto con unos cojines de color tostado ante la mesa de la zona destinada a comedor, procurando no poner las piernas debajo de la mesa para poder moverse rápidamente en caso necesario. Colocó el vaso de agua encima de la mesa. Pudo distinguir las luces del barco de la guardia costera a través del pequeño ojo de buey. Eso significaba que podían verlo. Bien.

—Voy a meter la mano en mi bolsillo y sacar las pastillas —dijo, y antes de que Reston pudiera responderle, hizo lo que había dicho, sacando su pastillero metálico. Lo abrió, contó ocho pastillas y las puso una por una sobre la mesa verde oscuro. Incluso en aquellas circunstancias sintió que sus endorfinas enloquecían sólo con mirarlas—. Sé que parecen muchas. —Miró a Reston, arqueando irónicamente las cejas—. Pero las tolero estupendamente.

Reston había vuelto a tomar a Susan por la cintura. Ella aún seguía tosiendo mientras tragaba aire a grandes bocanadas, como si quisiera convencerse de que su tráquea ya no estaba obstruida. Pero se las había ingeniado para quitarse del cuello el cinturón, que había caído enrollado a sus pies. «Una chica lista», pensó Archie.

—Susan —dijo con tono tranquilo y amable—, ¿estás bien?

Ella asintió, levantando el rostro para mirarlo, con una expresión desafiante de nuevo en sus ojos. Reston la atrajo todavía más hacia él. Archie agarró una pastilla, se la puso en la lengua y la tragó con un poco de agua. Después volvió a colocar el vaso sobre la mesa.

—Consiguió atraer a Addy —le dijo a Reston.

Reston asintió.

—Ella necesitaba a alguien que le hiciera sentirse especial.

—Pero secuestró a las otras chicas —replicó Archie—. ¿Cómo consiguió sus coartadas?

—Eso resultó muy sencillo —contestó Reston—. Yo miro los ensayos desde la cabina de iluminación, pero los chicos no pueden ver su interior. Hacemos una lectura rápida. Hago mis comentarios y luego hacemos otra lectura rápida. Me ven entrar en la cabina antes de comenzar y salir cuando terminan. Yo me iba a los pocos minutos de empezar el primer acto. —Colocó un mechón de pelo de Susan, como si fuera una muñeca. Ella trató de evitar su roce—. Las buscaba, hablaba con ellas, las mataba y volvía antes de que cayese el telón con el último acto. Las chicas estaban muertas, ocultas por una sábana en mi coche mientras yo entregaba a mis actores las notas que había escrito. Ni siquiera necesitaba mirar los ensayos. Siempre cometían los mismos estúpidos errores. —Reston observó a Susan y después a Archie—. No voy a dejar que te la lleves.

Archie miró a su alrededor.

—Es un bonito barco.

—Es de Dan McCallum.

—Ya lo sé —afirmó Archie—. Dan McCallum. El asesino en serie suicida.

Reston sonrió fugazmente.

—Sólo quería ganar un poco de tiempo.

Archie tomó otra pastilla, la lanzó al aire, la atrapó con la lengua y se la tragó con un poco de agua. Volvió a dejar el vaso sobre la mesa.

—Podría matarlo si quisiera —amenazó Reston con voz hueca y temblorosa—. Podría matarlo y también a ella, antes de bajar.

Archie se pasó la mano por el cabello, intentando parecer aburrido.

—No me asusta, Paul. Yo sé lo que es estar asustado.

Reston se estaba desmoronando ante él, descargando su peso en uno u otro pie y apretando los ojos en un fuerte parpadeo, un tic involuntario. Forcejeaba con Susan, intentando agarrarla de una forma más firme, jugueteaba con el arma, dirigiéndola a veces hacia Archie y colocándola de nuevo en la sien de la periodista. Susan mantenía los ojos fijos en el arma. Todo su cuerpo temblaba, pero ella parecía tranquila. Las lágrimas habían cesado. Reston acercó su cabeza a la de ella y la besó en la mejilla.

—No tengas miedo —la tranquilizó—. Será rápido.

Ella parpadeó y Reston la estrechó aún más fuerte. Después se volvió hacia Archie. Las axilas y el cuello de su camisa estaban manchados de sudor. Su fuerte olor corporal se extendía por el camarote.

—¿No me reconoce? —le preguntó a Archie. Su expresión era suplicante, deseosa.

Sin duda alguna, Reston estaba empezando a desvariar.

—¿De ayer en su casa? —preguntó Archie.

Los ojos de Reston se entrecerraron.

—Mucho antes.

El profesor parecía tan serio, tan seguro, que Archie se encontró rebuscando en su memoria, intentado saber a qué se refería. ¿Había arrestado a Reston con anterioridad? No, no tenía antecedentes. ¿Lo había entrevistado como testigo? Había visto a miles de testigos relacionados con el caso de la Belleza Asesina. Negó lentamente con la cabeza, sin recordar nada.

Reston se estaba impacientando.

—He matado a cuatro personas —anunció.

Eso significaba que Addy estaba viva.

El detective oyó el motor de otro barco que se acercaba. Y el helicóptero. Las brillantes luces resplandecían más allá del ojo de buey.

Tomó otra pastilla, repitiendo el mismo proceso. Era su particular ceremonia del té, un tanto siniestra.

—¿Sintió placer? —preguntó.

Otro parpadeo involuntario.

—Tuve que hacerlo. No quería, pero no tuve elección. —La irritabilidad de Reston preocupaba a Archie. No estaba lo suficientemente nervioso por el despliegue policial del exterior. No le importaba ser arrestado y para Archie eso significaba una cosa: ya había decidido morir.

Y si los del SWAT abordaban el barco, lo primero que haría Reston sería matar a Susan Ward.

—¿Pero sintió placer? —volvió a preguntar Archie.

—La primera fue difícil. Después ya resultó más sencillo. —Hizo un gesto enfermizo con la boca—. No disfrutaba matándolas. Pero después sí.

—¿Cómo las eligió? —le preguntó Archie.

—Todas se presentaron para el musical del distrito el año pasado. —Reston se rió por lo ridículo que le parecía todo—. Los musicales son caros. Debido a los recortes presupuestarios, ninguno de los institutos podía permitirse el lujo de montar un espectáculo solo, así que todos se unieron para subvencionar uno. Yo era el director, aunque no elegí a ninguna de ellas. No eran lo suficientemente buenas. Pero no las olvidé. Y ellas no me olvidaron a mí. Todas querían ser estrellas. Les dije que me gustaría que participaran en mi próxima obra.

—Las adolescentes son fáciles de manipular —observó Archie.

Reston sonrió.

—Soy un profesor muy popular.

Susan puso los ojos en blanco.

—Por favor —exclamó.

Archie tomó otra píldora.

—¿Para qué son las pastillas? —preguntó Reston.

Una sonrisa cruzó los labios de Archie. Puede que funcionara. Pasó su dedo por el borde del vaso, sin dejar de mirar a Reston.

—Tengo terribles fantasías. —Allí estaba Gretchen otra vez. La mano de ella contra su mejilla. Las lilas.

De repente, Archie tuvo una idea. Quizá pudiera conseguir que Reston le disparara. Provocarlo un poco más. Hostigarlo hasta que se enfadara tanto que estuviera dispuesto a apartar el arma de Susan lo suficiente como para dispararle. Archie estaba seguro de que no tendría buena puntería, no creía que hubiese ido nunca a un campo de tiro. Pero si él se acercaba lo suficiente, Reston podía darle en la cabeza o en el cuello. Era una salida sencilla. Habría muerto en cumplimiento del deber. Todos lo entenderían. Henry sabría la verdad, y, probablemente, Debbie también. Pero todos los demás atribuirían la tragedia a su mala suerte. Pobre Archie Sheridan. Tal vez fuese mejor así. Jamás volvió a ser él mismo después de lo que sufrió.

Pero tenía que pensar en Susan. Lo siguiente que Reston haría después de dispararle a Archie sería pegarle a ella un tiro en la cabeza, y no fallaría. Los del SWAT no serían capaces de detenerlo a tiempo. Entrarían al oír el primer disparo, pero, para entonces, Susan estaría muerta y quizá Reston fuera capaz de meterse el arma en la boca y suicidarse. O a lo mejor podían detenerlo, quitarle el arma y arrestarlo. Aunque Archie y Susan estarían muertos y Reston sobreviviría. No le parecía justo.

Tenía que volver al plan A, aquel en que Reston recibía un balazo en la cabeza. «De todos modos, era un plan mejor», pensó Archie.

Había llegado el momento de alertar a sus hombres. El detective apoyó el codo sobre la mesa y colocó la barbilla en su mano derecha, de forma que quedara visible por el ojo de buey. Dobló su meñique y anular y extendió el índice y el medio, como si fuera el cañón de un arma, sobre su sien. Lo estarían mirando; había estado sentado el tiempo suficiente, como un pez en una pecera. Henry entendería aquel gesto. Los ojos de buey estaban hechos de una especie de cristal de un material acrílico. El disparo más certero procedería de la escotilla que Archie había dejado abierta. Si los francotiradores habían llegado. Si todos habían visto la señal. Si pudiera hacer que Reston se pusiera en la línea de tiro.

Reston dio un pequeño paso hacia delante, sin dejar de apuntar con el arma a la cabeza de Susan.

—¿Las píldoras le ayudan?

—No —respondió Archie, honesto—. Pero te hacen sentir menos culpable.

—Deme algunas —exigió Reston.

Archie cogió una pastilla y la miró.

—¿Tiene receta?

—La mataré.

—La va a matar de todas formas.

—Lo mataré a usted.

Archie volvió a dejar la pastilla sobre la mesa.

—No me da miedo, Paul.

Reston agarró por el pelo a Susan y golpeó su cabeza contra los paneles de madera del camarote.

—¡Mierda! —gritó Susan.

Archie se puso de pie.

Reston lo apuntó con el arma, sosteniendo todavía a Susan por el cabello. A ella le sangraba la frente, pero seguía consciente, forcejeando. Reston estaba furioso, su rostro enrojecido, los ojos desorbitados. Su pecho se agitó y sus facciones se desfiguraron, deformadas por la ira.

—Va —claudicó Archie. Agarró una pastilla y se la lanzó. Cayó sobre la alfombra verde a medio camino entre los dos hombres. El profesor se adelantó, arrastrando a Susan por el pelo, con el arma apuntando a Archie. Al llegar a donde estaba la pastilla, y decidido a no dejar la pistola ni a Susan, agachó la cabeza, sin apartar la mirada de Archie, y cogió la píldora con la boca. Dirigió al detective una victoriosa sonrisa y se la tragó. En aquel momento se oyó el chasquido del rifle del francotirador a través de la escotilla abierta. Reston cayó sobre la alfombra, sacudiendo la cabeza hacia delante. Susan soltó un grito y retrocedió, boquiabierta.

El equipo del SWAT entró corriendo, con las armas desenfundadas. Sus uniformes negros les daban un aspecto de extrañas criaturas surgidas del Willamette. Susan se había cubierto el rostro con las manos.

—Mierda. Mierda. Mierda —repitió con insistencia, como una letanía

—Miren allí —ordenó Archie, señalando hacia el pasillo. Pero él se quedó inmóvil. Todavía quedaban dos pastillas sobre la mesa. Las recogió y las dejó caer en su bolsillo.

Archie estaba narcotizado. Se encontraba de pie, a la orilla del río, con las manos en los bolsillos, mientras una fina llovizna caía sobre sus hombros. Uno de estos días tenía que comprarse uno de esos impermeables que todo el mundo le recomendaba. Eran casi las dos de la mañana. Pero no estaba cansado. La dosis correcta de Vicodina lo mantenía en un estado intermedio. Ni cansado ni despierto. Cuando uno se acostumbraba, no estaba tan mal.

Detrás de él, a unos veinte metros de la orilla del río, estaba la oficina de la patrulla costera de las Avispas Verdes. Se trataba de un edificio rectangular, con las paredes revestidas con paneles de plástico. Parecía como si hubiera llegado en una caja y lo hubieran montado en una tarde. Henry, Claire y los demás estaban dentro, hablando con Susan. Luego le tocaría el turno a Archie. Él había salido a tomar un poco de aire. El barco había sido remolcado a la orilla y Archie observaba cómo los expertos en criminalística dirigían los focos de mil ochocientos vatios para iluminar el exterior de la embarcación como si fuera un equipo de filmación.

Addy Jackson estaba estabilizada y camino del hospital. El sopor causado por el Roinol se iba disipando y ella estaba consciente, aunque confundida, y todavía era incapaz de responder a las preguntas. A Archie le hubiera gustado que la muchacha no recordara nada a causa de las propiedades amnésicas de la droga.

Los periodistas todavía no habían llegado. Ya habrían oído la llamada de la policía, pero Portland era un lugar pequeño, y las emisoras de radio y las televisiones contaban con poco personal nocturno. Archie los imaginó poniéndose sus ropas de periodista, corriendo al lugar de los hechos, preparados para salir en directo con una noticia en la que podrían destacar todo su dramatismo. Todo volvería a empezar.

El detective oyó al hombre a su espalda antes de verlo. En la oscuridad se recortó la silueta de un hombre gordo. No necesitó darse la vuelta, reconoció el ligero olor a licor y a cigarros rancios.

—Quentin Parker —dijo Archie.

—Me he enterado de que has arrestado a otro.

—¿Estás cubriendo el caso?

—Tengo a un novato conmigo —declaró Parker—. Derek Rogers. Además, Ian Harper está en camino.

—Ah.

Parker lanzó un gruñido.

—Si ahora piensas que es un imbécil, espera a que lo conozcas.

Ambos permanecieron de pie, uno junto al otro, durante bastante tiempo, observando el barco de McCallum, las luces, el oscuro río. Finalmente, Archie se decidió a hablar:

—Nunca viniste a verme al hospital. Todos los demás intentaron por todos los medios colarse en mi habitación, rogándome que les concediera entrevistas, enviando flores, haciéndose pasar por médicos. Tú no.

El hombre gordo se encogió de hombros.

—Nunca tuve tiempo.

—Se agradece —dijo Archie.

Parker sacó un cigarro, lo encendió y le dio una calada. En su mano regordeta resultaba diminuto; la brasa ardiente soltó un destello naranja en la oscuridad.

—Vas a ser famoso de nuevo.

Archie alzó la vista al cielo. Un rayo de luz plateada trataba de abrirse paso entre las espesas nubes.

—Estoy pensando en irme a vivir a Australia.

—Ten cuidado, Sheridan. Esos artículos de Susan han removido las cosas. Lo del héroe trágico está muy bien, pero después querrán más. Las pastillas. Tus encuentros semanales con Gretchen Lowell. Te comerán vivo por toda esa mierda. El alcalde y Henry sólo pueden protegerte hasta cierto punto. Si el cuarto poder huele sangre, entonces habrá un baño de sangre.

—Gracias por el consejo.

—Una mala decisión, ¿eh? —dijo Parker llevando el cigarro a su boca como una linterna diminuta.

—¿Qué? —preguntó Archie.

—Hacerte policía —explicó, mirando al cigarro—. Tendrías que haber sido profesor. —Tiró la ceniza con un delicado movimiento de su gran muñeca—. Enseñar en alguna escuela.

—Ahora es demasiado tarde —replicó Archie.

—También para mí. Yo quería ser vendedor de coches. —Miró a la lejanía, sonriendo—. Coches antiguos. —Se encogió de hombros y examinó el cigarro —. Me metí en un periódico como chico de los recados. En tercero de secundaria. Mil novecientos cincuenta y nueve. Nunca fui a la universidad. Solían imprimir el periódico allí mismo, en el sótano. Me encantaba el olor de la tinta. —Se llevó el cigarro a la boca otra vez, dio una calada y expulsó el humo—.

¿Hoy en día? El periódico no contrata a nadie para hacer prácticas sin sueldo a menos que tenga un título de una universidad prestigiosa.

—Los tiempos cambian.

—¿Cómo está nuestra chica?

Archie miró hacia la oficina.

—Furiosa.

—Es una muchacha fantástica.

—¿Me podría dar un chicle? —pidió Susan. Estaba en la sala trasera de la oficina de la patrulla fluvial con Henry y Claire. Había una mesa y una silla. Los muros estaban cubiertos con cartas náuticas. Amontonadas sobre la mesa reposaban unas carpetas negras con el sello de la ciudad, y una montaña de papeles blancos y de color rosa que parecían formularios e informes, con casillas cubiertas y un montón de explicaciones, todos sellados, certificados y firmados. Era la oficina de un hombre. En las paredes colgaban fotografías en color de él mismo, colocadas en marcos baratos. Pesca. A su alrededor, aparecían otros hombres con uniformes verdes. También había retratos en familia. Tenía bigote y una expresión eufórica. En alguna de las fotos más recientes llevaba barba. A la izquierda de la mesa había una estantería metálica en la que se alineaban libros sobre leyes de navegación y la historia de Oregón. Encima de la estantería, un cuenco lleno de chicles.

—Cómo no —Claire sacó un chicle del recipiente y se lo pasó a Susan.

La periodista lo desenvolvió y se lo llevó a la boca. Le dolían todavía las muñecas a causa de la cinta adhesiva. El chicle era demasiado azucarado y estaba duro.

—Debe de llevar aquí mil años —dijo Susan tristemente.

—Sólo unas preguntas más —anunció Claire—. Antes de que tu madre derribe la puerta.

—¿Mi madre está aquí? —preguntó Susan sorprendida.

—Ahí fuera —contestó Henry—. Casi hemos tenido que atarla para mantenerla alejada mientras resolvíamos todo esto.

Bliss estaba allí. Había ido y estaba esperándola. Se suponía que era lo que una madre haría. Susan se imaginó a la policía teniendo que enfrentarse a ella. Seguramente estaría dando órdenes a todo el mundo, amenazando con ir al comité de acción ciudadana. Susan sonrió feliz.

—¿Qué ocurre? —preguntó Claire intrigada.

—Nada —respondió Susan—. Continuemos.

Habían repasado las mismas preguntas durante más de una hora. A Susan le pareció que ya les había relatado, minuto a minuto, cada encuentro, contacto o conversación que había tenido con Paul desde los catorce años. Les había dicho cómo había manipulado a Addy. Ahora no quería volver a pensar en él. Le dolía la cabeza. El personal sanitario le había hecho un vendaje en la frente pero estaba segura de que al día siguiente amanecería con un ojo morado. Necesitaba un cigarro, darse un baño. Y quería ver a su madre.

Claire estaba reclinada contra una pared; Henry, contra la otra.

—¿Estás segura de que no ha mencionado a otras chicas, que no hemos encontrado o que no han denunciado su desaparición? —preguntó Claire.

—Estoy segura —dijo Susan.

—¿Y no guardaste ninguna de las cartas que te envió?

Habían sido muchas, pero las había tirado a la hoguera del cumpleaños de su padre muerto cuando estaba en la universidad.

—Me deshice de todas. Hace años.

Claire miró a Susan con atención.

—¿Y tú estás bien? ¿No necesitas ir al hospital?

Susan se tocó el cuello, en donde había aparecido ya una desagradable marca roja. Sentía un fuerte escozor, pero ya se curaría.

—Estoy bien.

Se oyó un golpe en la puerta. Henry la abrió para dejar paso a Archie Sheridan.

—¿Podríamos terminar esto mañana? —preguntó—. ¿No es hora de que dejemos a Susan que se vaya a su casa y duerma un poco?

—Por supuesto —dijo Henry. Miró su reloj y se dirigió a Claire—: ¿Todavía te quedan energías para volver a casa de McCallum?

—¿Para qué? —preguntó Archie.

—Quiere ir a mirar si encuentra al maldito gato —replicó Claire. Le hizo una mueca a Archie—. Es un blando.

—¿Qué pasa? —dijo Henry mientras dejaba la oficina junto a Claire—. Me gustan los gatos.

El cabello y la ropa de Archie brillaban a causa de la llovizna. Parecía como si hubiera permanecido toda la noche a la intemperie y amaneciera cubierto de rocío. Susan sintió el impulso de lanzarse a sus brazos.

—Estás todo mojado —comentó.

—Está lloviendo —dijo Archie.

—Gracias a dios —murmuró Susan. Y después comenzó a llorar. Archie se arrodilló a su lado, pasándole el brazo por el hombro y estrechándola contra su pecho. Notó la humedad de su chaqueta de pana, pero no le importó. Dejó que las lágrimas salieran incontenibles, sin fuerzas para detenerlas. Todo su cuerpo se estremeció, buscando aire. Ella ocultó su rostro. Archie olía a lluvia. Su jersey le rozaba dolorosamente la mejilla, pero no le importó. Tras unos minutos alzó la vista. Henry y Claire se habían ido.

—¿Te sientes mejor? —preguntó Archie con suavidad.

Susan extendió sus manos y vio cómo temblaban.

—No.

—¿Tienes miedo? —preguntó él.

Susan pensó la respuesta.

—Tengo que reconocer que estoy asustada.

Archie la miró fijamente a los ojos.

—Ya pasará —afirmó.

Ella examinó su rostro, sus ojos amables, sus pupilas diminutas. En el barco había dado un buen espectáculo, aunque no estaba segura de que hubiera sido una actuación.

—¿Y tú de qué tienes miedo, Archie? —le preguntó.

Él le lanzó una divertida mirada de reojo.

—¿Es para tu artículo?

—Sí. —Ella lo miró durante un minuto y después se rió—. Pero podemos hablar confidencialmente si lo prefieres.

Él se quedó pensativo, su rostro se oscureció, como si tratara de sacudirse alguna idea incómoda de la mente.

—Creo que durante algún tiempo ya no quiero ser el protagonista de tus artículos.

Ella asintió y, en ese momento, se dio cuenta de que Archie nunca le había dicho nada, nunca le había dejado ver nada que él no quisiera. No importaba. Podía guardar secretos. Ella ya estaba cansada de los suyos.

—Él dijo que yo era suya —observó—. Dijo que todos tenemos a alguien en el mundo a quien pertenecemos, con quien estamos conectados. Y que yo era suya. Estaba convencido de que no había forma de resistirse a ello.

Archie puso la mano sobre el brazo de Susan.

—Él estaba equivocado.

La periodista apoyó un puño sobre el pecho de Archie.

—Bueno, da igual —dijo—. Esto va a sonar cursi, pero gracias por salvarme la vida.

—No es nada cursi.

Ella se inclinó hacia delante y lo besó. Fue un suave beso en los labios. Él no se movió, ni respondió, pero no se apartó. Cuando ella abrió los ojos, una amable sonrisa había aparecido en los labios de él.

—Tienes que sobreponerte a eso —le dijo—, y no sentirte atraída por hombres mayores con autoridad.

Ella hizo una mueca.

—Es verdad. Me aplicaré a ello enseguida.

Susan salió de la oficina y se dirigió al vestíbulo del recinto policial. Vio a su madre antes de que ella la viera. La pintura de labios roja casi había desaparecido. Parecía diminuta con su enorme abrigo de leopardo. Quentin Parker, Derek e Ian Harper estaban a pocos pasos de ella, y Bliss se mantenía un poco alejada, apoyada en la pared. Ian vio a Susan y sonrió, pero ella apenas le echó una breve mirada. Fue directamente hacia su madre. Bliss alzó la mirada, estalló en sollozos y abrazó a Susan. Olía a cigarros mentolados y a cuero húmedo. Se apretó contra su hija con todas sus fuerzas. Susan era perfectamente consciente de que sus colegas la miraban, pero no le importó en absoluto.

—Me han contado lo de Reston —dijo Bliss en un tembloroso susurro—. Lo siento mucho, mi niña. Lo siento mucho.

—Está bien —dijo Susan. Se despegó de su madre y la besó en la mejilla—. Creo que a partir de ahora todo irá bien.

Miró por una de las ventanas salpicadas de lluvia y durante un segundo pensó que era de día hasta que se dio cuenta de que eran las luces de las cámaras de televisión Ella era la noticia y todos querían una foto suya para los informativos de la mañana. Definitivamente, tendría que hacer algo con su cabello. Tal vez teñirlo de azul.

—Eh —dijo Susan a su madre—, ¿me puedes dar un cigarro?

Bliss frunció el ceño.

—Te causará cáncer de pulmón —le dijo.

Susan le dedicó una mirada fría.

—Dame un cigarro, Bliss.

Bliss sacó un paquete de mentolados de su enorme bolso y le ofreció uno. Cuando Susan intentó tomar uno, lo retiró.

—Llámame «mamá» —le dijo.

—Dame un cigarro. —Susan hizo una pausa y frunció el ceño por el esfuerzo—. Mamá.

—Ahora prueba: «querida mamá».

—Dame el maldito cigarro.

Ambas rieron mientras Bliss se lo entregaba junto con un encendedor.

Parker se acercó.

—Tenemos que hablar —le dijo a Susan—. Y sólo en parte porque quiero quitarles la primicia a los imbéciles que están ahí fuera como lobos hambrientos.

—Te daré todos los datos —dijo Susan—. Pero voy a escribir un estremecedor relato en primera persona para mañana por la mañana.

Allí estaba Ian. Llevaba una camiseta de los Yankees y vaqueros, y era evidente que lo habían despertado después de medianoche. En lo único que pudo pensar fue en que se había ido a dormir sabiendo que ella había desaparecido. «Hijo de puta.»

Pero él la miraba como si nada hubiera cambiado. Como si ella no hubiera cambiado. Bueno, ella no había cambiado.

Pero sí iba a hacerlo. Se puso el cigarro en la boca, lo encendió y devolvió el encendedor a su madre. Su mano todavía temblaba ligeramente.

Dio una calada al cigarro haciendo un pomposo gesto, como había visto en las antiguas películas francesas, y lo miró evaluándolo —arrogante, condescendiente, académica—. Y vio en Ian a todos los jefes, a todos los profesores con los que se había acostado. Sí. Probablemente había llegado el momento de hacer terapia. Se preguntó vanamente si el seguro del periódico le cubriría los gastos del psiquiatra, aunque ya se enteraría de ello. Aquél no le parecía el momento adecuado para preguntar.

—Cuando termine todo esto —le dijo a Ian—, quiero trabajar sobre la historia de Molly Palmer. A plena dedicación.

—Es un suicidio periodístico —se quejó Ian, intentando disuadirla—. Es periodismo amarillo.

—¡Eh! —interrumpió Bliss—. Hija mía...

—Mamá —le advirtió Susan, y Bliss se calló. Susan se había recuperado, indomable—. Molly era una adolescente, Ian. Quiero saber qué pasó. Quiero enterarme de su versión de la historia.

Ian suspiró y se balanceó sobre sus talones. Abrió la boca como si fuera a contradecirla, pero después pareció pensarlo mejor y alzó sus manos, claudicando. El humo del cigarrillo de Susan le estaba irritando los ojos, pero ella no se molestó en apartarlo.

—No vas a conseguir que hable —le dijo—. No ha hablado con nadie. Pero si quieres intentarlo... —Dejó la frase inconclusa.

Bliss no tenía carnet de conducir y el coche de Susan había quedado en el barrio de Pearl.

—Supongo que no tendrás dinero para un taxi —le dijo Susan a su madre.

Bliss frunció el ceño.

—No llevo dinero encima —repondió.

—Tu cartera —le dijo Parker a Susan, extrayendo una pequeña cartera negra del bolsillo de su impermeable y entregándosela—. La encontraron en el coche de Reston.

—Las llevaré yo cuando quieran —dijo Derek. No había tenido tiempo para secarse el pelo con el secador, lo tenía de punta, como hierba seca.

—Voy a necesitarte para escribir el artículo, muchacho —le dijo Parker—. Tienes que colgarlo en la red antes que nadie. Si te vas a casa temprano, no esperes ver tu crónica publicada.

Derek se encogió de hombros y miró a Susan.

—Ya habrá otros artículos.

—Necesito un nuevo ayudante —le dijo Parker a Ian—. Éste no está funcionando. —Pero Susan pudo ver que no lo decía en serio.

—¿Qué coche tienes? —le preguntó Susan a Derek—. Déjame adivinar. ¿Jetta? No. ¿Taurus?

Derek juguetcó con un llavero que colgaba de su mano.

—Un viejo Mercedes —respondió—. De combustible ecológico.

Susan trató de ignorar la lenta sonrisa que había aparecido en el rostro de Bliss.

—Primero necesito ir a mi apartamento a buscar mi laptop —le dijo Susan a Derek, mientras daba una profunda calada a su cigarro—. Luego quiero irme a casa. A casa de Bliss. —Derek arqueó las cejas—. A casa de mi madre —explicó rápidamente Susan, buscando en el bolso su celular—. Vive en la zona sureste. —Miró la pantalla del teléfono. Tenía dieciocho mensajes nuevos. El teléfono vibró en su mano y Susan dio un respingo, sorprendida. Era una llamada.

—¿Bliss? —repitió Derek.

Bliss tendió su mano.

—Encantada de conocerte.

Susan respondió la llamada.

Supo que era Molly incluso antes de oír su voz.

—Soy yo otra vez —comenzó Molly—. Lamento llamar tan tarde. Pero Ethan me ha dado tu último mensaje. —Hizo una pausa—. ¿Estás ocupada?

Susan echó un vistazo a su alrededor, deslizando la mirada por las oficinas de las Avispas Verdes, el aparcamiento abarrotado de coches patrulla, sus colegas expectantes, su madre.

—No —le dijo.

—Qué bien —exclamó Molly, tomando aliento—. Porque necesito contarte algunas cosas que quiero quitarme de encima.

Anne se abrochó su abrigo de cuero, encogiéndose de hombros. Ya no la necesitaban, pero siempre le gustaba ver cómo terminaba todo. Le daba la sensación de que el caso estaba cerrado. Buscó las llaves de su coche y salió de la oficina. El húmedo clima del noroeste había vuelto con toda su crudeza. Anne no entendía cómo los habitantes de Portland podían soportar semejante tiempo. Para ella, parecía que el mundo entero se estuviera pudriendo a su alrededor.

—Buen trabajo. —Era Archie, parado bajo la persistente llovizna, junto a la puerta.

Anne sonrió.

—¿Quieres que te lleve? —le preguntó—. Regreso al Heathman. Puedo dejarte de camino.

—No. Ya he llamado a un taxi.

Anne miró hacia el interior, donde Claire y Henry estaban conversando con los técnicos forenses.

—Cualquiera de los chicos puede llevarte.

Archie se encogió de hombros.

—Tengo que hacer una parada en el camino.

—¿A estas horas de la noche? —preguntó Anne. Sabía perfectamente adónde se dirigía. Ella también había ido a ver a Gretchen Lowell en aquellos primeros días, cuando Archie estaba en coma. Su error al trazar el perfil todavía le irritaba, y pensó que podía aprender algo de la Belleza Asesina. Pero Gretchen se había negado a hablar. Se sentó silenciosa durante una hora en su celda, mientras Anne la acribillaba a preguntas. Y cuando la agente se levantó para marcharse, la asesina lo único que le había preguntado era si Archie todavía estaba vivo.

—¿A qué hora te vas mañana? ¿Vas a quedarte a las felicitaciones durante la rueda de prensa? —le preguntó Archie.

Anne dejó que cambiara de tema.

—Mi vuelo sale por la noche. —Sabía perfectamente que no podía obligarlo a recibir ayuda si él no estaba dispuesto. Pero le dolía verlo sufrir, y todavía le dolía más no poder hacer nada por él—. Así que estaré por aquí durante el día —dijo. Iba a saltarse la rueda de prensa. Había dos pares de zapatillas del número 14 en la tienda Nike con el nombre de sus hijos, pero, por si le quedaba alguna duda, añadió—: Si quieres hablar.

Archie jugueteó con algo en el bolsillo de su chaqueta, y miró sus zapatos.

—Tengo que hablar con alguien.

—Pero no conmigo —aventuró Anne.

Archie alzó la vista, la miró y sonrió. A Anne le pareció que estaba agotado y se preguntó si ella tendría el mismo aspecto.

—Que tengas un buen viaje —le deseó con calidez—. Me alegro de haberte visto de nuevo.

Anne dio un paso hacia él.

—Sea lo que sea lo que te haya sucedido cuando estuviste con Gretchen, te haya hecho lo que te haya hecho y hayas sentido lo que hayas sentido, no estás en condiciones de juzgarlo. Se trataba de una situación extrema. Ella creó esa situación extrema para forzarte.

Él apartó la mirada y dejó que vagara perdida hacia la noche.

—Abandoné todo lo que amaba en ese sótano —explicó Archie en voz baja, controlada—. Mis hijos, mi esposa, mi trabajo, mi vida. Iba a morir. En sus brazos. Y estaba satisfecho con eso. Porque ella estaba allí. —Miró fijamente a Anne—. Cuidándome.

—Es una psicópata.

Un taxi amarillo se acercó hasta el aparcamiento situado detrás de la oficina.

—Tienes razón —afirmó Archie, dando un paso en dirección al coche—. Pero es mi psicópata.

Archie se despierta completamente desorientado. Todavía está en el sótano. En la camilla. Pero algo ha cambiado. La camilla ha sido colocada contra la pared. El hedor a carne putrefacta ha desaparecido. Busca el cadáver. No está; el suelo de cemento está limpio. Sus vendas son nuevas. Las sábanas han sido cambiadas. Lo han bañado. La habitación huele a amoníaco. Busca en las dispersas imágenes de su mente algún recuerdo reciente.

—Has dormido durante dos días. —Gretchen aparece detrás de él. Se ha cambiado de ropa. Lleva pantalones negros y un jersey gris de cachemir y su cabello rubio está limpio y cuidadosamente recogido en una brillante coleta.

Archie parpadea al verla, su mente todavía confusa.

—No entiendo —alcanza a decir débilmente.

—Has muerto —le explica Gretchen—. Pero he conseguido traerte de vuelta. Diez miligramos de Lidocaína. No estaba segura de que funcionara. —Le sonrió alegre—. Debes de tener un corazón muy fuerte.

Él trata de asimilar aquella idea.

—¿Por qué?

—Porque todavía no hemos terminado.

—Yo sí estoy acabado —le dice con toda la autoridad que puede.

Gretchen lo mira levemente irritada.

—Tú no eliges, ¿entiendes? Yo tomo todas las decisiones. Soy la que está al mando. Todo lo que tienes que hacer es obedecerme. —Se acerca, colocando el rostro a escasos centímetros del suyo, con la cálida mano sobre su mejilla—. Es lo más sencillo del mundo —le dice, consolándole—. Has trabajado tanto durante tanto tiempo… Siempre dispuesto. Con toda esa responsabilidad. Siempre te buscaban para obtener respuestas. —Él puede sentir su aliento contra su boca, cosquilleándole en los labios. No la mira. Es demasiado difícil. Mira más allá de su rostro—. Ahora todos creen que estás muerto, querido. Han transcurrido muchos días. Nunca mantengo vivo a nadie tanto tiempo. Henry lo sabe. Pensé que te gustaría. Nadie te necesita. —Ella le sonríe y lo besa en la frente—. Disfrútalo.

Él siente el beso mientras ella va quitando la venda que cubre la herida producida por la extirpación del bazo. Llega a ver las suturas negras que mantenían su carne unida. Ella parece complacida.

—La hinchazón ha bajado y también el color es más normal —comenta.

Él mira hacia el techo sin parpadear. No hay salida posible. Es una especie de juego demencial. Ella puede mantenerlo allí, vivo, durante años. Está a su merced.

Pero tiene que saber.

—¿Qué vas a hacer conmigo?

—Me voy a quedar contigo.

—¿Durante cuánto tiempo? —pregunta.

Gretchen se inclina sobre él, esta vez mirándolo a los ojos, para que él no tenga más remedio que dirigir hacia ella su mirada, a sus pupilas azules, a una ceja levemente arqueada, a la piel brillante. Ella sonríe, radiante.

—Hasta que tú quieras —le dice.

Él cierra los ojos.

—Me gustaría dormir.

Cuando se despierta, ella tiene el bisturí y está haciéndole un corte en el pecho. Siente el dolor, pero ya no le importa. Es un daño menor, una picadura de mosquito. Pero le recuerda que sigue con vida.

—¿Quieres que me detenga? —le pregunta sin alzar la vista.

—No —responde—. Tengo la esperanza de que cortes una arteria. —Su voz es frágil, su garganta todavía arde de dolor.

Ella pone la palma de la mano en su mejilla y se inclina sobre su oído, como si fuera a compartir un secreto con él.

—¿Y tus hijos? ¿No quieres vivir por ellos?

Los dulces rostros de Ben y Sara se le aparecen delante de sus ojos, pero él intenta borrar aquella imagen de su mente hasta que se desvanezca por completo. Gira la cabeza hacia la pared.

—No tengo hijos.

—¿Cuánto tiempo ha pasado? —le pregunta. En ese continuo vaivén de perder y recuperar la consciencia, pierde también la noción del tiempo. ¿Cuánto tiempo lleva allí? ¿Semanas? ¿Meses? No tiene ni idea. Otra vez ha estado escupiendo sangre. Sabe que eso la preocupa. Su exquisito rostro se pone tenso. Ella está siempre allí, a su lado. Es lo único con lo que puede contar. Él quiere dejar de escupir sangre para complacerla, pero no es capaz.

Gretchen se sienta junto a él. Se coloca un mechón de cabello rubio detrás de la oreja y aprieta los dedos contra su muñeca para sentirle el pulso. Ha hecho eso muchas veces, y él se da cuenta de que se muere. Sabe que ella volverá a tomarle el pulso durante quince segundos y es lo único que espera con ansia. Su roce lo consuela momentáneamente. Saborea esos quince segundos, memorizando el contacto contra su piel para poder imaginarse sus dedos cuando ella los retire.

—Desátame —le pide. Tiene que tomar aire varias veces para conseguir suficiente oxígeno para hablar, y aun así, su voz suena como un áspero susurro.

Ella no duda. Estira la mano y desata las correas de cuero que inmovilizan sus muñecas. Él está demasiado débil para alzar los brazos ni siquiera unos centímetros, pero ella se lleva la mano hasta sus labios y le besa la palma. Él siente las cálidas lágrimas en las mejillas de Gretchen incluso antes de verlas. Está llorando. Y le parte el corazón. Sus ojos también se llenan de lágrimas al mismo tiempo que las de ella comienzan a humedecer su áspera mano.

—Está bien —le dice, consolándola.

Sonríe, porque lo cree. Todo va bien. Él está donde se supone que tiene que estar. Ella es tan hermosa y él está tan cansado… Y todo está a punto de finalizar.

rchie llamó a la prisión desde el taxi, así que cuando pagó los 138 dólares y pasó los controles de seguridad, a Gretchen ya la habían despertado para trasladarla a la sala de interrogatorios, en donde lo esperaba. Al entrar, ella ya estaba sentada a la mesa, con el cabello suelto, sin maquillaje, y sin embargo relativamente arreglada. Como una actriz maquillada para aparentar un cierto abandono.

—Son las cuatro de la mañana —le dijo.

—Lo siento —respondió él, sentándose ante ella—. ¿Estabas ocupada con algo?

Ella miró por encima de su hombro, con aire cansado, hacia el panel de cristal.

—¿Henry está ahí?

—Estoy solo. No hay nadie detrás del espejo. He dicho a los guardias que esperaran al otro lado de la puerta. Así que estamos solos tú y yo. He venido en taxi.

—¿Desde Portland? —preguntó Gretchen, escéptica.

—Soy un héroe policía —dijo Archie, cansinamente—. Tengo una cuenta para gastos.

Ella le dedicó una sonrisa lenta, somnolienta.

—Supongo que lo has detenido.

Archie sintió que se relajaba, por fin, aunque, en realidad, se trataba más de una rendición. Él había empleado mucha energía en mantener las apariencias, pero con ella no importaba, porque sabía exactamente hasta dónde llegaba su dolor. Así que podía relajarse, dejar que sus párpados cayeran, que su voz se volviera torpe y turbia. Podía rascarse la cara si sentía un escozor y decir lo primero que le viniera a la mente sin preocuparse si dejaba traslucir sus pensamientos con demasiada claridad.

—Un francotirador le dio en la cabeza hace unas tres horas. Hubieras disfrutado. —Alzó una ceja, reconsiderando el asunto—. Con la salvedad de que murió en el acto.

—Bueno, tú no eres el sanguinario asesino en serie. ¿A qué has venido? ¿A jactarte de su detención?

—¿No puedo venir a saludarte, sin ningún otro motivo?

—No es domingo. —Ella inclinó su cabeza y lo examinó, frunciendo ligeramente el ceño—. ¿Estás bien?

Él se rió. Aquella pregunta le parecía absolutamente ridícula. No, no estaba bien. Había tenido un día agotador, estresante y a pesar de haber sido recompensado en su trabajo, ¿adónde se había dirigido? A la penitenciaría estatal. ¿Qué podía resultar más tranquilizador que pasar el tiempo con una mujer que había incrustado un clavo en su pecho?

—Sólo quería verte. —Se frotó los ojos con la mano—. ¿Qué tiene eso de extraño?

—¿Conoces el origen de la expresión «síndrome de Estocolmo»? —preguntó dulcemente Gretchen. Extendió sus manos esposadas y las puso, con las palmas hacia abajo, sobre la mesa de modo que la punta de sus dedos casi rozó la mano derecha de Archie—. En 1973, un criminal de poca monta llamado Janne Olsson entró en el Banco de Crédito de Estocolmo con una ametralladora. Exigió tres millones de coronas y que un amigo suyo fuera liberado de prisión. La policía liberó a su compañero y lo envió al banco, y los dos mantuvieron como rehenes, durante seis días, a cuatro empleados, en la cámara acorazada. Finalmente la policía hizo un agujero en la cámara, introdujo un gas y Olsson y su compañero se rindieron. —Ella acercó sus suaves manos, con las uñas cuidadas, a la de Archie—. Todos los rehenes fueron liberados sin un rasguño. Sus vidas habían sido amenazadas, habían sido obligados a colocarse cuerdas en torno al cuello y, sin embargo, todos defendieron a Olsson. Una de las mujeres dijo que ella había querido escaparse con él. Olsson pasó ocho años en prisión. ¿Sabes dónde está ahora? —Rozó con delicadeza el pulgar de Archie con sus dedos—. Tiene una tienda de comestibles en Bangkok.

Archie dirigió la mirada hacia las manos, pero no movió un solo músculo.

—Deberían considerar la posibilidad de dictar sentencias algo más severas en Suecia.

—Estocolmo es un lugar encantador. El jardín botánico Bergianska tiene un vivero con plantas de todas las zonas climáticas del mundo. Un día te llevaré a visitarlo.

—Nunca saldrás de la cárcel.

Ella arqueó las cejas en un gesto ambiguo y trazó un pequeño círculo con el dedo en la articulación del pulgar de Archie.

—Resulta extraño —dijo Archie, sin apartar los ojos del dedo de ella— que Reston esperara diez años para empezar a matar. Anne dice que tiene que haber habido un detonante.

—¿Ah sí?

Archie alzó la vista.

—¿Cómo lo conociste?

Gretchen sonrió.

—¿Conocernos?

—Reston —repitió Archie, enlazando su mano con las de ella. Era la primera vez que hacía un esfuerzo por tocarla y creyó ver un destello de sorpresa en sus ojos—. Era uno de tus cómplices. Quizá uno de los que estabas entrenando para matar. —Parecía disfrutar de la calidez de la mano de Gretchen sobre la suya—. Aquel día él estaba allí. Era el segundo hombre que me arrastró hasta la camioneta. Tú acabaste en prisión. Y la semilla en él fue creciendo hasta que estalló. ¿Cómo lo conociste?

Ella lo miro y, en ese momento, Archie se dio cuenta de que Gretchen nunca le había dicho nada, nunca le había dejado ver nada que ella no hubiera querido que él viera. Siempre había mantenido el control, y había ido un paso por delante de él.

—Lo elegí, como a todos los demás —explicó feliz—. Su perfil en internet era perfecto. Divorciado desde hacía mucho. —Sonrió—. Me gustan los divorciados porque se sienten solos. No tenía aficiones ni pasiones. Y presentaba un alto coeficiente intelectual. De clase media. —Ella hizo un gesto despectivo con sus ojos—. Trató de atribuirse un poema de Whitman. Narcisismo clásico. —Se inclinó hacia delante—. Los narcisistas son fáciles de manipular porque son muy predecibles. Él estaba deprimido. Obsesionado con una fantasía. —La sonrisa se hizo más amplia—. Y le gustaban las rubias. Salimos. Le dije que estaba casada y que él tenía que mantener nuestro amor en secreto. Le di lo que él quería. Poder. Sumisión. Le hice creer que él tenía el control de todas las situaciones. —A Archie le resultó familiar—. Hice que me confesara su pasión por las adolescentes y no fue difícil que manifestara su furia.

Archie entrelazó sus dedos aún más con los de Gretchen. Sentía la boca seca. Casi no se atrevía a mirarla, pero no quería dejarla ir. Todo se estaba volviendo horriblemente claro.

—Permitiste que pensara que la idea de traer a Susan era mía. Pero Reston te había hablado de ella. Reconociste su nombre en el periódico. Tú sembraste la idea. Dejaste de entregarme a tus víctimas y mencionaste su nombre de pasada. Nos engañaste a todos. —Archie sacudió la cabeza y se rió—. Y luego te sentaste a observar. —Le pareció absurdo incluso en el momento en que lo dijo, totalmente paranoico, una alucinación de drogadicto—. Aunque no creo que pueda probarlo.

Ella le sonrió con indulgencia.

—Lo importante es que has vuelto a trabajar —dijo—. Que hayas salido de ese apartamento.

Henry le creería. Sabía que Gretchen era capaz de eso y de mucho más. Pero ¿qué conseguiría con ello? Su compañero se aseguraría de que Archie nunca volviera a ver a Gretchen.

—Deberías estarle agradecido a Paul —dijo ella de forma maliciosa—. Él te dio casi un litro de sangre.

Archie apartó su rostro, mareado. La imagen de Reston sobre la alfombra verde, con la cabeza convertida en una masa sanguinolenta, apareció en su mente

—¿Es cierto que te gusta Godard? —le preguntó Archie.

—No —respondió ella—, pero sé que a ti sí.

Estaba comenzando a preguntarse si había algo que Gretchen Lowell no supiera sobre él.

—Ahora quiero que contestes a una pregunta —pidió ella, poniendo una mano sobre la de Archie—. ¿Te sentiste atraído hacia mí el día que nos conocimos, cuándo creías que yo era una psiquiatra que estaba escribiendo un libro?

—Estaba casado.

—Mentiroso. Sé sincero.

Ya había traicionado a Debbie completamente. ¿Por qué no en esto también?

—Sí.

Ella retiró sus manos y se reclinó.

—Déjame verlo.

Él supo de inmediato a qué se refería y dudó sólo un instante antes de comenzar a desabrocharse la camisa, para mostrarle su pecho cubierto de cicatrices.

Gretchen se inclinó hacia delante sobre la mesa, apoyando en ella sus codos para poder ver mejor. Él no hizo el menor movimiento, ni siquiera parpadeó cuando ella se adelantó y rozó con la punta de su dedo el corazón que ella había trazado con el bisturí. Archie se preguntó si ella sería capaz de notar su pulso acelerándose en su cuello. Podía oler su cabello. Ya no olía a lilas, sino a algún champú industrial de la prisión, fuerte y afrutado. Ella deslizó sus dedos por la cicatriz vertical que le dividía el pecho, y Archie sintió que los músculos de su estómago y de su vientre se tensaban.

—¿Esto ha sido por la operación del esófago? —preguntó.

Él asintió.

Después sus dedos danzaron hacia la izquierda sobre su diafragma, hacia el lugar en donde había estado su bazo.

—Esta incisión no es mía.

Archie carraspeó.

—Tuvieron que volver a abrirme. Estaba perdiendo sangre.

Ella asintió y movió los dedos sobre las heridas más pequeñas, provocadas por el bisturí que había usado. Recorrió las cicatrices en forma de media luna a lo largo de su clavícula, después sobre sus pezones, para dirigirse hacia las profundas marcas dejadas en la delicada piel de su costado. Habían pasado más de dos años desde la última vez que se habían tocado. Él tenía miedo de moverse. ¿Miedo a qué? ¿A que ella se detuviera? Cerró los ojos. Se permitiría aquel fugaz momento de placer. ¿Qué daño podía hacerle? Se sentía bien.

Y hacía tanto tiempo que no se sentía bien que ya no podía recordarlo. Los dedos de Gretchen descendieron. Notó un estremecimiento en su entrepierna. Ella le estaba desabrochando el cinturón. «Demonios.» Abrió los ojos, agarró una de sus manos por la muñeca y la detuvo.

Ella alzó la vista, con los ojos brillantes y las mejillas encendidas.

—Conmigo no tienes que disimular que eres bueno, Archie. —Él le sostuvo las manos, a pocos centímetros de su miembro erecto—. Puedo hacer que te sientas mejor. Suéltame la muñeca. Nadie tiene por qué enterarse.

Pero él la retuvo. Su cuerpo le pedía a gritos que la dejara continuar. Pero, en lo más recóndito de su mente, algo le decía que si lo hacía ella habría conseguido su objetivo accediendo a la última parte de él. Todo habría terminado. Ella lo poseería por completo. Era realmente extraordinaria. Podía torturarlo sin tocarlo. No pudo evitar una sonrisa ante aquella idea y le apartó las manos.

—¿Qué te resulta tan gracioso? —preguntó ella.

Él sacudió la cabeza.

—Has hecho un trabajo impecable arruinándome la vida —dijo. Buscó el pastillero en el bolsillo del pantalón, lo abrió y tomó un puñado de pastillas en su mano. Después se las fue poniendo una a una en la boca y se las tragó.

—Ya tomas suficientes pastillas —observó Gretchen.

—Cuidado —dijo Archie—, empiezas a parecerte a Debbie.

—Tienes que tener cuidado con las pastillas. La acetaminofina te matará. ¿Te duelen los riñones?

—A veces.

—Si tienes fiebre, la piel adquiere un color amarillento o vomitas, necesitas ir a urgencias antes de que tu hígado falle. ¿Bebes?

—Estoy bien, amor mío —dijo Archie.

—Hay modos más sencillos de matarse. Yo lo haré por ti. —Lo miró a los ojos—. Si me traes una hoja de afeitar.

—Por supuesto —replicó él con un suspiro—. Me matarías, y a los tres primeros guardias que vinieran a buscarme. No dejes que mi erección te confunda. Todavía sé quién eres.

Ella se acercó y le tocó el rostro. Su mano era cálida y suave y él se volvió hacia ella casi instintivamente.

—Pobre Archie —exclamó—. Casi no he comenzado contigo.

Era verdaderamente hermosa, pensó Archie en medio de la niebla provocada por los fármacos. Había algo delicado en ella. La piel luminosa. Las facciones perfectas. A veces se podía engañar a sí mismo y creer que era casi humana. Pero, por supuesto, sabía que era un monstruo. Él apartó la mejilla y ella dejó caer su mano.

—¿A cuántos hombres como Reston tienes ahí fuera? —le preguntó—. ¿Cuántas bombas de relojería?

Gretchen se reclinó sobre la silla y sonrió.

—¿Incluyéndote a ti?

Archie sintió que la habitación desaparecía bajo sus pies y trató de sujetarse apoyándose en la mesa.

—Lo habías planeado todo. Llamar al 911. Para salvarme. Para entregarte.

—Si vivías —dijo Gretchen, fríamente—. Si hubieras muerto te hubiera descuartizado y enterrado.

Hacía calor en la sala. Archie sentía el ardiente sudor bajo su ropa. Gretchen parecía fresca y tranquila. Quizá se trataba únicamente del efecto de las píldoras. Movió el cuello y se secó el sudor del labio superior. Podía sentir la cicatriz en forma de corazón bajo su camisa, con su verdadero corazón latiendo debajo.

—Era un buen plan —alcanzó a decir. Apoyó las manos sobre la mesa y se sostuvo—. Con la única salvedad de que yo no soy como Reston ni como los imbéciles que mataron para ti. Yo sé de lo que eres capaz. —Miró a su alrededor, a aquella especie de tumba de cemento en la que se reunían todas las semanas. Ella lo había manipulado una y otra vez. Se habían manipulado mutuamente. Pero él tenía cierto poder. La carta que ella pensaba que él nunca jugaría—. Cometiste otro error de cálculo —continuó—. Hiciste que te encerraran. —Levantó una ceja y sacó las manos de la mesa—. Y no puedes arruinarme la vida si yo no estoy aquí.

Gretchen seguía impasible.

—Estarás distante unas semanas. Pero necesitarás que te entregue más cadáveres. —Ella inclinó la cabeza hacia él, sonriendo, radiante—. Me necesitarás.

«Probablemente», pensó Archie.

—Tal vez —replicó.

Ella negó con la cabeza, comprensiva.

—Es demasiado tarde. No te sentirás mejor.

Archie se rió.

—No necesito sentirme mejor —reconoció. Su voz se volvió fría—: Sólo necesito que te sientas peor.

Ella se inclinó hacia delante, su cabello rubio rozándole los hombros.

—Todavía sueñas conmigo. No serás capaz de tocar a otra mujer sin pensar en mí.

Él puso una mano sobre la mesa y con la otra se tocó la sien.

—Por favor, Gretchen.

Su sonrisa perversa pareció llenar la sala.

—Esta noche pensarás en mí, ¿verdad? Cuando estés solo en la oscuridad. Con tu verga en la mano.

Archie dejó caer su cabeza durante un instante. Y luego se rió, levantó la mirada y caminó en torno a la mesa, hasta ella. Ella lo miró sorprendida, mientras él le acariciaba el cabello, pasando la mano entre su rubia melena. Ella quiso decir algo, pero él se lo impidió poniendo un dedo sobre sus labios.

—Todavía no puedes hablar. —Cogiéndole el rostro entre las manos se inclinó y la besó. Movió una mano hacia su nuca, entre sus cabellos. En el instante en que sus lenguas se tocaron, el calor del beso se apoderó de él. Con él sintió el sabor de las píldoras amargas, de la sal de su propio sudor, y una dulzura de lilas. Tuvo que hacer un enorme esfuerzo para apartarse y despegar sus labios de los de ella, para susurrarle al oído—: Pienso en ti todas las noches. —Después se levantó—. Todo ha acabado.

Tocó con la palma de la mano el timbre que había junto a la puerta, que se abrió con un chirrido. Archie salió sin dudar.

—Espera —suplicó ella, con voz temblorosa.

El corazón le latía con fuerza. Conservaba en su boca el sabor de aquel beso. Archie tuvo que reunir todas sus fuerzas para no mirar atrás.

51

Archie se encontraba sentado ante la mesita de centro mirando las facturas del taxi y preguntándose cómo iba a justificarlas cuando sonó el timbre. No había dormido. Sentía la sangre espesa y tibia, la cabeza abotargada. Le pareció que tenía peor aspecto que nunca. Se imaginaba que ante su puerta iba a encontrar a un periodista o una cámara de televisión. Pero, en lo más profundo de su corazón, sabía que sería Debbie. Esperaba que fuera ella.

—Lo has detenido —le dijo, cuando abrió la puerta. Ella iba vestida como para ir a trabajar, con una falda gris y un jersey de cuello cisne negro, y por encima su largo abrigo cruzado. Era casi la misma ropa que llevaba la mañana en que, dos años atrás, él había ido solo a casa de Gretchen.

—Entra —le dijo.

Ella dio un paso, deteniéndose en la entrada, mirando a su alrededor. Había estado en aquel apartamento muy pocas veces. Intentó actuar como si aquel triste espacio no la deprimiera, pero él lo adivinó en su mirada. Debbie se volvió hacia él.

—Las noticias dicen que el asesino tenía un rehén. Esa periodista. Y que tú entraste.

Archie cerró la puerta.

—No fue tan peligroso. La hubiera matado a ella antes de matarme a mí.

Avanzó y tomó el rostro de Archie con las manos.

—¿Estás bien?

Él no supo cómo responder a esa pregunta. Por eso la evitó.

—¿Quieres un poco de café?

Ella dejó caer sus manos.

—Archie.

—Lo siento —se disculpó, frotándose los ojos—. No he dormido.

Debbie se quitó el abrigo y lo dejó sobre el respaldo del sillón beige. Después se dirigió al sofá y se sentó.

—Siéntate conmigo —dijo.

Archie se dejó caer a su lado y apoyó la cabeza en sus manos. Quería hablar con ella, contarle lo que había decidido, pero tenía miedo de expresarlo en voz alta.

—Voy a intentar dejar de verla —anunció tras unos instantes de silencio.

Debbie cerró los ojos un instante. Cuando los volvió a abrir brillaban a causa de las lágrimas.

—Gracias a Dios. —Se quitó los zapatos y acomodó sus piernas en el sofá.

La lluvia golpeaba contra la ventana del salón. «Para lo que sirven los pronósticos del tiempo», pensó Archie. El pastillero reposaba sobre la mesa. Debbie se lo había regalado el día que salió del hospital.

—Creo que deberías venir a casa —dijo Debbie—. Sólo durante unos días —añadió rápidamente—. Puedes dormir en la habitación de invitados. Sería bueno para los chicos. —Miró a su alrededor—. No me gusta pensar que te ocultas en este horrible apartamento.

Archie se inclinó hacia delante, cogió el pastillero y lo colocó sobre su mano. Era un objeto hermoso. El niño del piso de arriba estaba despierto. Archie podía oírlo gatear del dormitorio al salón, dando grititos. Después alguien encendió un televisor. El niño dio unos saltitos sobre sus cabezas, mientras las vibrantes voces de los dibujos animados llenaban la habitación.

Debbie suspiró y el aire pareció atragantársele.

—¿Qué sucede entre nosotros que hace que te resulte tan difícil?

Archie sintió todo el dolor y la culpa, que había mantenido cuidadosamente oculta, arder en su estómago. ¿Cómo podía explicarle?

—Es complicado.

Ella puso una mano sobre la de él, cubriendo el pastillero.

—Vuelve a casa.

Él dejó que sus rostros entraran en su mente, Debbie, Ben, Sara. Su hermosa familia. ¿Qué había hecho?

—Bueno.

Debbie levantó las cejas con aire incrédulo.

—¿En serio?

Él asintió varias veces, tratando de convencerse de que era lo correcto, de que no convertiría su vida en un infierno.

—Necesito dormir y después tengo que ir a trabajar. Le diré a Henry que me lleve esta noche. Le encantará. Está convencido de que me voy a suicidar.

Debbie le tocó la nuca.

—¿Es cierto?

Archie lo pensó.

—No lo creo.

El bebé del piso de arriba comenzó a bailotear nuevamente, dando patadas en el suelo, saltando. Los golpes de sus pies parecían hacer tambalear el apartamento de Archie.

Debbie miró hacia el blanco techo.

—¿Qué es ese ruido? —preguntó.

Archie estaba cansado. Le ardían los ojos y sentía que le pesaba la cabeza. Se inclinó hacia atrás en el sofá, cerrando los párpados.

—Es el niño del piso de arriba —respondió.

Debbie apoyó la cabeza sobre su hombro.

—Parece como si estuviéramos en casa.

Él sonrió.

—Lo sé.

Sí. Podía dejar a Gretchen. Podía hacerlo. Podía volver a su casa y reconstruir su vida. Quizá pudiera mantener el equipo de investigadores como una unidad policial especial. Y tal vez fuera capaz de tomar menos pastillas. Podía intentarlo. Un nuevo intento de salvación. No por él, ni por su familia, sino porque, si lo lograba, habría ganado. Y Gretchen perdería.

Aquel pensamiento le hizo esbozar una enorme sonrisa antes de que su cuerpo se viera vencido por el sueño. Sintió cómo su mano se relajaba en torno al pastillero. Debbie se lo quitó de la mano y lo dejó sobre la mesa. Eso fue lo último que notó antes de sumergirse en un sueño reparador después de tanto tiempo.

Este libro terminó de imprimirse en enero de 2008
en Litográfica Ingramex, S.A. de C.V., Centeno 162,
Col. Granjas Esmeralda, 09810, México, D.F.